ALIANÇA
IMPROVÁVEL

Joel N. Ross

ALIANÇA IMPROVÁVEL

Tradução de Haroldo Netto

Rocco

Título original
WHITE FLAG DOWN

Copyright © 2006 by Joe N. Ross
Todos os direitos reservados.

Este livro é uma obra de ficção. Nomes, personagens, negócios, organizações, lugares, acontecimentos e incidentes são produtos da imaginação do autor ou foram usados de forma fictícia.
Edição brasileira publicada mediante acordo com o autor, a/c Baror International, Inc., Armonk, Nova York, EUA.

Direitos para a língua portuguesa reservados
com exclusividade para o Brasil à
EDITORA ROCCO LTDA.
Av. Presidente Wilson, 231 – 8º andar
20030-021 – Rio de Janeiro – RJ
Tel.: (21) 3525-2000 – Fax: (21) 3525-2001
rocco@rocco.com.br/www.rocco.com.br

Printed in Brazil/Impresso no Brasil

preparação de originais
EBRÉIA DE CASTRO ALVES

CIP-Brasil. Catalogação na fonte.
Sindicato Nacional dos Editores de Livros, RJ.

R738a   Ross, Joel N., 1968-
            Aliança improvável/Joel N. Ross; tradução de Haroldo Netto. – Rio de Janeiro: Rocco, 2011.

            Tradução de: White flag down

            ISBN 978-85-325-2634-2

            1. Ficção norte-americana. I. Haroldo Netto.
            II. Título.

10-6706   CDD–813
                              CDU–821.111(73)-3

Em junho de 1941, dois anos depois de ter assinado com os russos um pacto de não agressão, a Alemanha nazista invadiu a União Soviética. Em questão de seis meses, os soviéticos perderam nã só 1.600 quilômetros como três milhões de homens – e em 1942, a implacável Wehrmacht invadiu a cidade batizada com o nome de Stalin: Stalingrado. O combate alastrou-se furioso pelas ruas da cidade: dez mil soldados soviéticos morreram em um dia combatendo por uma única elevação.

Agora, em meados de setembro de 1942, Hitler ordena uma ofensiva final para capturar Stalingrado. No entanto, em 7 de outubro, o exército alemão interrompe seu avanço. É quando o general Von Richthofen escreveu em seu diário: "'Tranquilidade absoluta em Stalingrado."

Depois de meses de combate, um súbito silêncio se abate sobre a frente oriental.

Por quê?

CAPÍTULO 1

Fins de setembro de 1942

A despeito do frio da revigorante manhã inglesa, o calor fazia com que o pescoço do tenente Grant comichasse, e um fio de suor lhe corria pela espinha. Assim mesmo, ele não considerou o desconforto; em trinta minutos, cumprindo uma missão de reconhecimento fotográfico sobre a França ocupada pelos nazistas, ele se sentiria agradecido pelo calor de sua jaqueta de voo e calças Irvin, com forro de pelo de carneiro.

Ele se retirou do *briefing* da missão juntamente com o seu navegador, o sargento "Racket" McNeil, que assobiou em sinal de descrença.

– Vai ser uma beleza, tenente.

– Bastante fácil – disse Grant, cortando o campo de pouso.

– Não sei, não... mais perto da Alemanha, a gente acaba sentindo o cheiro do repolho azedo.

– Eles querem reconhecimento, é isso que vamos dar a eles.

Racket era um garoto alto, magro e de pernas longas que tinha um sorriso fácil, mas dessa vez o sorriso pareceu forçado. – E estaremos de volta na hora do jantar.

Na área de dispersão, Grant ergueu o corpo na porta do nariz do Mosquito para se instalar na nacele, acomodou-se no banco do piloto e viu a câmera na mão de Racket. – Trouxe sua máquina portátil?

– Quero guardar uns suvenires – respondeu Racket. – Alguma coisa para mostrar a meus netos.

– No ritmo em que você está indo, já deve ter alguns.

– As inglesas gostam de mim, o que é que eu posso fazer? – Eles estavam estacionados perto de uma aldeia de Oxfordshire, casas de estrutura de madeira e acabamento de tijolos ou estuque, e Racket não perdera tempo para conhecer a fauna local. – Mas se o que eu ouço dizerem das francesas for verdade... meu irmão, pode me lançar em Paris.

Grant riu e completou os testes do pré-voo, depois girou um dedo para o primeiro-sargento da RAF, que respondeu com o polegar para cima. Ele então pressionou o botão da partida e a hélice girou preguiçosamente antes de o motor pegar com um sopro de fumaça e um estouro da exaustão. Quando o motor de bombordo acomodou-se no ponto morto de um motor Merlin frio, ele deu a partida no motor de estibordo, observando a temperatura subir ao nível da temperatura ambiente externa. Seguiu rapidamente a lista das verificações a serem feitas depois de os motores começarem a funcionar.

– Céu azul e claro – disse Racket.

Grant examinou as pesadas nuvens escuras. – Eu devia ter requerido um navegador que tivesse olhos.

– Quem precisa de olhos? Você tem Racket McNeil Mira Certa.

– O meteorologista diz que o tempo está claro na França. – Grant fez uma curva para colocar o Mosquito em linha e acertou o leme. – Espero que ele não esteja tão bêbado quanto você.

Grant acionou os interruptores dos magnetos de partida, empurrou os manetes de gasolina e o Mosquito rolou pela pista, cheio de combustível. A sebe ocidental correu na direção deles, e um pequeno puxão na alavanca de comando levantou o trem de aterrissagem do chão.

Racket falou a Grant sobre sua nova garota e a mãe dela, como se fosse uma novela de rádio, e depois não houve mais nada senão barulho do motor e nuvens, assim como o calor dos radiadores infiltrando-se na cabine. Quando Grant chegara à Inglaterra, enviado pela Oitava Força Aérea dos Estados Unidos para pilotar voos de reconhecimento para a RAF, ele rira dos ingleses. A unidade de fotorreconhecimento voava nas versões PR.I e PR.IV do Mosquito – uma aeronave de madeira, compensado, balsa e cola. Quando pilotou um deles, parou de rir; madeira ou não, o Mosquito voava.

Racket quebrou o silêncio: – Sabe por que eles os mandaram a uma distância de uma cusparada da Alemanha, tenente?

– Reconhecimento fotográfico?

– Por conta da nova força de ataque do general Eaker – usar o mau tempo como disfarce para operações de bombardeio às cegas. Acho que estamos preparando o terreno para eles.

– Onde foi que você ouviu essa merda? – retrucou Grant.

Racket mexeu no sistema de navegação. – Também ouvi dizer que você esteve em combate na China, voando com uma unidade civil.

– É verdade. CNAC.

– O que é isso?

– Chinese National Aviation Corporation.

– Você voou em zonas de guerra – por que não se juntou a um grupo de combate?

– Porque ele perdera o alento em Nanquim, no ano de 1937. Cumpro a missão de voo que recebo.

– Fala alemão fluente também, não fala?

– O que isso tem a ver com a nossa missão? Verifique se estamos na rota para encontrar o PI, Racket.

Por se encontrarem além dos cerca de quatrocentos quilômetros do alcance do GEE, o sistema de ajuda à navegação usado pela RAF, e que podia proporcionar ao navegador uma localização exata a partir de pulsos transmitidos por três estações terrestres, determinar com precisão o ponto inicial – PI – para a missão de fotorreconhecimento consumia toda a atenção de Racket. Mas ele acabou conseguindo, e quando se virou para o nariz envidraçado do Mosquito para disparar as câmeras disse: – Parece que o meteorologista, afinal de contas, estava mesmo de porre.

O mundo lá embaixo estava impecavelmente branco, nublado como uma catarata. – Vamos tentar outro trajeto – disse Grant. – Por baixo das nuvens.

Eles fizeram duas novas tentativas – e aí um Focke Wulf 190 mergulhou do nada, aproximando-se deles pela frente.

Racket praguejou: – De onde diabos veio esse cara?

Grant seguiu na direção do atacante, virou o nariz para baixo e abriu o manete de gasolina.
– Outro Focker – disse Racket tenso. – Atrás e...
– Estou vendo.
– Cuidado...! – Uma rajada de metralhadora pipocou na lateral do Mosquito, o barulho foi abafado pela explosão das granadas de canhão de 20 mm.
– *Merda!*
Grant gritou para dentro de uma massa de nuvens mais abaixo:
– Racket?
– O motor de estibordo está soltando fumaça.
– Onde eles estão?
– Não vejo picas. – Inspirou rápida e profundamente. – Estamos perdendo glicol, tenente.
Grant verificou o painel de instrumentos. – Estibordo está no vermelho. A temperatura está subindo e estamos perdendo combustível... Não vamos conseguir voltar para a Inglaterra, descubra para nós um...
Um dos Fockers reapareceu a cem metros de distância. – Merda!
Grant cortou o motor de estibordo e acelerou o de bombordo, girando o Mosquito, que se transformou numa grossa massa cinzenta, prendendo a respiração e permanecendo dentro da nuvem. – Me dê uma dica, Racket, quase já não temos tempo.
– Vá para sudeste.
– A Alemanha é a leste.
– *Sudeste.* Suíça.
O medidor de combustível abaixou mais e o termômetro do motor de estibordo subiu – eles não voltariam a tempo para o jantar. A cobertura de nuvens finalmente afinou-se, o ponteiro encostou no vermelho e Grant disse: – Quero você pronto para saltar, Racket.
– Não vou saltar coisa nenhuma.
Depois que o navegador saltasse e o piloto liberasse a alavanca de manejo para segui-lo, o Mosquito danificado poderia girar e prendê-lo no seu interior. – É uma ordem, sargento.

– Venha para cá e a gente decide isso no braço. – Racket interrompeu-se e avisou com a voz tensa: – Ali! Outro Focker, às dez e meia.

– Onde? Eu não... – Grant viu a aeronave e sentiu o coração bater mais forte. – Aquilo não é um Focker, é rápido demais.

– Aquilo é... – Racket ergueu a câmera manual. – O que é aquilo?

– Nunca vi nada igual. Ninguém viu.

– Olha só como ele voa. – Um barulho constante, *click-click*, Racket tirando foto após foto. – Não tem nada que o sustente no ar.

– Não tem nada nos sustentando no ar, Racket.

– Aquele aparelho não tem hélices, como diabo está voando?

– *Click-click, click-click*. – Ele nos viu, está se desviando.

– E pedindo socorro pelo rádio.

– Suástica na fuselagem, o aparelho é alemão e rápido... rápido demais, droga! Já se foi.

– Conseguiu fotografar?

– Claro, mas o que *era* aquilo?

– Algum tipo de protótipo. – Grant virou dentro das nuvens. – Com uma patrulha de combate para disfarçar. Estamos na Suíça?

– Um protótipo? Aquele troço era puro *Flash Gordon*, temos de contar para o pessoal, mostrar as fotos.

– Primeiro temos de *chegar* em casa. Já estamos na Suíça?

– Talvez. Sim. Quase.

– Verifique seus mapas, encontre um... – Grant inclinou a cabeça.

– Ouviu isso?

– O quê?

– O motor. – Um gemido agudo e oco, mau presságio. Estavam baixo demais para poder saltar de paraquedas e não era possível ganhar altitude. – Vamos aterrissar logo e vai ser duro.

Na próxima vez que ele rompeu as nuvens, estavam voando rumo a uma montanha.

Grant girou em espiral às cegas e, em vez de explodir de encontro à rocha, eles se viram presos na armadilha de um vale íngreme coberto de neve, as encostas das montanhas passando indistintamente. Sem saída, ratos em um labirinto, e a única direção que podiam seguir era para baixo, o motor de bombordo roncando e o de estibordo tossindo...

– Tenente! – berrou Racket. – Ali! Ali!

A campina característica dos Alpes brilhava diante deles como um oásis num deserto, só que não era miragem. O rosto molhado de suor, Grant relaxou os ombros e soltou o ar, segurando com delicadeza a alavanca do controle. As paredes do vale espremeram o Mosquito, a campina ficou mais larga, e uma tranquilidade cresceu dentro da velocidade e do barulho. Ele nada sentia, exceto as batidas lentas do seu coração – e, no entanto, via cada afloramento de rocha, cada árvore dobrada pelo vento, cada lindo arbusto que podia servir como rodas de carreta.

Velocidade firme aos 210 nós, menos, firme, menos...

E o motor de estibordo bateu com um barulho ensurdecedor.

Grant lutou para manter o nariz alto, fechando os manetes de gasolina com um gesto brusco, quando a hélice de bombordo partiu com o impacto e o vidro de segurança do nariz quebrou e transformou o Mosquito em uma pá gigante, recolhendo pedras na nacele.

A fumaça preta subia em espirais no céu cinzento.

Os ouvidos de Grant apitavam, e sua boca estava cheia de sangue; ele permaneceu sentado, atordoado e com os olhos arregalados. Aí ouviu o gotejar do combustível sobre os tubos exaustores, viu a fumaça subindo da capota estilhaçada do motor – e recuou. Uma centelha e eles estariam mortos. Levantou o braço procurando a porta de fuga do teto, mas ela também havia acabado, demolida na batida.

Conseguiu abrir o cinto de segurança, ficou de pé e viu Racket afundado em seu banco, o cinto de segurança cruzado fortemente no peito. O rosto era uma máscara de sangue coagulado – mas vivo. Chamou pelo seu nome e o sacudiu, mas sem resposta. Passou pelo buraco do teto e inclinou-se para o lado de dentro, puxando Racket por baixo dos ombros e usando o próprio peso para deslizar pela fuselagem abaixo e puxar seu navegador para fora do avião. Os dois caíram com força, depois Grant arrastou-o através da campina e agachou-se para examinar seus ferimentos. O declive da montanha era acentuado – Grant cambaleou e caiu deitado, ensurdecido pelo vento frio.

Após algum tempo, ele se levantou, pulverizou pó de sulfa nos cortes de Racket e os protegeu com uma bandagem. Não sabia o que mais havia de errado, não sabia o que mais fazer. A não ser que Racket ainda tinha a tira da máquina fotográfica enrolada no pulso. Estariam na Suíça? Se aquilo fosse a Alemanha e aquele protótipo de aeronave tivesse comunicado o acontecido por rádio, podia esperar companhia.

E Racket precisava de um hospital. Grant fez lentamente uma volta, quase tropeçando por causa do chão íngreme, e escolheu o maior abeto na beirada da campina. Caiu de joelhos e enterrou a câmera, embrulhada em oleado, entre as raízes.

De volta à campina, o rosto de Racket estava branco como a neve que cobria as montanhas e sua respiração estava rápida e superficial. Grant nada podia fazer senão rezar, e rezou para que estivesse na Suíça. Escolheu uma direção qualquer e começou a andar.

Entre as árvores, uns cem metros abaixo dele, dois caminhões do exército e uma ambulância seguiam por uma estrada de terra sinuosa. Quando Grant conseguiu sair a muito custo de dentro da vegetação, as viaturas tinham desaparecido, galgando a encosta da montanha. Ele ergueu a cabeça e viu as negras colunas de fumaça do Mosquito ondulando como uma bandeira no céu.

Uma ambulância já estava a caminho para socorrer Racket. E agora? Dependia do país em que se encontrasse – se fosse a Alemanha, ele tinha de apanhar a câmera e fugir o mais depressa possível para atravessar a fronteira mais ao sul. Se fosse a Suíça, o lucro era seu; falaria com o consulado americano, contaria onde encontrariam a câmera e dormiria em paz.

Grant desceu a encosta entre as árvores, paralelamente à estrada de terra – as botas prendendo nas raízes e os galhos lhe batendo no rosto –, até que o sol mergulhou atrás do pico de uma montanha. O apito nos seus ouvidos foi ficando cada vez mais alto, mas ele não

ALIANÇA IMPROVÁVEL 13

percebeu até ver um pasto cercado que estava ouvindo a correnteza de um rio próximo, que atravessava uma cidadezinha alpina. Atravessou o pasto na direção de um celeiro. A meio caminho, um fazendeiro saiu da sombra de um pequeno cercado, usando botas pesadas e um chapéu de confecção caseira, e o chamou. Grant não entendeu uma palavra, e o alívio quase o derrubou; o fazendeiro estava falando suíço-alemão, ele estava a salvo em território neutro.
Ele se dirigiu ao celeiro. – Americano. *Ich bin Amerikaner*.
– O aeroplano – disse o fazendeiro, em alemão. – Você caiu.
– *Ja*. Meu navegador está ferido. Preciso falar com...
– Venha, venha. – O fazendeiro levou Grant em torno do celeiro até uma casa de paredes de pedra que dava para um vale muito verde.
– Você fica, você espera. Eu mando meu filho.
Grant sentou-se num banco descorado pela exposição ao tempo. O fazendeiro perguntou-lhe qualquer coisa, mas ele não respondeu. Sinetas de vaca soavam a distância e a brisa fresca trazia o cheiro do pinho junto com o do estrume. A visão era irreal, demasiadamente cheia de vida, excessivamente panorâmica, como um sonho – como se uma parte dele ainda estivesse na cabine ante a visão da campina cada vez maior e mais perto.
Ficou contemplando as nuvens até que um barulho de pneus chamou sua atenção. Um soldado alto parou diante dele, com um capacete alemão, do tipo apelidado "balde de carvão", e um rifle.
– Você é o piloto? – perguntou ele em um alemão sem sotaque.
Grant observou o uniforme do homem e viu os botões com a cruz suíça. Assentiu e respondeu em alemão: – Você encontrou meu navegador?
– Já está no hospital. Estão cuidando dele.
– Preciso falar com o consulado americano.
– Primeiro vai falar conosco.
Um enfermeiro chegou e verificou seus olhos e pulso, e depois ele foi amarrado a uma maca, letárgico, quase em estado de choque. As nuvens sumiram, e ele se viu olhando para o teto rebitado de metal da ambulância. Desmaiou, embalado pelo estrépito causado pelo piso irregular da estrada da montanha.

CAPÍTULO 2

Na primeira manhã no hotel de quarentena, Grant, deitado na cama, observava a luz se filtrar através das cortinas cheias de babados. Papel de parede florido, mobília de pinho polido e uma confusa pintura dos Alpes. Suas novas roupas estavam dobradas na cômoda: uma camisa e um colete de lã. Calças, um sobretudo, luvas e uma boina. Precisava apenas de uma coisa: levar a câmera de Racket ao consulado dos EUA e atribuir um nome àquela aeronave alemã.

Teria realmente visto uma aeronave voando sem hélices? Claro, e provavelmente também não tinha uma cabine. Nem asas.

Ele sacudiu a cabeça. Sabia o que tinha visto. Vestiu-se e foi à janela contemplar a paisagem da rua principal de uma rústica aldeia alpina cercada pelas montanhas – uma cidadezinha turística, com fileiras de lojas de cada lado. Não sabia a quem perguntar a respeito de entrar em contato com o consulado ou...

Bateram à porta, e Grant respondeu: – *Ja?*

Um homem corpulento, de cabelos grisalhos nas têmporas, entrou. – Tenente Grant – disse em inglês com ligeiro sotaque. – Está se sentindo melhor?

Grant olhou pela janela. – Estou me sentindo como se tivesse caído dentro de um filme da Shirley Temple. Que lugar é este?

– Um hotel de temporadas. – O homem sorriu suavemente. – Está vendo como tratamos generosamente nossos hóspedes?

– A turma de ontem à noite não vai ganhar nenhum prêmio.
– Você foi interrogado ontem à noite?
– Depois que o médico me liberou. Eles tinham um questionário, um formulário da Cruz Vermelha.
– Ah, sim. Você não respondeu?
– Não... Eu caí no sono. Você está aqui para me perguntar de novo? Você é oficial?
– Eu? Oh, não, não passo de um reservista. Meu comandante sabe que falo inglês, por visitar minha família nos Estados Unidos, e por isso me mandou conversar com você. Agora vou prosseguir para desmascarar todos os seus segredos. – Ele franziu a testa. – Desmascarar? Está certo isto?
– Sem problema.
– Porque ouço de dois modos, "desmascarar" e "desentocar".
– Os dois servem. – Grant olhou para seu interlocutor. – Você quer saber meu nome, posto e número da identidade?
– Você disse no mesmo dia em que caiu.
– É mesmo? Eu estava meio confuso.
– Você deve estar com fome, não?
– Não, eu... – Grant interrompeu-se. – Na verdade, estou meio morto de fome.
– Então venha, a comida está sendo servida.
– E quanto a desmascarar meus segredos?
– Pode acreditar em mim – respondeu o reservista, abrindo a porta. – Não há pressa.
– E Racket? O meu navegador, o sargento McNeil?
– Condição estabilizada. Tem diversas costelas quebradas e levou uma pancada na cabeça. Está sendo tratado excepcionalmente bem – se é para cair, a Suíça não é o pior lugar.
– Melhor que a Alemanha – retrucou Grant.
Desceram um corredor até uma sala de refeições com grandes janelas quadradas cheias da luz do sol. Metade das mesas estava arrumada em torno de uma lareira de pedra, e a outra metade ficava de frente para uma fazenda pitoresca e uma cachoeira distante. Soldados suíços murmuravam em duas das mesas, e uma senhora de idade,

de avental, mantinha-se atrás de uma mesa comprida de cavalete cheia de comida.

– A senhora tem café? – perguntou Grant a ela, em alemão.

– Sim, claro. – Ela lhe lançou um olhar especulativo. – Seu alemão é muito bom.

– Só é bom o bastante para pedir comida, mais nada.

– Não... o senhor fala tão bem quanto eu.

– Mas como eu não cozinho, meu emprego está garantido. Ela deu um muxoxo de desaprovação e serviu uma xícara de café.

Ele montou um prato com pãezinhos, queijo e legumes cozidos e atravessou o salão para se sentar com o reservista. – E agora? – perguntou.

– Você passa duas semanas de quarentena. Aqui no hotel.

– Dá para descansar um pouco. – Grant passou geleia no pãozinho de farinha integral. – Depois, volto para a Inglaterra?

– Inglaterra? Não, você é um internado agora, tenente, e...

– Internado?

– Bem, o general Guisan usa o termo prisioneiro de guerra, mas...

– Guisan? Nunca ouvi falar.

O reservista suspirou. – Nós, suíços, não temos generais em tempos de paz, elegemos um em tempos de guerra ou de emergência nacional – Guisan foi eleito três anos atrás.

– Ele diz que sou um prisioneiro de guerra?

– A Convenção de Haia diz que beligerantes em solo neutro devem ser impedidos de combater. Pela força, se necessário. – O homem sorriu, um tanto pensativamente. – Você passará duas semanas dentro do hotel em quarentena e depois terá livre acesso à aldeia.

– Por quanto tempo?

– Até que as hostilidades cessem.

– O fim da guerra? – bufou Grant. – A Força Aérea gasta vinte e cinco mil dólares treinando um piloto, segundo ouvi falar.

– Quer dizer então que você é um equipamento valioso?

– Sou, e não deveria ficar enferrujando numa cidadezinha de cartão postal da Suíça.

Pela primeira vez, o reservista pareceu surpreso: – Você não gosta da aldeia?

Grant fez a única pergunta que lhe interessava: – Vocês notificaram o consulado americano que estou aqui?

– Claro. Ontem à noite, depois que você foi transferido da observação médica.

– Quando vou ver o cônsul?

– O adido militar já está a caminho. General de brigada Leeger. Chegará a qualquer momento.

Grant sorriu por cima da xícara de café. – Acho que vou ficando por aqui, então.

– Só existe uma estrada que desce a montanha. Isto aqui é uma prisão bonita, mas mesmo assim é uma prisão.

– Uma estrada é tudo o que é necessário.

– Não há razão para correr esse risco. – O reservista aproximou-se mais, o humor desapareceu-lhe do rosto. – Escute com atenção, tenente: não me orgulho do que vou dizer, mas é a verdade. Há personalidades no meu governo cuja lealdade é... lamentável. Se um piloto alemão aterrissar aqui, ele terá seu avião reabastecido e retornará à Alemanha. Há uma zona de cinco quilômetros *dentro* da fronteira da Suíça, na qual os alemães podem voar.

– No espaço aéreo suíço?

– Precisamente. A maior parte dos suíços tem horror dos nazistas, mas há um ditado: a semana toda trabalhamos para Hitler, e aos domingos rezamos para Churchill.

Grant descansou o garfo. – Você está me alertando contra o quê?

– Contra a ideia de que você aterrissou numa produção de *Heidi*. Se tentar fugir, eles o jogarão em um campo de punição – e, se você tiver sucesso, eles o matarão na fronteira.

Grant não sabia direito como interpretar aquele sujeito, com suas advertências e seu sorriso pesaroso – mas não fazia mal, não por ora. Já que o general adido militar estava vindo, as coisas iam bem. – Vou pegar outro prato.

– Por favor, aproveite o banquete. A alimentação é racionada, você sabe – tive de arrancar minhas rosas para plantar batatas.

– Então por que a fartura?

– Na esperança de que a barriga cheia solte sua língua. – O homem pôs um envelope em cima da mesa. – O formulário da Cruz Vermelha, de novo. Tem certeza de que não vai responder?

– Certeza absoluta.

– Muito bem – disse o reservista, claramente despreocupado Tentarei de novo à noite. Você joga xadrez?

– Não.

– Talvez eu lhe ensine. – O homem levantou-se. – Até à noite, tenente.

Grant despediu-se e observou-o sair. Não tinha sequer conseguido descobrir seu nome. Ainda assim, havia tempo de sobra para isso – para xadrez e batatas, e para imaginar uma rota até a fronteira francesa – uma vez que falasse com o adido sobre o protótipo que vira e a câmera escondida no local da queda do Mosquito.

Após outro prato de pão com queijo, Grant deixou o salão, sentindo os olhares dos soldados suíços cravados nele. Passou pelo seu quarto e perambulou pelos corredores até que encontrou a porta da frente: sem guardas, com um único funcionário atrás do balcão. Subiu até o terceiro andar e seguiu por um corredor atapetado em torno do perímetro do hotel, examinando as portas. Não encontrou acesso para o telhado, mas de qualquer maneira o prédio era baixo. Abriu uma janela; o vento soprava forte, depois do silêncio do corredor. As montanhas formavam o muro intransponível daquela prisão, com casas de fazendas nas encostas das campinas como guaritas de sentinelas. Uma estrada sinuosa cortava a aldeia e uma colina mais adiante, a única saída. Ele decorou os detalhes e fechou a janela. Não planejava a saída ainda, só faria isso depois de instruir o general Leeger sobre o esconderijo da câmera.

No segundo andar, Grant parou diante de uma estante de livros. Correu os dedos sobre as lombadas. Uma enciclopédia, algumas dezenas de romances, manuais de pássaros e cogumelos. Uns poucos livros em francês... um livro-texto de cálculo... e um guia ilustrado da Suíça, vinte anos sem ser atualizado, mas com um monte de mapas.

Ele pegou o guia e mais uns romances para disfarçar e desceu. Quando virou para pegar seu corredor, três homens estavam de pé diante da porta aberta do seu quarto.

– Você é o tenente Grant – o homem mais próximo falou em inglês perfeito, com a papada e o laço da gravata apertado como um punho sob o uniforme de gala de oficial-general dos Estados Unidos. – Onde você estava? Mandaram que ficasse aqui.

Grant fez uma continência para ele. – Não recebi essa mensagem, senhor.

O homem bateu com o bastão nas polidas botas de cavalaria. – No futuro, não deixe de receber.

Não havia o que responder a isso, de modo que Grant o olhou e depois para os outros homens: um oficial suíço e um ajudante de ordens com uma prancheta.

– Eu sou o general de brigada Leeger – continuou o homem da papada. – Acredito que *essa* mensagem pelo menos você recebeu.

– Sim, eu...

– Talvez tenha sabido que eu estava reformado, fora do serviço ativo, tenente. É esse o problema?

– Não tenho certeza de que haja um problema, senhor.

– Morei seis anos na Suíça como civil, é verdade, mas o dever é algo que ninguém esquece. Conheço este país e conheço meu dever, e você será guiado por mim, está claro?

– Sim, senhor. Alguma notícia do meu navegador?

Foi o ajudante de ordens que respondeu: – Ainda está no hospital de quarentena e se recupera tão bem quanto se poderia esperar.

– É excelente a medicina aqui na Suíça. – Leeger inspecionou Grant com os olhos semicerrados. – Você parece ter se safado sem um arranhão.

– Sim, eu procurei cair num trecho macio da montanha.

– Você acha graça em ter um membro da tripulação ferido, tenente?

O homem era um chato de galocha, mas Grant não tinha mais ninguém para falar sobre a câmera. – Não, senhor. Podemos conversar em particular, senhor?

– Vim aqui por três razões, tenente. Primeiro, para verificar se você está sendo tratado apropriadamente. – Leeger olhou para Grant e depois para o corredor em silêncio, e balançou a cabeça. – O que claramente está. Segundo, para lhe oferecer enviar um telegrama que antecipe a notificação oficial.

— Notificação?

— Que você não conseguiu retornar à base. Sua família receberá um telegrama alarmante se você não informar primeiro que está a salvo. Qual é o seu endereço residencial?

Grant olhou para o oficial suíço. — Podemos conversar em particular, senhor? — repetiu.

— Não há nada que você não possa me dizer na frente de nossos amigos suíços.

Não valia a pena brigar por causa do tal telegrama — mas ele não podia mencionar a câmera na frente dos suíços. Grant disse "OK" e ditou ao ajudante de ordens o endereço de sua mãe.

— Minha terceira razão, tenente — disse Leeger —, é lhe dar ordens. Você não vai tentar fugir da custódia suíça, está entendido?

— Código de Conduta dos EUA — retrucou Grant. — Aviadores capturados devem tentar reunir-se às suas unidades.

— Tenho conhecimento do Código de Conduta. Mas essa é uma ordem direta. Você não vai pensar em fugir. Ademais, não haverá indisciplina de qualquer sorte, está entendido?

— Compreendo perfeitamente.

— Então estamos terminados. A menos que você tenha alguma pergunta.

— Ainda gostaria de ter aquela palavrinha em particular com o senhor.

— Já lhe disse que não há nada que você não possa dizer aqui. Agora, estamos entendidos?

— Sim, senhor. — Era melhor concordar com um "mala" como Leeger a se pavonear por ali com aquelas botas, antes que ele tivesse um ataque definitivo de teimosia diante de qualquer sugestão de desafio da parte de Grant. Melhor ligar para o consulado e falar com alguma outra pessoa. — Exceto... a embaixada tem um número telefônico para o caso de eu precisar entrar em contato com o senhor?

— Eu sinceramente espero que não o faça.

— Não, mas se eu...

— Nesse caso improvável, fale com o cabo aqui.

– Eu preferia ter o número – insistiu Grant.
O general bateu na bota com o bastão de comando. – Acredito que eu tenha sido bastante claro. Grant desviou o olhar da papada do general para os seus olhos, inclinou-se um pouco para a frente e deixou que ele visse como era pequeno e mole. – Ainda assim, eu preferia ter o número – insistiu de novo Grant –, senhor.
Após um momento de silêncio, Leeger pigarreou. – Dê-lhe o número – ordenou ao ajudante de ordens.

De volta ao quarto, Grant folheou o guia ilustrado da Suíça. Conhecendo os lagos, ele não poderia errar muito – exceto pelas montanhas. Ainda assim, não havia razão para tentar aquela duríssima jornada através do campo. Mais fácil pegar um trem até Genebra; a França ficava ao lado. A questão era: quando devia se movimentar? Bem, o primeiro passo era encontrar um telefone público na aldeia, ligar para o consulado e falar da câmera de Racket. Isso tinha de acontecer naquele mesmo dia. Tudo bem. Fazer a ligação e depois ficar no hotel mais alguns dias, estocando o que fosse necessário. Por ora, tudo de que precisava eram moedas para o telefone e a definição do local da queda, a fim de dizer ao consulado onde encontrar a câmera.

Ele abriu o guia no mapa do cantão de Berna – ali eles chamavam os estados de cantões – e viu que a distância era longa até a fronteira alemã. Tinham caído ao norte, talvez no Jura, Basileia ou Aargau ou... onde?

Grant debruçou-se sobre o livro, tentando precisar o local da queda. Folheou para a frente e para trás, e nada. Sacudiu a cabeça. – Merda!

Não tinha ideia. Aquela montanha podia ser em qualquer lugar. Ele estava ocupado demais tentando fazer a melhor aterrissagem possível para memorizar um ponto fixo. Racket poderia encontrar o local com os olhos fechados, mas Grant não sabia onde começar. Fechou o livro. O consulado encontraria o local quando ele lhes desse razão para tal, quando lhes falasse a respeito da câmera.

Ele entrou no corredor, onde havia dois soldados encostados na parede.

Um deles ofereceu-lhe um cigarro: – *Wollen Sie eine Zigarette?*
– *Danke.* – Grant pegou um. – *Haben Sie Feuer?* Deixei meu isqueiro na minha outra jaqueta de voo.

O soldado riu e deu-lhe uma caixa de fósforos. – Você sabe que não deve deixar o hotel, não sabe?

– Sei. – Grant acendeu o cigarro. – Onde fica a lavanderia?

– A arrumadeira levará suas roupas.

– Eu estava pensando em me apresentar pessoalmente. – Ele exibiu aos soldados suíços um dos sorrisos de Racket. – Não conheço nenhuma garota suíça.

O soldado riu, disse alguma coisa em suíço-alemão ao seu colega e mandou Grant ir ao porão.

Ele agradeceu e desceu a escada – não havia melhor lugar para encontrar troco que servisse para um telefone público que uma lavanderia –, mas, quando entrou, a "garota" tinha a idade de sua mãe e ela o pôs porta afora antes que ele pudesse sequer falar em um níquel ou como quer que chamassem isso ali. De volta ao corredor, consultou o guia. "Rappen" ou "centimes" eram os nomes das moedas suíças. Um centésimo de franco. Precisava de uma moeda, precisava de um restaurante ou bar. Passar a mão numa gorjeta deixada em cima de uma mesa.

De volta ao saguão, o funcionário moreno da portaria estava às voltas com um livro de registro. E agora, fazer o quê? Invadir um quarto? Demasiadamente evidente – ir até a aldeia e roubar o troco achado num carro, ou vasculhar a casa de alguém. Péssimas opções, mas melhores que nada.

Deu uma olhada no funcionário da portaria, primeiro devia tentar o mais fácil. Acionou a campainha em cima do balcão e o homem ergueu a cabeça. – Pois não?

– Você tem um baralho?

– Claro, por favor. – Ele abriu uma gaveta e deu um a Grant.

– Obrigado. – Grant virou-se para sair e voltou. – E que tal alguns francos?

– Como?

– Estamos jogando pôquer. Não tenho como apostar. Cinco ou dez francos, ponha na minha conta.

O homem da recepção mordeu o lábio. – Não sei se devo fazer isso.

– Pago em chocolate e cigarros. Vamos lá, cinco francos.

– Eu realmente não acho que...

– E fichas de pôquer. Você tem fichas de pôquer?

– Sinto muito, não.

– Dinheiro trocado? Tudo de que preciso é o bastante para uma ou duas rodadas.

O recepcionista batucou com os dedos em cima do livro, mordendo o lábio.

– Vamos – instou Grant. – Eu lhe dou metade do que ganhar.

– E se o senhor perder?

– Então você fica com tudo.

O suíço sacudiu a cabeça, mas enfiou a mão num dos escaninhos e derramou algumas moedas na palma da mão de Grant. Quase todas de bronze, com algumas de zinco ou níquel – uma delas deveria servir para pagar o telefone público. Grant agradeceu e rumou para o quarto, mas virou num terraço de madeira com mesas e cadeiras de ferro batido. Passou uma hora em silêncio folheando o guia, dando a quem observasse tempo mais que suficiente para se entediar. Terminando de ler a respeito do lago Genebra, passou às fotos de La Salève – uma cadeia de montanhas na fronteira da França –, largou o livro em cima da mesa e saiu perto da parede do hotel, como se estivesse retornando do lado de dentro. Pulou a amurada e seguiu a cerca viva que ia para a aldeia. Devia haver um telefone público no correio ou numa loja de esquina. Pôs a mão na grade e aí parou ao som de um motor se aproximando: uma van do exército suíço entrava no hotel.

Quando o soldado grandalhão saltou na amurada cinco minutos depois, Grant estava esparramado em um banco, o olhar perdido numa cachoeira distante.

– Tenente Grant? – perguntou ele com voz grave e respeitosa.

– Que paisagem! – exclamou Grant, virando-se.

– Mas ouvi dizer que o senhor não gosta tanto da nossa conversa quanto da nossa paisagem.

– Do que você está falando?
– O senhor só diz nome, posto e número da identidade.
– Oh, sim. Eu sou esquisito assim mesmo.
– O capitão quer ver o senhor – grunhiu o soldado grandalhão.
– Bem, eu não vou a parte alguma.
– Na aldeia.
– Na aldeia? E a quarentena?
O soldado deu de ombros. – O capitão falou.
– Tudo bem. – Grant levantou-se, contendo um sorriso. Tudo estava caindo em seu colo. – Qual é o seu nome?
– Engleberg.
– Quem é o capitão? Pensei que o general tivesse falado em um cabo.
– Não, o cabo é outra pessoa. – Engleberg o levou para dentro do hotel e desceu o corredor. – Este é o capitão Dubois. – Ele parou diante da porta do quarto de Grant. – Recebi ordens para arrumar suas malas. O senhor vai se encontrar com o capitão Dubois na taverna Sterner, sim?
– Fazer minhas malas?
– O senhor está sendo transferido – mandado para sua embaixada, talvez.
Cada vez melhor. – A taverna Sterner, certo. Obrigado.
As vozes ressoavam no saguão vazio, o funcionário da recepção desaparecera e não havia soldados nem empregados do hotel por perto. Do lado de fora, a brisa passou a soprar com mais força, e Grant seguiu pela calçada na direção da cidadezinha. Passou por uma dezena de casas particulares, mas nada de correio nem de telefone público.

A um quarteirão de distância da taverna, um homem uniformizado escondido num portal adiantou-se de repente, apontou uma pistola para o peito de Grant e berrou: – *Halt! Hände hoch!*

– Espere! – Grant ergueu as mãos. – Estou aqui com permissão. Vim para encontrar o capitão Dubois.

– Eu sou o capitão Dubois. – Os penetrantes olhos castanhos do homem brilharam por trás das lentes dos óculos. – E o senhor assaltou o recepcionista, tentando fugir.

– O quê? Não...

– É uma boa coisa que o senhor fale pouco, tenente. – Dubois fez um gesto com a pistola. – Não podemos permitir que fale com as pessoas erradas.

O olhar do capitão desviou-se, e Grant meio que se virou ainda a tempo de captar um movimento rápido por cima do seu ombro – era Engleberg balançando a coronha de um rifle contra sua cabeça – e o mundo virou de cabeça para baixo.

CAPÍTULO 3

O vento glacial sacudiu um turbilhão de poeira negra da parede esburacada contra a qual o major Eduard Akimov estava sentado, envolvendo os pés com as faixas de bandagem chamadas *portyanki*. Nada fácil com a falta que lhe fazia o braço esquerdo. Ainda assim, ele podia ver; a despeito da hora uma coluna de labaredas ergueu-se de uma fábrica incendiada do outro lado da cidade e o manto de fumaça sobre Stalingrado refletiu o fogo que tudo consumia, uma luz alaranjada que lembrava a madrugada.

Akimov observou o pó negro de uma chaminé de pedra que se elevava por cima das cinzas de uma casa de madeira. Ele estava isolado do regimento que comandava já há dois dias, com apenas vinte e oito homens. Sem rádio, sem apoio – a lutar surdo e cego na cidade destruída, contendo hitleristas próximos o bastante para sentir seu hálito. Mantendo o inimigo tão próximo que qualquer ataque aéreo da Luftwaffe mataria sua própria gente.

Pyotr aproximou-se e agachou-se ao lado dele. – Acabamos de receber uma mensagem, senhor. Do comandante.

– Eles consertaram os cabos? – Os cabos transmissores de sinais se rompiam todos os dias, destruídos pelos tanques, morteiros ou granadas. – Ou, por favor, me diga que o rádio está funcionando.

– Um corredor conseguiu passar – explicou Pyotr.

– Felizardo.

– É o terceiro que mandam.

Assim era a vida no front, com o Sexto Exército Alemão empurrando o dizimado Sexagésimo Segundo Soviético contra o lento rio Volga. Stalingrado tinha sido queimada e transformada em ruínas meses atrás – eles moravam em porões, esgotos e cavernas, tentando defender casa por casa, corredor por corredor.

– Qual é a mensagem? – perguntou Akimov.

Pyotr indicou com o polegar a direção oeste. – Ir para a praça. Atravessar e criar um "quebra-mar".

Akimov contemplou o cascalho que os cercavam. – É só?

– Estão esperando um avanço dos panzer. Se os Fritz atingirem o Volga, cortarão o exército em dois.

– Um "quebra-mar", camarada major? – perguntou o menino Sasha.

– Um baluarte de casas capazes de serem defendidas – explicou Akimov. – Nós nos esgueiramos para a frente com uma pequena patrulha de combate...

– Dez ou doze homens – disse Pyotr ao garoto. – E nesta noite você é o décimo segundo.

– Esvaziar as casas – disse Akimov – e repelir os contra-ataques.

– Mas... por quanto tempo? – perguntou o menino. – Só doze homens?

– Até que o grupo de consolidação chegue – respondeu Akimov. – Com homens, munição e comida.

– Eles vão nos dar reforço logo?

– Ou então seremos reabastecidos por biplanos – disse Akimov, sem propriamente responder.

– Talvez não – contestou Pyotr. – Eles disseram...

Ouviu-se o disparo de um canhão, e o menino gritou e agarrou seu rifle. Outro disparo, rajadas de metralhadoras, e o menino olhou para os pés e disse: – Eles nos disseram que assim que atravessássemos o Volga tudo seria diferente, que encontraríamos coragem. Mas eu, eu...

– "Coragem é saber o que desequilibra a balança" – disse Akimov para o garoto, citando a poeta Akhmatova. – "A hora da maior coragem bate em nossos relógios, deixemos que as balas..."

– Se recitar mais um poema, camarada major – disse Pyotr –, eu me mato.

Akimov deu uma risada. – Você acaba se acostumando, Sasha, logo, logo.

– Não – disse o garoto. – Eu morrerei. Morrerei aqui.

– Aqui ou lá – disse-lhe Akimov sem perder a amabilidade. – São as suas duas únicas chances.

Akimov terminou de proteger os pés e dirigiu-se para o porão, o garoto nos seus calcanhares.

– Serei o décimo segundo homem? – indagou Sasha. – Na patrulha de combate?

– Basta que você faça exatamente o que o sargento disser – respondeu Akimov. – Vai se sair bem.

– O senhor estará conosco, camarada major?

– Arranque um braço do Fritz – disse Pyotr ao garoto – e o costure no ombro do major. Aí então ele irá com a gente... a despeito do seu posto.

– Alguma coisa a mais na mensagem? – indagou Akimov.

– Terminava com algo assim: "Nem um passo para trás."

Akimov abaixou-se para atravessar um portal de tijolos de bordas irregulares. – Bondade deles nos lembrarem.

Fez um gesto de cabeça cumprimentando os guardas no terreno e deu uma olhada na direção dos atiradores invisíveis espalhados nos telhados. – Quer dizer, então, que atravessaremos a praça e construiremos uma barreira.

Ele se colocou atrás do esqueleto de um prédio, tendo cuidado ao pisar no chão cheio de cascalhos, e entrou em uma trincheira camuflada por pilhas de tijolos e vigas calcinadas. Depois mergulhou no portão de uma loja de brinquedos semidestruída – seu quartel, refúgio e posto de comando. A lâmpada era fraquinha e sua luz não chegava a atingir os cantos do amplo aposento com suas paredes escurecidas pelo fogo e seus ratos velozes.

Em uma mesa improvisada de gesso empilhado, o franco-atirador Rabinovich, um tipo extraordinariamente magro, lambeu a colher até deixá-la limpa e enfiou-a na parte de cima da bota. – Ensopado de peixe – disse a eles.

– Você esteve no rio? – perguntou Pyotr.
– Os hitleristas pegam o peixe. – Rabinovich deu de ombros.
– Comer é o mínimo que podemos fazer.
– Eles pescam o peixe? – quis saber Sasha. – Os alemães?
– As bombas matam os peixes e eles boiam – explicou Pyotr. – Tenha cuidado com seus dedos quando estiver perto de Rabinovich, ele nunca para de comer. Foi assim que o major perdeu o braço. – Ele caiu no sono, e Rabinovich roeu tudo.

Rabinovich deu uma risada e mandou Pyotr à puta que o pariu, e do outro lado do porão o Polaco apareceu e ficou na posição de sentido. O Polaco adorava Akimov desde que um *politruk*, um oficial comissário político, tentou prendê-lo por manter um diário do front. Ilegal, mas Akimov não perderia um homem por uma bobagem desse tipo. Pelo menos ele pensava que o Polaco o adorava. Quem poderia garantir? O homem só falava polonês. Ainda assim, era capaz de lançar uma granada através de uma janela com os olhos tapados e a três quadras de distância – era o bastante.

Akimov o saudou com uma continência, indiferente, e sentou-se ao lado de Bobrikov.

– Números 47 e 49 – disse Bobrikov a ele, levantando os olhos do mapa da cidade.

– Para a barreira?

– *Da*. São os melhores, camarada major.

– Você confia em seu mapa? – As paredes de Stalingrado ruíam rapidamente demais para atualizar os mapas, ruas transformadas em becos sem saída e edifícios em crateras.

– E em minha memória.

Grishuk levantou a cabeça do canto onde estivera cochilando, usando as botas como travesseiro. – Ainda feliz por estar aqui? – perguntou ele a Bobrikov.

– Há lugares piores.

Sendo filho de um "inimigo do povo", Bobrikov fora primeiro designado para um batalhão de trabalhos forçados, cumprindo pesadas tarefas de construção juntamente com prisioneiros e conscritos, comendo batatas congeladas e vivendo em trincheiras onde os homens morriam de exposição ao mau tempo e exaustão. Só Akimov entendia como ele podia considerar que Stalingrado representasse uma melhoria.

Akimov assentiu. – Números 47 e 49, então. Como estamos de granadas?

Bobrikov deu-lhe a resposta, e Pyotr emendou: – A questão é saber: como estão os alemães?

– Eles provavelmente têm uma ou duas.

– Pelo menos Oallah terá um bom motivo para cair no chão.

"Oallah" era como chamavam Husami – um tadjique que passava metade do dia no chão, orando "Ó Alá" e a outra metade absolutamente imóvel, transformando-se em um pedaço de gesso caído. O melhor batedor que já existira e tampouco nada ruim com um lança-chamas na mão.

Aqueles seis eram tudo o que restava – incólumes – dos "homens de Rostov" de Akimov, o batalhão que lutara à retaguarda com ele em Rostov. O resto, contudo... jovens agricultores que nunca tinham visto luz elétrica antes do exército, operadores de telefone e negociantes de fumo, estudantes universitários empurrados de volta ao Volga por cima dos cadáveres de seus conterrâneos. Dois milhões de mortos em um ano? Três milhões? O Exército Vermelho era comandado por ideólogos que acreditavam na propaganda que cuspiam, puxa-sacos escolhidos pela lealdade e não pela competência. Com fé absoluta na vitória inevitável do comunismo, nunca planejavam a defesa, apenas o ataque. Por que se incomodar com defesa, quando a vitória estava assegurada?

Akimov chutou o pé de Grishuk. – Calce as botas.

– Eu? Estou quase caindo no sono.

– Nenhum deles dormiu com aquela barulheira do inferno, cheiro de urina, suor e pólvora por toda parte. Talvez lá na barreira haja um colchão de penas – disse Akimov. – Você pode dormir lá.

Pyotr riu e disse a Sasha: – Você também, garoto. Vamos.

– O quê? Onde?

– Do outro lado da praça.

– Agora? Já? Agora?

– Em três dias – disse Akimov –, você será um veterano, rijo como ferro.

– Três dias – murmurou o garoto, olhando para Akimov com olhos pidões.

– O senhor vai com a gente...

– Pegue suas granadas – resmungou Pyotr para ele. – Dez. E uma pá. Sabe como limpar uma casa?

Akimov esfregou o toco do seu braço e ouviu o clangor dos cinturões de munição, as submetralhadoras PPSh, o tinido das granadas. Viu Rabinovich acariciando o rifle, Grishuk de olhos sonolentos bocejando para entrar em alerta, o Polaco examinando o sabre. Os outros usavam baionetas, mas não ele. Tinha sido cavalariano. Dois dos novos homens, o ruivo e o ucraniano, cada um deles pegou seis quilos de dinamite, e os outros quatro, especialistas em morteiro transferidos de sua companhia, prepararam os morteiros 55 mm leves. No canto, invisível, a menos que você soubesse que ele estava ali, Oallah agachava-se sobre seu lança-chamas.

Não era um esquadrão de assalto tradicional, mas Akimov ficou satisfeito ao examiná-los. Então seu olhar deteve-se no rosto branco de Sasha ajustando o casquete e deu de ombros. Bem, que diabo – se um líder não lidera, o que ele era?

Akimov ajeitou a jaqueta e pegou uma granada. Pyotr colocou-se a seu lado e murmurou: – Diga-me que você não vai.

– Não seria a minha primeira mentira, Pyotr.

– Não seja idiota, Edik. – Edik era seu apelido, para Eduardo. – Você vai atrapalhar.

– Eles lutarão melhor se eu for.

– Nós todos lutaremos. – Pyotr deu uma olhada no garoto Sasha. – Mas não é por isso que você quer ir. Você é um major, um oficial superior. Seja o que for que seu pai tenha feito, pelo menos ele...

– Os postos se achatam quando a frente diminui, você sabe disso. Com cem metros entre os nazistas e o Volga, até mesmo os generais estão armando baionetas.

– Não os generais de um braço só. Ponha a granada de volta, você não consegue nem puxar o pino.

– Você se lembra do dia em que nos conhecemos? – perguntou Akimov com um sorriso suave. – Em Cracóvia?

Pyotr bufou e virou-se, sabendo que era melhor não discutir. Akimov saiu à frente deles, o garoto junto do seu cotovelo. Examinou a rua arruinada, montes de escombros dentro do exterior oco dos prédios, crateras rasas circundadas de terra. Oallah deu um silvo de trás dos restos do galpão de um jardim, e eles se esgueiraram em torno da esquina, por cima dos pedregulhos e por dentro das manilhas de água.

Akimov rastejava lentamente. As poças de água estagnada se infiltrando em seu cotovelo e ombro. Até mesmo Oallah, com seu pesado lança-chamas, deslocava-se mais depressa que um homem com um só braço. O toco de Akimov ardia como fogo, e sua respiração ficou irregular, seguindo as botas de Pyotr na escuridão. Finalmente viraram, seguindo instruções sopradas por Bobrikov, dentro de uma câmara de concreto, passando por uma pilha de corpos calcinados pelo fogo e inchados pela água: civis.

Diante de uma porta dupla de metal há longo tempo explodida por uma mina, Akimov fez um gesto de cabeça para o Polaco, que tocou em seu sabre com um sorriso faminto e o levou para cima, sob o céu turbulento.

Na orla da praça, o ar fedia a ferro muito quente. Eles avançaram aos poucos, a ousadia medida em centímetros, passaram por um colchão que ardia lentamente e um carrinho de bebê de cabeça para baixo, por cima dos músculos e das vísceras da cidade: concreto e pedra desnudas como a carcaça de um porco exibida no açougue. No meio da praça, eles se abrigaram atrás de um tanque escurecido e uma estátua derrubada.

Akimov consultou o relógio de pulso. Ainda não.

Não conseguia ver o garoto Sasha, mas o ouviu murmurar: – Como foi que o major realmente perdeu o braço?

– Cala a boca – ordenou Pyotr.

Akimov deu uma olhada nos telhados. Isolado do QG do exército, com ordens para tomar uma barreira, e Pyotr tinha razão, ele não podia lutar mais, nem sequer lançar uma granada. No mostrador do seu relógio, o ponteiro dos minutos completava lentamente o círculo.

– Nós estávamos lutando na retaguarda – murmurou Pyotr para Sasha. – Isso foi em Rostov, tentando reduzir o ritmo do avanço do

Fritz antes que ele nos atropelasse por detrás, um massacre. O batalhão do major... – As palavras de Pytr sumiram sob o estrondo da batalha de Stalingrado e depois retornaram. – Aí, então, um soldado alemão irrompe de dentro da casa com uma granada na mão. Nós todos continuamos ali de pé segurando nossos pintos, até que o major pula em cima dele do patamar, num abraço de urso, e prende a granada debaixo do alemão. A granada explode. O braço do major está preso junto. Puf.

O garoto disse algo que Akimov não ouviu.

– Um ano fora da prisão – disse Pyotr – e ele perde o braço.

– Prisão?

– Akimov esteve no Gulag por três anos. Eles libertaram milhares de oficiais depois de nossas perdas na Finlândia. Acontece que você precisa de oficiais para ganhar uma guerra. – Pyotr riu baixinho.

– O Gulag? Por que ele esteve no Gulag?

– Denunciado por atividades contrárias ao partido.

– Mas...

– Pergunte a ele você mesmo, o nariz dele está a um centímetro do seu tornozelo.

O ponteiro dos minutos do relógio de Akimov continuou a andar lentamente. Ele estalou a língua, contraiu o corpo e saiu correndo pela praça cheia de destroços com seus homens. Os alemães os viram – cedo demais – e dispararam rajadas de metralhadora. Um dos homens gemeu, e o fogo alemão foi respondido com o ruído característico das granadas dos morteiros leves de 55 mm, perfeitamente cronometrados, e pelo estalo sem pressa do rifle de Rabinovich de cima do telhado. Akimov investiu sobre a casa, seu revólver Nagan inútil na mão e uma dezena de explosões soando como um único e longo estrondo ensurdecedor; o Polaco e Pyotr lançando granada após granada pelas janelas e as portas escancaradas do primeiro andar; a casa expelindo fumaça e ruínas. Bobrikov correu sem medo através da poeira para entrar na casa e varreu o primeiro aposento com sua submetralhadora – os dois alemães na vidraça já mortos –, e o ruivo lançou uma granada pelo corredor, enquanto Grishuk pegava as duas outras portas e Pyotr, a brecha na parede, explosões cercando-os, duas e três granadas seguidas pela rajada da submetralhadora. Akimov sentiu a crueldade crescendo dentro de si, a calma indiferença da batalha, e gritou para seus homens: – Próximo quarto, vamos! Mais granadas! Agora, agora! Rasguem a parede!

Eles tomaram metade do andar, e então um alemão saiu de dentro da despensa, atirando em diagonal, cortou Bobrikov em dois, caiu contra a parede e arrastou-se três metros e caiu dentro da despensa, justo quando a explosão de duas granadas cortou-lhe a perna em duas na altura do joelho. Sua bota bateu no teto e deixou uma mancha vermelho-escura. Ensurdecido, gritando e meio cego, Grishuk limpou o salão, tropeçando no torso de Bobrikov, enquanto Akimov percebeu algo e gritou: – O teto! Um buraco no teto! Os filhos da puta estão atirando de cima! – E uma língua de fogo do lança-chamas de Oallah chamuscou seu cabelo e irrompeu para cima, com Akimov descarregando sua Nagan, gritando pelo Polaco, por Jesus e por Grishuk.

Os alemães lutaram pela sala com unhas e dentes. Akimov fez o ucraniano abrir um buraco no chão onde Oallah se meteu para meter o lança-chamas no inimigo. Pyotr terminou com eles com sua PPSh, e o Polaco agachou-se atrás de uma geladeira esburacada de balas e disparou a metralhadora contra a escadaria.

Uma súbita pausa então, a cidade sem poder respirar, e Akimov virou-se para Pyotr. – Onde está o garoto? Sasha?

– Na praça.

Morto. Merda. Preciso de um cigarro.

– Em Moscou, cobram dois rublos por uma tragada.

– Vê como temos sorte?

– É, o Bobrikov tem razão.

– Tinha – corrigiu Akimov.

Pyotr sacudiu a cabeça. – Não, o Bobrikov também?

– Sim. – Eles não falaram por um momento, depois Akimov fixou o olhar na escada. – Mais dois andares e o prédio é nosso.

– Prefere o jeito fácil ou o jeito difícil?

Akimov riu, os ouvidos ainda apitando. – Tem um jeito fácil?

– Você é o comandante, você me diz.

Não havia um jeito fácil.

Eles limparam os andares superiores.

Seis semanas antes, uma divisão Panzer alemã rompeu as linhas e atacou uma bateria antiaérea operada por voluntárias, a metade delas estudantes do ensino médio de Stalingrado. Jamais tendo sido treinadas para repelir ataques terrestres, elas baixaram os canos da bateria e combateram a 16ª Divisão Panzer até forçarem-na a parar. Após uma brutal troca de tiros, a bateria antiaérea silenciou, os blindados avançaram – e as garotas se levantaram das cinzas e os obrigaram a recuar.

De novo. E de novo. E de novo. Elas combateram os alemães durante toda uma noite inteira, até a madrugada, e todo o dia seguinte até o pôr do sol. Elas se recusaram a recuar e combateram os panzers até que a lua apareceu no céu e a última garota morreu, ainda disparando.

E daí? Que importância tinha reduzir a velocidade do avanço dos blindados alemães? Elas salvaram a rua, salvaram a cidade? Ganharam a guerra? Akimov sacudiu a cabeça, ajoelhando-se ao lado dos corpos arruinados de Grishuk, Oallah, Bobrikov e do ruivo cujo nome ele já esquecera. Nunca se sabe, nunca se sabe se uma bala, um momento, um centímetro vai desequilibrar a balança. Nunca se sabe o que desequilibra a balança.

Cabeça baixa, ele se dirigiu a Pyotr: – Arrebente as paredes. Abra buracos para as metralhadoras poderem atirar, precisamos de mais rifles antitanque. Ponha os homens no porão e no telhado, os blindados não conseguem elevar seus canhões tão alto. Os atiradores de morteiro trouxeram minas? Precisamos de um campo minado aí fora. Onde está Rabinovich?

– Aqui – respondeu o próprio Rabinovich da entrada, o rosto sujo de terra, o garoto Sasha atravessado em cima do seu ombro.

Akimov endireitou-se. – Ele está vivo?

– Não o carreguei até aqui para enterrá-lo – respondeu Rabinovich.

O sótão estava exposto ao céu, o telhado tinha explodido. Uma trama de vigas, como costelas, arqueava-se sobre eles, e, através dos escombros escurecidos, Akimov viu um vaso de flores vermelho lustroso e caixas de chapéu caindo de um guarda-roupa arrebentado.

Ele checou a linha do horizonte e fez um gesto indicando com a cabeça uma parede meio tombada e disse a Rabinovich: – Escave ali.
– Ali? – Estranhou o garoto Sasha. Ele acordara desnorteado, com uma cicatriz feia na testa, mas vigoroso. – Vão vê-lo.
– Quando o sol levantar, ele ficará na sombra.
– Fritz gosta de combater das oito às cinco. – Rabinovich enterrou a colher numa lata de carne. – Horário comercial.
– E a gente só espera? – insistiu o garoto. – Depois de tudo aquilo?
– Aquela foi a parte simples – retrucou Rabinovich com a boca cheia. – Agora é que começa a luta.
– Como você é com seu rifle? – Akimov perguntou ao garoto.
– Eu, eu sou bom. – O garoto balançou a cabeça. – Eu sou bom.

Três dias mais tarde, as tropas soviéticas romperam as linhas alemãs e estabeleceram rotas de suprimento. Agora Akimov tinha observadores de artilharia, atiradores de escol e de metralhadoras, tropa de comunicações, enfermeiros. Canhões antitanque, arame farpado, um campo de minas, uma trincheira que proporcionava acesso do porão. Repeliram sete ataques; os cadáveres apodreciam nas encruzilhadas, fumaça branca se desprendia de um tanque que ardia lentamente, e as furiosas rajadas das metralhadoras jamais se interrompiam, dia ou noite. Nada de horário comercial.

Ninguém dormia. O sono era algo tão fantástico e remoto quanto o silêncio. A vida diante dos números 47 e 49 dissolveu-se em um distante borrão – ele tinha nascido ali, fedendo, faminto e com frio, as orelhas ardendo e a garganta doendo de tanto berrar ordens.

– É verdade que o senhor esteve no Gulag? – perguntou Sasha no portão.

Akimov respondeu: – Kolyma.

– E de lá... da prisão, fizeram-no imediatamente um oficial?

– Primeiro, deram um banho nele – brincou Pyotr.

– Eles não me *fizeram* um oficial – disse Akimov. – Eu já era um capitão.

– Tudo bem, mas lhe deram um comando?

– Direto do Gulag. Eles precisavam de homens competentes.

– O camarada major conhece gente altamente situada – explicou Pyotr. – O pai dele, por exemplo.
– Ah! O seu pai mandou que o libertassem? – indagou Sasha.
– Pode ser – disse Akimov. – Se achou que minha liberdade atendia aos seus interesses.
Sasha sorriu sem graça. – Certamente, nenhum pai faria menos que isso pelo filho na prisão.
– Ele é a razão pela qual fui aprisionado.
– Não pode ser verdade.
– O pai de Akimov não aprovou seu casamento – disse Pyotr.
– Ou seu divórcio.
– Mesmo assim ele...
– Ele não aprovou que o camarada major ingressasse nos bolcheviques. Aprovou menos ainda ele ter entrado tanto tempo antes dele mesmo.
Sasha sacudiu a cabeça. – Não entendo.
– A primeira lealdade dele é para consigo mesmo – explicou Akimov.
Uma sombra projetou-se entre eles e um *politruk* deteve-se na entrada. – Por falar em lealdade, major Akimov, o senhor deve vir comigo.

Akimov seguiu o *politruk* nas trincheiras, cortando a cidade até o QG, o porão de uma loja de departamentos com lampiões de emergência pendurados em canos na vasta escuridão úmida. Vultos sombrios estavam agachados em torno de um pequeno armário arrebentado, comendo salsicha seca e bebendo água de um capacete.
O comandante da divisão disse para Akimov: – Você tomou os prédios.
– E os mantive, camarada coronel.
O coronel apontou para o mapa com a ponta do lápis. – Então nós temos um ponto forte aqui, nossa linha de frente. Onde é o deles?
Akimov bateu no mapa no mesmo lugar. – Nós capturamos a pia, eles têm o toalete. – Piada velha, mas, na escuridão, os homens riram. Akimov continuou mais baixo: – Mantivemos a barreira por três dias. Quanto tempo mais?

— Até o fim.

Antes que Akimov pudesse responder, o *politruk* puxou-o na direção da outra ponta do porão. — Por favor, isto é uma questão de certa urgência.

— Ótimo. Quanto mais rápido lidarmos com essa questão, mais cedo eu posso retornar.

— Isso não será possível, major Akimov.

— Retornar para junto de meus homens?

— O dossiê diz que o senhor é um romântico, lendo poesia e orando para que a Mãe Rússia o embale à noite, mas o senhor não é um sargento comandando um pelotãozinho.

Akimov massageou o coto. O braço perdido doía antes da chuva, doía de manhã, doía com uma súbita premonição de encrenca.

— O senhor tem novas ordens, direto lá de cima. — O seu *politruk* fez uma careta para o braço de Akimov. — Precisa acariciar isso?

— Você já viu pior.

O homem fechou a cara. — Já vi pior. — Ele parou ante uma mesa em um canto escuro com uma garrafa de vodca e copos de lata amassados.

— Vi prisioneiros abrirem buracos no concreto com nada senão as unhas e motivação. Não há nada que eu não faça pelo partido, porque eu entendo o que está em jogo. Você pode dizer o mesmo?

— Os números 47 e 49 estão em jogo. O que você quer de mim?

— Venha. — O *politruk* sentou-se à mesa. — Acompanhe-me.

Akimov permaneceu de pé, observando o homem. Que tipo de ordens podiam vir de um comissário político, um soldado raso do NKVD? Nada que ele estivesse ansioso por ouvir. Mas, ainda assim, um tenente da NKVD, na verdade, mandava mais que um general do Exército Vermelho.

— Eles têm lagostas importadas aos montes — disse o *politruk* quando finalmente se sentou. — Manteiga em manteigueiras de prata, trutas recheadas com creme e bacon.

— Onde?

— Primeiro sirva nossas bebidas.

Akimov segurou a garrafa de vodca entre as pernas, removeu a rolha e encheu dois copos.

O *politruk* olhou para a manga vazia. – Você é habilidoso com ou sem braço. Eu soube que você também perdeu um olho.
– Ficou curado.
– Ainda tem uma cicatriz, como uma teia de aranha branca. Eles têm laranjas frescas, *gadazelili* e bolo de manteiga com rum.
– Nós jogávamos este jogo também na prisão. "O banquete dos céus" imaginando cardápios, relembrando comidas.
– Isto não é jogo. Seis semanas atrás, Churchill esteve em Moscou, comendo truta recheada. Ele admitiu que não haveria uma segunda frente, que os britânicos não lançariam uma cabeça de praia para atrair os nazistas para longe de nós.
– Eu devo me surpreender?
– Você deve dizer "Sim, camarada" e fazer o que lhe for dito. Como todos nós.
– Sim, camarada. – Akimov enxugou seu copo. – Se isso é tudo, tenho de voltar.
– Você não vai voltar para a barreira.
– Para onde então? A fábrica de tratores?
O *politruk* levantou a mochila de Akimov do lado de sua cadeira.
– Você vai deixar Stalingrado para salvá-la.
– Não entendo.
– Ordens lá de cima. Primeiro você vai pegar um avião para Ankara...
– Turquia?
– E depois Suíça. Você viveu lá durante anos como criança, não foi? Você fala francês e alemão?
– Suíça? Eu deixei a Suíça. Voltei, lutei na Revolução de Outubro, na Guerra Civil, eu...
– Sua mulher ficou.
– Não tenho mulher.
– Magdalena Akimova. Ela nunca voltou.
– *Magdalena?* – O braço fantasma de Akimov latejou. – Ela se divorciou de mim vinte anos atrás.
O *politruk* enxugou sua vodca. – Ela tem a informação de que precisamos e nenhum amor pela União Soviética. Uma tsarista, não

é mesmo? Ainda assim, dizem que ela sabe algo que pode salvar Stalingrado, e talvez venha a ouvir você.

– Nunca ouviu quando éramos casados. De que se trata?

– É tudo o que sei – respondeu o homem. – Você vai pegar um avião para a Suíça a fim de encontrar sua ex-esposa.

CAPÍTULO 4

No sexto dia de confinamento solitário de Grant, a viga finalmente se soltou do teto. Ele deixou os braços caírem ao lado do corpo, os ombros queimando e os dedos dormentes, e respirou fundo o ar malcheiroso da cela, apoiando-se na parede para ficar na vertical. Quando a tonteira passou, ele encostou a viga, da metade do comprimento de um bastão de beisebol e com o mesmo peso, atrás da ombreira da porta. Agora tudo o que precisava era uma chance para usá-la.

A despeito da chuva castigando o telhado – e do apelido de sua cela, *Dunkelkammer*, o quarto escuro –, uma linha da luz do dia era visível na base da porta. A cela era uma caixa retangular do tamanho de um *closet*, com quatro grossas paredes de madeira. A parede oposta à porta dava para os estábulos do campo-prisão, onde os cavalos escavavam o solo, mudavam de posição e transferiam palha úmida de urina em sua cela através de uma fresta de meio centímetro sobre o piso de concreto. Atrás das paredes laterais, havia um chiqueiro e o toalete dos guardas. Duas vezes por dia, a porta se abria e o soldado Engleberg servia sopa de repolho de um balde sujo em uma tigela de lata.

Grant andou de um lado para outro na cela, procurando reduzir a dor nos ombros. Podia conviver com o fedor e a escuridão, mas estava ficando mais fraco – se não saísse logo, jamais sairia. Precisava encontrar o local da queda e pegar a câmera. Oh, e convencer o consulado de ouvir um prisioneiro fugido, acusado de ter assaltado um civil.

Bastante fácil.

Depois que ele tinha saído do hotel de quarentena e sido preso por assalto e tentativa de fuga, eles o tinham embarcado para o campo de prisioneiros Wauwilermoos. O contrário do hotel: os prisioneiros dormiam em barracas geladas em cima de tábuas cobertas de palha fervilhando de piolhos, com uma trincheira transbordante servindo de latrina. Sopa aguada com pedaços de cartilagem impossíveis de serem comidos, uma mangueirada semanal dada pelos guardas – pelo menos Grant pensava que fosse semanal, já que ele não estivera ali por uma semana antes do capitão Dubois chamá-lo para "interrogatório" e jogá-lo na solitária quando se recusou a responder.

Mais ansioso por jogar Grant numa cela sozinho que em ouvir quaisquer respostas. Não fazia sentido. Exceto, talvez, que fosse uma coisa que Dubois quisesse mais que ouvir o que ele vira na fronteira: queria que ele ficasse quieto. O que ele dissera lá na aldeia de cartão-postal? *"Não podemos permitir que você fale com as pessoas erradas."* Isso tinha de ser a respeito do protótipo de aeronave. E era coisa grande. Por que outro motivo se daria todo aquele trabalho? Assim, o piloto da aeronave alemã os localizara, e depois os alemães alertaram seus aliados na Suíça, gente como Dubois. E agora ali estava Grant, trancado em um campo de castigo, antes de poder contar a qualquer pessoa o que vira.

Mas quem acreditaria nele? Ninguém sabia que ele tinha mais que sua memória, que ele tinha o filme. Ninguém sabia que a câmera ainda estava enterrada na encosta da montanha. Nem mesmo Racket sabia que a câmera estava enterrada ou...

Um raio de luz pálida cortou a escuridão da cela quando a porta se abriu, surpreendendo partículas de palha flutuando no ar viscoso e frio. Grant levantou uma das mãos para proteger os olhos e viu Engleberg na porta, reluzentemente blindado.

– Ei, querido – disse ele em alemão. – Já é hora do jantar?

– Só daqui a muitas horas – disse o guarda, que não era o soldado Engleberg.

– Burri? É você? – O soldado Burri era o melhor dos guardas, um garoto da roça, forte, com uma fala arrastada. – Tive o Engleberg o tempo todo em que estou na solitária e ele não diz nem alô. O que foi que fiz a ele?
– Chamou de "querido"?
– Ele gosta, faz com que enrubesça.
Burri fez um barulho de quem não acreditava. – Engleberg?
– O urso grandalhão. Aposto dez contra um que ele é de Berna.
– Chega de tagarelice, tenente.
Má notícia. Durante os dias em que Grant ficara na cadeia normal, Burri deixava que ele falasse e fizesse perguntas sobre a Suíça e os eventos correntes; "chega de tagarelice" matava a única fonte de informação de Grant. – O que aconteceu a "estamos do mesmo lado"?
– Tenho meu dever para cumprir.
– Ainda sou um piloto que foi abatido, ainda sou americano, ainda...
– Ainda é um prisioneiro – completou Burri. – Se tivesse ficado no hotel, de quarentena, teria uma cama limpa e aulas de esqui. Em vez disso, fugiu de lá e acabou aqui.
– Eu já lhe contei o que houve.
– Dezenas de vezes. Você foi incriminado. Claro, você e todos os outros prisioneiros do campo. Agora venha, você tem de se apresentar ao Kommandantur para uma conversa.
– Com Dubois? Provavelmente quer falar sobre aquelas aulas de esqui.

Mas o que o comandante realmente desejaria? Saber se Grant vira o protótipo da aeronave na fronteira. Se não tivesse, poderia ser libertado facilmente. Caso contrário, ficaria na cadeia pelo tempo que durasse a guerra. Era o único modo de impedi-lo de falar. Como poderia então convencer Dubois de que não vira nada? Não fazia ideia.

Ele saiu pisando no enlameado passadiço de tábuas, deixando para trás a viga do teto. Não podia enfrentar Burri sem o elemento surpresa, não fraco do jeito como estava, não quando o esperavam no gabinete do comandante. Pelo menos ainda tinha uma ideia geral do campo graças ao voo de fotorreconhecimento. Podia traçar mentalmente o mapa do Straflager Wauwilermoos: o campo cercado por uma cerca dupla de arame farpado, patrulhada por guardas armados e cães de ataque. Três portões – Schötz, Santenberg e a entrada de pedestres – do lado de fora, enquanto o interior do campo era dividido por outra cerca de arame farpado, com dois portões separando a seção norte, menor, da seção sul, bem maior. O prédio de Grant, o estábulo e o quarto escuro ficavam na linha divisória, com a enfermaria e o alojamento dos prisioneiros para o norte e o resto do campo no sul proibido.

A chuva molhava seu rosto e ombros, e Burri disse: – Você está fedendo como um macaco.

Grant deu de ombros. – Como vai sua garota?

– Está bem, *danke*.

– Você a tem levado ao cinema?

– Fomos ver *Em cada coração um pecado*. – Burri deu uma olhada no perímetro. – Ela disse que, da próxima vez, nós vamos ver uma comédia musical com a Marika Rökk.

Grant passou a mão no queixo. – Você tem uma navalha?

– Quando os porcos voarem. – Burri tirou um cobertor puído de dentro do seu casaco. – Mas eu lhe trouxe uma toalha.

– Zofingen é ao norte, não é? – perguntou Grant, pegando o cobertor. – Com a igreja gótica? E Brittnau tem a escola feminina no velho castelo?

– Por favor, tenente. – Burri observou os guardas distantes. – Não fale nisso. Eu estava de boné quando lhe disse isso.

– De boné? – Alguma expressão suíço-alemã. Grant esfregou o cabelo molhado com o cobertor. – Fale em alemão, Burri.

– Eu estava bêbado, não devia ter lhe contado essas coisas.

– E a guerra?

– Sou seu serviço de notícias.

– A última coisa que eu soube foi que os alemães estavam às portas de Stalingrado.

– Estão dentro da cidade agora, combatendo nas ruas. – Burri sacudiu a cabeça. Passou um cinejornal junto ao filme com Hitler prometendo que tomaria Stalingrado até o fim do mês.

– Que mês?

– Este mês. Agora se mexa.

Grant seguiu Burri pela enfermaria, a lama suja gotejando entre os dedos dos pés. O ar cheirava à fumaça de madeira e enxofre. No portão interior – um X de madeira grossa protegido por arame farpado –, um dos guardas jogou um toco de cigarro para ele, mas a brasa se apagou na chuva antes de bater em sua coxa.

Do outro lado do portão, passando um trecho de terra, o Kommandantur dominava o campo. Burri conduziu Grant para dentro, até um aposento com um telhado pontiagudo e janelas peroladas com a neblina. Um aquecedor bojudo ficava em um canto, e o comandante Dubois estava sentado à mesa com um cinzeiro de estanho e uma estatueta de porcelana quebrada em três partes.

– Sente-se, tenente Grant – disse Dubois. – Tem algo contra eu falar alemão?

– Depende do que você vai dizer.

– Você fala como um nativo. – O cabelo negro de Dubois era colado na testa, e as lentes de seus óculos aumentavam os penetrantes olhos castanhos. – Será que percebo um toque da Baviera em seu sotaque?

– Você tem cola?

– Como?

Grant indicou com a cabeça a estatueta quebrada em cima da mesa. – Sou bom com as mãos.

– Soldado Burri, tem cola na arca, por favor.

Dubois juntou os dedos, fazendo uma torre com as mãos. – Deixa que eu comece por perguntar: qual era exatamente sua missão?

Grant arrumou os pedaços da estatueta: uma garota de faces rosadas, cabelo amarelo e boca mal-humorada em cima de uma pequena elevação verde luzidia.

– Por que, tenente, um piloto americano realiza uma operação de fotorreconhecimento em um Mosquito britânico?

– São boas máquinas, os Mosquitos.

– Você ainda vai responder – disse Dubois. – Não tenho pressa, e o confinamento solitário destrói um homem. Você atuou numa missão sobre a França, fotografando Estrasburgo?

Os fragmentos da estatueta de porcelana não combinavam. Grant não conseguiu fazer desaparecer a rachadura branca. – O que tem em Estrasburgo?

Dubois forçou uma risada. – Você que deve me dizer.

– Você estava a trezentas milhas dos últimos alvos dos bombardeios aliados.

– Procurando Paris. Meu navegador queria conhecer umas garotas francesas.

– Você estava a duzentas milhas de lá.

– O que explica por que ele não achou Paris.

– Os Mosquitos são máquinas britânicas, e você pertence à 8ª Força Aérea dos Estados Unidos. Realizando um voo de reconhecimento sobre a França, você foi descoberto por uma patrulha aérea alemã e seu avião foi derrubado cheio de buracos, certo? Simples, até aqui muito simples. Você não podia retornar para a Inglaterra e por isso faz uma aterrissagem de emergência na Suíça. Ah, mas foi apanhado. Detido em quarentena num hotel – tratamento suave –, tudo isso é bastante comum.

– Você já caiu com seu avião numa montanha? Não é tão comum assim. Nem tampouco é ser incriminado por assalto.

– Estou cansado de suas fantasias de perseguição. – Dubois removeu os óculos e comprimiu a ponte do nariz. – Há alguma coisa que você não está me contando.

– Quer o número da minha identidade de novo?

Dubois debruçou-se sobre a mesa. – O que você não está me dizendo?

– O que você não está me perguntando? – Grant levantou a cabeça da estatueta. – Quem está por detrás de você, dando as ordens? O que você está procurando?

Um silêncio contrafeito enquanto Dubois recostava em sua cadeira.

– Eu sou um piloto aliado comum – continuou Grant – abatido em uma missão comum – e Wauwilermoos é uma prisão federal. Esqueça como cheguei aqui, nunca sequer passei por um tribunal militar – você está violando a convenção de Genebra de dez maneiras desde terça-feira.

– A Suíça não assinou a convenção.

– A Convenção de *Genebra*.
– Assinada *neste* país, mas não por *este* país.
Grant olhou para Burri. – Vocês não assinaram a convenção?
O guarda sacudiu a cabeça. – *Nein*.
– E o que me diz dos Alpes suíços? Vocês têm Alpes suíços aqui?
– Nós somos neutros – disse Burri. – Não havia necessidade de assinar.
– Boa teoria, até que você esteja do lado errado do arame farpado.
Dubois limpou as lentes dos óculos com a gravata. – Você foi classificado como militar até quando fugiu – o que é um crime militar. E não venha me falar sobre o Código de Conduta especialmente quando seu adido militar o instruiu pessoalmente para não fugir.
– Leeger... – Grant passou para o inglês. – Leeger é um panaca e ainda por cima não é meu comandante.
Se ao menos Leeger o tivesse ouvido, tivesse lhe concedido cinco minutos em particular. Não tinha tanta importância assim que ele estivesse metido na prisão, mas aquele protótipo de aeronave tinha de ser divulgado. Especialmente agora, com Dubois se dando tanto trabalho para impedi-lo de falar, metendo-o na solitária para se assegurar de que não falaria com ninguém. Devia estar seguindo ordens alemãs. O que mais poderia estar por trás disso?
– Ele o quê? – perguntou Dubois. – Não entendo.
Voltando para o alemão, Grant disse: – Leeger não é meu comandante.
– Sou eu o seu comandante agora, tenente.
Grant tentou dar um soco em Dubois. Antes que sua mão o atingisse, Burri agarrou seu ombro e o empurrou de volta à cadeira. Movendo-se devagar demais, como se estivesse dentro d'água.
– Olhe só para você, tenente. – Dubois sacudiu a cabeça. – Não consegue colar dois pedaços de porcelana quebrados. Após seis dias na solitária, você não seria capaz de matar uma mosca, trêmulo como um velho.
Grant levantou as mãos. Estavam tremendo.
– Seis dias – disse Dubois – e você ficará preso comigo por mais quatro meses. Você ficará na solitária *für d'Fuchs*. Em vão. Você se pune sem nenhum motivo.

– Terminamos aqui?
– Quase. Diga-me o que você não está dizendo, e eu o tiro da solitária. Continue teimando e a próxima vez em que verá a luz do sol será em 1943.
– Sou piloto. Já vi bastante a luz do sol.
Os olhos de Dubois brilharam. – E o que mais você viu?
– Uma vez eu vi um macaco andando de bicicleta.
O comandante levantou-se. – Vamos.
Grant seguiu-o pela porta de trás, onde a chuva transformara-se em uma neblina cinzenta e fria que velava o sol. Dubois pisou no passadiço de madeira e disse: – Esta é a Guerra das Raças, tenente, a despeito do que tenham lhe dito. Na semana passada, o Reichmarschall Göring falou a respeito: o choque não é entre governos, a única questão é se quem governa o mundo são os arianos alemães ou os judeus bolcheviques.
Grant ficou olhando a neblina ser dispersa pelo vento.
– Diga-me o que eu quero saber – insistiu Dubois. – Sou um homem exigente, mas justo – posso tornar seu tempo aqui fácil. Ou muito difícil.
– Você não é tão ruim, Dubois. Não tem nada de errado que uma bala não consiga consertar.
– Volte à sua cela, tenente Grant.
Grant desceu a escada e pisou na lama. A questão seria mesmo o protótipo? O campo tinha criminosos suíços – assassinos, estupradores – e também polacos, britânicos, cipriotas, franceses. Um desertor alemão, um garoto quebrado que pensava que ele era um traidor, embora Grant fosse apenas um americano... até agora. Talvez isso explicasse o interesse de Dubois. Não, isso não explicaria ter sido incriminado no hotel da quarentena. E jogá-lo na solitária... Dubois devia saber que eles haviam visto o protótipo. Ou que eles tinham visto *algo*. Talvez ele tivesse apenas ordenado manter Grant no gelo, não falando com ninguém até novo aviso. Os alemães não haviam de querer que notícias de seu protótipo fossem expostas. Assim mesmo, eles estariam tão interessados assim. Numa dupla de pilotos americanos com uma história daquelas, quem haveria de acreditar?

ALIANÇA IMPROVÁVEL 49

Ninguém sabia a respeito da câmera, ninguém sabia da existência de uma prova. E ninguém ouviria, mesmo que ele fugisse – não sem a câmera. Em especial agora, quando ele era oficialmente um criminoso. O problema era que não conseguia encontrar o local da queda sem Racket. Ademais, estava trancafiado na solitária do campo de prisioneiros, chapinhando os pés descalços na lama fria cheia de pedras.

Tinha andado metade do caminho até o portão interior quando percebeu que Burri não estava mais a seu lado – olhou para trás e algo sólido e escuro lançou-se sobre seu cotovelo. Uma massa de músculos e pelo lustroso aterrissou na lama, flexionando os posteriores, preparando-se para um salto.

Cinco anos atrás, Grant tinha ouvido sem querer uma discussão de bêbados, talvez na Birmânia, talvez em Hong Kong, sobre como lutar com um cão. Um dos homens disse que era para enfiar o antebraço na boca do animal e deixar o corpo cair para a frente – pondo o outro braço na sua nuca, batendo nele por cima e por trás de modo a vir a quebrar-lhe a espinha com seu próprio peso.

Assim, Grant moveu o braço esquerdo e caiu de costas na lama. O cão trepou em seu peito, molhando seu rosto com o bafo. Olhos brilhantes meio escondidos sob o pelo da cabeça do cão e a lama sugaram o calor dos ombros de Grant. O ritmo do tempo foi reduzido, e o campo desapareceu; não havia nada no mundo senão os dentes brancos e enormes do cão.

Obedecendo a um comando distante, o cão recuou, pelos eriçados. A garoa tocou o rosto de Grant, e ele ficou ali deitado com o olhar fixo no céu cinzento. O rosto de Burri apareceu, e mãos vigorosas o puseram sentado. Em seguida, um par de botas arrancou pedaços de lama: Dubois, o rosto vermelho de entusiasmo, os óculos embaçados. – Eles não são bons cães de caça, tenente, mas com um cheiro como o seu...

Os guardas riram e Burri levantou Grant, pondo-o de pé. Bom sentir calor humano de novo, um toque compassivo. Ele tropeçou até que conseguiu se firmar e, apoiado em Burri, passou pelo portão de dentro e passou pelos toaletes, na direção da solitária.

Grant apoiou-se na parede e pediu: – Me dá um segundo.

– Ela mordeu você? – perguntou Burri.

Grant sacudiu a cabeça e, quando o chão parou de balançar, ele deu meio passo para dentro da cela escura. – Você viu minhas mãos?

– Vi.

– Trêmulas como as de um velho. Diga-me uma coisa, Burri: estamos do mesmo lado?

A chuva gotejava do telhado, e Burri sacudiu a cabeça e virou-se, a voz baixa: – Sinto muito.

– Também sinto – disse Grant, e saiu da cela, balançando a viga do teto.

CAPÍTULO 5

A pancada pegou Burri atrás da orelha, a viga pegando direto no osso, e ele arriou de joelhos. Grant bateu de novo e depois ficou parado, tremendo, ofegante, as palmas das mãos ardendo. Além dele, o campo dormia – a água gotejava das calhas e seus pingos marcavam a terra alagadiça. Ele arrastou o corpo inerme do guarda para o meio da cela, abrindo uma trilha onde o concreto imundo aparecia no meio do capim. Maldito Burri, o melhor dos guardas, um bom garoto, leal a um país neutro. Uma neutralidade de merda, claro – com cinco quilômetros para *dentro* da fronteira suíça permitidos apenas aos aviões da Alemanha.

Grant abaixou-se para examinar Burri.

Nenhuma resposta quando chamou o nome dele. Só uma respiração um pouco mais ruidosa que o normal. Grant desamarrou as botas do guarda e calçou seus pés lamacentos com elas. Lutou para se meter no casaco e nas calças de Burri, enfiou o boné na cabeça e abriu uma fresta da porta.

Auréolas nebulosas latejavam em torno das luzes elétricas viradas para baixo. Grant pegou o cobertor encharcado que usara como toalha ao passar pela enfermaria na direção da cerca dupla do perímetro, viu se estava só e atirou o cobertor em cima do fio mais alto do arame farpado. Ele era capaz de galgar a primeira cerca sem muitos danos e talvez passar por baixo da seguinte. E depois? Mais de vinte quilômetros até Lucerna, direção sudoeste ou sudeste.

A pé. Sobre as montanhas, pelo que sabia. Desarmado. Com cães em seu rastro.

E não havia nada para ele em Lucerna. Precisava levar a câmera para o consulado, mas precisava antes de Racket, a fim de encontrar o local da queda – e não tinha ideia de como encontrá-lo. Isolado em um hospital, em algum lugar da Suíça.

Olhou para o cobertor preso no arame farpado. Não era capaz de fazer esse voo cego.

Retornou à solitária, cumprimentando com um aceno de mão os vultos de dois guardas que se deslocavam na direção do portão de Schütz e deu um empurrão em Burri, ainda dobrado no chão. A respiração rasa não sofreu alteração, e Grant agarrou-lhe o pulso e o arrastou meio caminho para fora, rosto para baixo sobre as tábuas lamacentas, e depois recuou para dentro da cela e se agachou na mais negra escuridão. Suas pernas tremiam e na escuridão havia um brilho que lembrava o efeito óptico do óleo na água. Havia alguma coisa errada com seus olhos. Alguma coisa dentro dele se partira como aquela estatueta de porcelana, e as partes brancas não se ajustavam.

Grant fechou os olhos, mas o tremer da luz continuou.

Sombras se moviam atrás de cortinas de fogo.

Nanquim, 1937. Na esquina escura, uma garota mendigava em chinês. Grant deu uma olhada em Martin, um sujeito baixinho, óculos de aro de metal e que não sobreviveria a uma briga nem em um chá de senhora. Só que ele não estava voltado para a direção de onde vinha a voz da garota, e sim olhando uma pilha de farrapos na sarjeta.

– Ainda vivo? – perguntou ele.

Grant abaixou-se sobre os farrapos, um chinês velho metido numa bata puída de tão gasta, e sacudiu a cabeça. Morto, Grant sabia apenas pelo cheiro. Estripado por uma baioneta.

– Não pode ser salvo – disse Martin.

Grant voltou-se para a esquina escura. – Ela ainda pode ser salva.

– Não podemos interferir.

– Interferir agora ou enterrá-la mais tarde.

– Se eu perder esse encontro, Sr. Grant, enterraremos milhares.

Na esquina, o grito da garota cortou o troar das chamas antes de silenciar, abafado. Ouviu-se uma risada masculina, substituída depois pelos sons rápidos e monótonos da língua japonesa.

Grant, que ainda estava agachado perto do velho morto, pôs-se de pé. – Não posso deixar de enfrentar isso de novo.

– Você fará o que mandarem – disse Martin.

Grant sacou sua .45 ao ouvir os soldados se aproximando.

– Guarde isso – disse Martin. – São sete soldados...

– Eu passei duas semanas de joelhos implorando aos japoneses para respeitarem a zona neutra, há dezenas de milhares de refugiados – ataque esses soldados e você coloca todos eles em perigo. Guarde sua arma. *Agora*.

Grant enfiou a pistola no coldre um momento antes dos soldados japoneses, dois dos mais velhos implicando com um mais jovem, que, ruborizado, disfarçava mexendo na bandoleira do rifle. Quando Martin os cumprimentou polidamente, eles inclinaram a cabeça e escoltaram Martin e Grant pelas ruas vazias que ecoavam seus passos para o encontro que tinham com o comandante.

Martin apresentou sua queixa, e o comandante desculpou-se; havia combatentes inimigos na zona neutra e ele não podia, em nome da segurança de seus homens, impedi-los de entrar na zona neutra.

Grant manteve-se à parte das negociações, ansioso por sacar a arma e acabar logo com aquilo. Mas aquele show era do Martin, de quem ele talvez não gostasse muito, mas respeitava. E o obedecia. Martin era obstinado, nunca passava sua responsabilidade para outra pessoa, nunca tinha medo ou se atrapalhava. Concentrava-se no que considerava possível e ignorava o resto. E foi assim que salvou milhares de pessoas.

Martin deu um cansaço no comandante até que lhe extraiu uma promessa a respeito de passagem segura e restrição ao movimento de tropas e disse que voltaria no dia seguinte a fim de continuar a conversa. No caminho da porta, ele murmurou para Grant: – Assim é que se salvam vidas, Sr. Grant.

– Falando com eles até morrer. Teria sido mais rápido com uma bala. – Grant olhou para o meticuloso suíço. – Voltaremos amanhã?
– E todos os dias, até que ele contenha seus homens.

Três horas mais tarde, logo depois do cair da noite, Martin mandou que Grant fosse buscar suprimentos médicos. Atraído pela luz, ele circulara em torno de um incêndio que desencadeara com violência nos celeiros arruinados. Os japoneses selecionaram umas dez – algumas crianças com não mais que nove anos – de famílias ali reunidas e liquidaram o resto com gasolina. Jogaram granadas no fogo e, após cada explosão, os gritos ficaram mais fracos.

Uma velha camponesa caiu de joelhos, implorando a Grant em chinês. Ele assentiu com um gesto de cabeça, o rosto ardendo com a proximidade do fogo, e levou-a assim, como um menino com uma bandagem sangrenta na cabeça, ao longo do rio Yang-tsé, também conhecido como Rio Azul, coalhado de corpos e jangadas improvisadas. No fundo de uma ruela localizada em um bairro rico, uma gargalhada ecoou a partir de uma porta aberta e a garota de pescoço longo pisou do lado de fora com cuidado imaculado, como se a rua estivesse coberta de vidro quebrado. Era de família boa, a filhinha querida da casa, não podia ter mais que dezesseis anos, com marcas de mordidas nos ombros sobre a camisa branca pendurada, solta e suja como as asas quebradas de um cisne.

Grant conhecia a história, já a vira centenas de vezes: vira seu pai e irmãos mortos à baioneta, vira os soldados estuprarem sua mãe e irmãs e matá-las, guardando a menor para o fim. Umas cem vezes em duas semanas.

De alguma reserva impossivelmente profunda de força, a menina de pescoço longo apelou para sua dignidade, levantou o queixo e deu outro passo, depois girou vagarosamente e sentou-se, e ele viu que tinham lhe cortado um dos seios. Estava nua, a não ser pela camisa, e com uma das mãos, automaticamente, ela procurou se cobrir. Grant cobriu-a com seu paletó, rosto virado, nada que não tivesse visto antes – e alguma coisa se quebrou dentro dele. Perdeu a instantaneidade da reação automática, o gatilho pronto para disparo imediato do instinto – ficou inutilizado.

* * *

Um grito fez com que Grant acordasse. Sombras romperam o retângulo de luz desenhado pela abertura da porta da cela, e os guardas arrastaram Burri; os pés sacudindo, totalmente para fora. Depois a porta foi fechada, a escuridão aprofundou-se e Grant conseguiu se firmar; se eles tivessem se lembrado da tranca, ele estava acabado, mas por que trancar uma cela vazia?

Barulho de botas chapinhando na lama, um guarda gritou: – Ele passou por cima da cerca, encontrei um cobertor.

Metais retinindo nos estábulos, soldados se organizando em formações de combate, os cães retesando as correias. Pelo menos não podiam sentir seu cheiro, não com ele ali dentro. Os sons foram desaparecendo, o frio do casaco encharcado pela chuva transferia-se para os ombros e finalmente a linha de luz no piso de concreto foi perdendo o brilho e sumiu. Grant limpou a palha das calças, passou pela porta e agachou-se para se proteger da garoa. Havia apenas um guarda na portaria interna, mas era o que bastava. Eles o conheciam lá.

Grant foi até o toalete dos guardas e jogou água no rosto. E agora?

O vento forte soprava pelos buracos onde as vigas expostas corriam na direção do beirado do telhado e do lado de dentro para o cume do telhado, as aberturas formando espaços estreitos intocados pela luz das lâmpadas balançando nas correntes de metal que as prendiam.

Ele examinou as vigas. Poderia usá-las para passar para o outro lado da parede? Chegar à metade sul do campo sem passar pela portaria interna? Trepou em cima da pia, agarrou-se num cano de água, escorregadiço graças à condensação, e puxou o corpo para cima. Enfiou uma bota no espaço onde a pia era presa, levantou a outra perna e conseguiu subir todo o corpo, uma das mãos presa ao lado do corpo e a outra na frente, como a antena de um inseto cego. A viga estreitava debaixo do cume do telhado e depois caía no espaço escuro. Ele avançou um pouco, um metro e vinte, um metro e cinquenta... e conseguiu ficar lá dentro.

Grant não tinha entrado em pânico quando o FW 190 surgira de dentro das nuvens, disparando rajadas de metralhadora contra o seu Mosquito, ou durante a queda – mas agora se sentia incapaz de respirar; braços e pernas presos, sem ter como virar a cabeça. O coração parecia ter deixado de bater, e a pele coçava sem que ele pudesse fazer nada.

Pancadas não ritmadas o assustaram, e ele começou a suar, imaginando guardas entrando no toalete atrás dele e vendo suas pernas – mas as pancadas eram apenas seu braço tremendo e batendo na parede. Merda. Respirou fundo e adiantou-se até que uma luz fraca foi filtrada através da parte inclinada para baixo.

Ele caiu no piso compacto dos estábulos. Era possível ver as edificações militares através da porta aberta e, à sua esquerda, o Kommandantur e as instalações da intendência, depósito e armazém. Esfregou o ombro e seguiu mancando até uma baia vazia, respirando fundo para evitar a tremedeira que o acometia. Houve um tempo em que ele teria ateado fogo no campo e fugido, iluminado pelo incêndio. Bem, ele envelhecera.

Os estábulos estavam vazios, exceto por uma égua velha de costas afundadas, olhos cheios de muco e costelas aparentes. Ela bufou para Grant na mesma hora em que alguém entrou no estábulo atrás dele e exclamou, em alemão: – Lama filha da puta.

Grant murmurou sua concordância.

Ouviram-se duas pancadas, o homem limpando a lama das botas e depois silêncio. Grant alimentou a égua com um punhado de feno, olhou por cima do ombro, e o homem desapareceu. Talvez. Ajustou o boné e seguiu para a Kommandantur, atravessando a clareira. Vinte metros que pareceram um quilômetro. Entrou pela porta dos fundos, seguiu por um corredor estreito até o escritório de Dubois... e lá descobriu que a porta, no mesmo nível do batente, estava trancada.

Maldita engenharia suíça. Saiu outra vez, contando os passos, e contornou um dos lados da edificação. Segurou o boné de Burri dobrado de encontro à vidraça e deu um golpe com a quina da mão. O vidro quebrou, retinindo. Ele abriu o trinco e galgou a janela, tateando até encontrar uma luminária de mesa. Puxou a corrente do interruptor e lá estavam uma escrivaninha e os arquivos, uma cadeira giratória de madeira e um mapa preso à parede.

Examinou as gavetas, encontrando meia dúzia de lenços perfumados, um canivete e – no arquivo – uma dezena de pastas. Lá estavam relatórios pessoais e dossiês de prisioneiros, além de um punhado de cartas assinadas "Heil Hitler" com o endereço da casa de Dubois coberto com tinta preta grossa, formulários de requisição, manuais do exército, um caderno de recortes... mas nenhuma menção de Racket ou do hospital.

Grant girou na cadeira e olhou para o mapa na parede. Havia outro modo de encontrar Racket. Depois que fugisse.

CAPÍTULO 6

O campo estava envolto por uma luz esverdeada que fazia lembrar um aquário. A caçada para capturar o prisioneiro que fugira deixara tudo em silêncio. Grant pegou a pilha de gavetas nos braços. Ele as esvaziara dentro da sala de Dubois, e as gavetas eram mais leves do que pareciam e ajudavam a obscurecer seu rosto. Era um simples homem uniformizado cumprindo uma tarefa no meio da noite. Caminhou na direção da saída e verificou o corpo da guarda: três soldados se acotovelavam preguiçosamente, metidos em suas jaquetas para se aquecerem.

Ele se desviou na direção do portão aberto, tendo cuidado para não olhar para os carros e vans estacionados do lado de fora. Pelo que os guardas sabiam, o único prisioneiro solto tinha sumido muito tempo antes, de modo que não era preciso deter um colega.

Grant estava a três metros do portão quando um soldado barbado no corpo da guarda lançou-lhe um olhar indiferente e apanhou uma caneta. Merda, ele não ia passar em branco.

Ele chutou a moldura da porta. – Acordem, seus preguiçosos de merda!

O guarda barbado retrucou: – O quê? Eu estou acordado.

– E os outros dois? Dormindo em serviço? Você está de boné?

– O quê?

– Tire-o quando não estiver de serviço – resmungou Grant. – Se estou andando por aí a esta hora da noite, você bem que pode ficar acordado, porra!

– Calma!
– Este é o problema, calma demais. Me dá a chave. A chave da van.
– Da van?
– Da van, claro, da porra da van. – Meio escondido pela pilha de gavetas, Grant fez um gesto com a cabeça na direção das vans militares estacionadas do outro lado do portão. – Acha que vou carregar isso tudo aqui nos braços até chegar em Zurique?
– Zurique?
– Porra, que merda é essa? Você mais parece um eco humano, a repetir tudo o que falo! A chave! Ou prefere ter o Dubois torrando seu saco?

O homem levantou as mãos, num gesto de rendição, ofendido.
– Tudo bem, leva logo.

Os dedos de Grant tremeram ao enfiar a chave na ignição, mas ele conseguiu dirigir para longe dali com bastante firmeza.

Uma muralha antiga delimitava Lucerna ao norte com um lago a refletir a lua ao leste e um rio cortando a cidade ao meio, rio esse transposto por uma ponte recurvada para pedestres. O mapa do escritório de Dubois ia todo amarrotado em cima do banco do passageiro ao lado de Grant, com o ponteiro indicador da gasolina baixando cada vez mais à medida que as rodas avançavam, erguendo colunas da água que encharcava as ruas.

Um homem de guarda-chuva esperava sob um anúncio do National Quay, onde se viam quadras de tênis de piso gramado e lagos onde se podia tomar banho. Grant abaixou o vidro da janela. – Estou procurando Brüggligasse.

O homem apontou com o guarda-chuva. – Em Musegg.

Voltar pelo mesmo caminho de ida, atravessar a Schwanenplatz, passar por uma igreja enorme, gordas gotas de chuva cobrem o parabrisa. Grant virou na Kornmarkt e encontrou a Museggstrasse na sombra do velho paredão. Seguiu a rua na direção errada e terminou na área do museu, mas pelo caminho contrário; o ponteiro do combustível abaixo da marca de vazio.

A casa tinha portões de ferro batido e uma chaminé de pedra. Ele estacionou mais adiante e examinou a porta da frente. Trancada. A lateral também. A tampa do velho tubo inclinado para o carvão do aquecimento cedeu facilmente, contudo, e ele entrou rastejando na escuridão pungente, perdeu um ponto de apoio e esparramou-se no piso irregular. Com as mãos, defendeu-se das teias de aranha e, tateando, acabou chegando a um portal de pedra branca, e uma brisa fria com cheiro de terra soprou em seu rosto: o porão onde eram armazenados os legumes e as raízes.

Outra porta, e ele se viu em Berlim: bandeiras com suásticas flanqueavam um pódio cheio de panfletos e uma foto ampliada de Hitler pendurada em lugar de honra. Era a casa de Dubois, sem dúvida. Havia um armário de armas com rifles de repetição manual, uma velha Gewehr 98 e a Karabiner 98k. Pistolas, também, uma Lebel francesa de oito milímetros, uma Mauser, duas Walther. Havia um punhal da SS com uma caveira no punho. O punhal estava dentro de uma gaveta com tampa de vidro, meio escondido por um mar de selos vermelhos, e onde também havia uma granada de mão da Primeira Grande Guerra, uma granada com um cabo de madeira que lembrava um martelo.

Grant carregou a Lebel e fez mira na foto de Hitler do outro lado do aposento. A mão tremeu e o cano da arma lembrou uma gota de água ao cair em uma frigideira quente. Ele deixou a pistola e pegou o punhal da caveira. A lâmina deslizou para fora da bainha e tremeu.

Ele não era mais habilidoso com as mãos, mas aquilo não precisava de um toque refinado.

Lá em cima encontrou a saleta da frente, sentou-se no sofá e tirou as botas de Burri. Talvez Dubois não tivesse ainda voltado para casa. Talvez o estivesse caçando nas cercanias de Wauwilermoos, a prisão de onde fugira. Talvez pudesse se atirar no colchão e dormir por uma semana.

Os degraus eram arenosos sob seus pés descalços. No segundo andar, encontrou uma massa informe roncando em uma cama de quatro colunas coroada por meia dúzia de travesseiros. Acendeu a lâmpada, o cabo do punhal frio na palma da sua mão. Soou um grunhido vindo da cama, o barulho do tecido sob a colcha, e Dubois ergueu os olhos congestionados na direção da luz.

– Desta vez – disse Grant –, sou eu que faço as perguntas.

A respiração de Dubois ficou irregular. – O quê? – Sua voz falhou.

– Grant? – Ele puxou o peso do corpo para junto da cabeceira da cama, usando pijama listrado e uma touca de dormir mole. – Você não pode... você não pode estar aqui.

O quarto cheirava à cânfora e à colônia. Lá fora, um cão latiu e outro respondeu.

– Você agrediu um guarda – disse Dubois. – Fugiu do campo. Está em situação difícil agora, meu jovem. Quando o encontrarem, vai se arrepender.

– *Você* me encontrou.

– Você não me assusta, tenente.

– Não?

Dubois se remexeu nervosamente na colcha. – O que você quer?

Grant revirou o punhal do cabo com a caveira nas mãos. O que ele queria mesmo era um banho, fazer a barba, um jantar quente e uma boa noite de sono.

Os cães pararam de ladrar. O silêncio era tão sufocante quanto a nacele de um Mosquito, os radiadores exsudando calor.

– Diga alguma coisa, droga!

– Meu navegador, Racket McNeil. Oliver McNeil.

– Sargento McNeil, sim. – Uma pausa. – Ele está sendo bem cuidado, seus ferimentos sendo submetidos a tratamento. Nós ajudamos militares internados em nosso território, eu posso ajudar *você*. Entregue-se, tenente – não há nada que o impeça. Burri não está seriamente ferido. Você será levado a um tribunal militar, o que acha?

– Onde ele está?

– McNeil? No hospital, imagino.

– Onde?

– Certamente, tenente, não pensa que...

Grant aproximou-se mais. – Em que cidade?

– Em Neuchâtel! – disse Dubois. – Em Neuchâtel!

– Onde fica?

– Direção noroeste, às margens do lado... – Dubois ficou ruborizado. – Você vai voltar para pegá-lo.

– Você acha?

– Eu sei.

– Não é muito esperto, Sr. Dubois.

– Mais esperto que você. – Os olhos castanhos dele reluziram. – Ele é um homem machucado, só um tolo. – Ele se interrompeu subitamente ante a expressão de Grant. – Que é?

– Você sabe para onde vou.

– Para Neuchâtel, claro. – Dubois finalmente percebeu onde Grant queria chegar e calou-se. – Eu... Eu não digo a ninguém. O branco dos seus olhos pareceu brilhar mais quando Grant lhe mostrou o punhal. – Oh, meu Deus, não, por favor. Eu sou neutro. Sou um oficial.

– Você é um homem morto. – Grant pressionou o homem contra o colchão, erguendo o punhal. – Você preparou uma armadilha contra mim.

– Por favor, em nome de Deus, isto é um assassinato.

– O que você quer comigo? Por que tantas perguntas?

– Eu não sei, eu não...

– Só vou lhe perguntar mais uma vez – disse Grant, guardando silêncio.

A respiração de Dubois pareceu ficar mais ruidosa. – Eu soube – disseram-me que você, antes de cair, pode ter visto alguma coisa. Uma locação sensível ou uma área industrial, não sei.

– Você não sabe.

– Eles me disseram para descobrir o que você viu. Descobrir se você viu alguma coisa. Disseram que era muito importante impedir que você falasse com alguém, com qualquer pessoa. Eu tinha que agir depressa para impedir que você relatasse o que viu. Mantê-lo em silêncio. Eles disseram – eu não podia controlar você na quarentena, de modo que eu...

– Ordenou que eu saísse do hotel. – Grant bateu com o punhal no travesseiro. – Engleberg cuidou do porteiro e juntos vocês capturaram um criminoso fugitivo.

ALIANÇA IMPROVÁVEL 63

– Sou um soldado leal. Faço o que for necessário.

– Quem lhe disse? Quem disse a você que vi alguma coisa?

– Um contato.

– Na Alemanha?

Dubois não respondeu, ofegante.

– A patrulha que me abateu reportou minha localização? Claro, depois os nazistas entraram em ligação com você para impedir que eu falasse com alguém.

– Sim.

– Eles pensam que eu esbarrei em algo involuntariamente. O que pensam que eu vi?

Mais respirações profundas. Grant espetou a face de Dubois com o punhal e ele despejou: – Sim, sim. Eu não sei. Você foi visto por uma aeronave. Recebi um telefonema na noite em que você foi abatido. Me mandaram fazer com que você ficasse quieto – e o resto foi fácil. É tudo o que sei. É tudo o que sei.

– Você é nazista.

Dubois corou. – Sou um membro do Partido Nacional Socialista.

– Levante-se.

– Um... um membro orgulhoso.

– Idiota de merda. – Grant arrastou Dubois para fora da cama. – Não vi nada antes de cair. Estava ocupado demais tentando permanecer no ar.

Ele empurrou o homem pelo corredor até o depósito onde eram guardadas as roupas de cama. – Abra a porta.

Dubois abriu a porta do depósito com a mão trêmula. – Não...

Grant empurrou-o para dentro. – Se ouvir um pio, eu o levarei para o banheiro.

– Para o...?

Grant mostrou-lhe o punhal. – Por causa do ralo.

Ele bloqueou a porta com uma arca e começou seu banho, mergulhado em água escaldante. O cheiro do confinamento solitário ficara entranhado na pele, nos músculos e ossos. Preparou creme de barbear com um pincel e fez a barba. Depois drenou a água e começou outro banho.

Um hospital em Neuchâtel. Facílimo.

Cortou as unhas e depois revistou o armário de Dubois até que encontrou um terno que quase se ajustava bem a seu corpo, um par de meias e sapatos exageradamente largos. Acrescentou uma gravata e um relógio e, no andar térreo, pegou uma pasta e um chapéu. Achou dinheiro e documentos na escrivaninha de tampo corrediço, onde também encontrou um mapa. Neuchâtel não parecia longe, era enfiar Racket na van e tocar para o local onde o Mosquito caíra, onde teriam que encontrar a câmera. Aí, então, o consulado o ouviria, o general Leeger que se danasse.

Uma vez na cozinha, bebeu um jarro de leite e encontrou pão duro e granuloso em que passou queijo cremoso. Quando terminou, pôs as maçãs e o resto do pão na valise. Estava se esquecendo de algo: mapa, dinheiro, roupas e alimento. Sentou-se à mesa, sentindo falta de alguma coisa realmente complicada, como pilotar um avião sem trem de aterrissagem.

Descansou a cabeça sobre o braço esticado. Pegar Racket, encontrar o local onde o avião caíra... tudo o que precisava era a chave e um tanque de gasolina.

Ir de van até Neuchâtel, estacionar atrás do hospital, descer uma viela abafada onde o cheiro sufocante de carne queimada adensava o ar, o som das risadas significava o contrário do prazer, e a garota de pescoço comprido surgia de repente na rua, marcas de ferimentos em sua pele clara, o sangue manchando a barriga e as pernas, os ombros protegidos pela jaqueta de Grant.

Barulho de botas marchando na viela, uma batida lenta e abafada na porta de cantos frágeis, cheiro de repolho azedo, e Grant abriu os olhos para as batidas irregulares...

Onde estava? O quartel, a solitária...

Na cozinha de Dubois, escutando uma insistente batida na porta. Um retângulo de luz com as sombras das venezianas cobria a mesa em frente a ele; manhã em Lucerna, o sol reluzente através da vidraça. Como um idiota, ele dormira – gastara a noite e perdera sua vantagem.

ALIANÇA IMPROVÁVEL 65

Pegou o chapéu e a valise e se levantou, mas as pernas cederam. Caiu sentado na cadeira e respirou até conseguir enxergar com clareza. Esforçou-se para se levantar outra vez, mas suas pernas não funcionaram. As batidas foram ficando cada vez mais altas, era uma obra na rua, ou talvez um portão aberto...

Não. Era Dubois lá em cima, batendo para ver se conseguia sair do *closet*.

Grant colocou as palmas das mãos sobre a mesa e fez força para se levantar. Quando as pernas conseguiram sustentá-lo, ele se dirigiu ao hall que dava na escada. Tinha que subir para uma conversa serena com Dubois, mas era muito grande o número de degraus. Saiu pela porta da frente e a rua molhada refletiu o sol, mais brilhante ainda ao longo do meio-fio, onde a luz era refletida por uma fita de água.

Na rua, a van tinha desaparecido.

Grant fixou os olhos no meio-fio, a mente em branco. Dubois se libertaria em dez minutos e sabia que ele ia para Neuchâtel. Roubar um carro? Não com aquele tráfego mínimo nas ruas, não quando ele não conseguia confiar nas próprias pernas. Não quando a principal coisa que lhe faltava era coragem.

Duas quadras depois, seguindo a velha muralha em que a cal descascava como pele demasiadamente queimada pelo sol, Grant acabou por chegar ao rio. Prosseguiu, então, ao longo do cais guarnecido por árvores cortadas todas na mesma altura. Atravessou uma ponte coberta com o teto pintado como uma Bíblia ilustrada e foi, então, atacado por uma onda de fadiga. Conseguira sair do campo de prisioneiros, sabia onde se encontrava Racket, devia estar estourando um champanhe, mas, em vez disso, sentia-se exausto como um velho.

No *bahnhof*, comprou um bilhete do trem expresso por onze francos e sessenta cêntimos. Não podia fazer aquilo sozinho e conhecia apenas uma pessoa na Suíça: Anna Fay, a esposa de Martin.

CAPÍTULO 7

As portas da frente do Variété Theatre se abriram, e três casais apareceram: as mulheres, tagarelando em vestidos de gala com a cintura alta, moda império, e casacos de pele; os homens, formando um silencioso pano de fundo escuro. Anna Fay observou-os por um momento e por fim saltou do táxi, alisando o vestido de noite de brocado. Sorriu alegremente para as outras mulheres, fingindo que suas sandálias formais não estavam matando os dedos dos pés; ela as comprara dez anos atrás, na esperança de em breve perder seu peso de grávida.

Anna riu intimamente; em vez de peso, ela perdera suas expectativas.

Após subir a escada, ela deixou para trás o frio da noite e entrou no *lobby* do teatro, onde o perfume e os charutos engrossavam o ar. Embora a peça tivesse terminado meia hora atrás, a multidão permanecia rindo, fumando e bebendo graças ao bar, cujo estoque não chegara a sofrer muito com a guerra. Ela se esgueirou pelos cantos do aposento, segurando o pacote – uma caixa vazia, lindamente embrulhada para presente – ao lado do corpo.

Na escadaria, uma mulher às suas costas disse: – Anna, querida. É um presente para mim?

Ela se virou e deu com Rosine, com seu rosto anguloso e olhos sonolentos. – Eu não esperava ver você aqui.

– O subsecretário de Alfândega e Finanças veio assistir à peça.

– Por que você não está flertando com ele, então?

Rosine pigarreou. – Eu... ele está olhando do balcão.

– Onde?

– Não olhe! Ele está com a mulher. – Rosine bateu com uma unha pintada no pacote embrulhado para presente. – Espero que seja um colar de pérolas. Não tenho pérolas.

– Vá embora, estou esperando alguém.

– Um amante tímido? Já era tempo, querida.

– Rosine, xô!

A garota afastou-se, e Anna sentiu que a atenção do *lobby* mudava, que era esquecida. Ótimo. Confiava em Rosine, mas ela usava uma máscara no turbilhão social que Anna dificilmente reconhecia. Não que a culpasse, claro.

Anna demorou-se nas proximidades de uma conversação, aguardando a abordagem. A fonte que esperava encontrar naquela noite era mais que normalmente cautelosa e por boa razão – o que estava em jogo era muitíssimo importante. Com a reputação dela de ser fervorosamente antifascista e de não levar em consideração a censura – baseada em artigos escritos para jornais vendidos em bancas e umas poucas publicações que circulavam privadamente –, Anna era periodicamente contatada por pessoas que tinham esperança de acender uma luz brilhante na escuridão da cooperação suíço-alemã. A mulher que providenciara aquele encontro aludira ao documento que Anna mais desejava descobrir, um memorando nazista sobre o estado das negociações econômicas entre alemães e suíços. Meses antes, ela desencavara uma cópia mimeografada cheia de manchas de um dos primeiros rascunhos, escrita pelo Reichsminister Karl Clodius. O texto deixara a confiança alemã na Suíça dolorosamente clara:

• A Suíça representa nosso único meio de obter câmbio estrangeiro livremente disponível. Não podemos, nem mesmo por dois meses, abrir mão das transações em moeda estrangeira na Suíça.

• Não obstante limitadas, as remessas suíças de bens acabados são indispensáveis.

• Os contratos de armas suíços são compostos de equipamento especializado técnico cuja demora afetaria seriamente os programas de carros de combate e de controle remoto da Alemanha.

• Apenas metade das 470 mil toneladas de carvão sendo enviadas para a Itália via Suíça poderia ser despachada por outras rotas.

O memorando Clodius provava que havia homens no governo suíço, tanto no setor bancário quanto no industrial, cujas mãos seguravam com força as rédeas financeiras do Reich de mil anos de Hitler. Anna precisava encontrar esses homens – e forçá-los a agir contra os nazistas.

Se ao menos aquela tal mulher aparecesse... Cada vez mais ansiosa, agora que a multidão diminuía, ela bateu com o pacote embrulhado para presente. No entanto, tudo indicava que chegara a outro beco sem saída. Recebera o telefonema ontem, e alguma coisa no tom de voz da mulher convenceu Anna de que era genuíno.

– Posso falar com Madame Fay? – perguntou a mulher, em francês, com sotaque bem forte.

– É ela mesma.

– Li alguns de seus artigos.

– Sim? Posso fazer alguma coisa pela senhora?

– Acho que a senhora merece confiança. Possuo certas informações, coisa que vale a pena sair nos jornais.

Anna pegou o bloco de anotações. – Por favor, continue.

– É acerca dos negócios financeiros entre a Suíça e a Alemanha.

– Com quem estou falando?

– Nós nos conheceremos muito em breve. Trabalhei para um homem que providenciou um negócio fraudulento entre as indústrias alemãs e suíças. Eu vi a papelada. Eu tenho a papelada.

Um negócio fraudulento? Se Anna investigasse cada transação financeira, não teria tempo para dormir. – As comissões são altas demais ou...

– Eles lavam dinheiro. Não se trata de ganância – não é meramente *ganância*, mas política... no seu mais alto nível. E viola as leis da neutralidade.

– Você trabalhou como secretária do homem?
– Não me pressione. Há outras pessoas que desejam essa informação, que me pagariam por ela, ou pior... – A voz da mulher tremeu por um momento antes que ela recuperasse sua segurança. – Esse homem, meu ex-empregador, não é de brincadeira.
– O nome dele?
– Não pelo telefone. Ele está se metendo agora em algo novo. Eu ainda o estou investigando.
– Diga-me o nome dele, *qualquer coisa* que eu possa confirmar.
– Vou lhe dar a confirmação quando nos encontrarmos.
– Você tem alguma prova?
– *Oui*. Um memorando.
Anna prendeu a respiração. O memorando de Clodius? – Acerca do apoio econômico da Suíça à Alemanha?
– E a Polícia Federal Suíça, e nosso aparato de segurança, e um grupo de investidores que...
Ela se interrompeu, sua voz subitamente frágil. – Chega. Você está em Berna. Na noite depois de amanhã... – A ligação telefônica trouxe o barulho de um jornal. – Pronto, aqui está, depois do espetáculo noturno do Variété. Leve alguma coisa que me permita reconhecê-la.
– Como posso saber que isso não é uma busca sem esperança?
– Você sabe que não é.
Verdade. Anna acreditara nela desde o princípio. – Estarei lá.
– Leve um pacote embrulhado para presente – continuou a mulher. – É como vou achar você. Um presente, embora seja você quem vai recebê-lo.
A mistura de medo e segurança demonstrada pela mulher convencera Anna de sua sinceridade. E mesmo agora, observando o último dos espectadores da peça deixar o *lobby*, uma hora da madrugada, não duvidava verdadeiramente dela.
Finalmente sozinha, entrou na noite fria e nas ruas vazias. A Cidade Velha de Berna fora construída sobre uma elevação arenosa logo acima do rio Aar, com inúmeros chafarizes medievais e arcadas sob a torre de Münster. Largas pistas estendiam-se da via simples da pon-

te de Nydeck, atravessando a cidade na direção de Bubenbergplatz. Não chegava a ser três quilômetros distante de casa, mas uma longa caminhada após uma noite exaustiva – perdera o último bonde, é claro, e o ponto de táxis estava abandonado.

Apenas um carro passou antes de Anna virar na Münzrain na direção do seu atalho. Inclinou-se contra uma parede sob a vasta barriga de pedra do Bundespalast e passou um dedo ao longo do salto do seu sapato. A mulher teria se afastado, amedrontada? Teria verdadeiramente desejado vir? Dificilmente teria importância agora, mas sentia-se obrigada a explorar cada ponta solta, devia isso a si própria, e a seu marido. Assim também como à Suíça.

Bem mais adiante, esgueirou-se através da porta destrancada de um carro do bonde, subiu a escada da manutenção e pisou na Taubenstrasse, onde sua casa, na periferia da cidade, dava para acres e mais acres de vinhas que permitiam abordagens. Entrou, chutou os sapatos para longe e massageou o arco dos pés até que um vulto fantasmagórico passou pelo patamar da escada: Christoph, mãos pálidas agarrando o corrimão, os olhos negros pesados de sono. Apenas dez anos de idade e solene como um sacerdote – não podia negar ser filho do seu pai, uma mistura abençoada.

– Volte para a cama.

– Você disse que voltaria a tempo de jantar.

– Podemos falar a respeito do jantar amanhã – disse ela – e de como ele chega à nossa mesa.

– Prefiro você ao jantar.

– Ando muito atarefada.

Uma pausa sombria. – Você sempre diz a mesma coisa.

– Porque é sempre verdade, gorducho.

– Não me chame assim.

– Vá para a cama, Christoph. Você tem aula amanhã.

Ele deixou-se levar flutuando como um espectro, e ela tirou as luvas, removeu a boina de veludo e soltou o cabelo. Lá em cima abriu a porta do quarto de Christoph; seu rosto alvo, na cama, virou se na direção dela; um belo menino: pálido e sombrio como um poeta romântico.

– Durma bem – disse ela.
– Você também, maman.
Mas depois de lutar com o edredom por uma hora, ela não conseguiu dormir um único minuto. Enfiou um roupão e desceu para a lavanderia, onde pôs a chaleira no bico do gás. Espalhou uma camada de goma na panela, acrescentou água e amassou os caroços de amido com os dedos. Mexeu a água em ebulição, torceu as roupas na calandra e tirou o ferro quente da almofada em que ficava quando não estava em uso.

O calor, o barulho suave e o ritmo do trabalho a acalmaram, o tecido liso na esteira do ferro. Pobre Christoph, tão inteligente e tão receptivo. O calor levantava para banhar-lhe o rosto quando a campainha do telefone tocou e ela sentiu um calafrio; boas-novas nunca chegavam àquela hora.

Anna foi atender no corredor. – Alô?
– Sou eu, Lorenz, gerente do Palace Hotel. Tenho informação.
– Você está na mesa telefônica?
– Do hotel, sim.
O que significava que ele não podia conversar claramente. – O que há de errado? Você precisa de mim aí agora?
– Não, Anna, desculpe, eu... isso pode esperar até amanhã.
Ela enrolou o fio do telefone. – Vou para aí agora.
– Não se incomode, eu não devia ter telefonado. Uma mulher falou comigo esta noite. Queria pedir desculpas por não ter se encontrado com você no teatro, estava com medo de entrar, pensou que estava sendo seguida e...
– Lorenz, ela lhe deu alguma coisa? Um documento?
– Não.
– O nome dela?
– Ela estava com medo de...
– Você marcou um encontro comigo?
– Peguei o nome dela, Anna. Ela alugou um quarto usando um pseudônimo, pagou à vista, em dinheiro. Mas eu examinei sua bagagem em busca de etiquetas.
– Ela se hospedou no hotel? Ainda está aí?

– Ficou uma hora e foi embora. E não, não combinei um encontro; não sei por onde saiu, não foi pela porta da frente, posso lhe assegurar. O nome dela é Magdalena Loeffert.
– Soletre o último nome.
– L-O-E-F-F-E-R-T. Magda. Magdalena.
– Verificou os catálogos?
– Claro – respondeu Lorenz –, e passei uma hora no telefone. Seu mais recente endereço é um apartamento em Genebra. De acordo com o superintendente do prédio, mudou-se.
– Foi tudo o que você encontrou, um antigo endereço dela?
– É tarde, amanhã descubro mais. Ela é importante?
Anna desenrolou o fio do telefone. – Ela trabalhou para um homem que arranjou uma negociata suíço-alemã com a finalidade de lavar dinheiro.
– Ela trabalha no governo, então?
– Ou perto o bastante. Perguntarei a Pierre-Luc.
– Quem é? Seu editor em Berna?
– *Oui*. Pierre-Luc Soyer. Ele conhece o pessoal do governo federal tão bem como você conhece automóveis de luxo.
– E ele lhe dirá?
– Não. – Ela ia precisar de estratagema, Pierre-Luc não era homem que se envolvesse em controvérsias. – Deixe isso por minha conta. Você revista de novo o quarto.
– Ela esteve lá apenas por uma hora, talvez duas.
– Então por que se dar ao trabalho de alugar o quarto?
– Talvez quisesse tirar uma soneca.
– Pagando os preços que você cobra? Talvez ela estivesse sendo seguida e a pessoa a tenha encontrado. Examine o quarto, Lorenz, depois me encontre no jornal amanhã de manhã. Vou providenciar um encontro com Pierre-Luc bem cedo.
Ela se despediu e ficou brincando com a ponteira de metal do lápis que ficava na mesa do telefone. Por que a mulher iria se hospedar no Palace Hotel? O hotel era o coração da política em Berna, com suas salas de conferência e quartos fervendo de sedução e intriga. Por que Magda Loeffert, com medo de ser descoberta, iria alugar um quarto logo ali?

Anna retornou à lavanderia e passou a saia, o colarinho e os punhos. Pierre-Luc podia rastrear Magda Loeffert para ela, se quisesse. Mas não podia confiar nos princípios dele, talvez fosse possível apelar para sua piedade. Anna escrevera dois artigos, por demais controversos, para Jean-Luc – ela os oferecera, e depois de ele os ter recusado talvez tivesse dado alguns telefonemas em seu nome.

Passou os bolsos da saia e os panos da frente, terminando com os lenços. Pronto. Agora que fizera alguma coisa, podia dormir. Lá em cima, colocou a roupa passada em cima da cama e se meteu por baixo das cobertas, enroscando-se sob o peso da roupa limpa, seu perfume e seu calor.

CAPÍTULO 8

Akimov saltou do avião em Belpmoos, uma cidadezinha a menos de dez quilômetros ao sul de Berna, espantado com o silêncio. Piscou diante do céu limpo e claro e contemplou, descrente, o horizonte pitoresco. Houve tempo em que conhecera pelos nomes os picos alpinos, mas agora outros pontos de referência pareciam maiores: um portão de ferro entortado em uma praça de Stalingrado, o portão de uma loja de miudezas e aviamentos, a cozinha do número 47 e a sala dos fundos do 49.

Dois homens adiantaram-se, um de cada lado, como guardas de prisão. – Sou Vladimir – disse um deles. – Este é o Vladislav. Todo mundo nos chama de Little Vlad e Big Vlad.

O menor era tão grande quanto um cavalo de puxar carroça. – Devo adivinhar quem é quem? – indagou Akimov.

Eles lhe lançaram um olhar desanimado de respeitosa desconfiança, feito no mesmo molde do seu acompanhante de Ancara... Mas aqueles dois podiam não saber de nada. Conduziram-no para uma saleta abafada no aeroporto com paredes apaineladas, onde Akimov estendeu os braços – o braço e o toco – e percebeu um ar de repulsa no rosto de Little Vlad. – Para onde estamos indo? – perguntou.

– O hotel.
– Que hotel?
– O Palace.

– No centro da cidade de Berna? O que é? Vamos nos esconder à vista de todo mundo?

O homem deu de ombros. – Temos metade do andar, camarada major. O senhor vai ficar do lado do vice-comissário.

– Quem é ele?

Um sorriso de descrença surgiu no rosto de Little Vlad. – O senhor não sabe?

– Ninguém me disse nada. Ninguém sabia nada.

– Ah, claro que não. As notícias não podem chegar à linha de frente.

– É ruim para o moral – acrescentou Big Vlad com uma voz grave e estrondosa.

– Que notícias? – quis saber Akimov.

– O que lhe contaram, camarada major?

– Fui instruído a ter um encontro com minha ex-mulher. Ela tem algo de valor para ajudar o esforço de guerra.

– Será, então, um encontro normal de família. Porque o nome do comissário é Akimov.

– Meu pai? – Akimov ficou imobilizado. – Ele está aqui?

– Ele retorna para o hotel hoje à noite.

Akimov não via o pai havia cinco anos, desde a traição e o julgamento que o mandaram para o Gulag. Mesmo em seus pesadelos, o rosto do seu pai – olhando sem piscar do banco do tribunal – era um rosto expressivo. Um perfeito reflexo da estrada que seu pai escolhera. Tão longe a primeira lembrança de Akimov, o rosto sorridente e aberto de seu pai, cercado por um halo do céu. Tão longe de uma viagem infantil à zona rural da Rússia em uma carruagem aberta, indo atrás do esconderijo de armas do pai, ouvindo os trovões da tempestade que estava por cair. E mesmo na Suíça, ele se lembrava de uma tarde de silêncio, navegando em um barquinho velho que seu pai alugara, cedendo a um capricho súbito, levando-o a aprender a pescar. Falando horas a fio sobre nada, entre um olhar e outro na água que mais parecia um espelho.

E agora. Vice-comissário na Suíça, a mão escondida de seu pai ainda a movimentá-lo como a um peão num tabuleiro de xadrez.

Ele exalou lentamente. – Meu pai.

– Sim, camarada major.

– Então ele ainda está vivo, e Akimov seria forçado a encará-lo. – Uma pena.

Os Vlad trocaram um olhar e permaneceram em silêncio.

– Alguma notícia sobre Magdalena? – perguntou.

– Não.

– Ela ainda está desaparecida?

– Seu endereço é um apartamento em Genebra, nós estivemos lá e revistamos cada canto, mas não a encontramos. Assim, com eles trazendo seu ex-marido, pode ser que ele tenha melhor sorte.

– Ela desapareceu do apartamento? Vocês verificaram os amigos, o trabalho?

– Sim e sim.

– O que ela tem a ver com o esforço de guerra?

– Pergunte a seu pai, camarada major.

– É verdade, então? Ela sabe de alguma coisa?

– O que ela tem poderia interromper o banho de sangue de Stalingrado.

Ele bufou, descrente. – Então ela sabe o que tem? E como é importante?

– Não, ela pensa que é apenas uma prova de um esquema de lavagem de dinheiro suíço-alemão. Fale com o comissário – aconselhou Little Vlad. – Ele lhe dirá o que o senhor deseja saber.

– Vice-comissário de quê?

– Você não sabe o que seu pai é?

– Ele subiu na vida. Fica mais fácil quando você vai passando por cima de cadáveres.

Os Vlad se remexeram desconfortavelmente.

– E até ele chegar? – quis saber Akimov.

– Descanse.

– E desperdiço um dia?

– Você faz parte de uma delegação comercial, negociando com os suíços. – Little Vlad jogou um envelope gordo preso com um elástico. – Documentos e informações. Alguns francos suíços.

Akimov prendeu o envelope entre a mão e o peito. – Vocês têm certeza de que Magdalena saiu de Genebra?

ALIANÇA IMPROVÁVEL 77

– Do seu apartamento, pelo menos.

Ele perguntou há quanto tempo os dois estavam na Suíça, se tinham vasculhado Genebra, se tinham fotos recentes de Magda.

– Pergunte a seu pai. Dar explicações não é nossa especialidade.

Akimov pôs o envelope na mochila e observou um avião baixando na pista de pouso. – O solo em Stalingrado é tão duro que você não consegue quebrar com uma pá, sabia disso? Precisa de uma picareta ou um machado. A terra não cede a nada em Stalingrado, experimente só cavar uma sepultura. Pensa que meu trabalho é escavar sepulturas? Não, nossos trabalhos são o que quer...

– Desculpe, camarada major – disse Big Vlad, quando um carro parou diante do prédio. – Mas está na hora de ir.

Akimov olhou de um homem para o outro. – Onde é o banheiro?

– Chegaremos no hotel em quinze minutos.

– Não estou pedindo permissão.

No banheiro, que ficava no fim do corredor, Akimov examinou-se no espelho acima da pia. Parecia velho e descarnado, pele e osso, com cicatrizes em torno de um dos olhos e a boca com os cantos virados para baixo a indicar que esperava que todas as notícias seriam ruins. Más notícias: a razão pela qual ele se encontrava na Suíça, a razão pela qual seu pai estava ali, a razão pela qual todos estavam tão ansiosos para encontrar Magdalena que o tinham tirado da frente. Deveria esperar pelo seu pai no hotel, como fora instruído? Não – não havia homem a quem devesse menos obediência, nenhum homem que quisesse ver menos. Precisavam dele para encontrar Magda, era o que acreditava, muito embora não pudesse saber a razão. Assim ele a encontraria e estaria de volta à frente de combate em outros dois dias.

Ser evasivo ou enganador na Suíça era uma estupidez sem precedente, e ele se recusava a ser manobrado pelo pai como um peão. Ainda assim, não tinha escolha senão ajudar. Se perdessem Stalingrado, perderiam tudo... E estavam prestes a perdê-la. Não podia recusar qualquer chance de ajudar o esforço de guerra, seu dever para com a Rússia prevalecia sobre a desconfiança que sentia do pai.

Voltou ao hall e disse a Little Vlad: – Vou a Genebra. Onde alugo um carro?

– O quê? Nada disso. Você tem de esperar pelo comissário.

– Desperdicei anos de minha vida esperando por meu pai – retrucou Akimov, passando por ele.

– Nós o acompanharemos – insistiu Little Vlad. – Por favor.

– Você pensa que Magda deixará que vocês se aproximem? Sairá correndo assim que os vir.

– Ela não nos verá. Nem sequer estará lá. E, se estiver, não nos verá.

– Por que se arriscar? Não posso permitir que vocês dois a afugentem. Volto amanhã o mais tardar.

– Isto é, você só faz isso para irritar seu pai.

– Não, irritá-lo é apenas um benefício adicional.

– Mas o que direi a ele?

– A verdade: que você não foi capaz de me deter.

Na frente do aeroporto, Akimov entrou num carro na fila dos automóveis de praça, e eles se afastaram vagarosamente para o interior da Suíça. Estradas bem pavimentadas serpenteando por entre montanhas geladas, em torno de colinas e passando por ravinas; até mesmo as nuvens pareciam suíças, fofas e astuciosas. Em Lausanne, ele disse ao motorista que esperasse diante da Gare Centrale, uma estação de estrada de ferro empoleirada em um terraço estreito. Vinte anos tinham se passado e, no entanto, tudo ainda parecia a mesma coisa: o lago de águas agitadas e as fábricas de tabaco, o castelo e a catedral, os viadutos, pontes e as escadas vertiginosas.

No interior da Gare Centrale, o operador da mesa telefônica lhe disse que o número de Magda tinha sido desconectado. Ele decorou o endereço, dispensou o motorista e tomou o primeiro trem para Genebra.

Mais perto de Magda do que estivera em décadas e, no entanto, nada sentia. O vazio o surpreendeu – ele a amara loucamente, extremamente, a curva dos seus quadris e o brilho do seu cabelo. A argúcia do seu espírito, sua curiosidade e inquietude. Mas aquela fora uma vida diferente, antes do exército, antes da traição, antes do Gulag. O que restara do rapaz que ele fora, consumido pelo amor? Um afeto distante, nada mais.

Tendo ambos nascido na Rússia, ele e Magda se conheceram na Suíça, na embaixada para onde seu pai fora transferido – um embaixador antes da Revolução, erudito e culto, um leão entre chacais. Os pais de Magdalena eram servidores diplomáticos, e o pai de Akimov, naquele tempo antes de ele ter se reconstruído, viu com maus olhos a paixonite do filho pela garota sem nível social à altura deles. Magda era aceitável apenas para um namoro sem consequências, nada mais.

Assim, Akimov a desposara, embriagado pela igualdade de classes e pela pele cálida e branca de Magda. Ele fora um comunista engajado, o olhar fixo no futuro brilhante e inevitável: uma sociedade sem classes e sem exploração, sem ganância ou violência, exércitos ou polícia. Citou Marx para seu pai, horrorizado: "Posso fazer uma coisa hoje e outra amanhã – caçar ao nascer do dia, pescar à tarde, cuidar do gado à noite, exercer meu direito de crítica após o jantar... sem jamais ter que me transformar em um caçador, pescador, vaqueiro ou crítico."

E ele voltara para a Rússia a fim de se integrar à Guarda Vermelha, a fim de lutar por uma sociedade em que não haveria lutas – mas Magdalena não o seguira como prometera. Em vez disso, ela se divorciara.

Tinham se passado duas décadas depois que a vira, e agora lá estava ele diante do apartamento em que Magda vivia – ou tinha vivido até o mês anterior. Em Les Eaux Vives, na esquina do parque, um dos oito prédios pitorescos com jardins pequenos e modesto charme. Estranho caminhar por ruas sem crateras e paredes sem marcas – ver crianças brincando no recreio das escolas e ouvir o barulho do trânsito circulando pelas ruas estreitas e indefesas. Ele examinou o prédio, avaliando as janelas, em busca de bons locais para lançadores de granadas, e o telhado, procurando atiradores de escol, mas depois sacudiu a cabeça. *Genebra*. Se Magda tivesse "alguma coisa de valor para ajudar o esforço de guerra", ele a encontraria com a maior simplicidade. Pelos milhões de mortos e pelos milhões ainda por morrer – pela esperança e pelo orgulho ferido da Mãe Rússia.

Akimov tocou a campainha duas vezes e depois pegou a faca na mochila e forçou a porta da frente. No segundo andar, a luz do sol banhava o corredor sob uma janela perto da porta de Magda, e Akimov pegou a faca – e se deteve. Havia um cadeado pendurado de uma nova tranca atravessando o umbral.

De volta ao lado de fora, ele examinou as etiquetas com nomes, até que encontrou M. COUILLARD, GERENTE.

Um homem de rosto cor-de-rosa abriu a porta quando ele bateu.

– Sim?

– Bom-dia – disse Akimov. – Monsieur Couillard?

– Já é boa-tarde. O senhor está procurando Madame Loeffert?

– Bem... sim. Estou.

– Ela foi embora, há mais de três semanas, e vocês podem parar de me incomodar. – Couillard recuou para seu apartamento. – Passar bem.

– Espere, espere! Sou o ex-marido dela.

A porta parou, meio fechada. – Monsieur Loeffert morreu.

– Eu sou o primeiro marido dela, desde... nós tínhamos dezenove anos... Estou na Suíça somente por uma semana e soube que ela está desaparecida. – Estou... estou preocupado.

– Você é russo, então?

– Estou aqui integrando uma comissão comercial. – A porta oscilou e Akimov aproveitou para pressionar: – Passei o dia inteiro em reuniões versando sobre controle de qualidade para rolamentos e telêmetros. Você não sabe como é tedioso quando se começa a sonhar em milímetros.

O homem quase sorriu. – O ex-marido dela?

– Ela se divorciou de mim quando voltei para a Rússia.

– Filhos?

– Naquele tempo *nós* é que éramos os filhos. Mas não, não tivemos filhos.

– Não posso dizer que a culpe, preferindo a Suíça à Rússia.

– Nem eu tampouco – mentiu Akimov.

– Bem, não há muito que eu possa lhe contar. Ela se mudou no mês passado e não a vejo desde então. Deixou pago até o fim do ano.

– Você deve ter algo, algum papel dela?

Couillard assentiu. – Crédito e informações bancárias. Tudo confidencial. Mesmo que você *seja* seu ex-marido, não tem direito de ver.

– Não há um endereço para onde a correspondência deva ser remetida? Tudo o que eu quero é um número para telefonar, alguém que possa saber onde ela se encontra.

– A correspondência dela vem sendo retida no correio central. Mostre-me seus documentos, talvez eu o deixe dar uma olhada nas paredes vazias...

Um tiro ecoou na rua estreita. Akimov arriou o corpo atrás dos degraus de pedra, procurando o revólver Nagan que deixara em Stalingrado, tentando localizar o atirador emboscado. Desarmado e sozinho em uma cidade estranha, sem comandados ou cobertura, desprotegido diante de um inimigo que não conseguia ver.

Couillard bloqueou a visão que ele tinha dos telhados, a expressão dura. – Foi o escapamento de um carro.

– Ainda bem. – Akimov levantou-se vagarosamente e limpou a poeira das calças.

– Comerciante... – ironizou Couillard. – Vocês já conseguiram arrombar o apartamento dela uma vez, tive de comprar um maldito cadeado. Vai se mandando ou eu chamo a polícia.

– Eu sou seu marido, sou seu ex-marido...

A porta bateu com força, o barulho de um tiro. Pelo menos desta vez, Akimov permaneceu de pé.

CAPÍTULO 9

Anna Fay mudou de posição na cadeira para visitantes do escritório atravancado. – Certamente, Pierre-Luc, se é essa sua decisão final...
– Você sabe que não posso publicar este artigo – disse o editor. – Não se zangue. Vamos mudar de assunto. Seu filho está bem?
– Não estou zangada. – Ela bateu nas folhas datilografadas sobre a escrivaninha entre eles dois. – Estou desapontada.
– Você sabe perfeitamente bem que este artigo não pode ser impresso.
– Eu sei que *você* não vai imprimir. – Mas não era esse o objetivo dela, e sim fazer com que Pierre-Luc ficasse envergonhado e lhe desse acesso aos registros de Magda Loeffert.
– O que você está querendo que eu faça? – perguntou ele. – Eu respondo perante o Código Penal Militar. Se seu artigo ultrapassar as fronteiras do jornalismo objetivo, eu serei responsabilizado.
– Você duvida dos fatos que apresento?
– Não, mas...
– Você os considera subjetivos.
– Não discuto com seus fatos, mas com sua apresentação. Sua reportagem é totalmente negativa.
Ela ficou ouvindo por um momento o matraquear das máquinas de escrever do *pool* de datilografia, as campainhas e o zunido do retorno dos carros. – Christoph está bem, muito obrigada. Lembra do primeiro dos meus artigos que você recusou?

– A respeito do carimbo do "J".

Anna fez que sim. – Em 1938, a Polícia Federal Suíça pediu aos alemães para que marcassem com um "J" os passaportes dos judeus, e sua esperança agora era fazer com que Pierre-Luc se sentisse culpado por recusar-se a publicar aquele artigo. – E dois meses atrás, quando localizei a circular da polícia... você se lembra?

– As fronteiras foram fechadas para os fugitivos na dependência de sua raça, uma tentativa óbvia de excluir os judeus. Aí, então, o dr. Rothmund, o chefe da Seção de Polícia do Departamento de Justiça, começou a expulsão em massa dos refugiados.

– Três anos atrás – disse Pierre-Luc –, quando mil judeus fugiram de Hamburgo num vapor, os Estados Unidos os mandaram de volta, e para o Terceiro Reich. Não estamos sozinhos nisso.

– Nós somos suíços. Temos a obrigação de saber o que está errado.

– Esta é a minha preocupação: você relata apenas as histórias prejudiciais; seus fatos são verdadeiros, mas injustos.

– Eu escrevi no mês passado a respeito de Grüninger – um superintendente da polícia que permitiu a entrada de três mil refugiados ilegalmente no país. Um herói.

– E como foi que a história acabou?

– Com os fatos. Ele foi demitido pelo seu heroísmo, perdeu a pensão e a carreira.

– Não é tão simples assim, Anna. – A voz de Pierre-Luc estava cansada. – Você quer dar aos nazistas uma desculpa para nos invadirem?

Ela bateu com o artigo em cima da mesa. – Isto não trata de refugiados, e sim da Swiss Nazi Bund, a Liga Nazista Suíça, a Liga da Suíça na Grande Alemanha, a SVV ou Schweizerischer Vaterländischer Verband, uma organização suíça pró-nazista. Os objetivos e os membros de alto nível dos grupos nazi-suíços.

– Não há nada de ilegal em ingressar na Schweizerischer Vaterländischer Verband.

– E tampouco em publicar suas listas de membros.

– A não ser que as listas incluam oficiais militares. Bircher – o fundador da SVV – é o presidente da Sociedade Suíça de Oficiais.

– Ele está organizando equipes médicas suíças para tratar nazistas nos campos de batalha.
– Quem lhe disse isso?
Ela ergueu uma sobrancelha. – Fontes. As mesmas fontes que me disseram que Bircher janta com os ministros do Interior e das Finanças, é apoiado por Pilet-Golaz e o general Guisan, que...
– Cuidado com o que fala, Anna.
– Guisan não pode ser criticado?
– Ele é um bom homem.
Anna escarneceu. – Ele tem boas intenções.

Em 1º de setembro de 1939, uma semana depois que os nazistas e os soviéticos assinaram o pacto de não agressão, a Alemanha invadiu a Polônia, e a Suíça passou os dez meses seguintes vendo os países neutros da Europa Ocidental submergirem sob a avalanche da Wehrmacht: Dinamarca e Noruega, Bélgica, Luxemburgo e os Países Baixos. Na Suíça, os boatos de alemães na Floresta Negra se espalhavam; civis suíços fugiam das cidades da fronteira em comboios de carros, colchões amarrados nos tetos. A Grã-Bretanha abandonou o continente, os Estados Unidos aprovaram a Lei da Neutralidade, a Itália declarou guerra e as colunas nazistas desfilaram marchando em passo de ganso pelo Arco do Triunfo.

Com a capitulação da França, a Suíça passou a ser uma ilha rasa em um mar rebelde. O presidente colaboracionista francês falou da "superioridade esmagadora das forças armadas alemãs"; Churchill declarou que a Grã-Bretanha encarava a iminência de uma invasão. F. Marcel Pilet-Golaz, o presidente da Suíça, fez um discurso pelo rádio declarando a intenção do país em se adaptar "à nova ordem na Europa", instando com os suíços a se prepararem para um "futuro alemão" e a confiarem no presidente como um "führer".

Dezenas de organizações políticas suíças – simpatizantes do nazismo e agitadores – misturaram-se ao Movimento Nacional da Suíça, sobrevindo então as fábricas suíças construídas na "Grande Alemanha" e com inspeções de controle de qualidade autorizadas em solo suíço.

Mas o general Henry Guisan não se acovardava tão facilmente. Retirou o exército das fronteiras e começou a construir uma fortaleza nacional – o Réduit – no coração dos Alpes. Abandonou as terras mais baixas e a maior parte da população, deixando as cidades maiores indefesas diante de um assalto nazista. Em vez disso, construiu uma fortaleza alpina que se estendia de Sargans a Saint-Maurice e ao Gotthard, em penhascos e cavernas ocultas, invisíveis para a Luftwaffe e inacessíveis para a Wehrmacht. Se viesse um ataque, as tropas suíças se enterrariam no solo gelado e... destruiriam os túneis ferroviários alpinos.

O combate na montanha, mesmo contra a Suíça, não deteria Hitler, mas a ameaça de explodir os túneis quase certamente. Durante anos, quase duzentos trens alemães por dia rodavam através do túnel São Gotardo, bem no coração do Réduit, carregando milhares de toneladas de aço e ferro. Embora a Suíça fosse cercada pelo Terceiro Reich e o governo federal tentasse apaziguar a Alemanha, o general Guisan deu a seu país uma ficha de barganha: os passes das ferrovias alpinas. Se os nazistas invadissem, Guisan sacrificaria os vales e as fazendas, as cidades e a sede do governo – tudo menos as alturas alpinas. Os nazistas prevaleceriam, sim, mas pagariam caro.

Não obstante a vitória ser apenas parcial, Guisan parecia contente. Aumentara o custo da invasão de forma inteiramente desproporcional aos benefícios porventura obtidos... e depois permitiu que as organizações políticas florescessem no exército e na imprensa.

– Mesmo que eu estivesse inclinado a publicar isto – disse Pierre-Luc –, o Departamento de Assuntos Políticos expediu diretrizes e as portas do jornal seriam fechadas antes que a tinta secasse. Esse seu idealismo... Você aprendeu isso com seu marido. Martin fez um bom trabalho com a Cruz Vermelha e na China, mas você não pode sustentar sozinho o peso do mundo nas costas.

– Você talvez esteja certo.

– Algum dia já estive errado?

– Não que você tenha admitido.

Ele riu, mas havia um laivo de vergonha em sua risada. Ótimo. Ela abriu a pasta em cima da mesa e empurrou um segundo artigo para ele. – Talvez este aqui então? Na velocidade que Christoph cresce e vai perdendo as roupas, eu bem que poderia usar o dinheiro.

Pierre-Luc equilibrou os óculos no nariz. – Faça um resumo, enquanto leio.

– O franco suíço é a moeda mais útil para a indústria de munições nazista, certo? Só com francos suíços os alemães podem comprar manganês espanhol para fabricar os canos de seus canhões, o tungstênio português para a indústria aeronáutica, cromo turco para rolamentos.

– Um resumo, Anna, não uma aula de geografia econômica.

– Você não pode escutar e ler ao mesmo tempo.

Ele deu uma olhada por cima da página. – Continue.

– Os alemães não podem comprar matéria-prima suficiente para sua indústria bélica sem os francos suíços, e este é seu calcanhar de aquiles – os insumos de que eles precisam são obtidos no mercado mundial apenas com moeda forte e ouro. Não podem comprar o que precisam com *reichsmarks*. A máquina de guerra nazista é fogo de palha e, tendo consumido todo o combustível disponível, não resta mais nada para queimar.

– Menos poesia, Anna.

– Em 1940, o nosso governo ajudou a fogueira nazista concedendo créditos ao Reich – duzentos milhões de francos suíços em 1940, 850 em 1941 e mais ainda este ano, com...

– Quanto mais neste ano?

– Ainda não tenho um número preciso.

– Como sabe, então, que a quantia é maior?

– Fontes. Essas câmaras de compensação com a finalidade de garantir crédito aos alemães violam a lei da neutralidade, Pierre-Luc. Não, não podemos...

– Espera aí. – Ele largou o artigo em cima da pasta aberta. – Você tem provas?

– Quase, assim que encontrar o memorando de Clodius. Ainda não.

ALIANÇA IMPROVÁVEL 87

– Você quer acusar o governo baseada em quê?
– Fontes e reportagem. Publique o artigo, Pierre-Luc. Pelo menos me dê uma coluna.
Pierre-Luc removeu os óculos. – Você sabe que não posso.
– Eu me lembro de um tempo em que sua maior preocupação editorial não era o Código Penal Militar.
– Sinto muito, Anna. Se houver alguma outra coisa que eu possa fazer por você...
Finalmente! – Bem... talvez você consiga me ajudar a localizar uma fonte? Uma mulher chamada Magda Loeffert. – Ela soletrou o sobrenome. – Trabalha no governo – ou trabalhava, até muito recentemente.
– Federal ou cantonal?
– É o que eu quero saber. Onde ela trabalhava, em que repartição, para quem?
– Ligue para os órgãos de pagamento, verifique as folhas de funcionários públicos, você é uma jornalista. Não precisa de minha ajuda.
– Sim, mas se você ligar diretamente, eu saberei em dez minutos.
– Por quê?
– Estou trabalhando em uma história.
– Já vi o tipo de histórias em que você trabalha. – Ele girou na cadeira e ficou de frente para a janela. – Não posso ajudá-la.
– Telefone para Herr Leuenberger, vocês são velhos amigos.
– Leuenberger não saberia.
– Pelo menos me diga a quem você perguntaria.
Pierre-Luc suspirou. – Eu telefonaria para Johannes Perret, no Kantonale Dienststelle für Verkehrsfragen.
– O Bureau de Transporte?
– Nós estudamos juntos – mas você, você ele não ajudará.
Pierre-Luc levantou a mão quando ela começou a falar. – Não, não vou ligar para ele. E agora, Anna, por favor. Sou um homem atarefado.

 Ela perdeu dez minutos tentando fazer com que ele mudasse de ideia, depois lhe disse que Martin se sentiria envergonhado e foi embora. Seguiu pelo corredor, pressionou o botão para chamar o elevador e ouviu o barulho distante da engrenagem. Não descobrira nada a respeito de Magda Loeffert. Talvez aquilo tudo fosse absolutamente em vão, mas sabendo que o memorando de Clodius existia, sabendo que havia documentos que poderiam alterar o curso da guerra...

Virou-se antes que o elevador chegasse, seguiu pelo corredor até uma sala vazia e sentou-se à mesa. A mesa telefônica a colocou em contato com a secretária de Joahannes Perret no Kantonale Dienststelle für Verkehrsfragen e disse: – Bom-dia, aqui quem fala é Mademoiselle Boulanger, do escritório de Pierre-Luc Soyer. Monsieur Soyer tem uma rápida pergunta a respeito de uma certa Magda Loeffert. L-O-E-F-F-E-R-T. Você tem acesso aos registros dos pagamentos dela?

– Registros do pagamento dela?

– *Oui*.

Após uma pausa, a secretária perguntou: – Para o Monsieur Soyer?

– Ele disse que era para eu telefonar para o gabinete do Monsieur Perret.

– Um momento.

Houve um clique e Anna aguardou. Em ocasiões como esta, tinha vontade de fumar. Um homem meio que entrou na sala, parou no portal e olhou para Anna, com a testa franzida.

– Cinco minutos. – Ela movimentou os lábios em silêncio, fingindo que tomava anotações.

– Mas, um...

– Cinco minutos – ela repetiu, agora mais asperamente, e ele foi embora.

A secretária retornou com o telefone. – Madame Loeffert, sim, temos seus registros. Secretária executiva do Federal Wood Syndicate.

– Madeira? É um órgão do governo?

– É uma empresa com participação privada e do governo. Parece que saiu de lá por uma posição em uma firma de serviços financeiros.

Anna balançou a cabeça, satisfeita. Uma firma financeira era mais promissora que uma associação voltada para a madeira. – Ela se despediu em bons termos?

– Não há nada em seu dossiê senão elogios.

– Que firma? Quero dizer, onde está trabalhando agora?

Barulho de papel sendo manuseado. – Não aparece aqui.
– Mas você tem o endereço atual de Madame Loeffert?
– Certamente. Em Genebra. – Ela deu o endereço antigo. – Você precisa que eu repita o... – A secretária falou com alguém que estava do seu lado da linha. – Como? Sim, claro.
Uma voz de homem foi ouvida ao telefone. – Aqui é Herr Perret.
– Estou ligando em nome de Pierre-Luc Soyer – disse Anna. – Ele queria...
– Acabei de falar com Pierre-Luc, Sra. Fay.
Merde. – Ah. Bem, já estamos quase terminados aqui.
– Não é "quase" – ele corrigiu e desligou.

Do lado de fora do prédio do jornal, Anna pisou na calçada, e o vento frio levantou a aba de seu chapéu. Pelo menos confirmara o *background* da Loeffert: a mulher não era nenhuma maluca e tampouco era um beco sem saída. Abaixou a cabeça para se proteger do frio e passou pelo ponto do trem que demandava o monte Gurten, onde ela e Martin tinham jantado anos atrás, no restaurante ao ar livre situado no topo da longa elevação verde.

Uma buzina foi acionada, e um majestoso carro marrom de aluguel do Palace Hotel encostou no meio-fio. Atrás do volante, Lorenz levantou o quepe preto de motorista para cumprimentá-la, um homem corpulento com a barba cortada bem rente e que terminava numa ponta diabólica. A despeito do quepe, ele mais parecia da administração do hotel – o que era verdade, sendo um dos gerentes – do que um motorista.

Anna meteu-se no carro ao lado dele. – Meus pés – lastimou-se.

– Mergulhe-os em sal de Epsom. – Lorenz saiu da avenida e tomou a direção da Helvetiaplatz. – Cansei de lhe dizer.

– Alguma notícia de Magda Loeffert? – perguntou Anna.

– Bem, primeiro desculpe ter telefonado para você ontem à noite tão tarde, eu...

– Esqueça isso, revistou o quarto dela?

– A cama estava feita; os armários, vazios. Nenhum sinal de luta, as pessoas dos quartos adjacentes nada ouviram.

– Você as interrogou?
– Contei uma história sobre uma camareira e um quadro quebrado. A mulher não tinha usado o telefone. – Ele reduziu a marcha junto ao monumento da União Internacional de Telégrafos. – Até mesmo a cesta de lixo estava vazia, exceto por uma folha de papel amassada.
– Uma folha de papel?
– Em branco.
– *Merde!*
Ele pegou a ponte, os pneus produziam o ruído característico de um veículo pesado. – De volta aonde começamos.
– O que não é bom para ninguém. – Anna ficou olhando os prédios passarem velozmente. – Precisamos encontrar alguma coisa que possa ser *usada*, Lorenz.

Era esse seu objetivo solitário. Não se interessava mais por histórias, e sim por algo que tivesse poder. Não era mais uma jornalista, e sim uma combatente na luta – naquela guerra ninguém era neutro, e os Aliados estavam perdendo a batalha secreta contra os alemães. Os americanos careciam de qualquer base concreta e trabalho na Suíça, o eixo da espionagem europeia. Até mesmo os franceses estavam mais estabelecidos, e nem país eles tinham mais. Naquele momento, a despeito dos esforços britânicos, a inteligência aliada era uma criança órfã. Aos poucos, outros suíços como Anna estavam entrando na briga e, curiosamente, muitos dos elementos-chave eram mulheres. A condessa Wally Castelbarco, filha do compositor Toscanini; Mary Bancroft, estudando para o seu doutorado em Zurique sob a supervisão do dr. Jung; Elizabeth Wiskemann na embaixada britânica e a própria Anna – amadoras, todas elas. A melhor agência suíça era o Bureau Ha, custeada privadamente, guarnecida também privadamente, e da mesma forma administrada por um capitão do exército em caráter independente e privado. O passatempo de um homem, mais confiável que os canais oficiais abundantes em simpatizantes da Alemanha.

Havia também a Aktion, a Swiss National Resistance Campaign, civil em sua maior parte, combatendo os grupos germanófilos, lutando contra o espírito forçadamente conciliatório, ou seja, contra o presidente federal e seus amigos. A Aktion passou a imprimir um boletim semanal, *Informação da Semana*, para o qual Anna às vezes escrevia... contudo, era mais um clube político que um serviço de inteligência. Ainda assim, ela, Lorenz e Rosine faziam o pouco que podiam pela Suíça – a primeira democracia e a melhor – e por Martin, cujos padrões jamais conseguira alcançar. Foi em silêncio que Lorenz e Anna passaram pela Bundesgasse. Precisavam de algo que pudessem usar. Precisavam de Magda Loeffert.

CAPÍTULO 10

Uma nuvem de vapor ergueu-se entre Nadya Loeffert e os dois policiais na plataforma da estrada de ferro do lado de fora do seu compartimento de segunda classe. Ela abaixou a cabeça, rezando: *Nossa Senhora, Mãe de Deus, proteja-me das adversidades*. Mas quando o vapor desapareceu, os policiais ainda se encontravam lá.

Ela remexeu no colar de prata, ansiando por sentir o contato de sua *lestovka*, uma espécie de rosário. Os homens usavam o uniforme da Swiss Alien Police, Fremdenpolizei (a polícia dos estrangeiros), nada a ver com ela, mas as conexões *dele* estavam por toda parte, o industrial suíço que tanto assustara sua mãe.

O fiscal passou pelo seu compartimento, entoando o nome da estação seguinte – "Walenstadt, Walenstadt" –, e através da janela meio aberta veio o suspiro do trem que chegava, o grito dos freios de ferro.

Na plataforma, o policial mais jovem, sob o cartaz de metal com o nome da estação, conversava com o companheiro de meia-idade; foi quando levantou a cabeça e seu olhar encontrou o dela.

Nadya abaixou a cabeça e sentiu que ficou ruborizada. *Santíssima Mãe de Deus, revigore minha alma e afugente meu desespero*. Faria qualquer coisa por sua mãe, que a mandara naquela missão, mas não podia ignorar o calafrio do medo e da angústia.

Arriscou um olhar para fora e viu os policiais entrando no trem. Prendeu a respiração, mas não havia nada a temer. Não estava na Alemanha, onde a SS percorria as ruas de maneira violenta e incontrolável, nem na União Soviética, onde os religiosos eram expurgados. Estava na Suíça. De qualquer modo, a Fremdenpolizei não entraria em seu compartimento. Se ele soubesse o que ela havia feito, certamente a teria detido antes, antes que entregasse o documento.

O trem sacudiu para a frente e os olhos de Nadya se encheram de lágrimas por causa de um sopro de vento carregando o cheiro de árvores sem folhas. As casas, de paredes brancas, e a igreja paroquial da aldeia ficaram para trás. Os postes telegráficos ficaram borrados quando o trem fez uma curva para entrar em um vale alpino. Logo em seguida, a porta de vidro fosco de seu compartimento abriu-se, e os homens da Fremdenpolizei entraram.

Nadya encostou-se no banco, o olhar fixo na janela.

Havia pilhas de feno em uma campina além dos fios telegráficos pretos e oleosos que mergulhavam e se levantavam, misturando-se e se afastando como o rastro de um navio a vapor. Os policiais murmuraram qualquer coisa e ela observou os trilhos prateados da ferrovia desaparecerem na direção de Lichtenstein e do lago de Constança, linhas paralelas costurando através das montanhas.

O policial jovem pigarreou e dirigiu-se a ela em alemão: – Uma bela tarde, Fräulein.

– *Oui* – disse ela, ainda sem encará-lo. Seu alemão tinha sotaque russo, mas Nadya falava em francês como uma nativa.

– E a noite será linda – disse ele, dessa vez em francês artificial.

Ela se virou e sorriu meio sem graça, com medo de ofendê-lo, com medo do policial mais velho que lia um jornal do outro lado do compartimento.

– Leu a notícia do comício da semana passada? – perguntou o policial jovem. – No estádio Oerlikon, com quinze mil nazistas, fingindo que celebravam a colheita? Quase todos alemães. Alguns suíços também, mas com eles nós não temos, como se diz em francês?, *Jurisdiktion*.

– *Juridiction* – corrigiu ela, fingindo examinar o interior da bolsa.

Ele riu. – *Juridiction* – repetiu. – Os cidadãos suíços não se encontram sob nossa *juridiction*.

Houve um guincho e as luzes elétricas tremeluziram dentro da escuridão quando o trem mergulhou em um túnel. Pela janela, as paredes de pedra cintilavam com a condensação.

– O que a trouxe a Graubünden? – quis saber o policial.
– Visitar parentes – mentiu ela.
– Ah! Eu gostaria de saber se...

O trem emergiu na clareza abrupta, e o policial estava muito perto, e seu sorriso era demasiado amplo. Nadya recuou e deixou a bolsa cair no chão. Por que tanto medo? Já entregara o documento, o perigo tinha passado. Mas nunca havia visto Mama tão preocupada, transferindo-se de uma pensão para outra, pedindo a Nadya para carregar o documento até um refúgio na montanha.

– Será que os conheço? – prosseguiu o policial. – Seus parentes – explicou.

Ela sacudiu a cabeça e virou-se de novo para a janela, pela qual era visível um lago de águas verde-claras brilhando à luz que já ia desmaiando. – Que paisagem linda!

– *Walensee, mademoiselle*, o lago Wale.

Além das margens escarpadas do lago, um castelo em ruínas se desintegrava acima de uma aldeia cercada de pomares. Ela não desejava nada mais ardorosamente do que ser deixada sozinha. Poderiam os policiais estar trabalhando para ele? Precisava rezar para obter orientação, mas se fizesse o sinal da cruz com dois dedos, o ombro direito antes do esquerdo, seguindo o velho rito da Igreja Ortodoxa Russa, eles podiam reconhecê-la como sendo uma estrangeira. Em vez disso, orou silenciosamente: *Santíssima Mãe de Deus, proteja-me de todo mal e me cubra com seu manto protetor*.

Foi-lhe concedida coragem, um ânimo cálido e confiante, e ela falou polidamente, sem medo ou embaraço, até que o cobrador exclamou "Zurique" e o trem entrou ruidosamente no túnel Käferberger. Levantou-se quando o trem parou e o policial mais velho abaixou o jornal e falou com seu companheiro: – Verifique o comprovante da bagagem.

– Nós temos um comprovante?
– Vá andando, Romeo.

O jovem policial ficou ruborizado e deixou o compartimento enquanto o outro, mais velho, fitou-a e disse: – Russa, hein?
Ela balançou a cabeça afirmativamente, sentindo uma súbita e terrível dor de cabeça.
– Bolchevique?
Ela sacudiu a cabeça.
– Fora do seu cantão? – Ele dobrou o jornal. – Cuidado por onde viaja, Fräulein. Agora vá depressa, antes que perca sua conexão.
Pálida de alívio, ela levou sua mala de viagem para o corredor. O carregador ajudou-a a descer os degraus do vagão e dirigiu-a para o trem que tomaria a seguir, descendo a escadaria e atravessando a plataforma onde o barulho de seus saltos era quase inaudível e solitário, e o cheiro forte das ferragens dos trens se misturava à umidade dos dois rios que envolviam a estação.
Ela colocou a mala em cima de um banco, e um cavalheiro de paletó castanho-amarelado disse: – Srta. Nadya Loeffert?
– Pois não?
– Por favor, venha comigo.
– Eu, eu tenho um passe. – Assim mesmo ela se apressou atrás dele, sua correia escorregando do ombro. – Mas me desculpe, o senhor é da...
– Ferrovia Montreux-Oberland – disse ele. – A senhorita comprou um bilhete combinado da estrada de ferro e vagão elétrico?
– Desculpe, mas não entendo.
Assim que virou a esquina, ele lhe agarrou o pulso e puxou-a. Nadya abriu a boca para gritar por socorro, e certa mão segurou seu rosto.
– Fique quieta – o homem espetou-a com uma faca – ou eu a corto.

Um homem feio com um sacola de bebês, a enfiar uma criancinha gorda na boca aberta; uma estátua estranha em qualquer parte, mas no coração da Suíça? Akimov examinou seu guia turístico, balançando no banco à medida que o ônibus passava ruidosamente pelo chafariz. A estátua era o Kindlifresserbrunnen, o Chafariz do Comedor de Crianças, que marcava os antigos limites da cidade de Berna, construída para amedrontar as crianças e impedi-las de se arriscarem muito longe de casa.

Mas não eram só as crianças que se arriscavam longe demais. Akimov quase podia ouvir o velho *zek*, um colega de prisão no Gulag, recitando um dos poemas de Akhmatova:

Uma voz tranquilizante me disse:
"Fuja de sua terra perdida e pecadora, deixe a Rússia para sempre. Eu lavarei o sangue de suas mãos e retirarei a vergonha de seu coração..."
Mas fechei os ouvidos para impedir essas palavras indignas de mancharem minha alma sofredora.

O ônibus entrou na Marktgasse e balançou antes de parar, quando um menino louro entrou com a mãe. Sentaram-se na frente de Akimov, e o menino acomodou-se no banco para fitá-lo, sem piscar.

– Guten Abend – disse Akimov.

O menino arregalou os olhos.

– *Bonsoir?*

– *Buona sera* – disse o menino, aproximando-se mais.

Louro daquele jeito e falava italiano? Akimov despenteou o cabelo do garoto, macio como palha da seda. – *Buona sera, figlio.*

– Como você amarra seu sapato? – indagou o menino em italiano.

– Silêncio! – ordenou a mãe. – Fique quieto.

– Mas a manga dele é vazia como um saco!

A mãe puxou o filho e, sem olhar para Akimov, pediu desculpas:

– *Scusilo, signore.*

Akimov mostrou que não tinha se ofendido com um sorriso e, na parada seguinte, saltou na rua movimentada e clara. Estranho ser chamado de *signore* em vez de *maggiore*, usando trajes civis como disfarce.

No fim da quadra, um porteiro o saudou respeitosamente e o fez entrar no Palace Hotel. O saguão ficava sob um teto alto pintado como uma catedral francesa. Plantas frondosas reluziam com a saúde de uma estufa, sofás e poltronas reunidas na sacada arqueada e até mesmo os ascensoristas eram impressionantes com seus uniformes com dragonas e alamares.

Akimov consultou o número de sua chave e subiu até o quinto andar. Ficara em Genebra na noite anterior, conversara com os vizinhos de Magdalena, o merceeiro da esquina, o farmacêutico local. Nada descobrira, exceto que ela deixara o emprego semanas atrás, seus pais tinham falecido muito tempo atrás, e que ele estava lavrando terra árida; todos com quem falava eram desconfiados e reservados. Já tinham sido interrogados... e Akimov ainda não sabia o motivo pelo qual seu pai – e os chefes do seu pai – queriam encontrar Magda.

No fim do corredor ele entrou no seu quarto, largou a mochila em cima da poltrona e sacudiu a cabeça diante das cortinas creme e dos edredons de penas de ganso. Impossível que tais coisas existissem, enquanto, a dois mil quilômetros de distância, cem soldados morriam por uma simples interseção em uma...

– É bom ver você, Edik – disse um homem sentado num sofá ao canto.

Akimov deteve-se, o peito subitamente tenso.

– Feche a boca, senão vai parecer que está na bancada do peixeiro.

– O riso fez os olhos calorosos do seu pai se enrugarem. – Você deve estar ciente de que estou liderando a equipe de negociação.

Os anos tinham sido generosos com ele: a cabeleira continuava pujante, só que agora impecavelmente branca, a voz autoritária, os olhos incisivos e os ombros ainda largos e fortes. A despeito de todos os anos decorridos, Akimov ainda se viu momentaneamente sem fala.

– Por favor, Edik – disse seu pai, ficando sério. – Precisamos de você para achar Magdalena, sim. Mas eu também... preciso explicar.

– Não há nada a dizer.

– Há. Porque eu denunciei você, porque compareci ao seu julgamento e...

– Fale-me sobre Magdalena.

– Ouça-me, Edik. Eu sou seu pai. Você me deve pelo menos isso.

– Eu lhe devo anos de fome e anos de dor, as cicatrizes do meu rosto, os amigos que vi serem mortos. Quer que eu pague o que lhe devo? – Akimov esvaziou os pulmões, tentando controlar a voz trêmula. – Diga-me por que estou aqui. Mais nada.

Após um momento, seu pai desviou os olhos. – Você não teve sorte em Genebra?

– Você agora é comissário da NKVD?

O pai de Akimov assentiu, balançando a cabeça num gesto grave, leonino.

– Um dos homens de Beria, com um alto cargo. – Akimov não tentou esconder o sarcasmo da voz. – Sua lealdade foi recompensada. Minhas congratulações.

– Deve me congratular mesmo. Sem aquela exibição de lealdade...

– Traindo-me e me jogando no Gulag. Uma exibição e tanto.

– Sem aquilo, eu nunca teria conseguido chegar aonde cheguei. E escute, Edik – *escute!* Passei três anos cochichando no ouvido de Beria, dizendo a ele que tínhamos de nos preparar para a invasão nazista. Você sabe quem permaneceu depois dos expurgos: os puxa-sacos. Gente incapaz de admitir a necessidade de planejar a defesa de uma invasão. Quer que o destino da Rússia fique nas mãos *deles*?

– Você me mandou para o Gulag em troca de cochichos e uma dacha. Bela permuta.

– Quanto bem eu fiz? Não sei. Jamais saberei. Sem meus cochichos, será que teríamos perdido Moscou? – O pai dele deu de ombros. – Estamos equilibrados em cima do gume de uma faca, a distância entre a vitória e a derrota é medida em centímetros. Traí você, sim. Pela Rússia. Você não teria feito o mesmo?

– Onde está seu guarda-costas?

– No quarto ao lado. Little Vlad ficou chateado com seu truque no aeroporto, saindo tão precipitadamente.

– Você sempre foi incapaz de duvidar – disse Akimov, erguendo um vaso de cristal que estava no aparador. – Tem confiança absoluta de que não o matarei?

– Tenho, sim.

Ele se adiantou um pouco. – Duvida que eu tenha bons motivos?

– Eu conheço você, Edik, tão bem quanto você me conhece.

– A prisão modifica o homem.

– Você não mataria seu pai mais que...

– Que você mataria seu filho?

Seu pai ficou em silêncio. O vaso era frio e liso em sua mão, e seu braço fantasma crispou-se na ânsia pela violência. Teve ímpetos de esmagar o rosto arrogante do pai e sua voz ressonante, apagar o homem do seu presente e do seu passado. Mas não iria fazer uma coisa dessas. Não podia.

– Não teve sorte em Genebra, então? – finalmente perguntou o pai. – Nenhum sinal de sua mulher?

– Ela me deixou vinte anos atrás.

– Ex-mulher, então.

– Não, não tive sorte.

– Precisamente como lhe disseram. Nossos contatos na Rote Kapelle – a rede de espionagem Orquestra Vermelha – dizem que, embora não saibam onde ela se encontra, têm certeza absoluta de que não está em casa. Um dia desperdiçado, Edik.

– Você pode me chamar de camarada major – reclamou Akimov.

– Eu precisava verificar com meus próprios olhos. Quando começar a confiar em homens como você, serei completamente inútil. Quanto mais cedo isso for feito, mais cedo volto para a frente de combate.

– Você serve a um objetivo mais elevado aqui do que em Stalingrado. Lá você luta uma batalha, aqui você luta uma guerra.

Akimov deu uma olhada no quarto. – E que guerra mais confortável... O que você deseja com Magda?

Seu pai bateu no sofá, convidando Akimov para sentar-se. – Vivemos dias difíceis, Edik, camarada major. Os alemães estão ganhando a guerra, e se Stalingrado cair, talvez não consigamos nos recuperar. – Ele serviu dois copos de quirche. – Se já houve uma ocasião propícia para buscar um entendimento com os nazistas, essa ocasião é agora.

– Um entendimento? – perguntou Akimov ainda de pé.

– Um cessar-fogo.

– Já tentamos isso antes, assinamos um pacto de não agressão e eles nos traíram. – Akimov encarou os olhos imperturbáveis do pai.

– Ninguém confia em um traidor duas vezes.

– Quase imediatamente depois da invasão nazista, o Ocidente receou que chegássemos a um novo acordo com Hitler – o subsecretário de Estado americano, um homem chamado Berle, suspeitou

que estivéssemos trabalhando em um tratado separado de paz com os nazistas já em julho de 1941.
— Um mês depois que eles invadiram a Rússia?
— A diplomacia pode acontecer num relâmpago. — O comissário da NKVD sacudiu o copo. — A 14 de agosto de 1939, o ministro das Relações Exteriores de Hitler, Von Ribbentrop...
— Eu sei quem é Von Ribbentrop.
— Pois, no dia 14, ele entrou em contato com Stalin. Cinco dias depois, o acordo econômico foi assinado e em mais quatro dias foi a vez do pacto de não agressão. Em nove dias, o mundo mudou. Já tínhamos assinado um pacto com Hitler, e o Ocidente temia que assinássemos outro.

Ele se inclinou para a frente, a cabeleira branca caindo sobre a testa.
— Eles têm razão de se preocupar.
— De acordo com quem? Esse político americano?
— Ele não está sozinho. Os britânicos esperavam que nós iniciássemos um processo de paz dois meses mais tarde. No início de 1942, Lorde Halifax advertiu Washington de que nós...
— Americanos e britânicos — interrompeu Akimov depreciativamente.
— E poucos meses atrás o Partido Comunista Alemão em Moscou defendeu a existência de um "vínculo indestrutível" entre a Alemanha e a Rússia.
— Você não pode estar falando sério.
— Beria acredita que um armistício com a Alemanha seria vantajoso para nós, especialmente com Stalingrado se equilibrando em cima da lâmina de um punhal.
— Beria, o seu amo.
— Cuidado com o que diz.
— O que você vai fazer? Vai me mandar de volta para a linha de frente? Uma risada grave e baixa. — Um armistício neste momento seria mais útil à União Soviética que uma dezena de divisões descansadas, e agora o Ocidente admitiu que não abrirá uma segunda frente...
Akimov finalmente se sentou. — Você está falando sério.
— Eu não podia estar sendo mais sério, Edik.

– Você disse que estava "liderando a equipe de negociação". Não é um acordo comercial – você está negociando a paz com a Alemanha?
– Um cessar-fogo, pelo menos. Agora que...
– Você conhece o Esquadrão de Bombardeiros Noturnos 588?
– Não sou...
– Eles cumprem uma dúzia de missões toda noite, em biplanos enferrujados e já retirados do serviço ativo, que não atingem sequer um terço da velocidade dos Messerschmitts. Largando suas bombas atrás das linhas alemãs, você não pode imaginar o esforço que exige a nona missão da noite, a décima primeira, a décima segunda. Cortam os motores e deslizam até o alvo, nenhum som a não ser o vento passando pelos arames de sustentação... e aí, então, a bomba explode. E são garotas, vinte anos de idade – os nazistas as chamam de Nachthexen, as bruxas da noite. Jovens realizando uma dúzia de voos a cada noite por trás das linhas do inimigo. E você flertando com os nazistas nas costas delas?
– Pense no que está dizendo, Edik. Você...
– Em agosto, perdemos quarenta mil civis em um único dia. E você está querendo fazer a paz.
– Não criei um idiota – pense antes de falar. Isso dignifica o fim de uma batalha, o fim da batalha de Stalingrado. Não é o que você quer?

Akimov sacudiu a cabeça, confuso com a presença do pai.
– Nada de bombardeios, civis mortos, balas e corpos. Nada de bruxas da noite. Diga-me: não vale a pena lutar por isso?

Sim, lutar para acabar com a luta. Mas ouvir a verdade falada pela voz mentirosa de seu pai... ele não podia responder, não era capaz de crer.
– Paz em Stalingrado – continuou seu pai. – Os escombros limpos, ordem nas ruas – e tempo. Tempo para reunir, para fortificar, para reconstruir. Para enterrar os mortos.

Akimov assentiu vagarosamente. Um fim para a batalha de Stalingrado – com uma assinatura num pedaço de papel, em vez de um monte de corpos. Deixou que a possibilidade o invadisse, aquecendo-o melhor que o licor. – É por isso então que estou aqui?
– O Ocidente não nos ajudará. Churchill recusou-se a abrir uma segunda frente, Roosevelt quebrou sua promessa de invadir a Europa

antes de 1943. Este é o único caminho para a vitória: comprar tempo agora e gastá-lo com sabedoria.

– E os alemães? – perguntou Akimov.

– O Sexto Exército está a cinquenta metros do Volga, por que haveriam eles de assinar um pacto agora?

– O primeiro pacto foi uma joia na coroa de Von Ribbentrop, e ele quer outra.

– Ele é um homem.

– Goebbels apoia um acordo, da mesma forma que a maioria dos homens menos militarizados, os mais realistas. O próprio Stalin fez um discurso garantindo aos alemães que não almeja destruir o poder militar germânico: "Os Hitlers vêm e vão, mas o Estado alemão permanece." Esperamos que os oficiais entendam.

– E Hitler? – quis saber Akimov.

– Sonhando seus sonhos, abomina negociar com seriedade. É esse o motivo pelo qual você está aqui.

– Ah, finalmente chegamos a Magda.

Seu pai colocou o copo em cima da mesa. – Ela entrou em contato com a Orquestra Vermelha e disse...

– Ela entrou em contato? Magda odeia o partido.

– Pode ser, mas ama a Rússia. Ela tem um documento que comprova um esquema de lavagem de dinheiro e que pode ser usado contra um suíço influente.

– Então, poderemos forçar os suíços a fazer a paz?

– Não banque o gaiato, Edik. Sua mulher afirma que o financista suíço pode deixar o Reichsbank à míngua de francos e câmbio estrangeiro. Diz que ele tem a chave de seus cofres. E eles não podem lutar uma guerra sem dinheiro.

– Então, usamos o documento de Magda para chantagear o banqueiro suíço a fazer o quê? Obrigar os alemães a pedir a paz?

– Servirá tão somente como... um fator decisivo. A pressão financeira talvez convença Hitler a ouvir a razão.

– Não é um de seus pontos fortes.

– Eles já concordaram com reuniões não oficiais, exploratórias, Edik; é por isso que estamos aqui. Mas precisamos ter o documento, a qualquer custo.

— A Suíça não pode ser tão influente assim.
— Sem a ajuda da Suíça, o Reichsbank vai falir no próximo mês de março. Os suíços são a chave para os alemães, e sua mulher, a chave para os suíços.
— Você disse que ela entrou em contato com vocês. Por que então precisa de mim?
— Ela combinou um encontro e não apareceu. Acho que mudou de ideia e decidiu se aproximar dos americanos ou dos britânicos. Meus homens estão vigiando as embaixadas deles.
— Para pegá-la?
— Se possível.
Akimov assentiu. — Ou, pelo menos, para mantê-la afastada do Ocidente, certo?
— Exatamente. Eles lutarão com unhas e dentes contra todas as conversações destinadas a obter cessar-fogo. Precisamos de você, Edik. Meus homens podem assustar Magda, mas você não. Com você, ela se encontrará.
— Se eu puder encontrá-la.
— Ou se souber que você a está procurando — aí ela o encontrará.
Seu pai inclinou-se um pouco para a frente, com olhos graves.
— Você fará isso?
— Ser seu peão? Depois de você ter me traído uma vez?
— Não *meu* peão... da Rússia.
O braço fantasma de Akimov coçou, e ele não podia fazer nada. Aquele homem esperava mesmo que ele rastreasse a única mulher que já amara, seguindo ordens da NKVD? Mas seu pai jamais trairia sua pátria — Akimov sabia disso com a mesma certeza com que conhecia as batidas do próprio coração. Mesmo que seguindo as ordens dos czares do partido, seu pai servia apenas a um amo — a Rússia. E as lições que Akimov recebera na infância tinham se entranhado fundo. Ele era exatamente igual. Nenhum preço era demasiado alto para um cessar-fogo em Stalingrado.
— Claro — concordou ele. — Onde começo?
O comissário da NKVD jogou-lhe um envelope. — Aqui.

Dentro do envelope, ele encontrou uma caixinha de fósforos impressa com tinta prateada, um endereço em Zurique escrito abaixo das palavras MUSCOVITE CLUB. E duas fotografias: uma mostrando Magda à margem do lago, o cabelo negro com mechas brancas, e a outra recortada da foto do casamento deles. Akimov e Magda juntos, de pé, crianças felizes.

– As conversas preliminares começam em três dias – disse seu pai.
– Se você falhar, centenas de milhares de seus conterrâneos morrerão.

CAPÍTULO 11

Quando a tampa da caixa de correspondência ressoou estrepitosamente lá embaixo, Anna recolocou o fone no descanso e tentou amenizar a cãibra que sentia no pescoço. Horas e horas ligando para seus contatos e ainda não descobrira nada de nota a respeito de Magda Loeffert.

Entrou no quarto de Christoph e dobrou o pijama. Naqueles dias, ele sempre saía correndo de casa, com medo da escola, mas se recusando a lhe dizer o que havia de errado; pobre menino, tão inteligente e tão intenso, como o pai. Abriu a janela, e um sopro do ar que vinha das videiras plantadas em terraços roçou seu rosto. Além do vinhedo, uma cadeia de montanhas fechava o horizonte, e o olhar dela moveu-se para além do pico da Niesen até a Wilde Frau, a mulher louca, sua inspiração remota. Ou aspiração, pelo menos. Fechou a janela – ela era a Zhame Frau, a mulher submissa. Talvez devesse deixar o trabalho pesado com os mais hábeis, a Aktion e o Bureau Ha. Eram boas pessoas, gente de Martin, melhores que ela, mas impedidas de agir por conta dos conceitos suíços de neutralidade e moralidade.

Afofou os travesseiros de Christoph e deu uma risada, em sinal de súbita compreensão. A resposta era óbvia. Desceu correndo a escada, chamou Lorenz e disse: – Por que jogar fora uma folha de papel em branco perfeitamente boa?

– O quê? Anna?

– A mulher, Magda Loeffert – você encontrou uma folha de papel amassada na cesta de lixo dela.

– Sim, uma folha *em branco*.
– E por que jogar fora papel *em branco*?
Um silêncio momentâneo, e depois Lorenz volta: – Meu Deus! A governanta. O incinerador. Ligo daqui a pouco para você.

Ela tomou uma sopa de couve-flor na cozinha, sem se permitir qualquer esperança, depois foi para a porta da frente buscar a correspondência: duas circulares e outra carta de sua sogra informando-a de que era uma péssima mãe para Christoph.

Estava escrevendo uma resposta quando o telefone tocou. – Sim?
– Governanta preguiçosa – disse Lorenz. – Peguei a página.
– E?
– Em branco. Mas havia impressões nela, deixadas pela página anterior. Passei um lápis por cima. Uma série de... palavras, suponho. Você está...
– Não! Verdade?
Ele riu. – Sim, verdade. Você está pronta?
Ela pegou o bloco. – Vá em frente.
– Há nove linhas. Vou soletrar tão bem quanto puder. A caligrafia é estranha, antiquada, e estou falando em impressões deixadas involuntariamente, de modo que peço que não seja muito exigente. Linha um: O maiúsculo, espaço, M maiúsculo, n minúsculo, p minúsculo, a minúsculo, A maiúsculo, o minúsculo e p minúsculo. Linha dois...

Quando ele terminou, Anna deu uma olhada em seu bloco:

O MnpaAop
Yepy
6pyHCBNK MoHameHT
PeageHCy KadpN
AxeTN AeN NaKN
NpoMeHenA Aa Nak
Ae NopT
AxopAxe & KN
Ma KA6N YaNen

– E no fim vem uma data e hora – continuou Lorenz. – Seis e meia da noite, 11 de outubro.

– Onze?
– Pode ser 12. Ou 17. Acho que é 11.
– Alguma ideia do que isso possa significar?
– Nenhuma.
– Magda Loeffert sabe de *alguma coisa* – disse ela. – Se isso for um código, precisamos decifrá-lo. Continue procurando por ela.

Anna desligou e ficou contemplando as palavras sem sentido que registrara no bloco. Não sabia decifrar um código – mal conseguia terminar um quebra-cabeça. Escreveu os nomes como séries simples de letras e apreciou o resultado. Talvez aquilo fosse um código de substituição, onde cada letra...

Um vento frio soprou na sua nuca, e ela levantou a cabeça. Havia alguém dentro da casa.

O vento subiu e bateu em uma janela de veneziana solta no depósito usado como oficina. Anna dirigiu-se à porta da frente, onde o rifle de Martin estava no armário dos casacos, em uma prateleira acima dos chapéus. Todo cidadão suíço conservava em casa a arma fornecida pelo governo, e, embora ela não tivesse dado mais que uns dez tiros com aquela arma, sabia muito bem carregá-la, da mesma forma que sabia apontá-la e puxar o gatilho.

Ela deu três passos na direção do saguão, e a porta do banheiro se abriu e Christoph saiu no corredor, escondendo o rosto dela.

– Christoph! – disse ela. – Você quase me mata de susto.

Ele parou, mas não se virou. – Desculpe, maman.

– O que você está fazendo em casa?

– Esqueci uma coisa. – Ele se dirigiu para a escada. – No meu quarto.

– Christoph?

– Já desço.

– Christoph, vire-se.

Christoph virou-se, e ela viu que seu lábio estava cortado e inchado, com manchas de sangue seco na camisa e na gravata.

– Oh, fofinho. – Ela pegou seu rosto. – Só o lábio inferior?

Christoph recuou. – Não dói.

– Vou falar com o diretor desta vez. Não vou...

– Por favor, não fale, prometa que não vai falar.

Ela suspirou. – Vamos levar você lá para cima. Foi o mesmo menino?

Ele não respondeu.

– Você falou com a enfermeira da escola? – Anna esfregou as costas do filho enquanto se dirigiam para a escada. – Ela o mandou para casa?

– Eu precisava de uma outra camisa – disse ele.

Ela fingiu que aquilo fosse uma resposta. – E uma outra gravata também – tentou fazer graça. – A gravata é para ser listrada e não manchada.

Christoph parou no patamar e estudou-se no vidro que cobria uma foto de Martin. Ela se deixou ficar atrás, na esperança de que o filho soubesse que sempre o apoiaria.

– O que ele diria?

– Seu pai diria: "Se alguém o esbofetear em uma face, ofereça a outra à pessoa que lhe bateu."

– Quem quer que lhe tire a camisa, dê-lhe também seu casaco – acrescentou Christoph. – Bem-aventurados sejam os pacifistas.

– Ele examinou com atenção seu reflexo. – Você discutiu com ele por causa disso.

– Como é que você se lembra disso?

– Você disse que fazer a paz nem sempre é um trabalho para os tímidos.

– Mas você tinha quatro anos de idade!

– Cinco.

Ela segurou a mão dele. – Vamos, Doutor Memória, temos de lavar seu rosto.

Mãe e filho subiram para o banheiro, onde ela examinou seu lábio inchado por causa do corte de encontro aos dentes. – Dê-me sua camisa, gravata e casaco.

Ela levou a roupa manchada para baixo e enfiou na água fria. As manchas estavam frescas suficientemente para o amaciador de carne misturado na água fria acabar com elas. Ela preparou a massa na cozinha e o ouviu subindo a escada.

– Christoph?! – exclamou. – Suas camisas estão no armário, onde sempre estiveram!

Ele se lembrou de uma discussão antiga, mas não conseguiu descobrir o próprio armário. – Já almoçou?

Anna entrou na sala de visitas e endireitou uma almofada; desta vez, faria com que ele se sentasse e mandaria que explicasse o problema na escola antes de permitir que saísse. – Se estiver com fome, eu posso...
Ela ouviu o barulho de um passo às suas costas. Christoph no portal, ainda de peito nu. Seus lábios vermelhos como cerejas contrastavam com o rosto muito branco. – Maman – disse ele quase inaudível.
Havia uma mão sobre seu ombro nu, mão grande e rude, cheia de veias. O homem que estava atrás dele tinha olhos claros sem vida e um rosto do qual toda suavidade havia sido arrancada com um punhal. Ele disse: – Anna Fay.
Ela não respondeu. Ele tinha a mão sobre seu filho.
– Eu sou Grant – disse ele. – Há um homem no vinhedo, observando sua casa, e ele tem uma pistola debaixo do braço.
O nome não queria dizer nada a ela, precisava permanecer calma, precisava dar um jeito de afastar Christoph. Depois se lembrou: Grant. Da China. Mas Grant era americano e estava a meio mundo de distância – enquanto aquele pesadelo acontecia no seu saguão, falando alemão como um nativo, a mão sobre seu filho.
Lera as cartas de Grant por um ano, ela o conhecia. Não seu rosto, mas seu coração. Aquele homem não era Grant.

Ele quase perdera a coragem quando o garoto de peito nu galopara escadas abaixo para investigar a abertura da porta. Podia ter sido um garoto de volta a casa procurando um lugar onde desse para nadar, usando um lábio inchado como insígnia, a não ser pelas calças bem passadas – e os olhos graves de Martin.
Então, a mulher de Martin entrou na sala, e ele lhe falou a respeito do homem que estava do lado de fora. Praticamente sem olhar o que fazia, ela empurrou o armário perto da porta e alcançou o estojo do rifle, ficando na ponta dos pés. Era mais baixa do que ele esperava, com o cabelo ondulado indo até a gola do vestido de andar em casa e "gostosona", o tipo da mulher para ser pintada no nariz cônico de um bombardeiro. Abriu uma gaveta e virou-se para ele, o rifle apontado

para o chão. Uma boa arma, a carabina K31 suíça. Ela puxou o ferrolho para trás, pegou um carregador na gaveta e, na segunda tentativa, conseguiu ajustar o pente no magazine. Enfiou os projéteis lá dentro com o polegar da mão pequena, mas competente, e recolocou o ferrolho no lugar. Ainda usava a aliança de casada.

Ele se adiantou, e ela ergueu o rifle à altura do ombro, mirando na sua cabeça.

– Pare, não se mexa – disse ela, a voz tensa. – Recue.

– Anna...

– Para trás! – Um toque de histeria. – Afaste-se do meu filho.

– Eu sou Grant, da China. Eu... você me conhece.

– Christoph, corra e traga Joris. Depressa!

O ombro liso do menino escorregou sob a mão de Grant e seus pés descalços bateram ruidosamente no chão enquanto corria. Será que aquela mulher era mesmo Anna Fay? Talvez não fosse mais baixa e mais exuberante como ele achara – de repente não era ela. Poderiam eles ter sabido que ele estava vindo? Grant não conseguiu pensar, uma onda de tremores subiu a partir de seus joelhos. Nos fundos da casa, uma porta escancarou-se quando o menino se lançou para o lado de fora.

– Não se mova – disse ela. – Não se mova.

– Um fuzil, a esta distância, você tem apenas um tiro.

– Eu atiro, eu juro que...

– Não mire na cabeça. – Ele bateu no esterno. – Centro da massa de mira.

– Levante as mãos – não se mexa.

Ele entrou na sala de estar, onde tudo era amarelo-escuro e azul-celeste sobre tapetes orientais. Havia uma coluna de pinturas ovais na parede e três retratos emoldurados no consolo da lareira entre os enfeites de porcelana. Uma luminária com o quebra-luz de vidro colorido ficava ao lado do sofá e um porta-jornais de ferro ornamentado com volutas descansava no chão.

Grant sentou-se no sofá ao lado do porta-jornais. – Você ainda está estudando inglês?

Anna permaneceu parada junto à porta, fuzil ao ombro. – Você disse que é o sargento Grant?
Espertinha. – Tenente.
– Por que você está aqui?
– Não tenho outro lugar para ir.
– Por que a Suíça?
– Bati numa montanha. Abaixe esse fuzil, Anna. Ela mirou no peito dele e entrou na sala. – Diga-me alguma coisa que apenas Grant soubesse.
– Está vendo aquele anel na parte de trás do ferrolho? – Ele olhou para o fuzil. – Se estiver na horizontal, o percussor estará trancado, não se pode atirar ou recarregar a arma.
Ela olhou para o fuzil. O anel estava na vertical. Olhou de novo para ele.
– Você está armada – disse ele. – Eu sou Grant.
– Juro que atiro.
– É disso que tenho medo.
– Não me force. Diga-me algo que só você saberia.
Ele mostrou as mãos vazias e tentou sorrir.
Anna sentou-se na poltrona forrada de brocado e descansou o fuzil no colo, uma das mãos na coronha, a outra frouxamente caída sobre o cano.
– Eu vi Martin ser morto – disse ele.

Anna sentiu um nó na garganta. Não devia ter baixado o fuzil, mas o jeito daquele homem, tão ameaçador com as próprias mãos nuas... Se levantasse a arma de novo, atiraria e continuaria com medo; e se errasse, e se apenas o ferisse?
– Como foi que ele morreu?
– Você nunca viu uma foto minha, mas Martin guardava seu retrato ao lado da cama.
– Meu marido não iria ceder a um sentimentalismo tolo desses.
– Você e seu filho, num porta-retrato duplo.
– Tolice.

– Você estava com – ele se virou para a janela, olhos semicerrados – um vestido leve de decote quadrado e sua cabeça pendia para um lado. Seus olhos estavam meio fechados, como se você tivesse acabado de sair do quarto de dormir. O cabelo era ondulado e mais comprido, eu achava que castanho e não, seus olhos entediados piscaram na direção dela. Ruivo? Castanho-avermelhado?
– Castanho.
– Seu cabelo ia até a cintura, segundo Martin.
– Como foi que ele morreu?
O homem esfregou a nuca. – Ele morreu na China.
– Não foi isso que perguntei.
– No final de 37 – disse ele. – O exército chinês abandonou Nanquim. Sabiam que era impossível vencer...
– E então? – instou ela, querendo que ele não parasse de falar para dar tempo de Joris chegar.
– O bombardeio cessou. Os japoneses atravessaram os portões. Um mês antes, alguns ocidentais – homens de negócios, estudiosos, assistentes sociais – estabeleceram uma zona segura, uma zona neutra na cidade para refugiados.
– Meu marido entendia de neutralidade.
– Era o mês de novembro. Sim, Martin integrava o comitê, o Comitê Internacional da Zona Neutra de Nanquim, mas, quando os japoneses avançaram, a população da cidade triplicou, vieram centenas de milhares de refugiados: velhos, mulheres, garotas...
– Você estava com Martin?
– Eles tomaram a cidade.
– Como foi que ele morreu?
O homem ficou ouvindo o vento sacudir a janela que se projetava para a parte externa da casa.
– Você me contará? – quis saber ela.
– Não.
– Eu já sei o pior.
Ele sacudiu a cabeça.
– Sei que Martin preferiu morrer – disse ela – em vez de voltar para casa.

— Eu nunca lhe disse isso.
— Você nunca escreveu as palavras.
— Ele não sofreu.
— Eu tenho o direito de saber.
— Não há nada a contar.
Ela mexeu no fuzil.
— Então você é Grant.

Anna e Grant tinham trocado dezenas de cartas em quatro anos desde que ele lhe enviara uma, cuidadosamente escrita, logo após a notificação oficial da morte de Martin. Ele lhe transmitira gentis lugares-comuns de pêsames, e ela respondera com uma carta de amargura absolutamente incomum, cheia de dor, choque ou raiva. Tinha ficado surpreendida por receber uma resposta do desconhecido sr. Grant, delineando os contornos da vida de Martin na China, surpresa e grata, mas ele nunca lhe contara os detalhes da morte de seu marido. As cartas dele eram contidas e respeitosas, embora sua ortografia fosse atroz. Características que nada tinham a ver com o homem esguio espalhado em seu divã como um cachorro selvagem.

Ele deu de ombros, quase como se quisesse se desculpar. — É.
— O que está fazendo aqui? — perguntou ela.
— Fugindo — disse ele. — Eu preciso...
— Fugindo de quem?
— De quem as pessoas fogem? Da polícia, exército, cães de guarda. Eu estava voando numa missão de reconhecimento fotográfico para...

Joris irrompeu dentro da sala, o colete amassado se agitando como asas, as calças rústicas molhadas até os joelhos. Rugiu ameaças em italiano, e o cano de sua velha pistola balançou de um lado para o outro e encontrou Grant.

CAPÍTULO 12

Grant ficou imóvel, a mão direita em cima do sofá. O homem aproximou-se mais, por cima do tapete, em frente ao sofá – perto demais –, e Grant girou, derrubando a Luger com o antebraço esquerdo e erguendo o porta-jornais de ferro com a direita. Os jornais se lançaram ao solo como paraquedas. A arma passou direto pela sua orelha e não disparou.

Grant agarrou-lhe a camisa e puxou, tirou a arma e empurrou o homem no chão, encostando o cano da Luger no pescoço queimado de sol.

– Não! – gritou Anna. – Grant, não! Ele é um amigo!

Ela falou em italiano com a velocidade de uma metralhadora e o homem virou a cabeça. Não tinha menos que sessenta anos de idade, o rosto bronzeado pelo sol, a pele grossa enrugada como a de um lenhador. Grant quase pisara num sujeito que tinha idade bastante para ser seu pai.

– Este é o Signore Joris – disse Anna, dirigindo um olhar sério a Grant. – Ele toma conta do jardim e fica de olho em mim e em Christoph.

– Mais que um olho.

– Ele tem setenta e um anos de idade – disse ela.

– Não aparenta um dia mais que sessenta.

Anna deu uma olhada na porta onde seu filho tinha ficado, o rosto muito pálido em torno dos olhos escuros e sombrios do pai. – Vista a camisa, querido – disse a ele.

O menino desapareceu escadas acima, e Joris agarrou seu boné e resmungou qualquer coisa, possivelmente uma despedida. Grant procurou repetir o mesmo e depois ficou sozinho com a sra. Fay.

Os olhos dele estavam ao nível da cintura dela, e seu vestido era justo nos quadris antes de cair em pregas em torno das pernas.

Ela se virou para ele. – O que o trouxe a minha casa?

– Eu estava cumprindo uma missão de reconhecimento fotográfico sobre território francês. Meu navegador, Racket McNeil, e eu precisávamos de outra passagem sobre a região a ser fotografada por causa de uma nuvem que cobriu tudo e de um Focker...

– É uma história comprida?

– Na verdade, não.

– Não gosto daqui desta sala. Vamos subir.

– Não posso ficar em pé.

– O quê?

– Minhas pernas.... – Ele sacudiu a cabeça.

– Você entrou na minha casa sem o menor problema, da mesma forma que tirou a arma de Joris. O que há de errado com suas pernas?

– Não sei ao certo.

Ela o fitou com uma expressão que ele não foi capaz de entender e ofereceu-lhe o braço. Grant pôs-se de pé com insegurança, apoiando-se em sua pequena força. Suas pernas conseguiram manter-se sob ele. Os dois se arrastaram para o corredor, a mulher servindo-lhe de muleta. Ela fez uma rápida pausa, olhando na direção da fenda da caixa do correio, onde havia uma só carta na bandeja. Seus olhos ficaram mais aguçados e depois se desviaram.

– Você é mais forte do que parece – disse ele.

– Não exagere nem fique demasiado à vontade.

Ele tentou um sorriso. – Esse não é um dos meus problemas.

Ela lhe dirigiu o mesmo olhar incompreensível. E os dois galgaram a escada, um degrau de cada vez, a mão direita dele deslizando pelo corrimão macio e o braço esquerdo em torno da cintura dela.

– Não vou ficar muito tempo. Não sei quando eles irão transferir Racket.

Ela o conduziu por um corredor fresco até um quarto banhado de luz pêssego filtrada pelas cortinas de gaze. – Racket é o seu navegador?
– É. E eu preciso encontrá-lo. – Grant sentou-se na cama. – Preciso de sua ajuda.
– Você precisa é de descanso. Depois a gente se fala.

Anna esgueirou-se para o hall e fechou silenciosamente a porta do quarto do americano exausto. Precisava dele fora de sua casa; se fosse apanhada dando abrigo a um fugitivo, não seria da menor utilidade contra os alemães. Quando acordasse, ela o mandaria embora. Talvez Joris dispusesse de algum lugar onde pudesse ficar enquanto se recuperava. Qualquer lugar, menos ali.

Desceu para examinar a caixa de correspondência – queria ver a carta que não tinha chegado com a entrega do dia do correio. Um envelope branco comum, com uma letra feminina. "Senti sua falta no teatro e sua casa não é tão privada quanto eu esperava." Magda Loeffert. Devia ter visto Grant entrar e fugira amedrontada. "Entrarei em contato com você em breve. Tenho documentos a respeito do negócio dos militares que comprovam o que o conteúdo deste envelope sugere..."

Anna abriu o envelope e examinou o conteúdo. Uma ordem de compra de barracas de madeira na Suíça – o sindicato da madeira? – para ser enviada à Alemanha, a uma cidadezinha chamada Dachau. Uma perda de tempo, apenas mais um negócio com o Reich. Mas, ao ler a página seguinte, seu pulso disparou; os alemães despacharam a madeira para a Suíça e depois compraram os produtos acabados por treze milhões de francos.

Eles supriam a matéria-prima e depois compravam os produtos acabados por um preço inflacionado. Não era apenas um outro negócio qualquer – era lavagem de dinheiro. Anna examinou um recibo e leu uma nota escrita à margem pela letra de Magda Loeffert: "Negócio iniciado sob a direção da Waffen-SS e do diretor administrativo da SS, com a finalidade de transferir fundos legalmente para a Suíça. Primeiro embarque em abril de 1942."

A SS estava arranjando negócios na Suíça? A Waffen-SS era uma entidade de combate, pensou ela. E o Escritório Principal Econômico-Administrativo? Não saberia dizer.

Repassou as páginas mais duas vezes, contendo seu entusiasmo. Aquele negócio era rastreável, treze milhões de francos tinham de deixar uma trilha. Para quem? Implicando quem? Se a conexão da SS era rastreável, Pierre-Luc poderia publicar seu artigo, e o peso da opinião pública suíça, já contrária aos nazistas, esmagaria os arranjos secretos feitos nas salas dos fundos das repartições e a colaboração econômica supostamente colegial.

Enfiou um casaco de lã e abriu a porta. Grant podia dormir a noite inteira na sua casa; ela não tinha tempo para outra coisa senão encontrar aquela mulher.

CAPÍTULO 13

O telefone branco e dourado permanecia sombrio e silencioso ao lado do mata-borrão de couro de bezerro, e Ernst Villancourt virou as costas à máquina infernal. Ali estava ele, a um passo do maior triunfo de sua carreira, reduzido àquilo – andando sobre o carpete de um lado para o outro, esperando que o telefone tocasse, suas esperanças subindo e descendo como a bola de borracha de uma criança.

O primeiro telefonema, pela madrugada, tinha gerado um súbito entusiasmo após dias de depressão glacial: Herr Pongratz finalmente encontrara a garota chamada Nadya. Graças aos céus! Ele usaria a garota para forçar sua mãe, a amaldiçoada Magda Loeffert, a devolver os documentos furtados. Finalmente se livraria daquela chantagem. Contudo, trinta minutos mais tarde, o segundo telefonema trouxe amarga desolação: a garota desaparecera no meio da multidão em uma estação ferroviária. E finalmente o terceiro telefonema: embora não tivesse encontrado a garota, Pongratz aguardaria sua viagem de retorno na estação de Zurique.

E assim Villancourt aguardou a manhã e a tarde inteira, corroído pelo medo à medida que a noite se aproximava. Resolveu agir – não podia permitir que a ansiedade minasse sua produtividade e comprimiu o botão para chamar Hugo, seu sobrinho doente e secretário temporário.

Ele entrou, um espantalho coberto de espinhas, e foi desembuchando: – Herr Rothenbuehler ainda está na antessala, tio. Esperando. Na antessala, senhor.

– Hugo, você parece que viu passarinho verde. Eu lhe perguntei alguma coisa a respeito desse senhor?

– Não, senhor meu tio.

– No que diz respeito àquele telegrama, posso perturbá-lo com um pedido para que faça algumas anotações?

– Ele está aqui para tratar da confirmação do envio da carga. Quer dizer, Herr Rothenbuehler. Desculpe.

Villancourt arqueou uma sobrancelha. – E ele espera que eu vá percorrer o pátio da ferrovia como se fosse um empregado iniciante?

Hugo remexeu-se contrafeito. – Não, senhor?

– Então não temos mais nada para discutir. Agora, quanto ao telegrama, se me fizer o favor.

Hugo ajeitou o corpo comprido na poltrona, o bloco de anotações em condições de ser usado e os joelhos ossudos tremendo. Villancourt amaldiçoou mentalmente a irmã, que lhe impusera aquela praga. Pelo menos o rapaz era confiável, mais do que poderia ser dito daquela criminosa, Frau Magda Loeffert.

– Tenha uma lista preparada para nossas companhias irmãs em território alemão – disse Villancourt. – Württemberg, Baden etc. Elas são o setor da firma que cresce mais rapidamente, temos de saber por que margem precisamente. A indústria floresce em meio à beligerância, Hugo. Não há nada como o ajustamento de uma fronteira para inspirar as bolsas de valores. Agora, qual é a porcentagem dos produtos de nossa firma entregue ao Reich?

– Não sei, tio Ernst.

– Oitenta e seis ponto dois, precisamente a média suíça, devido inteiramente ao esforço dele, claro. E com 86% vendidos ao Reich, nosso principal cliente dificilmente poderá ter dúvidas.

Era assim que ele ia apresentar a questão ao presidente da junta, Herr Ochsner, e à própria junta, a fim de obter mais oitocentos milhões de francos em créditos a serem compensados para a Alemanha. Tendo em vista o enorme apetite dos nazistas pelos produtos suíços de precisão... Bem, não havia como discutir em termos de comércio. Ademais, qual seria a alternativa? A desgraça do bolchevismo, nada mais.

– Temos de nos expandir dentro do território alemão recentemente conquistado. Esta é a visão a longo prazo, Hugo, seu bobo. Quer os alemães vençam ou percam, os negócios neutros florescem. O presidente Ochsner ficará mais que satisfeito. É só, prepare a lista – e agora de volta para sua mesa.

À porta, Hugo parou e disse: – Tio, Herr Rothenbuehler está esperando...
– Na antessala, sim. Ande logo.

Villancourt ajustou o nó da gravata, andou de um lado para outro na sala uma dúzia de vezes e ainda assim o telefone não tocou. Chegou a pensar em chutar a escrivaninha, mas desistiu, preocupado em não arranhar o sapato. Finalmente acalmou-se limpando a ponta de sua pena favorita, e aí o telefone tocou.

Ele agarrou rapidamente o aparelho. – Sim? Aqui é Villancourt.

A voz de Pongratz: – Está feito.

– Você a encontrou? Ela retornou?

– O pacote chegou à estação e agora está seguro no cofre.

Assim, a garota fora trancada em sua cela e o perigo passara. O nó que Villancourt sentia no estômago desfez-se. – Excelente! Que você seja abençoado duas vezes, Herr Pongratz! Agora informe Magda Loeffert que ela deve devolver os documentos que furtou, caso contrário sofrerá as consequências.

– Loeffert sumiu.

– Sumiu? Como assim, sumiu?

– Não está em casa – disse Pongratz. – Também não está em Genebra.

– Ela sumiu mesmo?

– E seu apartamento está fechado. Os vizinhos não a veem há semanas. Tive sorte de encontrar a garota.

– Então pergunte a ela onde está sua mãe. Encontre a chantagista, Pongratz, não me interessa como. Encontre-a e diga que a vida da mãe está em suas mãos – ou ela retorna os documentos ou sua filha sofre. Isto é ridículo, nós prendemos a garota para controlar a mãe e agora não conseguimos encontrar a mãe?

– Isso não deveria ser um problema. Só que Herr Kübler requereu meu retorno à embaixada.

– Seu retorno? – Pongratz era um empréstimo não oficial de Herr Kübler, o representante do Ministério das Relações Exteriores na embaixada alemã. – Eu resolvo o caso com ele, você encontra a mulher.
– Vai ser hoje à noite.
Eles desligaram, e Villancourt telefonou para a embaixada. Esperou três minutos até colocarem-no em contato com Kübler, quando afirmou:
– Ainda preciso de Pongratz.
– Você não tem nenhum homem a seu serviço? Quer dizer, um serviço que...
– Homens como ele são raros. Cães violentos não costumam obedecer aos comandos de seus donos. Sei de quem preciso, Kübler.
– Quando isso *terminará*, Herr Villancourt?
– Se essa chantagem circular, não serei o único homem a sofrer.
– Mas o acordo. – Kübler interrompeu-se. – Certamente que treze milhões de francos não são tão importantes. Forneceremos o dinheiro da rede de informações por outra rota.
– O dinheiro não importa, Kübler, mas Magda Loeffert usa a chantagem para exigir acesso aos meus registros. – Villancourt bateu com a caneta no mata-borrão. – Se eu concordar com suas exigências, ela se verá em posição de fazer cessar a liberação dos créditos, e se eu não concordar e ela divulgar a chantagem, a liberação dos créditos terminará. Porque eu estarei sob investigação. Deu para entender?
– Sim, claro, Herr Villancourt, não estou sugerindo...
– Eu me preocupo com a chantagem porque pode me arruinar. Já você se preocupa porque, se eu me arruinar, dirá adeus a oitocentos milhões de francos suíços e ficará com *reischsmarks* sem valor. O que os seus chefes dirão a respeito?
– Mas isto não é nada, esta ameaça de exposição – disse Kübler, a empolgação fazendo subir sua voz. – O senhor conhece a doutrina de 13 de junho. – Em junho de 1941, o Conselho Federal Suíço proibiu que a imprensa fizesse qualquer comentário hostil ao comportamento alemão. – Se um jornal descumpre o artigo 102, simplesmente é proibido de circular. Ninguém publicará nada daí em diante.
– "Publicar" não é o mesmo que "investigar". Isso poderia me arruinar sem aparecer em qualquer jornal. Devo dizer a seus superiores

que você não se interessa pela compensação dos créditos? Centenas de milhões de francos, talvez mesmo um bilhão.

– Claro que você pode usar Pongratz – disse Kübler, adotando subitamente um tom apaziguador. – O que mais eu posso fazer para ajudar? Diga-me.

– Não atrapalhe as negociações com os bolcheviques, é tudo o que peço. Lembre-se dos termos que requeri. – Villancourt revirou a caneta em suas mãos. – E reúna um grupo de homens, que ficarão separados para meu uso.

– Homens?

– Cinco ou seis animais bem treinados, para serem colocados sob o comando de Pongratz.

– Não tenho homens sobrando, eu...

– Traga-os do Reich se for preciso. Lembre-se: a grandes riscos correspondem grandes lucros. Pense na sua promoção, nas homenagens que receberá.

– Bem, suponho...

– O sucesso será recompensado. – Villancourt deu uma olhada pela janela. – E o fracasso, Kübler?

– Bem, o fracasso é impossível, Herr Villancourt! Totalmente impensável.

Villancourt pressionou: – Se o sucesso será recompensado, que tal o fracasso?

– Com a influência combinada de uma importante firma suíça, com sua posição na junta do governo e a minha na embaixada alemã...

– Responda à pergunta, Kübler. Se o sucesso é recompensado, o fracasso é o quê?

Mesmo do outro lado da linha, Kübler hesitou. – Punido.

Villancourt deixou passar um momento de silêncio no telefone e respondeu: – Meu velho amigo, tão melodramático! O fracasso é meramente uma oportunidade para reavaliar a tática usada. Agora, então, você recebeu o pacote? Minha nova secretária não é tão eficiente quanto eu gostaria.

Após um momento, Kübler murmurou: – Eclipse French Dressing.

ALIANÇA IMPROVÁVEL 123

– Ponho minha mão no fogo pelo tecido. Diga a seu homem que ele tem de encerar os pontos primeiro...

Do outro lado da janela, lá embaixo, a superfície do Reno era calma na tarde densa e nublada, e trabalhadores corriam de um lado para outro em uma barcaça distante. A firma e o Reich se expandiam como uma coisa só e Villancourt tinha de se assegurar de que esse crescimento continuasse ininterruptamente. Algo que seria bastante fácil: uma vez que ele encontrasse Magda Loeffert, controlaria as negociações vindouras. Bem, Pongratz perguntaria à sua filha pelo paradeiro dela. E ele era um homem muito persuasivo.

CAPÍTULO 14

Uma tábua do soalho rangeu, e Grant acordou enroscado em restos de palha entre as paredes úmidas da cela – depois a lembrança dissolveu-se em um cheiro de casca de laranja e o calor de cobertas de flanela. Outro rangido e ele rolou na direção da porta e viu o filho de Martin de pé em posição de descansar, trajando a jaqueta da escola e uma camisa branca limpa, o queixo arranhado e o lábio inchado.

– Há quanto tempo! – começou Grant em inglês, e depois mudou para o alemão: – Há quanto tempo você está aí?

– Eu falo um pouco de inglês – disse o menino em alemão.

– Mesmo?

– Sim, senhor. Um pouco.

– Foi seu pai quem o ensinou?

– Eu tinha seis anos quando meu pai morreu. Foi mamãe quem me ensinou.

– Bem, sua mãe. – Grant ajeitou-se com dificuldade para ficar mais alto nos travesseiros. – Ela devolveu uma de minhas cartas, marcada de vermelho. Não gostou da minha ortografia.

– Ela era professora.

– Não é mais?

– Ela agora escreve para o jornal.

– Ela está lá embaixo?

– Não, senhor.

– No escritório?

– Acho que ela está pesquisando alguma coisa.
– Ela deixou você sozinho comigo?
O garoto mudou de lugar. – Ela disse que o senhor não é mau.
Grant pegou o copo d'água na mesinha de cabeceira. – Claro, eu sou irresistível.
– Além do mais – continuou o garoto –, ela pensou que o senhor dormiria a noite inteira.
– Sou cheio de surpresas. Há algum cigarro na casa?
– Maman não gosta de cigarros.
– Tem dinheiro no meu bolso. – Ele empurrou o copo na direção do armário. – Dê uma corrida e compre uns dois maços para mim.
– Eu devia estar na escola, senhor.
Grant sorriu. – Então não deixe que peguem você.
O menino olhou para baixo, talvez ocultando um sorriso, talvez apenas olhando para baixo, e adiantou-se até a cômoda. As roupas de Grant não estavam lá.
– Maman deve ter levado suas roupas.
– Levado?
– Para lavar, costurar.
– Verifique a valise.
O menino abriu a maleta e tirou uma maçã meio machucada, um naco de queijo e a adaga com a caveira. Deu uma olhada em Grant, guardou a adaga e encontrou a bolsa com o dinheiro. Lançou um olhar tímido a Grant e dirigiu-se até a porta.
– Ei! – chamou Grant.
O garoto virou-se.
– Compre também um isqueiro.

Na vez seguinte em que Grant acordou, as cortinas estavam cerradas e a única claridade era da lâmpada do hall. Dois maços de cigarros e uma caixa de fósforos estavam em cima da mesinha de cabeceira, ao lado de uma tábua de cortar carne, com fatias de maçã escuras e pedaços de queijo.

Ele comeu a maçã e o queijo. Suas pernas estavam bem e aguentaram sem problema seu peso quando se dirigiu ao banheiro. Quando voltou ao corredor, viu o garoto encostado no corrimão, vestindo um pijama verde estampado com barquinhos a vela, esfregando um pé contra a parte de trás da outra perna.

– Ainda acordado? – perguntou Grant, achando que talvez o garoto estivesse sonambulando.

– Sim, senhor. – Ele parou de se mexer. – Comprei seus cigarros.

– Foi apanhado?

– Não, senhor.

Grant estalou o pescoço. – Devia estar na cama.

– Não estou cansado, senhor.

– Não estou falando sobre você. – O menino seguiu-o até o quarto e viu-o sentar no colchão. – Onde estão minhas roupas?

– Lá embaixo, eu acho. O que há de errado com suas pernas?

– Sua mãe diz que estou cansado.

Na verdade, ela dissera que ele estava sofrendo de uma combinação de estupidez e exaustão e que devia saber que um desastre de avião e uma cela de prisão podiam derrubar um homem.

– Foi o que ela me disse – afirmou o garoto meio na dúvida.

– Mas você pensa que eu sou apenas preguiçoso.

– Oh, não, senhor!

Grant sorriu. – Você é um garoto legal.

O menino pegou a tábua de cortar carne de cima da mesa de cabeceira. – O isqueiro era muito caro, por isso comprei fósforos.

Grant recostou-se na guarda da cama e fechou os olhos. Mais um pouco de descanso e depois ele tiraria Racket do hospital em Neuchâtel para encontrar o local em que o avião caíra e a câmera. Precisava mover-se logo, contudo, ou eles mandariam Racket para um campo de internamento – e ele não era capaz de encontrar o local da queda sozinho.

– Tem problema? – perguntou o menino.

Grant abriu os olhos. – Como?

– Os fósforos.

– Sem problema.

O menino esperou um segundo antes de dirigir-se à porta, os barquinhos de seu pijama moviam-se como navios fantasmas na escuridão.
– Ei – reparou Grant no lábio partido do garoto. – Quem ganhou?
– Ele, eu acho.
– Acontece.
– Ele me xingou. – O menino raspou o chão com os dedos do pé. – Depois me empurrou, eu o empurrei e ele bateu em mim.
Talvez Martin soubesse o que dizer, mas Martin estava morto.
– A maior parte das brigas não vale a pena ganhar.
O garoto permaneceu onde estava.
– Quando você perde, não perde muito.
– Ele vai me bater de novo.
– É o que eles sempre fazem.
O menino pegou a tábua.
– Há dois tipos de caras durões – disse Grant. – O tipo que sabe bater e o tipo que sabe resistir. Esse garoto – como é o nome dele?
– Horst.
– Parece que é do primeiro tipo, mas seu pai era do segundo – talvez você tenha saído a ele. O segundo é ainda mais duro, nunca cede. Seu pai era uma verdadeira rocha. O homem era uma montanha.
– Ele mentiu para mim.
– Mentiu?
– Ele prometeu que voltava.

– Já fechamos, Frau Fay. – O funcionário da repartição federal bateu no tampo da mesa com os nós dos dedos. – As luzes estão apagadas, as cortinas cerradas, esperamos apenas pela senhora.
– Só mais um minuto – pediu Anna.
– A senhora já teve quinze. Por favor, tenho de insistir.
Anna suspirou e levantou-se da mesa, esfregando a nuca. Não tivera sorte em encontrar algo de útil sobre Magda Loeffert. Filha única de pais idosos, ambos já mortos. Casada duas vezes, uma filha com o segundo marido. Uma longa história de emprego, frequentou diversas escolas cantonais, pagamento de impostos normal. Nada

que ajudasse a encontrá-la *agora*. Vestiu o chapéu e as luvas, abotoou o casaco e saiu.

Uma vez na calçada, hesitou, até que decidiu: ainda era cedo.

Na porta lateral do prédio do jornal, o porteiro da noite a reconheceu. Perguntou-lhe pela saúde e conduziu-a até o andar de baixo, onde ficavam os arquivos. Lá ela se sentou ao lado de uma série de arquivos de aço, num ambiente grande e lúgubre como um mausoléu antigo. Passaram-se horas até que ela se calçou de novo e levantou-se. Não teve sorte. Teria de decifrar o código de Magda Loeffert então: uma tarefa inteiramente acima de suas possibilidades.

Anna saiu na noite fria e pegou um bonde retardatário. A folha de papel que Lorenz encontrara na cesta do lixo era seu melhor trunfo. Precisava do original.

Do outro lado da cidade, encontrou Lorenz esparramado no sofá de veludo de sua sala de estar, um copo de bebida na mão. Olhos fixos no fogo da lareira, a gravata frouxa e os olhos congestionados: estava bêbado. Sentou-se a seu lado e tirou as luvas, procurando adivinhar o motivo pelo qual ele se embriagara – e sentiu uma centelha de esperança.

– Alguma novidade? – perguntou Lorenz.

– Magda Loeffert trabalhou para o Sindicato dos Madeireiros suíço. Como secretária confidencial e...

– Quem era o supervisor dela? Descubra isso e você terá encontrado seu homem.

– Seu empregador direto era uma firma que fornece secretárias e datilógrafas a departamentos cantonais e federais. Ela trabalhou para dezenas de homens em repartições com outras centenas.

– Sei... E seu novo emprego?

– Tanto quanto eu saiba, ela não tem novo emprego. Talvez tenha usado um novo emprego como desculpa para sair.

– Ela precisava de uma desculpa?

Anna colocou as luvas no braço do sofá. – Evidente.

– Não sei o que você espera dessa informação. – Lorenz coçou a barba, o rosto sempre voltado para o fogo. – Códigos secretos em uma cesta de lixo...

– Se encontrarmos prova de conduta financeira imprópria, podemos dar o caso como terminado. Podemos dar publicidade ao que aconteceu. Podemos mostrar aos homens envolvidos que há consequências. Essa é a razão.
– O memorando Clodius de novo, Anna?
– Rosine está tentando descobrir algo mais a respeito na Subsecretaria de Alfândega, mas não se trata do memorando; isto é outra coisa, estamos tratando dos nazistas lavando milhões de francos na Suíça.
– Por quê?
– Não sei, ainda não sei.
– Maldita garota! Maldita guerra!
– Você não teve sorte?
– Não. Rosine continua sem querer se casar comigo.
– Eu me referi a...
– Eu sei o que você quis dizer, encontrar Magda Loeffert ou decifrar sua lista. Claro que não tive sorte, precisamos de um criptografista.
– Falarei com o coronel amanhã. – O coronel era o contato em quem Anna mais confiava na Aktion. – Ele recomendará alguém.
– Podemos então lavar nossas mãos quanto a isso?
– O que há de errado, Lorenz? Você bebeu porque Rosine está falando com o subsecretário?
– Tomara que ela só esteja falando.
– Tomara que ela esteja fazendo o que for necessário. Como foi que eles se conheceram?
– Eu arranjei o encontro – disse ele. – Como procurador dela, arranjei o encontro.
Uma tora estalou no fogo. – Você não é o único que está sofrendo, Lorenz.
– Se ao menos ela não fosse tão convincente... O subsecretário tem uma mesa no Daetwyler. Fiz reserva para dois na mesa ao lado e disse a Rosine para se preparar para levar um bolo de um namorado imaginário. Ela vestirá um traje inadequado e chegará em meio a uma nuvem de... *Rosine*. Ela vai chorar tomando um copo de vinho, e ele a consolará. Talvez ela saiba mais amanhã de manhã.

– Espero que ela o deixe exausto, Lorenz. Isso não é um caso de amor, e sim um campo de batalha.

– Eu sei, Anna – não preste atenção em mim.

– E Rosine?

– Ela fará o que quiser.

– Você poderia detê-la com uma palavra.

– Ela jamais me perdoaria. – Ele girou o copo vazio. – Quando olhasse para mim, veria os rostos de todas as pessoas que poderia ter salvado. Você devia agradecer por nunca ter amado Martin.

Ela cerrou os dentes para não dar uma resposta raivosa – melhor ter Lorenz magoado do que ofendido.

– Onde está o papel do quarto da Loeffert?

– Na mesinha.

Ela atravessou o aposento. – Esta é outra cópia.

– O original se encontra no cofre.

– O cofre do hotel? Lorenz, eu tenho minha cópia, não preciso de outra.

– Você escreveu a sua ouvindo pelo telefone – e eu copiei a caligrafia dela.

Anna examinou as letras maiúsculas, descentralizadas. – Vou ao hotel amanhã pegar o original.

– Não percebi...

– Não faz mal. Você tem bombons? Ah, e eu preciso de algumas camisas, tenho um visitante.

– Um cavalheiro? Anna!

– Dificilmente pode ser considerado um cavalheiro – retrucou ela, forçando uma risada.

Eles falaram sobre Grant, concordaram que Rosine saberia a melhor maneira para introduzi-lo clandestinamente na Inglaterra e terminaram meia caixa do sortimento de chocolates de Lorenz antes que Anna voltasse para casa. Encontrou Christoph na sala, deitado no sofá. Agulhadas de culpa lhe subiram pelo pescoço; há uma semana não preparava o jantar dele, há um mês não o levava à igreja, não havia nada na geladeira, e o chão da cozinha precisava ser lavado.

Ela o acordou com um beijo na testa. – Fofinho!

– Maman. – Ele arriscou um sorriso. – Não se preocupe. Fiz biscoitos com queijo para o jantar e providenciei a comida do Joris também. Ela afastou o cabelo dele da testa. – E seu dever de casa?
– Terminei o de matemática – foi fácil. Só saí de casa para comprar os cigarros do sr. Grant.
Anna esfriou. Que direito Grant tinha de mandar seu filho fazer compras? Que direito tinha de *falar* com ele? No entanto, percebeu um brilho nos olhos sonolentos de Christophe, um sinal de infância que não via há muito tempo. Levou-o então para a cama e ficou parada do lado de fora por algum tempo. A mente estava quieta e obscura, antes de descer para a lavanderia.

Uma hora mais tarde, tinha desfeito outra bainha de calça; estava com o cabelo colado no rosto de tão suado por causa das luzes que superaqueciam o espaço exíguo. Endireitou as bainhas, umedeceu uma esponja com uma solução de vinagre e água nos vincos e passou a ferro. Aquela era a terceira calça que tinha reformado naquela noite. Grant era mais alto e largo que Martin, e, contudo, mais magro por conta do sofrimento a que fora submetido no campo de prisioneiros.

Pilotos Aliados abatidos na Suíça tratados como prisioneiros de guerra – outro artigo que jamais seria impresso. Ouvira falar em combatentes internados em aldeias alpinas e estâncias de esqui, mas não mandados para campos de prisioneiros se tentassem fugir. Claro que a maioria não se aventurava a fugir, mas havia alguma coisa impulsionando Grant, algo que ele não lhe contara.

Ela mediu e marcou com giz as mangas, passou e costurou os novos vincos. Dobrou as camisas dentro de um cesto e desligou a lâmpada. Lá em cima, a porta de Grant estava com uma fresta aberta. Anna abriu-a com um empurrão do traseiro, a luz do corredor invadindo o quarto, e deixou a roupa dobrada em uma pilha em cima da cômoda.

– Anna – disse Grant deitado, a voz espessa.
– Vá dormir – retrucou ela.
– Anna Fay.
– Sim?
Não houve resposta.

CAPÍTULO 15

As portas do trem estavam trancadas e as janelas fechadas com tábuas. No comprido teto arqueado, havia duas fileiras de lâmpadas protegidas por vidros foscos, e Nadya andava embaixo delas lançando uma confusão de sombras no carpete e nas paredes forradas de madeira. Sua prisão era um vagão de passageiros com três portas no corredor: toalete feminino, sala do engraxate e salão de fumar para cavalheiros, de que ela se apossara para ser seu quarto de dormir. Esticou os braços enquanto andava, passando os dedos em ambas as paredes ao mesmo tempo, batendo nas maçanetas de vidro.

Depois da primeira ameaça sussurrada, o homem da estação não pronunciara mais uma palavra. Arrastara Nadya por uma plataforma aberta e fria e a tocara onde não devia. Conseguiu livrar-se, mas ele a empurrou para dentro do trem, forçando-a a subir uns poucos degraus, e trancou-a. Nadya implorou uma explicação, pediu socorro, mas não teve resposta, exceto o barulho do metal e das engrenagens de máquinas distantes.

Mesmo agora, ao se lembrar do ocorrido, ainda sentia o cheiro do pânico crescente. Tocou no crucifixo que usava pendurado num cordão de prata. *Oh, Virgem Imaculada, casta e pura senhora, Noiva de Deus, oh, Mãe caridosa, a esperança dos desesperados...*

O corredor terminou e ela entrou no vagão de estar onde o corredor avançava entre pequenos sofás para duas pessoas forrados de seda azul e mesas de junco. Grossas cortinas caíam de varas de bronze ao longo de janelas largas que revelavam, todas elas, a mesma vista: a madeira das tábuas que a aprisionavam. Sentou-se em uma das poltronas. Tinha de permanecer calma, rezar para ter compreensão e comer para ter forças. Aparecera uma refeição em uma mesa giratória no final do vagão – em cima de uma bandeja com um ramo de flores em um jarro de vidro lapidado. Por quanto tempo eles a manteriam ali, quanto tempo ainda levaria sem ouvir voz humana?

Seus olhos se encheram de lágrimas, e ela sacudiu a cabeça. *Santíssima Mãe de Deus, livrai-me do meu desespero.* Nadya ajoelhou-se no corredor e fez o sinal da cruz. – Fortaleça minha alma, Santa Mãe de Deus, livrai-me de meu desalento.

Quinze minutos depois, ela se levantou e endireitou o vestido. Não se espera pela salvação, e sim se *trabalha* por ela – "com temor e tremor", como São Paulo escreveu para os filipenses.

Nadya inspecionou sua prisão, equilibrando-se com dificuldade em uma almofada escorregadia para inspecionar o teto, verificando a sala de fumar, passando os dedos ao longo da caixa para umedecer tabaco, verificando as beiradas do tapete. E, finalmente, no compartimento destinado ao engraxate, abriu um armário e encontrou uma grade de madeira aparafusada à parede externa. Rastejou para entrar no armário. Quatro parafusos seguravam a grade e as nervuras de madeira eram demasiado grossas para serem quebradas. Precisava destruir os parafusos ou talvez forçar a madeira...

Ela ouviu o barulho de uma chave na fechadura. Saiu apressadamente do armário, batendo com a canela na caixa do engraxate com força bastante para fazer com que seus olhos se enchessem de lágrimas. Alisou o vestido, pondo-se de pé no meio do aposento, e ouviu passos se aproximando.

O homem de olhos frios da estação avançou pelo corredor e obrigou-a a recuar até que ela se viu colada na parede. Comprimiu o corpo no dela e falou ao seu ouvido: – Onde ela está?

Assustada demais para fingir que não sabia o que ele queria dizer, ela respondeu: – Não sei, em casa, lá em Genebra.

Chegou inclusive a dar o endereço, que Deus a ajudasse. – É onde nós nos encontraremos, aonde devo ir ao seu encontro. Lá. No apartamento.

– Eu estive lá. – O homem pegou o lóbulo da orelha dela entre os dentes. – Onde ela está *agora*? Nadya começou a chorar. – Eu não sei, eu não sei, ela não me disse. Ela estava com medo, ela...
– Como você entra em contato com ela?
– Eu não entro! Devo encontrá-la em Genebra, esperar até que ela chegue. Por favor, por favor!
– Ela tem o documento. – Ele apertou mais a orelha de Nadya com os dentes. – Por que ela tem tanto medo?
– Ela... – Nadya não foi capaz de inventar uma mentira com a rapidez necessária. – Eu não sei.
– Não pense, só fale. De quem ela está fugindo?
– Dos russos – soviéticos.
– Os russos sabem o que ela tem?
– Não, mas...
Ele apertou mais os dentes. – Tenho toda a noite.
– Não! Ela disse a eles, aos russos, ela disse a eles que tem uma *coisa*, mas não disse o que era. Ela odeia Stalin e o partido e nunca se encontrou com eles, os soviéticos. Disse que ia, mas não foi. Ela quer dar o documento aos Aliados, mas...
– Mas o quê?
– Os soviéticos a seguiram e a afugentaram quando procurou as embaixadas americana e britânica.
– E agora? O que ela está fazendo agora?
– Eu não sei, eu não sei...
Ele se aproximou mais, pôs as mãos em cima de seus seios.
– Você sabe.
– Não, por favor, ela não me disse.
Ele agarrou um punhado do seu cabelo, as unhas raspando no couro cabeludo. – Ela disse.
– Ela quis preservar minha segurança...
O homem lhe deu um soco na barriga com a outra mão. Nadya soluçou, seus joelhos arriaram, mas ele a manteve de pé de encontro à parede, agarrada pelo cabelo.
– Você sabe o que me revolta? – perguntou ele.

Ela não pôde responder, tampouco respirar. Ele a atirou no chão e pisou seu cabelo.

– O ato sexual – disse ele. – Está me ouvindo? Balance a cabeça!

O couro cabeludo dela ardia, mas Nadya conseguiu balançar a cabeça um centímetro.

– É revoltante, o suor, os odores, os barulhos de curral. Vou lhe perguntar de novo, e se você mentir, vamos ter uma noite longa e tediosa. – Ele pisou com mais força no seu cabelo. – Está entendendo?

Dessa vez Nadya balançou a cabeça sem que ele tivesse de mandar.

– O que sua mãe está fazendo agora?

– Ela... ela está tentando encontrar uma repórter.

– Para publicar o documento?

– Não, eu não sei. Ela disse... ela só disse que havia alguém que ia tentar, em vez das embaixadas, uma jornalista.

Ele a questionou incansavelmente, mas aquilo era tudo o que Nadya podia dizer, porque era tudo quanto sabia. Até que indagou outra coisa, fazendo a pergunta que ela mais temia, porque teria de mentir.

– De onde você estava vindo, no trem?

– Ela me mandou embora. Ela estava... ela estava com medo pela minha segurança, com medo de que me acontecesse al-alguma coisa.

Nesse ponto, ela cedeu e caiu no chão, soluçando, rezando por proteção. Até que, por fim, suas preces foram atendidas; seu torturador saiu, e ela foi deixada ali, trêmula, ofegante. Ao cabo de algum tempo, levantou-se, lavou o rosto e as mãos e ajoelhou-se para rezar apropriadamente – pedindo orientação, calma e força. E também ajuda; uma vez que o homem descobrisse sua mentira, ele voltaria.

Não lhe foi concedida calma, mas determinação. Tinha de fugir. Salvar-se. Avisar sua mãe. Comeu um pãozinho da bandeja, reunindo forças, e voltou à grade no aposento do engraxate.

CAPÍTULO 16

As cortinas de blecaute estavam abertas, e um quadrado de luz cintilava nos tacos do chão. Manhã. Pombos raspavam o chão e arrulhavam no telhado, e Grant, quente sob as cobertas, contemplou a luz prateada. Nem um pedaço de palha, nada de pulgas ou poeira – Anna provavelmente varria aquilo duas vezes por dia.

O barulho de louça as suas costas anunciou a chegada do menino com uma xícara e um pires. O cabelo penteado e a gravata no lugar, os lábios ainda avermelhados.

– Chá? – perguntou Grant.

Christoph passou-lhe a xícara. – Maman disse que o senhor gostava de café.

Grant tomou um longo gole. Um pouco de creme, sem açúcar.

– Mulher sábia.

– E as outras brigas?

– Que brigas?

– O senhor disse que a maior parte das brigas não vale a pena ganhar. E as outras?

– Você acha que vale a pena brigar com esse tal garoto? Os ombros estreitos de Christoph se encolheram. – Acho que não.

– Quer saber como lutar? – Grant tomou outro gole. – Quem bater primeiro ganha.

– Só isso?

– Praticamente só isso. – Grant ergueu a xícara e o café permaneceu nivelado. Suas mãos estavam firmes, ele estava pronto para se

deslocar – encontrar Racket e pegar a câmera no local onde o avião caíra. – Você vai pensar nisso?
– Bem – respondeu o menino. – O senhor já lutou muito, eu acho.
– Já perdi brigas em três continentes. – Ele girou a xícara, escurecendo o café com o pó que estava no fundo. – Quatro, se a Austrália for um continente.
O menino ficou surpreso. – Claro que a Austrália é um continente.
– E se eu não quiser ser do segundo tipo de cara durão?
– Qual era mesmo?
– Estou falando da escola. E se eu não quiser perder?
– Ele não merece que você machuque os nós dos dedos por causa dele.
– Não é isso que estou perguntando, senhor.
Jesus, o menino era que nem o pai, sério e exigente. – Então bata primeiro, e bata com força, e continue batendo sempre. Não verifique se você está ganhando ou perdendo, só...
– Sr. Grant! – A voz de Anna soou cortante no quarto e ela entrou com uma bandeja. – Christoph, está na hora da escola.
– Ainda faltam dez minutos...
– Christoph!
O menino saiu, e os dois ficaram ouvindo seus passos. Houve de repente uma atmosfera no quarto e Grant colocou a xícara no pires em cima da mesinha de cabeceira. Ele não era muito conhecedor das mulheres, mas sabia reconhecer uma tempestade.
Ela colocou a bandeja em cima da cômoda. – Estava bom seu café?
– Pouco creme, sem açúcar.
– Eu me lembrei de sua carta.
– Acho que eu...
– Sr. Grant, não se diz a uma criança para bater em outra.
– Sim, eu...
– Não se diz para ela bater primeiro e bater com força.
Ele entendeu o ponto de vista dela. – Não sei muito a respeito de crianças.
– Considere que essa tenha sido sua primeira lição.

– Tudo bem. – Houve uma longa pausa. – Preciso ir a Neuchâtel, buscar meu navegador. Você tem um carro?
 – Você tem certeza de que ele ainda se encontra lá?
 – Só há um jeito de descobrir.
 – Posso pensar em dois – retrucou ela. – O primeiro sendo o telefone. Tenho um amigo, Lorenz, que pode checar se seu navegador ainda está no hospital.
 – *Ele* tem carro?
 – Há algo de que você precisa mais que um carro – um plano. Tenciona voltar à Inglaterra?
 – Claro. Depois que levasse a câmera para a embaixada. Pensei em andar para oeste até chegar à água.
 Ela levantou uma sobrancelha, sem se deixar impressionar.
 – Depois que eu pegar o Racket, vou falar com o adido americano. General de brigada Leeger. O homem é um pé no saco, mas nos ajudará a voltar para a Inglaterra.
 – Você quer dizer algo como "um chato de galochas"?
 – Mais ou menos. – Grant deu uma olhada no relógio dela quando Anna se virou na direção do pé da cama. – Merda, metade da manhã já se foi. – Ele jogou de lado as cobertas e levantou-se. Só depois se lembrou das boas maneiras e pediu desculpas.
 – Experimente estas calças, pode ser que... – Ela se virou e fez um barulho como se estivesse engasgada, os olhos semicerrados.

Anna levou a mão à boca.
 Mesmo sob o cobertor enfeitado, Grant tinha um ar severo, com seus olhos tristes. Invadira sua casa, atacara Joris e falara sobre confinamento solitário e fuga. Tinha mandado seu filho comprar cigarros e dissera a ele para bater em um colega da escola. *Bata primeiro, mas bata com força e continue batendo.* Depois ficara de pé, o corpo anguloso, uns trinta centímetros mais alto que ela, lembrando um poste totêmico. Havia pelos escuros no seu peito e os músculos dos braços eram retesados como se ele tivesse se exercitado cavando trincheiras. Não havia nada de suave em Grant: nem seus ombros, nem seu corpo, tampouco seus olhos ou boca.

Exceto a cueca amarela com rosas vermelhas bordadas.
– O que há de errado? – perguntou ele.
– Nada, nada, eu...
– Assim que eu encontrar Racket, irei embora. – Ele se interrompeu. – O quê?
Ela sacudiu a cabeça, quase sem se conter, os olhos marejados.
– Você não, não é...
– Pensei que você estivesse chorando, mas está rindo.
– D-desculpe.
– Você está rindo de mim.
Ela deu uma olhada em sua cueca e caiu na risada.

CAPÍTULO 17

A cafeteria russa ficava atrás de uma firma de entregas situada em uma quadra suja da região nordeste de Zurique, perto dos trilhos da ferrovia. Akimov empurrou a porta. Uma campainha soou, e o cheiro do pão de centeio encheu o ar. Mesas vazias comprimiam-se diante de um balcão creme, e jarros de tomate, cenouras e arenques em conserva alinhavam-se ao longo da parede.

Atrás do balcão, um homem de aparência dura com um bigode de pontas caídas empilhava pães de mel em uma tigela descascada.

– Senti cheiro de *pelmeni* – disse Akimov. Bolos recheados com carne de boi e de porco.

– Não tem carne – disse o homem. – Hoje só tem *vareniki*.

Akimov preferiu comprar dois pães de mel. – Estou procurando o clube, o clube Moscovita.

– Se você tem de perguntar... – disse o homem em russo.

Akimov respondeu no mesmo idioma: – Você sabe do que eu gosto? *Kvashennaya kapusta*. Repolho salgado. Ou um prato de *yazik*. A sua raiz-forte está boa?

– Não está ruim. – O homem reparou na manga vazia de Akimov. – Perdeu recentemente?

– Ano passado.

– Fora de Moscou?

– Em Rostov – respondeu Akimov, dando uma mordida no pão de mel. – Você diz a sorte também?

– Só a má sorte. – O homem sorriu por trás do bigode. – Você está procurando o clube?

– Estou procurando minha ex-mulher. – Ele mostrou a foto dela. – Magdalena Loeffert.

– Nunca a vi.

– Fui ao antigo endereço do clube e me mandaram para cá. O homem indicou com a cabeça uma porta de vaivém atrás do balcão. – Você está do lado errado do prédio. Nós compartilhamos uma cozinha.

– Eu tenho acesso ao clube por ali?

– Por favor, fique à vontade. – O homem empurrou a porta com uma das mãos. – Camarada.

A cozinha cheirava a creme de leite azedo e cogumelos, frango amanteigado e sopa *kasha* cozinhando em uma panela de barro. Havia o chiado das batatas sendo fritas com ovo e sal e o barulho da água que fervia em um caldeirão. Uma garçonete empurrou com o quadril a porta de vaivém no outro lado da cozinha, e Akimov seguiu-a até a pequena sala de refeições. As paredes caiadas e as mesas estreitas, com mais ou menos a metade dos comensais falando russo, aqueceram Akimov mais que as cobertas do Palace Hotel.

A garçonete disse que o gerente estava em seu escritório, e ele encontrou a escada e subiu para o segundo andar, onde se viu entre duas portas e um corredor. Através de uma porta, um gramofone tocava jazz americano para uma sala vazia e através da outra dava para ouvir quatro discussões simultâneas e furiosas entre uns dez russos.

– ... Ele voou para Moscou em um Liberator americano – disse um careca sentado em uma cadeira perto da porta. – Com o Comando de Transporte Aéreo dos Estados Unidos ao volante.

– Não é um volante, seu animal – disse outro homem.

– Na cabine, então, manejando a alavanca de comando do avião. *Pashol na kher.* Ele voou com um piloto dos EUA, foi o que eu soube, escoltado por caças da Força Aérea Vermelha até Moscou...

Do outro lado da sala, veio uma onda de discussão com uma mulher jovem e magra insistindo: – Porque os nazistas imundos, os exércitos blindados capturaram Krasnodar e Maikop, foi por isso!

– E nós destruímos as refinarias de petróleo antes de nos retirarmos.

– *Nós?* Que nós? *Você* não pegou nem numa machadinha. – A voz da mulher era puro escárnio. – Mal conseguiu levantar seu lápis mirrado.

Dois observadores caíram na gargalhada, e Akimov entrou na sala e pôs a mão no ombro do careca. – Você estava falando de Churchill?

– Humm... – O homem fitou-o com um sorriso, curioso. – Você é amigo do Dmitri?

– Voando para Moscou, você disse. – Akimov foi interrompido por uma gargalhada do outro lado da sala. – Era Churchill?

– Sim, Churchill – confirmou o careca. – Para um encontro de quatro dias com Stalin e Molotov.

As risadas cessaram, e as discussões foram reduzidas a um rumor quando os membros do clube notaram um estranho entre eles.

– Quando? – quis saber Akimov.

– Meados de agosto? Não sei.

Então seu pai não faltara com a verdade – Churchill se encontrara mesmo com Stalin e provavelmente admitira que o russo não deveria esperar ajuda do Ocidente. Akimov agradeceu, saiu na direção da porta, mas um homem gordo gritou de um dos sofás: – Ei, cara! Tire o casaco, pegue uma cadeira. Quem é você?

Akimov olhou para o homem, depois desviou o olhar para a mulher de meia-idade enroscada em uma poltrona e para a ruiva sentada em uma otomana aos pés bem cuidados dela. – Sou apenas outro russo com saudade de casa.

– Você cheira a exército – disse o gordo.

Akimov ajustou a alça de sua sacola. Não sabia ao certo se devia responder – se o gerente do clube não soubesse onde poderia encontrar Magdalena, teria de perguntar àquela gente.

– Ouviu o que eu disse, cara? – pressionou o gordo. – Ou é surdo também? Um bandido maneta – que fede a exército.

– É o cheiro da lealdade. Você não saberia dizer.

– Lealdade? Você está querendo se referir a brutalidade.

– Você consegue separar uma coisa da outra? Há três tipos de russos: os que combatem pela Rússia, os que lutam com a Rússia e os que se escondem covardemente na Suíça, urinando nas calças.

O sujeito gordo avançou contra Akimov. Seus amigos o seguraram e ele ficou resfolegando e raspando o chão com os pés como se fosse um touro preso numa corrente de ferro. A mulher toda arrumada bateu com um livro sobre a mesa, sacudindo as xícaras de café.

– Idiotas! Comportem-se!

O grandalhão resmungou raivosamente, mas parou.

– Conheço outra versão – disse a mulher, aproximando-se de Akimov. O cabelo negro luzidio caindo numa franja sobre os olhos asiáticos. – Há três tipos de russos: os que estão na prisão, os que estiveram na prisão e os que ainda não estão presos.

– Quer dizer, então, que ela conhecia a aparência de um homem que estivera no Gulag. Há um quarto tipo – disse ele. – Estou procurando o gerente do clube.

Ela afastou um farelo de pão de mel da lapela de Akimov, permitindo que ele visse sua pele toda marcada de acne por baixo da maquilagem e lhe disse para acompanhá-la.

Magra como um punhal em um vestido cor de violeta, os quadris angulosos em vez de arredondados, ela o conduziu para o corredor. A meio caminho se deteve. – Posso lhe perguntar sobre dois nomes?

– Claro.

– Konstantin Nicolaievich Egorov e Timofei Nicolaievich Egorov. Ele sacudiu a cabeça. Não os reconhecia dos campos. Sinto muito.

– Meus irmãos. – Seu rosto era uma máscara de indiferença. – Eles libertaram você da prisão?

– Fui libertado condicionalmente para combater.

– Quer dizer, então, que você é um oficial?

Ele fez um gesto com o toco de braço. – Sou um membro júnior da delegação comercial que negocia com os suíços.

– "O capitalismo é a transição enferma entre o feudalismo morto e o comunismo saudável" – citou ela.

– Mesmo assim – retrucou ele –, pode ser útil.

Ela sacudiu a cabeça e o levou até um escritório com as paredes revestidas de livros, onde dois homens jogavam xadrez diante de uma mesa meio enterrada sob pilhas de impressos. O homem que estava de frente para ele encheu seu copo de vodca, o nariz se contraindo como o de um coelho, olhou para a mulher e bateu com a mão na mesa.

– Na próxima vez que jogarmos, Oksana Nicolaeva, vou lhe dar uma surra e tanto.

– Este cavalheiro quer lhe fazer uma pergunta, Roman.

Akimov pegou o retrato no bolso do paletó. – Estou procurando esta mulher, Magdalena Loeffert.

O homem com cara de coelho – Roman – rolou um peão nos dedos sem se dar ao trabalho de olhar para o retrato. – E você é?

– Meu nome é Akimov. Sou um... amigo.

– Você acha que há suspeita em demasia na nossa terra e que nada resta para nós no exílio?

– Não penso nada de vocês no exílio.

O homem contorceu o rosto num meio sorriso. – Você é um patriota, então?

– Sou russo.

– E eu não sou?

– Não me importo com o que você seja. Sabe onde se encontra a Magdalena?

Roman deu uma olhada na foto enquanto o outro homem bebia sua vodca e depois perguntou: – Por que eu deveria lhe dizer? Por que você é da velha guarda pensa que a União Soviética é o futuro, certo? A pira na qual o futuro arde.

– A pira de um homem é a lareira que aquece a família do outro.

– Passaram uma lei confiscando todos os grãos da Ucrânia e executaram quem quer que tivesse ficado com um punhado assim. – Ele mostrou a Akimov a mão em concha. – Dois milhões morreram de fome.

– Houve uma seca.

– Houve uma quota limite de compra.

– Você pensa que eles apertaram demais os parafusos? – perguntou Akimov. – Talvez tenham apertado. Eu entendo de parafusos apertados em excesso, mas o que faz frente contra a Alemanha agora? A Suíça? Os capitalistas? Só há uma coisa entre Hitler e seu Reich dos Mil Anos: a Rússia. Eles nos usaram ao máximo, como um mensageiro que mata seu cavalo para entregar a tempo uma mensagem do alto-comando. O cavalo morre, mas a batalha é vencida – o cavaleiro terá exagerado? Ele fez o que foi necessário.

– Fácil dizer, para o cavaleiro.

– O cavaleiro? – Akimov, espantado, deu uma risada. – Meu amigo, eu sou o cavalo, *sempre* tenho sido o cavalo.

O segundo homem ofereceu um copo de vodca a Akimov e disse:

– Nós todos somos cavalos.

Akimov levantou o copo. – A única pergunta é: Qual a conclusão?

Eles beberam e Roman abriu a gaveta de sua mesa para pegar um livrinho encadernado em couro. – Magdalena Loeffert. Nenhuma indicação do nome do pai. Ela é russa?

– Casou com um suíço.

O homem virou-se para Akimov. – Então pergunte a ele.

– Está morto.

– Que falta de consideração! Você a conhece, Oksana Nicolaeva? A mulher acendeu um cigarro fino. – Não é minha amiga.

– Loeffert. – Roman folheou o livrinho. – Não conheço o rosto, mas pode ser que ela seja membro. Você quer seu endereço?

– Quero qualquer coisa que você saiba.

O segundo homem deslizou o bispo através de um campo minado de peões. – Não roube – disse ele, e deixou a sala.

Akimov ofereceu a cadeira à mulher. Ela soprou um anel de fumaça em vez de responder e foi para o corredor. Akimov não quis dar as costas para a porta e por isso se encostou na parede e folheou um livro sobre apicultura, lendo a respeito do destino dos zangões quando o inverno se aproxima.

Roman fechou o caderno de capa de couro. – Tem uma Magda Lobacheva, nenhuma Magda Loeffert. De acordo com este registro, ela nem sequer se hospedou aqui.

– E de acordo com você?

– Nunca ouvi falar nesse nome.

– Você se importa se eu perguntar por aí?

– Esteja à vontade.

Duas horas mais tarde, nenhum dos membros do clube admitiu conhecer Magda. Uma pena, mas não uma surpresa; ainda assim, se ela tivesse amigos no clube, eles lhe falariam sobre o homem ansioso por encontrá-la. Como seu pai dissera, esta era sua melhor chance: em vez de rastreá-la, fazer com que aparecesse.

Akimov desceu e parou no vestíbulo para lutar com os botões do casaco. Quando terminou, viu a mulher esbelta atrás dele olhando; tirou dois fortes cigarros makhorka da sacola e ofereceu-lhe um. Ela pegou ambos, enrolou de novo com os dedos finos e uma lambida da língua cor-de-rosa, meteu um na boca e o outro na dele. Com paciência, conseguiu acender o isqueiro velho, disse boa-noite e saiu para enfrentar o ar revigorante.

Ela o seguiu e ficou a seu lado, com os braços passados em torno do próprio corpo. – Você não deu a Roman motivo para confiar nas suas palavras.

– Não há razão para confiar em mim.
– Tem de haver.

Akimov sorriu. Ele gostou dos lábios dela e da pele arrepiada de seus braços.

– Você é honesto? Decente? Leal?
– Nenhuma dessas qualidades é motivo para se confiar em alguém, Oksana Nicolaeva. Você sabe onde a mulher se encontra?

Ela tirou o cigarro dos lábios e olhou para a brasa. – Ela veio ao clube quatro, talvez cinco vezes.

– Recentemente?
– Semana passada.
– Ela mencionou planos, talvez um novo endereço?
– Se me der uma razão para confiar em você, eu lhe direi o que sei.
– Confiança não requer uma razão – retrucou ele. – Por isso se chama "confiança".

Oksana Nicolaeva pôs o cigarro de volta na boca. Do outro lado do prédio veio o apito de um trem. Akimov expeliu a fumaça do cigarro pelas narinas e disse:

"Houve um tempo em que apenas os mortos sorriam, felizes por serem libertados."

• •

E quando, enlouquecido pelo sofrimento, o regimento condenado
marchou,
E os apitos da locomotiva cantaram adeus,
Estrelas mortas brilharam lá em cima, e a inocente Rússia se
contorceu
Sob botas manchadas de sangue, debaixo das rodas dos carros
de presos."

– Poesia e luar, camarada? – perguntou ela, arqueando uma sobrancelha. – Tão romântico!
– Anna Akhmatova. Mais que poesia.
A mulher suspirou. – Magda Loeffert talvez seja tzarista. Veio ao clube, sim. Na esperança de encontrar alguém. Foi ela quem disse, eu estava na sacada e a ouvi mencionando um encontro em Berna. No Bear Pit.
– No Bear Pit. Com quem?
– Não sei. Um encontro no quiosque do Bear Pit. Foi tudo o que ouvi.
– Muito obrigado.
– Qual é o quarto tipo? – indagou ela. – Na prisão, fora da prisão, ainda não prisioneiro, e o que mais?
– Nossos filhos, que jamais conhecerão prisões.
Ela atirou o cigarro no meio da rua. – Você é um otimista? Ainda esperançoso, depois de tudo por quanto passou?
– Sem esperança, camarada, eu não teria sobrevivido.

CAPÍTULO 18

A brisa farfalhava as folhas prateadas do vinhedo, e Anna ajeitou de qualquer modo o cabelo num coque, sentando-se ao lado de Grant na varanda atrás da casa banhada pelo sol quente. Não tinham comentado a risada dela, mas os efeitos persistiam, o rosto dele ficara menos severo e o corpo menos tenso.

No entanto, era evidente que a impaciência de Grant persistia.

– Preciso ir a Neuchâtel – disse ele.

– Pegaremos o próximo ônibus para o hotel. Lorenz verá se o seu navegador ainda se encontra no hospital.

– Você não tem carro?

– Não, não tenho.

Ele tomou um gole de café e comeu um pedaço de pão. – Fale-me sobre Joris.

– Ele toma conta de Christoph quando estou fora e faz qualquer coisinha no jardim. É um amigo da família. Trabalhou para meu avô, diz que eu o herdei.

– Com uma Luger.

– Ele é protetor.

Um sorriso rápido. – Christoph diz que você deixou de ensinar.

– Depois que Martin morreu. – Ela olhou para o vinhedo. – Eu precisava de uma mudança e de uma renda. Uma época difícil, sem ter um túmulo para visitar, sem saber como ele morreu.

Ele não mordeu a isca. – Você trabalha para algum jornal?

– Como autônoma.
– Coluna social? Casamentos e nascimentos?
Impossível dizer se Grant estava zombando dela. – Qualquer coisa que dê para pagar a comida.
– Entendo. E a razão pela qual Joris anda armado?
– Ele se preocupa. A propósito, encontrou para você uma fazenda, nas cercanias da comuna de Thun, a vinte e cinco quilômetros daqui. Seu navegador pode ficar lá enquanto se recupera. Você também.
– Uma fazenda?
– Não é bem uma fazenda, e sim uma *Alphütte*, de um *Senn* – um queijeiro.
– Ele não estará lá, sai em setembro, antes da neve. – Ela fez uma pausa, de olho num pássaro que aproveitava uma termal sobre o parque Dählhölzli, o jardim zoológico de Berna. – É um bom lugar para vocês, seguro e remoto. Lorenz verá se o seu... Como é o nome dele? Não posso mandar que Lorenz procure um sujeito chamado "Racket".
– McNeil. Sargento Oliver McNeil.
– Ele verá se o sargento McNeil ainda está no hospital. Lorenz é persuasivo ao telefone, ou pelo menos é um idiota intrometido, o que vem a dar na mesma.
– Você confia nele?
– Mais do que em você.
– Verdade? Merda, não passo de... – Ele se interrompeu. – Desculpe.
Anna virou-se para esconder o sorriso. Gostou de ele ter se desculpado pelo palavrão, até que gostava de sua familiaridade desajeitada, mas precisava pô-lo para fora de casa. Era indispensável que tirasse o bilhete de Magda Loeffert de dentro do cofre do hotel e depois convencesse alguém a decifrá-lo.
– Então, nós encontramos Racket – disse ele. – Tiro-o de onde estiver, vamos...
– Fácil assim, tenente?
– Você poderia me chamar de "Grant"?
– Você o tira de onde ele estiver, sem nenhum problema?
– Com problema ou sem problema.
– Eu entendo. E depois?

– Eu e o Racket achamos... – Ele se interrompeu. – Temos um trabalhinho para fazer, eu e Racket. Depois esperamos na sua *Alphütte* até que o general Leeger arranje uma forma de atravessar para a França.

– Um trabalhinho?

– Não deve levar muito tempo.

Prenúncio de problema. – Depois, cruzar da França para a Inglaterra? Minha amiga Rosine diz que os maquis – a Resistência Francesa – estão preocupados com a tensão na fronteira de Vichy.

– Veremos o que Leeger diz. Telefono para ele do hotel a fim de pôr as coisas em movimento.

– A França não é o único caminho, sr... Grant. – Ela estremeceu com o vento que soprou do rio. – Você nunca usa seu nome de batismo?

– Não se depender de mim. Qual é o outro caminho?

– Sei que começa com um "H". Harold? Herbert?

– Não.

– Henry?

– Hans – disse ele.

Ela riu. – Para um americano, isso deve ser raro.

– Primeiro filho de minha mãe, ela insistiu. Meu pai me chama de John.

– Pelo menos não é "Adolph".

– Qual é o outro caminho para a Inglaterra?

– Hans – disse ela, deleitando-se com o seu desconforto. – Hans Grant.

Ele sacudiu a cabeça. – Qual é o outro caminho?

– Passar para a Itália, pegar um barco em Gênova para a Espanha ou Portugal. Lá estará de novo em território neutro, e voltar para a Inglaterra será fácil.

– Pegamos um barco assim, sem nenhum problema?

– Com problema ou sem problema – disse ela –, Hans.

Ele sorriu e virou o rosto para o céu. As nuvens estavam altas e brilhantes, o sol quente atravessava o ar frio. – Você não é quem eu esperava.

– Ótimo. – Ela se levantou e ajeitou a saia. – Hora de pegar o ônibus.

ALIANÇA IMPROVÁVEL 151

* * *

O vendedor ajeitou cuidadosamente um relógio preto e dourado no suporte de veludo.

– Um belo Gubelin, Herr Villancourt, tenho certeza de que sua esposa aprovaria.

– Minha mulher é vulgar – mentiu Villancourt. – Sua aprovação é uma praga. Não, prefiro a aparência do Titus.

– Então me permita... – O homem exibiu outro relógio. – O Girard Perregaux, ouro de quatorze quilates com mostrador de prata.

A porta da lojinha aquecida acionou a sineta e Herr Pongratz entrou, nenhum traço de sua verdadeira natureza visível enquanto ele fingia interessar-se por um dos mostruários iluminados.

Villancourt fechou a cara. – Não, não serve. Uma peça antiga, talvez?

A mão do vendedor moveu-se velozmente e outro relógio apareceu, com mostrador retangular trabalhado a cinzel. – Bulova extraordinário, com tampa dobrável.

Villancourt perguntou o preço e sacudiu a cabeça. – Ela não vale tanto. Talvez uma bijuteria? Ou um daqueles relógios que também são broches?

– Já sei exatamente o que o senhor deseja. Um relógio simples. Bastante curioso e de preço modesto.

– Minha mulher não entende nada disso. – Villancourt dirigiu-se para a porta. – Não, aqui não tem nada para mim.

Pongratz acercou-se dele na calçada da arcada coberta. – Você tem esposa?

– Ela vive em uma casa de saúde, a pobrezinha, com problema dos nervos. – Ele tinha sido forçado a interná-la; era melhor contar com a compaixão dos outros pela doença dela que com o seu espanto pela sua franqueza. – Ainda assim, fazer compras para ela alivia minha cabeça. Você tem a localização atual de Frau Loeffert?

– A garota não sabe.

– Tem certeza?

– Tanto quanto possível, dentro de seus limites.

– Não desfigure a garota, ela vale um bilhão de francos para seu Führer; ela é a única maneira pela qual poderemos impedir a chantagem. Você não descobriu nada, então?

– Descobri o seguinte: depois de falhar no contato com as embaixadas dos Aliados, Magda Loeffert aproximou-se de uma repórter.

– Uma repórter? Nada disso é publicável.

– Foi o que a garota me falou, que sua mãe queria uma repórter.

Villancourt parou e observou os carros que passavam. – Então o melhor meio de encontrar a Loeffert será através dessa repórter. O que faria uma repórter, depois que se aproximasse dela? Antes de mais nada, verificaria seus antecedentes.

– Ela investigaria a Loeffert?

– Com dificuldade. Jornalistas nunca são cuidadosos – os segredos que protegem não são deles.

– Quer dizer, então, que temos de descobrir se alguém anda fazendo perguntas sobre Magda Loeffert?

– Precisamente. – Ele levou Pongratz de volta à relojoaria e comprou o Girard Perregaux. – Posso usar seu telefone? – perguntou ao vendedor.

– Certamente, senhor.

– Em particular. Você poderia ir para a sala dos fundos?

– Desculpe, mas não posso...

– Villancourt tocou no prendedor de gravata do homem. – Como um favor pessoal?

– Bem... não estou inteiramente autorizado...

Pongratz pigarreou e o vendedor não era tão idiota que continuasse a objetar. Dirigiu-se em passos rápidos e nervosos para a sala dos fundos, e Villancourt sentou-se atrás do balcão e ligou para três escritórios cantonais antes de ter a resposta que desejava.

– Ah, sim – disse a secretária. – Um cavalheiro ligou ontem, perguntando por uma mulher chamada Magdalena Loeffert.

– É mesmo? E você lhe disse...

– Não tenho liberdade para revelar.

Villancourt deu uma risada. – Você não tem liberdade para me dizer o que disse a ele ou você disse a ele que não tinha liberdade para lhe dar a informação pedida?

ALIANÇA IMPROVÁVEL 153

A voz da secretária ficou mais calorosa: – Ambos, na verdade. As listas de pagamento de impostos são confidenciais.

– A que horas ele ligou? – Villancourt teria de mandar rastrear a ligação – tedioso, mas necessário. – Pode me dar essa informação?

– De manhã, antes das nove horas. Eu lhe direi o mesmo que falei a ele...

– Não precisa se preocupar – disse Villancourt, preparando-se para desligar o telefone. – Perguntarei pessoalmente a ele.

– Ah – fez ela –, o senhor conhece Herr Lorenz.

– Espere! Alô? Herr Lorenz?

– No Palace Hotel.

Villancourt quase riu. – Ele deixou o nome?

– Para que eu pudesse retornar sua ligação, caso fosse autorizada a lhe passar a informação.

– Herr Lorenz no Palace Hotel. – Villancourt virou-se para Pongratz e sorriu.

CAPÍTULO 19

Dois ursos estavam esparramados no leito de folhas acumuladas no fundo do fosso de pedras manchadas de líquens, um deitado de costas, as pernas obscenamente abertas, e o outro encurvado junto à parede recoberta de pedrinhas. Uma roseira morta e sem casca subia do meio do fosso. Um terceiro urso, agachado sobre os degraus cobertos de musgo de pedra, encarava Akimov com olhinhos de reprovação.

Ele se encostou na cerca e fingiu ler o guia. A mulher do clube Moscovita ouvira Magdalena combinando se encontrar com alguém no quiosque do fosso dos ursos, mas quem? – quando? – por quê? E se ele abordasse diretamente o homem de boné inclinado que finalmente abrira o quiosque e arrumava sacos de castanhas torradas em cima do balcão? Não havia razão para não perguntar apenas se ele conhecia Magda, mas uma súbita pontada de precaução segurou Akimov.

Gastou dez minutos na banca de jornais e por fim sacudiu a cabeça. Não estava tentando pegar Magda inesperadamente; se o homem do quiosque pudesse passar uma mensagem para ela, ele estaria mais próximo do sucesso. Saiu andando em frente e viu movimento do outro lado da rua, um homem alto e magro caminhando vagarosamente na direção da Alter Aargauerstalden e o Rosengarten.

Um modo de caminhar conhecido. No quiosque, o boné ainda balançava atrás da bancada, mas o homem que cruzava a rua era o que o usava há pouco – ele trocara de chapéu e saíra do quiosque pela porta dos fundos.

Bem, estava escondendo alguma coisa, um sinal promissor. Akimov seguiu-o ladeira abaixo ao longo da calçada ocidental até um ponto de ônibus. Através das árvores a cidade se estendia, séries de telhados enfileirados morro abaixo a partir da ponte alta, mas Akimov enxergava outra cidade:

> *Por nenhum preço nós abandonaríamos esta esplêndida*
> *Cidade de granito de fama e desastre,*
> *Os largos rios de gelo boiando,*
> *Os tristes jardins sem sol...*
> *E, suavemente, a voz da Musa.*

Ele caminhou até o ponto de ônibus anterior. Quando o ônibus chegou, sentou-se no fundo, não longe das portas – e teve sorte. O homem magro entrou e juntos eles cruzaram a ponte, desceram a Gerbesse, passaram pelos arcos de pedras e as agulhas das torres da catedral de Münster. O homem desembarcou e seguiu para o lado leste. Akimov seguiu-o, passou pelo mirante da cidade-cassino e entrou numa alameda estreita que dava no centro gelado da Cidade Velha. Ele perdeu o homem de vista por duas vezes e conseguiu encontrá-lo imediatamente. Será que aquilo não tinha *nada* a ver com Magdalena? erá que seguira até o quiosque apenas para distrair a atenção com um homem que só queria se divertir com jogos infantis?

Sacudiu a cabeça – impossível – e seguiu sem pressa ao longo de uma rua ao pé de uma das pontes menores de Berna, onde o homem sumiu dentro de uma loja com um toldo verde e branco. Uma livraria. Akimov entrou numa farmácia no meio do caminho, onde comprou uma pasta de dentes sabor cereja e gastou dez minutos entre vidros de água de lavanda, até que o vendedor pigarreou.

Bem, o que estava esperando? O homem magro levá-lo de volta ao quiosque?

Atravessou a rua. A despeito do cartaz que dizia LIVROS ANTIGOS, a loja continha apenas um único mostruário de livros iluminado por luminárias recurvadas de metal. Um monte de espelhos de todos os tamanhos e formas cobria a parede à esquerda de Akimov, e seu reflexo o seguiu até a parte de trás da loja.

Uma mulher estava sentada de lado em um sofá, chupando a ponta de uma caneta. Usava uma saia negra e uma jaqueta verde e não se encontrava muito longe de uma cortina de contas que balançava no portal aberto. Seus olhos o acompanharam, mas a mulher nada disse.

– Posso perguntar se a senhora é a dona, Fräulein?
– Praticamente não faz diferença.
– A senhora compra e vende?
Ela bateu com a caneta nos dentes. – Exatamente.
– E as avaliações?
– Tenho auxiliares.
O braço fantasma de Akimov doeu. Ele perguntou em russo: – Mas é com a senhora que devo falar?
– Da.
Ah, então aquilo *era* mesmo relacionado a Magda. – Fale-me sobre seu negócio.
– Pergunte.
– Por que os espelhos?
– Para me olhar.
Ele utilizou seu escasso charme. – Ninguém pode culpá-la por isso. Ela sugou a ponta da caneta, sem se mostrar impressionada.
– O que mais você compra e vende?
– Itens de valor, antiguidades.
– Você é uma corretora, uma intermediária? – Quando ela não respondeu, ele prosseguiu: – Meu amigo a recomendou.
– Que bom!
– Diga-me como funciona.
– *Nyet*.
Ele tentou um sorriso pesaroso. – A verdade é que ele não é meu amigo, e sim meu concorrente – sei que ele negocia com você, mas não sei por quê. Gostaria de comprar esse conhecimento. – Ele tirou a carteira do bolso interno do paletó. – Pode me dizer quanto custaria?
– Não está à venda. – Ela anotou qualquer coisa e arqueou uma sobrancelha para Akimov. – Gostou do fosso dos ursos?
O sorriso desapareceu de seu rosto – o homem magro do quiosque o levara ali de propósito. As contas chocalharam e um homem corpu-

lento, só de camiseta, atravessou a cortina. Akimov levantou o braço e o homem agarrou-o pelo paletó e o arremessou para dentro do quarto dos fundos, a cortina de contas batendo no seu rosto. O magro levantou-se de um sofá caindo aos pedaços e, antes que Akimov pudesse falar, o outro homem o socou no rim. Ele gemeu, e o magro deu-lhe um soco no estômago.

– Agora você me pegou – disse o magro.

O gordo dobrou o braço de Akimov nas costas. – Você só tem um braço, não me faça quebrá-lo.

O gordo espalhou as coisas que estavam na sacola de Akimov em cima da mesa. – Vi você no fosso dos ursos e fiz com que me seguisse até aqui para que pudéssemos conversar a sós – sem que ninguém ouvisse seus gritos. Está entendendo? Agora, quem é você? Por que está vigiando?

Ele não conseguiu imaginar uma única razão para mentir. – Meu nome é Akimov, eu...

– Akimov?

– Você estava esperando alguma outra pessoa?

O magro examinou os documentos dele e bufou. – Este é o ex-marido da Loeffert – disse ao companheiro. – O filho do velho. Fodendo com tudo.

Grant pegou seu chapéu na mesa da cozinha. Já perdera muito tempo – precisava encontrar Racket antes que o transferissem do hospital.

– Pegar o ônibus? – ele perguntou a Anna. – É a maneira mais rápida?

– Mais rápido que ir a pé.

– E o seu contato do hotel: Lorenz? Ele tem carro?

– Você devia se preocupar menos com transporte e mais com sair de casa. Você é um prisioneiro foragido.

– Não chega a dez o número de pessoas capazes de me reconhecerem neste país.

– Basta uma.

– Lorenz tem carro?

Ela suspirou. – Ele pode arranjar um.
– Como eu acho a fazenda?
– Espere aqui, Grant. – Ela tocou no seu cotovelo. – Por favor, vou estudar um modo de fazer você voltar à Inglaterra.
– Primeiro, tenho de pegar o Racket e... fazer essa outra coisa.
– Quer me falar a respeito?
Ele ajeitou o gorro. – Na verdade, não.
– Isso é inaceitável – disse Anna.
– Bem, eu não posso lhe dizer nada sem...
– Estou me referindo ao gorro. Tome. – Ela lhe deu um chapéu de feltro que estava no armário do hall. – Foi de Martin.
– Serve bem em mim.
– Porque os dois têm cabeça grande.

A lembrança da cabeça de Martin lhe veio à mente, mas ele a reprimiu. Não era hora. Saíram pela porta de trás, e Joris acenou do galpão. Grant olhou para ele. – Eu devia levar a Luger.

– A última coisa de que você precisa é de uma arma.
– É verdade, especialmente se você não tiver uma.

Ela sacudiu a cabeça, mas falou com Joris em italiano, e o velho passou a arma com um sorriso amarelo e uma torrente de palavras.

– *Grazie* – agradeceu Grant.

Joris tagarelou mais um pouco, e Anna perguntou: – Por que está agradecendo a ele? Está lhe dizendo que o pino está quebrado.

– O pino do percussor?
– Sim, o pino do percussor.
– Ele anda por aí carregando uma arma defeituosa?
– Para afastar os corvos – é o que ele diz.
– Tudo bem.

Grant enfiou a Luger na cintura; idiotice carregar uma arma defeituosa, mas às vezes cometer uma estupidez era o melhor que restava.

– Pelo menos posso parar de me preocupar com corvos.

Pegaram o ônibus. Ele se sentou cinco fileiras atrás de Anna – em caso de ela estar certa e alguém reconhecê-lo – e ficou observando a luz do sol faiscar intermitentemente através das janelas e brincar com o cabelo dela. Ela saltou na Bundesgasse, mas Grant ficou; eles se encontrariam no hotel, após o quê ele ligaria para Leeger. Claro que o sujeito arrogante mandara que ficasse quieto, mas isso era história agora, e um adido militar não podia deixar um piloto foragido perdido em solo estrangeiro.

Grant recolheria sozinho a câmera, depois a levaria à embaixada e arrastaria Racket de volta para a Inglaterra com a ajuda de Leeger ou não. Balançou a cabeça, reafirmando para si próprio a decisão tomada, e ficou observando Anna se afastar, graciosa e ereta. Ainda podia vê-la rindo, cobrindo a boca, o rosto ruborizado. Rindo dele, merda! A melhor coisa que vira desde que Lou Gehrig completara o segundo *home run* no terceiro jogo da Série Mundial.

O ônibus virou para o norte, afastou-se do hotel, passou sobre uma faixa de paralelepípedos e encostou no meio-fio. Grant seguiu um par de escriturárias e imediatamente viu-se andando ao lado de meia dúzia de soldados suíços de capacetes, casacos compridos e rifles.

– Por que os relógios em Berna são tão mal pintados? – perguntou um soldado magrelo.

– Por quê? – quis saber o outro.

– A população de Berna é tão lerda que o ponteiro dos minutos derruba a tinta.

Os outros soldados riram, e o magrelo deu uma olhada em Grant, cujo pulso disparou. Ele o cumprimentou polidamente, virou numa ruazinha transversal e aguardou. Ninguém o seguiu, e ele foi para o correio. Fez a ligação e teve de esperar uns dez minutos até que a secretária de Leeger atendesse.

– Preciso falar com Leeger – disse.

– Sinto muito – desculpou-se ela. – Ele não está no escritório no momento.

Isso o deixou perplexo. Deveria falar a outro membro da embaixada a respeito do protótipo de aeronave nazista? Não, enquanto não estivesse de posse da câmera. Sem provas, ele não passava de um fugitivo com uma história maluca. Não, não podiam fazer nada enquanto ele não trouxesse a câmera – mas Leeger podia começar a tomar providências para tirá-lo e a Racket da Suíça.

– E se o senhor deixar um número para onde ele possa retornar sua ligação? – perguntou ela.

– Meu nome é Grant – disse ele. – Tenente Grant, do Straflager Wauwilermoos. Diga isso a ele, se estiver aí. Aposto como virá atender ao telefone.

– Sinto muito – repetiu ela. – O general não se encontra na sua sala. Se o senhor deixar um...

– Quando ele vai voltar?

– O general é esperado hoje à tarde.

– Vou tentar encontrá-lo em casa.

– Ele também não está em casa – disse ela.

– Bem, quando ele voltar, diga-lhe para esperar meu telefonema.

Ela disse que passaria o recado e desligou.

Não terminou do jeito que esperara, mas isso acontece a toda hora.

Ele empurrou a porta do correio, saiu e acendeu um cigarro na calçada. Talvez assim fosse melhor, de qualquer modo. *Primeiro*, tirar Racket do hospital e levar a câmera para a embaixada, *depois*, falar com Leeger. Teria mais força com o filme nas mãos.

Mais alguns quarteirões e o Palace Hotel surgiu diante de seus olhos: meio banco e meio catedral, com uma cúpula elegante entre os telhados de duas águas e sólidas paredes cinzentas. Um lance de degraus saía da calçada para a porta da frente fazendo uma curva; ali estava um homem encostado na grade, usando um terno pardo com um chapéu combinando, a manga esquerda vazia. Seu rosto castigado pelo tempo era de um estranho, mas Grant o conhecia: era um comandante, um oficial. Mesmo sem o uniforme, Grant podia dizer que ele era de posto superior ao seu. Bem, isso acontecia com Leeger também, mas há gente que usa as divisas de um posto e as que realmente são aquilo que a divisa *mostra*. Aquele cara não precisava de insígnias.

Não havia marcas, mas, quando Grant foi chegando mais perto, podia garantir que o homem de um braço só tinha uma incumbência – ele não estava apenas encostado ali, estava reunindo forças. Grant tocou com um dedo no chapéu para cumprimentá-lo, mas, em vez de ele pedir auxílio, exibiu-lhe o fantasma de um sorriso.

Uma vez dentro do hotel, Grant passou pela portaria e dirigiu-se para a larga escadaria. O chão era encerado, os metais polidos e não havia um furo nos estofados nem manchas nas paredes. Ele foi até o salão de estar, todo guarnecido de madeira escura e vidro bisotado e cheirando a fumo de cachimbo e a cerveja quente. Sentou-se ao bar, puxou um cinzeiro para perto e sacudiu o maço de cigarros vazio.

O oficial de um braço só sentou-se no banco ao lado. – Cigarro? – perguntou, abrindo a sacola.

Exatamente do que Grant precisava: um oficial suíço. – *Danke*.

O oficial enfiou os dedos na bolsa de fumo. – Espero que não esteja com pressa.

– Não muito.

– Ótimo. – O homem começou a enrolar um cigarro com sua única mão, e seu tabaco era tão fino quanto serragem. – Quanto a mim, estou adiando o inevitável.

– Isso alguma vez deu certo com você?

O oficial riu, uma risada grave e rouca. – Nunca. E com você?

– Talvez haja uma primeira vez.

– Quando houver – ele ia dizer que teria que aparecer no *Acredite se quiser*, do Ripley, mas se lembrou de que não faria sentido em alemão –, será motivo de registro nos livros.

O homem do bar apareceu, e Grant perguntou ao oficial: – Posso lhe pagar um café?

– Eu não recusaria um uísque.

– Então uma dose de bíter para mim – disse Grant.

O oficial passou o cigarro que acabou de enrolar para Grant.

– Makhorka – disse.

– *Coronel* Makhorka?

O homem riu de novo. – Refiro-me ao cigarro. Folhas de fumo cortado muito fino, uma especialidade russa.

Grant acendeu o cigarro. – Você é russo?

– Da Comissão de Comércio Soviético.

Grant tragou e olhou para o cigarro, espantado. – Que horror! – exclamou.

– É um gosto adquirido.

– O Exército Vermelho reformou você depois que perdeu o braço? Um sorriso rápido. – Você não é suíço, perguntando uma coisa dessas.

– Sou australiano. As bebidas vieram, e o oficial ergueu seu copo para Grant e tomou o uísque todo de uma vez. – Muito melhor. – Ele pôs o fumo na bolsa, depois estremeceu e pressionou a mão contra as costelas. – E você? Não está mais no exército?

– Nunca estive.

– Não? – O olhar do russo o avaliou. – Força Aérea então. Ou será que você é marinheiro?

– Você precisa de um médico para essa... dor?

– Não tanto quanto preciso de óculos. Os degraus da escada do Münster-terrasse são mais íngremes do que parecem.

O oficial levantou-se e disse ao homem do bar: – Ponha na minha conta. – Depois se virou para Grant e falou qualquer coisa em russo, talvez *adeus*, talvez *se cuide*. Talvez você não é *australiano*.

O vento sacudiu a saia de Anna enquanto ela ficava parada junto à grade da sacada do terceiro andar do Palace Hotel, observando a correnteza preguiçosa do rio desaparecer ao longe em uma curva distante. Ouviu a porta da varanda se abrir e virou-se com um sorriso esperançoso: um bom presságio o coronel ser tão pontual. A despeito de ser amigo de infância de Martin e seu contato mais confiado no grupo antifascista Aktion – e possuidor de enorme soma de conhecimentos –, ele tendia a não dar atenção a qualquer coisa que não estivesse na sua programação semanal.

Ele atravessou a porta com um passo pesado, segurando um guarda-chuva firmemente acondicionado. – Sra. Fay, que local lindo para um encontro!

E discreto – acrescentou ela. – Eu nunca soube que hóspedes do hotel viessem aqui.

– Tolos, coitados! A senhora tem algum pedido?

– Preciso de alguém com capacidade para dar sentido a isto aqui.
– Ela lhe passou a folha de papel que Lorenz encontrara no lixo de Magda.
– Está decifrando códigos, agora?
– Estarei, depois que o senhor me apresentar um criptografista.
Ele examinou o papel. – Trata-se daqueles empréstimos do governo atrás do qual a senhora anda?
– Os créditos compensados? Eu não sei.
– Se isto tem a ver com os bancos, você sabe que não posso envolver a Aktion.
Ela ficou olhando um barco arredondado passar por baixo da ponte de Kirchenfeld e não respondeu.
– Não posso ajudar, a menos que me dê mais contexto – disse ele.
– Vai ter de ajudar – insistiu ela. – Era o que Martin gostaria que fizesse.
– Ele dificilmente consentiria com isso tudo.
– Não *me* diga o que meu marido aprovaria.
Foi a vez de ele contemplar a paisagem do rio. – Acredita que seja tão importante?
– Tenho a sensação, coronel. – Ela não quis mencionar os treze milhões de francos, ainda não; a Aktion não era uma organização segura e a informação poderia voltar para os homens envolvidos. – Falei com a fonte e tenho uma... sensação.
– Intuição feminina?
– O senhor conhece alguém capaz de destrinchar isto?
– Tenho um amigo. Um francês que talvez possa ajudar, em uma ou duas semanas.
– Não posso esperar tanto. Veja a data aí. Preciso disso hoje.
– É impossível, Anna. Essa data, não há como dizer o que ela significa.
– Significa que não temos uma semana.
O coronel bateu com o guarda-chuva no chão. – Há outra maneira, talvez... estou pensando em outro homem agora, um que não é meu amigo. Seu nome é Schürch, eu o conheço apenas de ouvir falar. Um criptografista amador entusiasta... e um integrante da frente.

– Um nazista? Vou ter de pedir a ele que me ajude?

– Se for verdadeiramente urgente, talvez deva fazer mais do que pedir.

Anna girou a aliança de casada. – O quê, por exemplo? Mandar Rosine seduzir um entendido em criptografia que é da frente nazista? Mandar Lorenz arrancar dele seus segredos? Não há tempo.

– Há outro modo, Anna. Uma abordagem mais rápida, e menos gentil.

– Forçá-lo a ajudar?

– Se você tem certeza da urgência, sim. A menos que não conheça ninguém suficientemente violento para convencê-lo.

– Eu conheço alguém – disse ela.

CAPÍTULO 20

O salão de jogos do Palace Hotel tinha a forma de uma cruz suíça grossa sob um teto abobadado, com mesas para jogos de cartas e bilhares e uma lareira de pedra. Grant optou por uma mesa de sinuca perto das portas envidraçadas que davam para uma varanda ajardinada, a fim de passar o tempo enquanto esperava por Anna. Encaçapadas as bolas um e dois, passou a caçar a três em torno da mesa até que uma sombra caiu sobre a caçapa lateral. Ele deu uma tacada na bola branca e levantou a cabeça.

A garota era alta e magra, com o rosto anguloso – e mesmo parada de pé, era como um cavalo selvagem, arisca e cheia de graça, com olhos precavidos e pescoço altivo. Provavelmente tinha uma bela anca também. Seu cabelo não era completamente contido pelo chapeuzinho com véu, da mesma forma que o sorriso não ficava inteiramente restrito aos lábios grandes e grossos. Não era bonita, mas isso não tinha a menor importância.

Sua voz era rascante e quente: – *Alors, vous jouez au chat avec cette petite souris.*

– Não falo francês – disse ele em alemão, e depois tentou provar que era um mentiroso. – *Je ne parle pas français.*

– *Mais si,* mas fala.

– *Nein.* – Ele voltou para o alemão. – Só alemão ou inglês. – *Anglais? Êtes-vous Britannique?*

– Não – disse ele em inglês. – Sou autraliano. – Ele não tentou o sotaque, contudo, conhecia suas limitações. – *L'Austra. Australie?*

— *Le pays du kangourou?* — Ela dobrou as mãos e imitou um canguru pulando. — *Ou le pays de.* — Ela pôs o dedinho em cima do lábio superior, como um bigode. — *Hitler?*
— Canguru.
— *Ah. Cella me rapelle une plaisanterie, mais ele n'est pas très drôle.* Ele não compreendeu o que ela dissera, mas assim mesmo gostou do modo como soou. Ela era jovem, devia ter uns vinte anos, com olhos grandes e curiosos.
— *Vous ne parlez vraiment le français?* — perguntou ela. — Você não fala mesmo francês?
— *Vraiment.* — Em alemão: — Meu sotaque não a convence?

Uma risada rascante e ela ronronou mais francês com sua voz áspera, cada palavra soando como uma oferta.

— Não faço ideia do que você disse. — Ele contornou a mesa atrás da bola branca, mas na verdade querendo ganhar alguma distância e clarear a cabeça.

Ela se debruçou sobre a mesa e mirou um taco imaginário na bola sete. — Você joga como um gato brincando com um rato. — Seu alemão tinha forte sotaque e suas roupas eram anticonvencionais, um vestido cheio de franjas e luvas cor de lavanda que passavam dos cotovelos.

— Você tortura e caça.
— Você joga?
— *Non.* Eu só caço. — Ela inclinou a cabeça. — Como se diz em inglês? Caça grossa.

Então ela era uma profissional, trabalhando no hotel. — Fico satisfeito por saber.

— Por que satisfeito?

Ele rolou a bola branca para ela por cima do feltro. — Porque eu não sou caça.

— Não é caça? — Ela parou a bola com um dedo. — Isso é uma expressão com duplo sentido? Um trocadilho?

Seu jeito era tão sincero e ingênuo que ele não pôde deixar de sorrir.
— É — confirmou.
— Não é dos melhores, penso eu.
— Não sou muito bom com as palavras.

Ela inclinou a cabeça. – Anna espera lá fora, depois do terraço.
– Anna?
– Você é Grant. Eu sou Rosine, prazer em conhecê-lo. *Faites attention avec Anna; elle ressemble à um petit chaton, mais elle a le coeur d'une lionne, et les griffes aussi.*

Grant passou pelas portas envidraçadas e, uma vez no pátio, seguiu o caminho de pedrinhas até os degraus de pedra. A encosta da elevação era uma cascata de folhas amarelecendo, destacando-se a árvore junto à qual Anna esperava no terraço mais baixo. Ela o viu e esgueirou-se para trás de um caramanchão, a fim de ficar fora da visão das janelas do hotel.

Ele a pegou numa depressão. – Aquela é Rosine? Betty Grable podia fazer um curso noturno com ela.

Anna quebrou um galho de um pinheiro.

– Já vi bombardeiros com muito menos energia sexual – disse ele.

Ela se adiantou, os olhos estavam muito sérios. Grant não sabia qual podia ser o problema, ele estava usando o chapéu.

– Racket ainda está no hotel de quarentena? – perguntou, acrescentando em seguida: – Falou com seu amigo?

– Lorenz telefonou, sim. O sargento McNeil foi transferido para um hospital em Solothurn.

– Outro hospital? O que há de errado?

– Nada, o primeiro era apenas para quarentena. Ele está se recuperando perfeitamente bem.

– Você tem o endereço?

Ela fez que sim.

– Que tal um carro?

– Grant, estou trabalhando em outra coisa, algo importante. É o meu "trabalhinho". Não tenho certeza. – Ela olhou para o galho que tinha na mão. – Não sei se posso ajudá-lo.

Ele lhe deu um segundo. – OK. Vou providenciar meu carro.

Mas resgatar Racket sozinho, com Dubois querendo pegá-lo, seria complicado. Ele viu Anna virar-se na direção do rio, o rosto tocado pela luz refletida. Talvez ela não tivesse a energia e o calor de Rosine, mas sua beleza simples alcançava mais fundo, como um veio de ouro.

– Seria fácil – disse ele – se eu não tivesse perdido minha vantagem.

– Perdido sua vantagem? – Ela atirou o galho no chão atapetado de folhas. – Você fugiu de um campo de prisioneiros.

– Desta vez eles sabem que estou indo.

– Quem?

– No hospital de Racket, eles sabem meu nome e conhecem meu rosto.

– Como?

– Cometi um erro. Não matei Dubois.

Ela lhe segurou o braço e o levou por um caminho que ia dar na Aarestrasse. – Há mais alguma coisa que queira me contar? – perguntou Anna.

– Sim, há. – Ele se virou para ela e não falou por um longo momento. Por fim, sacudiu a cabeça. – Preciso de um carro. Preciso de sua ajuda.

– Você avalia como isso tem pouca importância, Grant? Dois americanos presos na Suíça?

– Tem importância.

– Por quê?

– Nós vimos algo, Anna – durante o voo, nós vimos algo que precisamos informar.

Ela o avaliou com um olhar. – Eu lhe darei três horas. Mas, em troca, vou precisar de sua ajuda.

– Eu preciso... eu preciso de que um homem fique tão assustado que faça o que quero. Talvez mais que assustado.

– Mais que assustado? Use Lorenz.

– Preciso de um homem como você.

– Por que eu?

Ela tocou em seu cotovelo. – Você está disposto a sujar as mãos.

– É, eu topo tudo. Se eu dobrar esse tal sujeito, você me ajuda com Racket?

– Sairemos em cinco minutos.

Ele ergueu a cabeça ao som de um motor, um Messerschmitt voando baixo para sudeste, e pôs a mão na nuca de Anna para protegê-la. Então as cruzes suíças nas asas apareceram, e ele se virou antes que ela pudesse ver a expressão de seus olhos.

Ela disse: – Vou arranjar um carro.

CAPÍTULO 21

O pequeno Peugeot percorria facilmente as belas estradas suíças, embora sempre que Anna mudasse de marcha, o mapa sacudisse nas mãos de Grant. Ainda assim, ele aprendeu que Solothurn era uma cidade de doze mil habitantes, com uma catedral, um chafariz e uma torre com um relógio no mercado, e cortada ao meio pelo rio Aar.

– Esse mesmo rio segue para Berna?
– Claro.
– Quanto tempo levaria esse percurso de lancha? Para o caso de haver uma perseguição?

Ela reduziu a marcha atrás de um caminhão. – Se houver perseguição, Grant, estaremos arruinados.

– Arrependida do nosso trato?

Anna acelerou, e o Peugeot deu um salto para a frente, atravessando ruidosamente os trilhos do trem quando se aproximou mais do rio.

– Pergunte-me de novo dentro de uma hora, e mais uma vez depois que encontrarmos Herr Schürch.

– Ele é o único homem na Suíça capaz de decifrar sua mensagem?
– Quantos criptografistas *você* conhece?

Boa pergunta.

Eles atravessaram a ponte mais a leste da cidade, onde um bando de pequenos pássaros castanhos corria ao longo da margem do rio. Ao longe, ouviam-se sinos e o rangido de um barco na água.

– Quão seriamente ele foi machucado? – perguntou ela. – O sargento McNeil?

– Racket é durão. Ele estará bem.

Ela pigarreou, mas, quando Grant se virou, seu rosto estava inexpressivo. Depois que pegasse Racket, ela os deixaria em algum lugar onde pudesse furtar um carro. Depois, era ir até o local da queda e dar um pulo rápido à embaixada, com a câmera. Em seguida, era só pressionar o tal de Schürch e deixar a Suíça, com ou sem a ajuda de Leeger.

O hospital era um forte medieval baixo e sólido com paredes de pedra e seteiras, erguido em um terreno muito bem cuidado e cercado por algumas árvores. Havia um caminhão do exército estacionado na entrada circular para carros, cortesia do Straflager Wauwilermoos, e dois guardas estavam encostados no capô.

Grant deslizou no banco. – Dois guardas na porta da frente, talvez um no quarto de Racket. Eu encontro você lá atrás, onde ficam os sinais de tráfego. – Ele abriu um pouco a porta do carro depois de fazer a curva. – Você sabe o que fazer?

– Sou uma dona de casa – respondeu ela. – E uma mulher.

– O que você é – disse ele – é uma surpresa.

Ela quase sorriu. – Vai.

Grant saltou e atravessou a vegetação. O plano era simples. Ela falaria com Racket, fazendo-se passar por representante da Liga da Vizinhança Suíço-Americana, dizendo que ele escapasse e fosse se encontrar com Grant na ponta sudeste da propriedade. Levava papéis com a logomarca da liga e uma caixa de biscoitos para comprovar suas boas intenções. Grant ajudaria Racket com o carro e os dois iriam embora.

Ele se deslocou silenciosamente pelo mato, até que viu o telhado do hospital e protegeu-se atrás de um arbusto com vista para a entrada de automóveis. O Peugeot estava estacionado perto da entrada – Anna já no interior do hospital – e os guardas continuavam no caminhão, monumentos ao tédio. Cinco minutos se passaram. Pássaros pulavam entre a vegetação rasteira, uma borboleta amarela pairou em cima de sua cabeça. Dez minutos. Por que Anna ainda não havia retornado ao carro? Era só entregar os biscoitos, dizer umas palavrinhas em inglês e pronto. Quinze minutos e as palmas das mãos de Grant começaram a coçar.

ALIANÇA IMPROVÁVEL 171

Vinte minutos e a porta da frente abriu-se, e Anna apareceu, o cabelo cor de cobre tocando no vestido azul-claro. Entrou no carro, engrenou algumas vezes, e Grant imaginou que o motor tinha afogado. Então ela saiu, e ele prestou atenção na janela do lado do motorista: o sinal pré-combinado. Completamente aberta significava que não tinha falado com Racket, fechada queria dizer que ele estava a caminho. Ela deixara a janela aberta uns cinco centímetros.

Que diabos *aquilo* queria dizer? Ele atravessou o terreno atrás do hospital, acenando com a cabeça para um velho sentado com uma garota pálida em um banco, depois contornou uma cerca após a vegetação.

Encontrou o Peugeot em uma estrada estreita ao lado de uma ribanceira funda, Anna de pé com a cabeça descoberta, o cabelo alvoroçado pela brisa. Disparou num trote até chegar junto dela, ofegante.

– E pensar – disse ela – que ainda ontem você precisava de ajuda para subir a escada.

– Sua janela estava aberta ou fechada?

– Um pouco de ambos.

– Não deixaram que você falasse com ele? Racket não pode andar?

– Nós conversamos. Ele está andando de muletas.

– E?

Anna ficou contemplando as folhas mortas rodopiarem pela estrada. – Ele gostou dos biscoitos?

– O que foi que saiu errado?

Ela enrolou uma madeixa grossa com o dedo. – Por que o chamam de "Racket"?

– Você acha que ele não deve viajar? Você chegou a... – O pensamento o congelou. – Você não disse a ele que estou aqui.

– Eu disse – afirmou ela. – Ele pensa que somos aparentados pela parte de sua mãe, que sou sua prima alemã.

Grant pôs a mão na porta do carro ao lado do ombro de Anna e não seria capaz de dizer se a brisa vinha dela ou da floresta na montanha. – Anna, diga-me.

Ela tirou as chaves da bolsa. – Ele não quer ir.

– O quê?

– Ele quer ficar. No hospital, na Suíça. Cumpriu seu dever e foi abatido. Foi ferido e... e está acabado. Ele está acabado.
– Ele acha que está *acabado*?
– Grant, não...
– Espere aqui.
Grant pegou as chaves e voltou a entrar na vegetação.

No jardim do hospital, o velho e a garota pálida tinham saído do banco. Grant colheu um maço de flores em um canteiro crescido demais e dirigiu-se para uma porta lateral que ficava numa reentrância. Trancada. Talvez Dubois tivesse postado guardas em todos os corredores, mas Grant estava ficando sem opções. Empurrou a porta de trás e viu-se sozinho em um vestíbulo brilhantemente iluminado e com cheiro de um perfume cítrico e aço. Mais algumas esquinas e ele encontrou a escada; o segundo andar tinha a forma de um "E", com o quarto de Racket no meio do braço transversal, um beco sem saída.

A enfermeira de rosto fino que guarnecia o posto de enfermagem perguntou: – Pois não?
Ele lhe mostrou as flores. – O americano está no 216?
– Sim, 216.
– Não estarei interrompendo? Ele está sem visitas?
– Não, não, pode ir direto.

O quarto era pequeno como a cela de um monge. Racket estava esparramado na cama, com a mão mergulhada na lata dos biscoitos. Ele lançou um sorriso para Grant. – Pensei que você fosse esperar até de noite.

Grant prendeu a maçaneta com uma cadeira. – Você causou impressão em A. – Ela não usara o nome de verdade. – Na mulher. O que é que você está fazendo?
– O que é que todo mundo faz num hospital? Ora, deixe disso, tenente.
– Você está assim tão machucado?

Havia um pequeno gesso na testa de Racket e seu tórax estava enfaixado com bandagens por baixo do pijama. Grant não podia ver seu tornozelo, mas havia uma muleta encostada na parede.

– Não vou poder jogar beisebol – brincou Racket. – Se os Dodgers me chamarem, diga a eles...
– Você pode andar?
Racket levantou a mão em sinal de rendição. – Quer falar com o meu médico? Meu tornozelo está torcido, não posso ir muito longe andando. As costelas estão quebradas, três costelas.
Grant balançou a cabeça na direção da bandagem que aparecia sob o paletó de pijama de Racket. – Embrulhado com força, como um laço de enfeite de Natal.
– Você se safou bem, não foi?
– Sem um arranhão. – Grant pôs o chapéu em cima da cômoda.
– Quebrei umas costelas, Racket, e torci o tornozelo.
– Você sabe o que eles disseram, os suíços, quando eu acordei? "Para você, a guerra terminou." A guerra terminou. Chegou minha vez, tenente. Estou liquidado. Uma costela quase perfurou meu pulmão. E isto... – ele tocou no curativo que tinha na testa – mais cinco centímetros e você estaria me tirando de um buraco para me levar para casa.
– Teria sido um inferno para mim.
– Sabe de uma coisa? Quando minha vida passou diante de meus olhos, vi que era demasiado curta. Olhe só. – Racket interrompeu-se ao ouvir som de passos no corredor e só continuou quando eles desapareceram.
Grant comeu um biscoito. – Muito bom.
– É, parecem biscoitos amanteigados.
– Falam inglês aqui?
– Um pouco. – Racket arriscou um sorriso. – Estou ensinando algumas palavras a uma enfermeira.
Grant riu. – Claro que está... Puseram guardas tomando conta de você?
– Um sujeito chamado Dubois, um capitão.
– Não está aqui agora.
– Ele vai e vem. Parece uma solteirona chata.
Grant abriu a porta o suficiente para examinar o corredor. – Preciso chegar ao local em que caímos, Racket – para pegar sua câmera de mão.
– Ainda está lá?

– Escondida. Eu não queria ninguém passeando por aí com aquilo.
– Quer dizer, então, que ninguém sabe o que nós vimos?
– Nem que temos prova.
Racket assobiou. – Com toda certeza você precisa voltar lá. Está esperando o quê?
– Não consigo encontrar o lugar.
– Você não sabe onde caímos?
– Eu estava ocupado pilotando. Preciso que você me mostre onde foi.
Racket sorriu. – Você não seria capaz de encontrar seu próprio rabo sem a ajuda de um navegador. Bem, me dê aquela muleta ali. Vamos andando.
– Vamos passar em Paris no caminho de volta para casa – prometeu Grant, pondo a muleta na cama. Racket era um bom garoto. – Espere um segundo, vou verificar a escada.

Quando ele pisou no corredor, ouviu o barulho do tacão de botas no piso de cerâmica, e três homens se aproximando depressa: o soldado Engleberg do campo de prisioneiros, sacando a arma que levava no coldre, Dubois meio passo atrás e um jovem guarda louro, ansioso e cheio de medo, empunhando sua arma.

Grant sacou a Luger inútil da cintura e apontou em Dubois.
– *Halten!* – berrou o comandante. – Não atirem!
Ninguém se mexeu, exceto a enfermeira no posto de enfermagem, que foi recuando vagarosamente.
– Ninguém atira – disse Dubois. – Fiquem calmos. Você tem sido observado desde que entrou no terreno do hospital, tenente Grant. Você está sozinho, a não ser por um homem ferido. Não é correto?
– Merda! É verdade.
– Abaixe sua arma, vamos conversar como pessoas civilizadas. Um contra três, sua situação é insustentável.
– Quero um tribunal desta vez – disse Grant, defensivamente. – De verdade.
– E terá.
Grant ofereceu a coronha da Luger a Dubois. – Será melhor para mim.

– Uma sábia decisão.

Quando Dubois foi pegar a arma, Grant agarrou-lhe a camisa e bateu no rosto dele com a testa – foi uma dor terrível e Grant sentiu o barulho do osso de Dubois quebrando e talvez também seu osso malar. Os joelhos de Dubois arriaram, e Grant o abraçou com força, arrastando-o de volta para o quarto; seus próprios olhos cheios de lágrimas por causa da dor.

Engleberg praguejou, mas o volume do corpo de Dubois nos braços de Grant bloqueou seu tiro, enquanto o guarda jovem disparou duas vezes loucamente e depois gritou: – *Sheisse!* Desculpe, desculpe.

– Racket – disse Grant em inglês entre os dentes cerrados –, hora de dar o fora.

Silêncio absoluto, a não ser um gemido gutural de Dubois, de modo que Grant entrou de costas no quarto e deu uma olhada em seu navegador. Lá estava ele, com medo demais para se mexer, escorado na cabeceira da cama, olhos fixos no teto como...

Não!

CAPÍTULO 22

O vento ficou forte e desagradável, balançando os galhos de um abeto recurvado. Anna abriu a porta do carro, pegou o maço de cigarros que Grant deixara no banco e, nervosamente, puxou a etiqueta. Ele tinha saído há tanto tempo... Se alguma coisa saísse errada, eles procurariam o carro, mas ele levara as chaves, e ela não podia fugir. Devia começar a andar, devia ter começado a andar quinze minutos atrás.

Não podia fazer tudo o que desejava, não podia desvendar uma transação que transferia fundos para a SS, ajudar Grant e, ainda por cima, forçar Schürch a falar. Diabos, não conseguia sequer fazer com que seu filho Christoph lhe dissesse o que ia errado na escola. Jogou o maço de cigarros de volta no banco do passageiro. Lorenz era um bom homem, mas treinado para obedecer, não para liderar. Rosine era melhor usada à meia-luz de velas que na escuridão total. Talvez não devesse ter...

Folhas pisadas e a vegetação rasteira farfalhou. – Grant apareceu detrás de um conjunto de pinheiros, sozinho.

– Você não conseguiu fazer com que ele mudasse de ideia? – perguntou ela.

– Racket está morto.

– O quê? Não, ele está bem.

Ele dirigiu um olhar duro para os pingos de sangue na sua camisa.

– Vamos.

– Ele não pode estar morto, é impossível!

– Ele está morto. – Grant tirou do bolso as chaves do carro e ficou olhando para elas. – Deus me ajude.
– O que aconteceu?
– Eles vêm atrás de nós. Vamos.
Anna levantou a mão. – Me dê as chaves.
– Eu dirijo.
– Você está com uma aparência péssima, Grant.
– E você dirige pessimamente.
Anna deslizou para trás do volante e fechou a porta. Aquele pobre menino, sargento McNeil, tão alegre e cheio de vida! Aquilo era mais que um pacto tramado em quartéis ou uma lista criptografada, mais que dinheiro e política; tratava-se de uma luta de vida e morte, e ela não sabia se tinha capacidade para continuar brigando. Respirou fundo e fechou os olhos por um instante – ela podia e queria continuar lutando –, quando Grant se sentou no banco do passageiro e lhe deu as chaves.
– Vamos para o norte – disse ele.
Ela suspirou. – Para a Alemanha?
– Eles vão procurar no sul.
Anna ligou o carro e seguiu a estrada que atravessava a floresta num caminho íngreme sinuoso na direção de Weissenstein. Uma rocha de cumes irregulares avultava sobre eles, um vale verde jazia por baixo, e o ar cheirava a inverno. Mais um mês e a bruma gelada encheria o vale, e a geada cobriria as árvores. Ela olhou de relance para Grant, que continuava sentado, com a mão apertando a testa, perfeitamente imóvel, como um animal acuado.
– O que aconteceu? – perguntou ela.
– Não sei. Ele está morto.
– Eles estavam esperando?
– Eu não sei, eu não sei. Fui ao quarto de Racket e um dos guardas... Sim, eles estavam esperando, Dubois e dois guardas. Um deles puxou o gatilho – de nervoso, como uma criança. Como Racket.
– Sinto muito.
– Ele se recusou a cair fora quando fomos atingidos. Recusou-se a cumprir minha ordem, não queria me deixar para trás. Agora olhe só onde ele está.

Ela continuou a dirigir em silêncio, passou pelas oficinas da Ferrovia Federal Suíça nas cercanias de Olten, desceu a margem do Zugersee para Andermatt, evitando Lucerna devido a uma ordem lacônica de Grant. Recordando o episódio do hospital, o sargento McNeil lhe agradecera os biscoitos com um sorriso cínico, sem tirar os olhos do seu corpo, numa atitude que teria sido insultuosa se ele não fosse tão infantilmente entusiástico. Uma pessoa tão cheia de vida morrer tão cedo... ela, porém, precisava pensar no futuro. Precisava de Grant para forçar Herr Schürch a decifrar o código – tinha de haver uma ligação entre aquele código e a negociata tramada nos quartéis – e não sabia mais como convencê-lo. Ela cumpriria sua parte do acordo, mas ele cumpriria?

– Estávamos voando na fronteira alemã – disse Grant. – Fomos atingidos e não pudemos voltar para a Inglaterra. Vimos algo. Não sei bem, uma aeronave – cinco vezes mais rápida que qualquer outra que eu tenha visto. A coisa era inacreditável. Sem hélices. Não sei como permanecia no ar... algum protótipo que ninguém sabe que os nazistas possuem. Racket estava com sua máquina de retratos portátil e tirou algumas fotos.

Ele silenciou, e Anna disse: – Aí então vocês caíram.

– Isso mesmo. – Ele bateu o maço de cigarro de encontro à palma da mão. – Eu não queria que levassem o filme, por isso enterrei a câmera. Eu tinha batido com a cabeça, estava vendo tudo em duplicata, uma ambulância me levou para o hospital e eu não sei onde é o local em que caímos. Racket, meu navegador, pode – poderia ter me levado direto ao ponto. Mira Certa McNeill.

– E agora?

– Agora ele está morto.

– E a câmera?

– Ainda lá. Eu preciso encontrar o local da queda e levar o filme à minha embaixada.

– Certamente que, se você disse a alguém o que viu, mandarão alguém pegar.

– Era esse o plano – depois montaram uma armadilha para me prender por fuga e agressão. E agora... – Ele sacudiu a cabeça – Não vão me ouvir. Sem o filme, tudo não passa de uma história difícil de ser acreditada.

– Você não consegue encontrar o local da queda sem o sargento McNeil?
– Não... você pode? Talvez um artigo em um jornal.
– Os militares mantêm esse tipo de coisa reservado. – Ela pensou um pouco. – Mas sim, imagino que poderia, caso tivesse o tempo necessário. Uma semana, talvez?
– Tempo demais. Vou perguntar ao general Leeger.
– O tal cara chato? Ele lhe dirá?

Grant deu de ombros e ficou em silêncio.

Anna seguiu para o sul, acompanhando a estrada de ferro Furka até Gletsch, onde parou para encher o tanque e perguntar se o Grimsel Pass – quarenta quilômetros de uma mortificante rodovia ligando o Upper Valais com a região mais elevada do cantão de Berna, a Bernese Oberland – estava aberto. O homem disse que sim, por mais alguns dias. Ao pé do passo, um cartaz apontava para Totensee, "Lago dos Mortos", e deu uma olhada na direção de Grant, mas ele tinha caído no sono.

Ela virou o carro na comprida estrada de terra compacta que dava acesso à fazenda, no final de uma tranquila estrada secundária a meio caminho entre Thun e Goldiwil. Imagens do lago encrespado e das montanhas Stockhorn apareciam entre a floresta, e Grant acordou tão depressa que se perguntou se ele não teria fingido que dormia.

– Onde estamos?
– Na fazenda que Joris encontrou para você, perto de Thun.

Ele deu uma olhada na entrada de carros e no pasto, mas não pareceu notar a *Alphütte* propriamente dita, um lugar agradável, embora caindo aos pedaços, com uma horta negligenciada e um telhado feito de telhas finas de madeira dispostas irregularmente. – Preciso de um telefone para falar com Leeger.

– O que vai dizer a ele?
– Que Racket morreu. Que preciso da localização do ponto da queda.
– E se ele não lhe disser?

– Pensarei em alguma coisa. Primeiro preciso de um telefone.

Ela parou na entrada de carros. – Sairemos quando Lorenz chegar, ele está trazendo outro carro. Assim, você e Racket poderiam ficar com este aqui. Não falta muito.

Ele aquiesceu e deixou o carro para vagar pelos currais e em torno do celeiro de grãos, fora de vista. Anna ficou sentada no banco do motorista até que o frio começou a penetrar pelo casaco e aí saltou e foi para a cozinha da fazenda, onde se viam cestas de batatas e maçãs em cima da mesa de cavalete, e, nas fortes vigas, sacos de ervas tinham sido pendurados para secar. Havia pão e queijo em cima da bancada e latas de legumes e carne nas prateleiras. Joris estivera ali. Um aquecedor conectava-se com o aposento ao lado, o *Stube* – a sala de estar e de jantar –, onde funcionava como estufa.

Ela precisava que Grant forçasse o criptografista a decifrar a mensagem, mas o que poderia fazer para convencê-lo? Nada senão esperar; por isso, ela esperou.

Um falcão girava entre as nuvens compridas, e o cheiro da palha destinada a proteger as raízes das plantas se misturava ao cheiro típico da neve no ar revigorante. Grant circulou a propriedade, com seus muros de contenção e um celeiro de inverno atrás de pilhas de lenha cortada. Dois níveis, um para os pastores e outro para o gado, com acres de pasto no terreno em declive.

Tudo quieto, até que um bando de corvos de bico amarelo levantou voo das árvores a gritar, perturbados por algum som estranho.

Grant entrou no palheiro sombrio e almiscarado, e no silêncio ouviu a voz de Racket: – *Quando minha vida passou diante de meus olhos, vi que era demasiado curta.* Esqueça Paris, esqueça as garotas e as piadas. Esqueça a volta para casa e reencontrar a mãe, que escrevia uma interminável torrente de cartas, e o pai, um pregador leigo que sempre terminava com o mesmo P.S.: "Não deixe que nada o perturbe, que nada o aflija. Todas as coisas são passageiras, Deus nunca muda."

Todas as coisas são passageiras. É, descanse em paz, Racket.

Grant inspirou o perfume do feno úmido e, finalmente, ouviu o som que havia perturbado os corvos: um cabriolé Audi seguindo na direção da *Alphütte*. A imagem do céu azul se refletia no vidro das janelas do carro, que depois ficaram pretos por causa da sombra da casa. Grant conheceu a garota que vinha no banco do passageiro por causa do ângulo do seu queixo, o que fazia com que o homem com cara e barba de banqueiro fosse Lorenz. O carro esmagou ruidosamente as pedrinhas do chão, e Lorenz saltou, robusto, envergando um respeitável terno marrom, e abriu a porta para Rosine. Ela pôs um pé na estrada, passou os dedos enluvados em torno da mão dele e permaneceu de pé diante dele, o rosto erguido.

Os dois permaneceram imóveis por um número demasiado grande de segundos, e, por fim, Lorenz deixou cair a mão da garota e não a tocou mais depois que entraram. Grant ficou de olho na estrada. Nada aconteceu em dez minutos, e ele resolveu entrar na velha casa da fazenda.

Rosine partiu uma fatia do pão que encontrou na bancada da cozinha. Sua roupa podia representar a ideia que uma garotinha fazia de uma cigana, com o rosto comprido e delicado e ombros ossudos. Ele levou um segundo para perceber o que havia desaparecido – a atração sexual dela.

Ele deu uma olhada na sala ao lado, onde Anna e Lorenz conversavam aos murmúrios, e disse: – Você é capaz de ligar e desligar, como um interruptor de luz?

– *Pardon?*

– A atração sexual.

Ela pôs de lado a fatia de pão. – É uma máscara que uso.

– Então é um truque – disse ele. – O que você está fazendo aqui?

– Vim com Lorenz.

– Por quê?

– Porque eu o amo. E também para levar Anna de volta para Berna e deixar você com o carro, você e... – Ela soltou um sopro de ar daquele jeito que só as francesas sabem. – Sinto muito a respeito do seu navegador.

Ele pegou uma maçã com marcas de pedrinha de gelo na terrina de madeira, e a maçã estava suave e fria na sua mão.

– E você? – perguntou ela. – Você agora deixa o país?

– Tenho de falar com o adido militar primeiro, dizer-lhe que Racket está morto.

Ela pôs o queijo debaixo de sua faca. – Você vai contar como ele morreu?

– Morto no cumprimento do dever.

– É verdade?

– O Código de Conduta é bastante claro.

– Ah – fez ela, indiferente. – Quer um pouco de queijo? Fatia grande ou pequena?

– Grande.

– Sua testa está machucada.

– Você devia ver o outro cara.

Ela cortou um pedação de queijo. – Não sei dizer se você está brincando ou não, acho que tampouco você é capaz. Ponha gelo num pedaço de pano e aplique na testa. Penteie o cabelo para a frente, a fim de esconder a vermelhidão.

Lorenz entrou vindo da sala de estar e pegou uma caneta-tinteiro no bolso do paletó. – Ah, tenente Grant... mas devo chamá-lo de "senhor".

Basta que me chame de Grant.

Eles apertaram as mãos, e Lorenz pegou seu sobretudo no cabide. Não chegou a olhar direito para Rosine ao falar com ela.

– Você não devia ter vindo.

Ela ergueu o queixo.

– Senti saudade de você. Fico muito tempo sem sua companhia.

– E se formos vistos juntos?

– Ninguém olharia duas vezes, vendo-me com um homem.

O silêncio que se seguiu lembrou o intervalo entre o raio e o trovão.

– Preciso de um telefone – disse Grant.

– Anna o levará a Berna – disse Lorenz, virando-se depois para Rosine.

– Rosine, vamos.

ALIANÇA IMPROVÁVEL 183

Ela enrolou o xale no pescoço, e Lorenz ajudou-a a vestir o casaco sem tocar nela. Grant olhou para a maçã machucada pelo granizo. Querer o que não se tem é fácil: precisar do que você não pode querer, aí é que reside o problema.

Depois que eles se foram, Grant sentou-se na sala de estar, segurando um pano cheio de lascas de gelo na testa, água escorrendo pelo rosto. A dor tinha amortecido – aquela dor, pelo menos.
Anna entrou e levantou um pouco o pano para examinar o machucado. – Como se sente?
– Melhor que nunca.
– Você precisa de um paletó novo. Tem um no quarto dos fundos em que faltam alguns botões, que vou pregar.
– Não precisa. Este aqui está ótimo.
– Você seria o único homem no trem para Zurique usando manchas de sangue. Pensa que a polícia não vai notar?
– O trem para Zurique?
– Zurique, onde mora Herr Schürch, o criptografista. – Ela estava sentada diante dele, joelhos juntos e costas retas. – Você está com outras ideias?
Ele secou a testa com a manga, abriu o pano e examinou o gelo.
– Tenho urgência em obter a localização exata do ponto onde caímos.
– A câmera não vai sair de lá.
– Se os alemães puserem um esquadrão daquela coisa no ar, nós perderemos a Inglaterra. – Ele pôs o pano de novo na testa. – Preciso da localização exata do ponto da queda.
– Deixe seu general achar a câmera.
– Não confiaria nele para nada.
– Na primavera passada, os nazistas desviaram treze milhões de francos para a Suíça – disse ela. – Não sei por quê, e minha única pista é uma mensagem codificada com a data de hoje. Preciso de um criptografista e estou ficando sem tempo. – Ela se adiantou um pouco. – O Reichsbank está balançando, Grant, à beira da falência. Um grupo de banqueiros suíços sustenta a economia alemã compensando créditos e...

– Você está me confundindo.

– Escute! Quantos suíços estão movimentando dinheiro para os nazistas? Os mesmos homens estão envolvidos neste negócio de treze milhões de francos e na compensação de fundos sem lastro, têm de estar. Você não percebe? Eles mantêm o Reischbank solvente. Sem dinheiro, Grant, como construiriam uma esquadrilha desses aviões?

– Tudo o que eu...

– Você é o homem mais bem recomendado para pegar a câmera? Um fugitivo, um prisioneiro foragido? Não, eu mandarei Lorenz, quando encontrarmos seu avião.

– Em uma semana.

– Sim, nao há pressa. Só há pressa para a mensagem codificada.

– Mande Lorenz para o criptografista.

– Ele não é como nós.

Ele olhou para ela, surpreso. – Nós somos iguais? Martin e eu éramos muito diferentes...

– Eu não sou Martin – disse ela.

– Não, você não é. – Um impulso repentino o surpreendeu: queria vê-la desgrenhada, o cabelo embaraçado e o rosto corado, os lábios inchados. – É bom que não seja.

Ela deve ter percebido o desejo em sua voz. Abaixou a cabeça e, por um momento, ficaram ouvindo o vento. Até que, por fim, ela perguntou: – Já ouviu falar de Roald Amundsen, o primeiro homem a alcançar o polo Sul?

Ele não respondeu, observando-a, observando como a luz brincava com sua pele.

– Ele começou com cem cães – disse ela –, que foi matando e comendo segundo uma dada programação. Quando chegou ao último trecho, só restavam quarenta e dois. Era este seu plano: na última elevação – o Açougue – eles matariam vinte e quatro cães, e ao atingir o polo abateriam seis dos dezoito restantes. Um plano eficiente, certo?

Ao que parece.

– Ele e seus homens atingiram o polo sem perda de vidas humanas.

– Qual a moral da história? "Coma os cães dos seus trenós"?

– Outro homem saiu na direção do polo Sul semanas antes de Amundsen – o capitão Scott. Mas ele era um amante de animais; seus homens rebocaram os trenós eles próprios e chegaram um mês atrasados, encontrando a bandeira de Amundsen já desfraldada no polo. Na viagem de volta, cegos pela neve e ulcerados pelo frio, uma tempestade os pegou a vinte quilômetros de uma reserva de alimento.

– Eles morreram a vinte quilômetros da comida?

– Nem todos. Um morreu antes, rastejando em meio a uma nevasca. Atacado pela gangrena, não quis reduzir o ritmo do grupo. Suas últimas palavras foram: "Só vou dar uma volta aí fora, e talvez leve algum tempo."

A dor de cabeça de Grant agravou-se junto com a pontada que sentiu no coração. – É preciso coragem para uma coisa dessas.

– Tem mais. Por estarem morrendo de fome, racionaram cada grama de comida, tiveram escorbuto e ulcerações causadas pelo frio, mas ainda assim arrastaram pouco mais de quinze quilos de espécimes geológicos por mil e duzentos quilômetros. Quinze quilos de pedras.

– Por quê?

– Por uma questão de princípios. Prometeram que retornariam com as pedras.

– Grandes princípios... se nem todos regressaram...

– Qual deles é o Lorenz, Grant? O capitão Scott ou Roald Amundsen?

– Só há duas opções?

– Para você e eu, há apenas uma. Amundsen atingiu primeiro o polo, seus homens sobreviveram. Pode haver alguma dúvida sobre que homem você preferia emular?

– Ninguém escolheria o Scott – garantiu-lhe ele. – Coma os cães de seus trenós.

– E naquela manhã no Açougue, Lorenz poderia ter verificado o esquema e matado vinte e quatro cães bons e fiéis?

Grant não respondeu. Aquilo era conversa típica de mulher, com correntes de significado que ele não entendia – mas ainda sentia a água em torno da cabeça. Foi até a cozinha e jogou o pano molhado na pia, comeu outra maçã, retornou à sala de visitas e encostou-se na parede.

Anna desenterrara uma cesta de costura e estava pondo botões em um paletó de *tweed*. Ele a observou trabalhar, atenta e concentrada, iluminada por um clarão interno.

– Sairemos quando eu terminar isto aqui – disse ela, puxando um fio. – Primeiro para Berna, e quando você estiver satisfeito eu encontrarei o local da queda. Finalmente, para Zurique.

– Desde que eu possa ligar para Leeger.

– E depois?

– Aí então vou ao encontro de seu criptografista.

– Ótimo. – Ela terminou de pregar aquele botão em silêncio e começou outro. – Você está me olhando fixamente.

– Estou. Qual é o lance com Lorenz e Rosine?

– Lorenz não tocará nela como – Anna cortou um nó –, como se fossem marido e mulher.

– Eu vi que ele não a tocou; por sorte, o teto não pegou fogo.

– Ainda assim, ele não tocará nela. Você sabe o motivo.

Porque outros homens tinham tocado. – Claro, mas se ela, se sua mulher é uma cantora, deixe que cante para você. É um dos benefícios de ter uma mulher cantora.

Li suas cartas, Grant, sei que você não é insensível. – Anna pôs o paletó de *tweed* de lado. – Ele não tocará nela agora para que no ano que vem, ou no ano seguinte, eles sejam pessoas diferentes, com diferentes vidas e diferentes passados. Quando se casarem, ela irá para ele como se fosse intocada.

– Eles estão noivos?

– Estão.

Ele sacudiu a cabeça. – Isso é europeu demais pra minha cabeça.

– Estão apaixonados – explicou Anna – e em meio a uma guerra.

– OK. – Ele não conseguiu perceber o raciocínio dela. – Posso entender.

Ela riu. – Mentiroso!

– Bem, sim. – Ele sorriu com a risada dela e ergueu as mãos em sinal de rendição. – Você tem cigarros?

– Na prateleira.

– Quer um?

ALIANÇA IMPROVÁVEL 187

Ela sacudiu a cabeça negativamente e cortou o fio de linha com a tesoura. – Rosine já estava levantando dinheiro para os refugiados, Grant. A Suíça, como sabemos, aceita refugiados, exceto judeus. Se os judeus-suíços não puderem pagar o preço, serão obrigados a voltar da fronteira. A própria Rosine era uma refugiada. Não tinha dinheiro para contribuir, de modo que...

– Ela é judia? Pensei que fosse... *parisiense*.

– Quando a conheci, ela era sustentada por certos homens influentes e generosos.

– A fim de levantar dinheiro para os refugiados. Aí então você a recrutou?

Ela balançou a cabeça afirmativamente. – Agora ela obtém informações também.

– Para você.

– Para muito mais que eu, se eu conseguir fazer com que seu sacrifício valha a pena.

– Para os britânicos? Os russos? Quem você está...

– Os russos. – Os olhos dela estreitaram-se. – Cirílico.

– ... tentando... O quê?

– O bilhete, as palavras. – Ela atravessou a sala. – As letras estão em cirílico, metade delas, é só.

– Russo? Que bilhete?

Ela pegou o papel na bolsa. – Aqui está o bilhete que eu quero decifrar. Loeffert usou apenas letras cirílicas parecidas com o francês, e nenhuma das mais diferentes. Está vendo aqui? É por isso que alguns enes são maciços e os *bs* e os *As* maiúsculos tão angulosos. Você fala russo?

– Nem uma palavra.

– Preciso de um dicionário de russo, não de um criptografista.

– É hoje – disse ele, olhando por cima do ombro dela para a data.

– Hoje à noite.

– Se eu estiver certa, não precisamos de Schürch. – Ela saiu na direção da porta. – Você dirige.

CAPÍTULO 23

Grant ultrapassou o caminhão cujo motor roncava ruidosamente e olhou para Anna. – Para quem exatamente você trabalha?
– Para ninguém. Para qualquer um. Atenção na estrada.
Ele tomou a pista da direita. – Pista livre.
– Passamos adiante as informações que achamos, mais nada, a quem quer que possamos. – Seu cabelo cor de carvão em brasa pegou a luz do sol pela janela do carro. – Pessoal da embaixada alemã, número de caminhões fechados atravessando a fronteira, segredos domésticos dos integrantes da frente pró-nazista, os frontistas.
Nada senão fofocas e lugares-comuns. Até agora.
– Você pensa que essa mulher, Magda Loeffert, é genuína?
– Como assim?
– Você pensa que ela é mesmo verdadeira?
– Sei que é.
– E ela deixou esse bilhete dentro de um quarto de hotel, a metade escrita em russo? – Ele bateu o cigarro no cinzeiro. – Ela está apelando para um jogo.
– Que jogo?
– Não sei. Tampouco você.
– Ela escreveu a lista para seu próprio uso, é o que penso. Jogou fora a segunda página porque é cuidadosa e tem medo – contrapôs Anna. – Vire à esquerda quando aparecer a placa indicando Kirchenfeld.

– Quando você voa dentro de uma camada de nuvens, começa a ver formas.
– Você acha que estou vendo naquela página o que quero ver?
Ele deu de ombros. – Sou piloto e não espião. E você é uma professora, mãe e esposa.
– Viúva.
Ele passou pelo Museu de História de Berna e virou na Helvetiaplatz, na direção da ponte. O silêncio de Anna foi se intensificando e, por fim, ele disse: – É isso aí.
– Fale-me sobre Martin – disse ela. – Como foi que o mataram?
– Tem importância?
– Você pensa que não resisto a saber o que aconteceu, mas não saber é pior. Imaginar é pior.
– Ele não sofreu.
– Eu sei que não atiraram nele.
Ele se concentrou no trânsito da ponte. – Baioneta.
– E o que aconteceu com você?
– Na China?
– Sim.
– Nada, ainda estou aqui.
Ela tocou no rosto dele com os dedos enluvados.
– Quando deixei a China, eu era o capitão Scott. Foi isso que aconteceu. Você pensa que sou o outro cara, mas não sou. Perdi o entusiasmo. Vi uma garota, uma chinesa, eu a vi morrer, e sou como uma arma vazia, sem munição. Não restou nada dentro de mim.
– Seja mais claro.
– Não há nada para contar. Perdi minha audácia.
– Você viu sangue demais – disse ela. – Perdeu o gosto pela violência.
– Eu tinha um entusiasmo aguçado e agora ele está rombudo, só isso.
Ela tirou o cigarro da boca dele. – Talvez você não tenha perdido a coragem e, sim, encontrado seu coração. – Ela esmagou a ponta do cigarro no cinzeiro. – Você é um bom soldado, Grant?
– Estou longe de ser a ideia de perfeição de qualquer pessoa.
– Você não é tão ruim – afirmou Anna. – Estacione ali. Telefone para seu general e nós nos encontraremos no hotel.

– Você está andando atrás dessa mulher, Anna – disse ele, encostando no meio-fio –, porque pensa que ela tem aquilo de que você precisa.

– Todos nós caçamos alguma coisa, Grant. Todos nós caçamos aquilo que imaginamos precisar.

Anna entrou no hotel pela porta de serviço e, ao pisar no poço da escada, encontrou um bilhete debaixo do corrimão: "Meu escritório." Era a letra de Lorenz. Ela desceu e entrou no corredor muito limpo, mas fracamente iluminado, passou pelos compartimentos das caldeiras elétricas, o barulho dos seus saltos ecoando lúgubres ao longo das fileiras de portas trancadas. E se Grant estivesse certo e aquilo não passasse de uma tentativa infrutífera? E se sua vontade de honrar a memória de Martin não resultasse em mais nada que um filho negligenciado? E...

Ela parou ante um ruído estranho no fim do corredor e disse: – Olá? Nenhuma resposta, a não ser o barulho do exaustor. Um dos zeladores, com certeza. Olhou por cima do ombro para o comprido corredor vazio, onde se destacava a reentrância das portas. Virou-se para trás e viu um homem a um metro e meio dela. Anna deu um gritinho e comprimiu o peito com a palma da mão.

– Desculpe, Fräulein. – O homem sorriu. – Estou um pouco perdido.

– Procurando seu quarto?

– Oh, não, não sou um hóspede. Sou representante comercial, um caixeiro-viajante. Estou esperando encontrar um dos gerentes Um certo Herr Lorenz.

– O senhor pode perguntar na recepção – disse ela. – Suba a escada por ali e sairá no saguão.

Ele agradeceu e saiu, Anna passou pela porta giratória e subiu a pequena escada que levava aos escritórios. Encontrou Lorenz sentado à mesa, cercado por livros abertos, a ponta de um charuto fumegando no cinzeiro.

– Tenho notícias, Lorenz, a respeito...

– Espere. – Ele lhe ofereceu o estojo com charutos. – Pegue um.
– Você sabe que não fumo.
– Então vou fumar o seu. – Ele extraiu um charuto do estojo e cortou a ponta. – Estamos celebrando. – Acontece que Magda Loeffert é russa de nascimento e...
– O bilhete foi escrito no alfabeto cirílico, ou pelo menos algumas letras – o resto é em francês, e foi por isso que não entendi. Não precisamos de um criptografista, apenas de um dicionário de russo.

Ele bateu com os dedos em cima de um livro que estava em cima da mesa e deixou escapar um suspiro teatral. – Sempre um passo à minha frente.

– Isso aí é um dicionário? Você já sabia?
– O vizinho dela finalmente me ligou. Contou-me mais algumas coisinhas também, mas você provavelmente já sabe.
– Eu não sei de nada. O que foi que ele lhe disse?
– Os pais dela eram empregados na embaixada russa. Ela desposou um empresário, Herr Loeffert, e tem uma filha, Nadya Loeffert. Um ano após o casamento, ela enviuvou e ficou sem um tostão furado.
– Quer dizer que você procurou em cirílico?
– Sim, procurei. Não é a caligrafia dela que é estranha, e sim as letras propriamente ditas. No bilhete ela só usa as letras russas que, de alguma forma, se pareçam com as francesas – grafia fonética das palavras em três idiomas, seu processo particular de estenografia.
– Só isso? E tudo que fizemos... Pedi a Grant que obrigasse à força um criptografista integrante da frente pró-nazismo só para ler sua taquigrafia pessoal? – Anna riu, sem acreditar. – Teremos sorte se não for uma simples lista de compras.
– Bem, na verdade, as palavras que traduzi são "leite, queijo, dois pães de bisnaga...".
– Mentiroso! O que diz na verdade?
– Ainda não sei ao certo. Só consegui descobrir o significado de poucas palavras.
– Deve ser importante, caso contrário, ela não teria usado sua taquigrafia.

– Não obrigatoriamente. Ela era secretária executiva, deve ter feito muitas anotações importantes, talvez tenha escrito desse jeito por força do hábito. Acostumada a trabalhar com finanças, não devia querer que lessem suas anotações à primeira vista.

– Mas e à segunda vista?

Ele lhe mostrou uma cópia do bilhete, ao lado de um dicionário russo-francês. – Esta palavra aqui é "Mirador". M-n-p-A-o-p, em letras cirílicas, mas Loeffert as misturava como bem entendia. Então é Mirador, certo?

Anna balançou a cabeça vagarosamente. – Mirador é o quê?

– Não tenho ideia. Hotel? Restaurante?

– Cada item é o nome de um lugar?

– Até agora, sim.. Pegue só esta aqui, é inteligente. – Ele bateu com o dedo na página. – Está vendo "Yepy"? Soa como a palavra inglesa "church", igreja, em letras cirílicas.

– "Church", como em... *Kirche*?

– Exatamente. English Church.

– Aqui em Berna?

– Pode ser em qualquer lugar. Quanto ao resto – estou na metade da lista. Este aqui é Promenade du Lac.

– Em Genebra. – Ela pensou por um momento. – Ou Lugano.

– Ou Zurique, ou Lucerna...

– E a data e a hora?

Lorenz deu de ombros. – Tanto quanto eu possa afirmar, é mesmo o que parece. Hoje, hoje à noite.

– Temos menos de três horas – disse ela. – Precisamos agora comparar cada um desses lugares com todas as cidades da Suíça. Encontrar a cidade onde fiquem todos os locais mencionados – isto é uma lista de pontos de encontro. E o que vem depois? Esta com "KadpN"?

Ela passou o dedo ao longo das palavras "PeageHCy KadpN".

Lorenz consultou uma tabela de letras cirílicas em um dos livros abertos. – KadpN soa como Kadpeee, Kadpay, Kafay...

– Café!

– Excelente. Depois vem "Peage HCy." Começa com um som como "Py" ou "Ry", talvez "Peh" ou "Reh", depois o g é... não há g cirílico. Seguem-se "e-H-C-y"...

Ela olhou para a grade que ele tinha feito. – Pebensoo? Rygensch?
– Regency. Régence Café.
Em vinte minutos, eles tinham descoberto o resto: Jetée des Pâquis, Rue du Port, George & Cie e a Maccabee Chapel.
– Genebra. – Lorenz pôs-se a vasculhar uma das gavetas. – Tenho um mapa de Genebra em algum lugar. Corra até o escritório de turismo, arranje um guia. Podemos localizar esses pontos num gráfico.
Ela abriu a porta. – Temos duas horas, Lorenz.
Um homem adiantou-se no corredor – o vendedor, o caixeiro-viajante – e ergueu a mão até a orelha de Anna, como se quisesse ajeitar-lhe o cabelo.

Na parte de baixo da escrivaninha de Lorenz, Anna viu a tábua que servia de base à mesa e a tomada de onde saíam dois fios pretos. Não compreendeu. Concentrou-se em um clipe de papel meio enterrado no tapete, a vinte centímetros do rosto.
Ouviu uma porta fechar-se e uma cadeira tombar, juntamente com um grito que mais parecia um gemido. Um dicionário caiu no chão com as páginas abertas. Sapatos marrons apareceram no canto de seu ângulo de visão e um fio elétrico subitamente foi esticado. Um barulho surdo e depois uma lâmpada despedaçou-se, e choveram estilhaços de vidro no tapete.
– Fique quieto – murmurou o vendedor – ou então vai se cortar.
Ela ouviu Lorenz esforçar-se para respirar. – Seu filho da mãe! Filho da mãe!
– Peça ajuda e eu mato sua secretária. – Alguma coisa tocou na panturrilha de Anna e ela sentiu o ar frio nas suas coxas e viu que a saia estava levantada até a cintura. – Não preciso *dela*, Herr Lorenz, a mulher que eu quero é Magda Loeffert.
– Nunca ouvi falar...
Um soco e um gemido. Mais barulho de pés se arrastando, um roçar de tecido e depois um clique quase inaudível e um silvo metálico.
– Não – disse Lorenz. – Por favor.

– Charutos – disse o vendedor. – Hábito sujo. O que é isto, uma engenhoca para cortar as pontas?
– Não!
– Ajusta-se lindamente.
– Por favor! – Lorenz estava cada vez mais apavorado. – Por favor, não!
Sombras foram projetadas do chão na parede. Anna não podia se lembrar de como se levantar e também não era capaz de imaginar um motivo para que quisesse fazê-lo. Alguma coisa chacoalhou em cima da mesa, quilômetros acima dela, páginas foram arrancadas de um livro, vezes sem conta. Um fósforo foi aceso.
– Oh, meu Deus do céu, não, eu conto, eu digo tudo.
– Sei que vai dizer.
Barulhos de luta, depois gritos abafados e tensos. Um sapato raspou desesperadamente do lado da mesa.
– Estou retirando a mordaça – disse finalmente o vendedor. – Não grite.
Barulho de engasgo e um maço de páginas amassadas caiu no tapete. – Se não me disser o que quero, Herr Lorenz, começamos de novo do princípio.
Anna ouviu soluços e uma luta desesperada para respirar.
– Comece a falar, senão...
– Eu falo! Eu falo... mas, por favor, não faça mais isso. Eu estou procurando Loeffert, trabalho para um jornalista, ele me paga, ele quer encontrá-la – estes nomes são, isto é uma lista, ela ficou hospedada aqui, Loeffert alugou um quarto neste hotel. O jornalista me pagou – ela se hospedou aqui e deixou esta página. É uma lista. Em russo e francês. São lugares em Genebra. Olhe, olhe só, são todos em Genebra.
– Em Genebra. E isto aqui é a data de hoje.
– Sim, hoje, dentro de duas horas. Por favor!
– O Regency Café – disse o vendedor, pensativo. – Quem é o jornalista?
– Pierre-Luc, Pierre-Luc Soyer.
– Eu sei o nome dele – disse o vendedor. – Sei onde você trabalha, sei onde mora. Participe isto às autoridades, e nós nos encontraremos de novo.

Um peso grande bateu na mesa três vezes. Anna continuou deitada no chão. Não conseguia ouvir Lorenz. Não conseguia ouvir nada a não ser seu próprio coração e um gotejar constante: *plop-plop-plop*.

O telefone tocou na parede da chapelaria do Viennese Café, onde uma fileira de janelas enormes dava para a rua e, em cima das toalhas muito alvas das mesas, os talheres cintilavam. Grant discou o número e esperou que a conexão fosse feita, rolando os ombros no paletó de *tweed*. Não podia confiar nos nebulosos "contatos" de Anna, precisava falar com alguém a respeito da câmera – mas não Leeger, a menos que não houvesse outra escolha. Bem, ele tentaria descobrir a localização do ponto onde o Mosquito caíra, e depois veria a quantas andava.

Leeger atendeu e Grant disse: – General, obrigado por esperar.

– Eu não esperei – disse Leeger. – Onde você está, tenente?

– No correio, senhor. Meu sargento navegador...

– O sargento McNeil. Ele está morto e você pôs dois suíços no hospital, sendo que um deles era um comandante.

Grant desviou os olhos para o viveiro que ficava a um canto do café, onde pássaros amarelos silenciosos pulavam de poleiro em poleiro.

– Ele foi baleado tentando fugir. Preciso de ajuda, senhor.

– Que tal um conselho, tenente?

Aquilo seria tão fácil quanto arrancar um dente. – Sim, senhor?

– É o mesmo conselho que eu já lhe dei antes, na forma de uma ordem: não fuja das autoridades suíças.

– Sim, eu...

– Desobedeceu.

– O Código de Conduta...

– Você agrediu um oficial de uma nação neutra. Você é o único responsável pela morte do seu sargento.

– E o cara que atirou nele?

– Acha isso engraçado, tenente?

– Responderei pelo que fiz quando voltar para a Inglaterra. Agora preciso do seguinte: Racket deixou artigos pessoais no Mosquito, algumas cartas que eu gostaria de devolver à sua...

– Você está no correio de Berna?
– O quê? Não, Genebra.
– Não é o que a mesa telefônica me diz. Dê uma olhada do lado de fora, vai ver os policiais se aproximando. Eles têm sua fotografia oficial da Força Aérea e sabem que você atacou um oficial suíço. Não piore as coisas...

Grant desligou e examinou a rua através das janelas enormes do café. Alguns carros, poucos, um punhado de homens de negócios, senhoras esperando o bonde. Talvez houvesse policiais suíços no correio, talvez não, mas aquela rua parecia não ser problema; pelo menos até que a mesa telefônica fornecesse uma informação mais precisa a Leeger. Ele saiu cuidadosamente e desceu o quarteirão. A polícia tinha seu retrato – ele não era mais apenas um foragido, mas sim um criminoso violento que mandara um oficial suíço para o hospital. Só havia uma coisa a fazer: colocar-se nas mãos de Anna. Seguiu um bonde que desceu a Schauplatzgasse e passou pelo Bundespalast, o Palácio Federal. Soldados vinham das ruas transversais ou passavam embarcados em caminhões do exército, os trabalhadores da cidade trajavam uniformes marciais, e um guarda de trânsito cuidava do cruzamento. Grant manteve os olhos baixos, circulou rumo ao Palace Hotel e entrou pela porta de serviço.

Grant conseguiu encontrar seu caminho pelo emaranhado de corredores até a sala onde trabalhava Lorenz. A porta se abriu quando ele bateu. Ao entrar, quase pisou no braço de Anna, que estava estendida no chão – esparramada no tapete, a saia levantada até a cintura, um fio de sangue na têmpora.

– Anna. – Ele se ajoelhou ao lado dela, sentindo de repente um nó na garganta. – Anna?

O olhar desfocado de Anna procurou o rosto dele. – Lorenz.

– Não, é o Grant. – Ele passou os dedos pelo couro cabeludo dela.

– Você levou uma pancada na cabeça, deve ter caído...

Só então ele viu Lorenz, com a cabeça tombada sobre a mesa, e ficou de pé, examinando o aposento. Não havia ninguém, e nada se ouvia, exceto o sangue que pingava da palma da mão de Lorenz e ia encharcando o tapete. Não, não era da palma da mão – e sim do dedo mindinho, amputado.

– Aconteceu alguma coisa – murmurou Anna, a voz incerta. – Grant, é você? Acho que aconteceu alguma coisa.

Ele pegou o telefone e disse à telefonista da central para mandar socorro. – Sim, para o escritório de Herr Lorenz. Qualquer médico ou enfermeiro que esteja no hotel e uma ambulância.

– Lorenz? – disse Anna, a voz já mais forte. – Lorenz, oh, meu Deus, ele está...

– Ele está bem. – Grant aplicou um torniquete no dedo seccionado de Lorenz com uma fita adesiva que encontrou na mesa. – Desmaiou, mas...

– Eu preciso ir. Preciso ir agora. – Ela tentou se levantar. – Você tem de me levar. Para Genebra. Agora.

– Você precisa de um médico, não vai a parte alguma.

– Isto é o mais perto que nós... – Sua voz falhou. – O homem que fez isso está atrás de Magda Loeffert. Em Genebra. A lista... em cima da mesa. São os pontos de encontro. Tenho de me encontrar com ela hoje à noite. – Anna conseguiu ficar de joelhos. – Antes que ele a encontre.

Grant tomou-a nos braços. – Lorenz precisa de um hospital.

– Você fica com ele.

– A polícia tem meu retrato. Não posso estar aqui quando ela chegar... Anna viu Lorenz e empalideceu. – Oh, meu Deus!

Ela cambaleou, e Grant achou que fosse desmaiar. Pelo contrário, recuperou o autocontrole e exibiu uma força repentina. Aproximou-se de Lorenz, murmurando palavras de consolo, seus dedos rápidos e competentes movendo-se pelo seu rosto queimado e sangrento, o cotovelo quebrado e o local onde o dedo fora amputado. Lorenz protestou com um gemido, resmungou umas palavras, a voz quase inaudível.

Anna aproximou-se o bastante para ouvi-lo, um fio de sangue escorrendo de sua têmpora até o queixo, e depois se virou para Grant. – Lorenz deu ao homem a lista na ordem errada. Você precisa ir a Genebra e encontrar Magda Loeffert. Primeira parada, casa de chá *Au Mirador*.

– Você está me pedindo para...

– Eu não estou pedindo – interrompeu ela.

CAPÍTULO 24

Akimov jogou sais de banho English-rose na água fumegante e observou-os flutuarem até o fundo da banheira de pés em forma de garras. Não cheiravam nada a rosas, e nada tinham de sal. Talvez cheirassem como a Inglaterra. Ele mudou de posição desconfortavelmente, derramando água por cima da beirada da banheira. A surra na livraria despertara a dor de centenas de espancamentos, de centenas de botas. Lavou o rosa brilhante do coto, os ossos afilados por trás da pele esticada, e cantarolou o refrão de uma cantiga de que se lembrava um pedaço: *Seu filho está na cadeia e o marido morreu, melhor dizer uma prece por ela.*

Akimov deixou-se ficar de molho na banheira até que a dor desapareceu, ouvindo o silêncio da Suíça, depois se levantou e escovou os dentes com a pasta sabor cereja do farmacêutico, observando seu rosto desaparecer no espelho embaçado. *É o ex-marido da Loeffert, fodendo com tudo.*

No quarto dos fundos da loja do antiquário, o homem corpulento o soltara rudemente.

– Você recebeu ordens para encontrar sua mulher – disse o magrelo – ou permitir que ela o encontrasse, e não para interferir conosco. Você está seguindo sua mulher na direção errada.

Quer dizer, então, que eles eram espiões soviéticos. Akimov foi mancando até a mesa e começou a encher sua sacola de novo. – Vocês é que a fizeram fugir.

– Magda Loeffert é uma destruidora, uma camponesa rica. Seu país precisa dela, e ela fica aí namorando com o Ocidente.

– Vocês têm plena certeza desse... – ele se interrompeu por causa de uma pontada aguda de dor na barriga – desse documento?

– Ele liga uma firma suíça aos nazistas através de um falso negócio de barracas de madeira. Os suíços receberam milhões de francos, muito além do valor da mercadoria envolvida. O dinheiro será usado a fim de dar início a uma empresa que servirá de fachada para a inteligência alemã na Suíça.

– O que isso tem a ver com a Rússia?

– Nada... exceto que sua mulher queria bisbilhotar mais registros da sua fonte, quem quer que seja, usando essa transação como elemento de pressão. Ela tem certeza de que ele está metido em outras negociatas. Como o apoio suíço ao Reichsbank. E talvez essas negociações.

– Vocês não sabem sequer o nome da fonte dela?

– Bem-vindo à Suíça, onde essas firmas se enrolam umas em torno das outras como um novelo de lã. Esse documento é um fio, se começarmos a puxar, a coisa toda aparece. Os suíços emprestam bilhões aos fascistas e... – O homem suspirou. – Essa chantagem poderia ser um fator decisivo. É isso. Temos de usar o negócio das barracas para influenciar as negociações. Sua mulher combinou de se encontrar conosco e depois sumiu. O que ela deseja é ir para o Ocidente.

– Se ela quer ir – afirmou Akimov –, ela irá.

– Ela tentou, e nós ficamos esperando. Nós a assustamos, é por isso que precisamos de você. – O magrelo sacudiu a cabeça em sinal de repulsa. – Agora suma daqui e diga a seu pai, o vice-comissário, que precisamos de quinze mil francos. Esta loja está acabada, graças a você.

No banheiro do hotel, Akimov limpou o espelho com a palma da mão e examinou o rosto. *Seu filho está na cadeia e o marido morreu, melhor dizer uma prece por ela.* Deu de ombros, vestiu-se e bateu à porta no quarto ao lado.

Ao ouvir o convite retumbante, ele entrou.

O cheiro era de veludo e uísque, e seu pai estava sentado em uma poltrona com um livro aberto no colo. – Vinte anos, Edik. Você se lembra bem da Suíça?

— Foi em outra vida — respondeu Akimov.
— Todo mês eu deixava a embaixada a um serviço imaginário, lembra? Pegava você na escola e íamos velejar ou excursionar, lembra? Lembra do restaurante que descobrimos no topo da montanha? Você comeu tanto que ameacei levá-lo de volta para casa rolando. Passaram o dia colhendo cogumelos, o pai contando histórias de "Ivã, o Tolo", histórias mágicas da Rússia, de espíritos, de heróis e da velha pátria.
— Não — disse Akimov. — Não me lembro de nada disso.

Seu pai abaixou a cabeça. Em um momento, ergueu o livro do colo, a capa decorada com uma cruz de ouro com duas barras horizontais extras: uma Bíblia dos Antigos Crentes, os fiéis que não tinham aceitado as reformas implementadas pela Igreja Ortodoxa Russa em 1666.
— Então você se lembra disto?
— A Bíblia de Magda? Você a pegou na minha casa?
— Depois da prisão.
— Estou surpreso por ver que você não a queimou.
— Uma oferenda de fogo? Bem, às vezes um sacrifício é necessário para conciliar os deuses.
— Sacrifiquei quinze mil francos hoje de manhã — contou Akimov a história ao pai. — E não estou mais perto de encontrar Magda.

Os olhos do pai encheram-se de desapontamento. — Quantos homens morrem, considerando-se apenas Stalingrado? Vinte e cinco mil por semana desde julho. A frente está tranquila há dois dias — dois dias sem tiros, imagine só. No entanto, três mil de nossos compatriotas morrerão no dia em que falharmos e três mil no dia seguinte. A menos que você encontre Magda, a menos que você...

Akimov esbofeteou-o com o dorso da mão. — *Você* acha mesmo que pode *me* dizer o que fazer?

Um pesado silêncio seguiu-se ao som do tapa. O pai de Akimov, magoado, levou os dedos ao rosto, abaixo dos olhos. — Você, entre todos os homens, devia compreender. O que *você* não sacrificaria pela Rússia?
— Meu único filho.
— Fácil de dizer, até que você tenha de escolher.

Akimov levantou a mão de novo – num gesto de raiva ou rendição, nem ele sabia – e Big Vlad surgiu do nada e o jogou de encontro à parede. Little Vlad puxou um cassetete e...

– Não! – gritou seu pai, tocando na boca ferida. – De volta ao quarto dele.

Little Vlad resmungou e agarrou o colarinho de Akimov. Arrastou-o pelo quarto e o empurrou pela porta de ligação.

Akimov entrou aos tropeções no quarto, comprimindo o dorso da mão no rosto. Era só aquilo? Um tapa? Tanto ódio e ele batera no homem uma vez e não sentira nada, só um vazio. A porta bateu, e ele foi olhar pela janela. Carros se arrastavam pelas ruas. As pessoas se amontoavam em torno dos chafarizes e enchiam as lojas. Uma cidade de formigas, e ele não era melhor que nenhuma delas.

Após algum tempo, uma campainha melodiosa soou às suas costas. Ele atendeu ao telefone e uma voz de mulher disse: – Edik.

Akimov sentou-se na cama. – Magdalena.

Silêncio na linha e, no entanto, ele sabia que ela não desligara. Um fio prateado os unia, do bocal de seu telefone até a central telefônica, cortava a cidade e chegava ao receptor do aparelho que estava com Magdalena, aquecido pelo seu hálito.

Finalmente ela disse: – Ouvir sua voz de novo, depois de tanto tempo.

– Sim. – Ele fechou os olhos. – E a sua também.

– Estamos velhos agora, Edik. O mundo envelheceu.

– Você tem quarenta anos e continua melodramática como uma menina.

– Trinta e nove – corrigiu ela. – Até o mês que vem.

– Lembra dos seus dezoito anos?

– Naquele café de quinta categoria em... – Ela se interrompeu. – Não consigo nem lembrar o nome da cidade.

– Eu a pedi em casamento.

– Você estava bêbado.

– E impossivelmente jovem.

– Nós dois éramos jovens.

– Eu pensei... – Ele riu. – Eu pensei que tinha me esquecido de você.

– Você pensou que não se importava mais, Edik. Deve haver muita coisa que gostaria de esquecer.

Então ela sabia que ele estivera no Gulag. – Nem um único dia.

– Por quê? – Porque se você esquecer também vai perdoar? Admite, então, que eu estava com a razão todos esses anos depois? A respeito da Revolução, do Estado soviético. – Você estava certa pela metade.

– Eu soube que estava me procurando, Edik. Um amigo do clube Moscovita disse que você estava hospedado no Palace. Quase não acreditei.

– Mandaram-me para cá a fim de encontrar você. Para pegar o documento que disse a eles que tinha e nunca entregou.

– Você ainda obedece a eles.

– Ainda amo a Rússia.

Ela ficou em silêncio por um momento. – Posso confiar em você, Edik?

– Você pode confiar em *mim*. – Referindo-se a ele e somente a ele, não aos homens que o acompanhavam, não aos homens que estavam por trás dele. – Nós precisamos desse documento.

– A corrupção está demasiado profunda, não posso dar isso a alguém que...

– Quatro dias atrás eu estava em Stalingrado, Magda. Meus homens, perdi cinco homens lutando por uma cozinha. Estamos morrendo por cômodos vazios.

– O que isso tem a ver com Stalingrado?

– Tudo... do que *mais* se trata?

– Acabar com o apoio dos suíços aos nazistas.

– Apoio? Seu documento pode forçar os banqueiros suíços a prosseguir com as negociações, a convocar os nazistas a se sentarem à mesa e...

– Que negociações? Que mesa?

Ele não levou um momento para se decidir a lhe contar tudo.

– Negociações para um cessar-fogo, Magda. Eles estão negociando um armistício, o precursor de um pacto de não agressão.

– Um armistício nazi-soviético? Eles lhe disseram isso?

– Eles me tiraram da frente de batalha para encontrá-la, Magda. Você acha que eles estão tão preocupados assim com a lavagem do dinheiro nazista feita pelos suíços?

– Outro pacto? Isso é...

– Os alemães estão dispostos em linhas demasiado extensas, e nós estamos quase perdendo Stalingrado. Há um cessar-fogo informal na cidade agora, nestes últimos dias – isso pode acontecer. Tem de acontecer. As conversas começam nesta semana. Dê-me o seu documento e talvez a batalha termine.

– Você se interessa por terminar a batalha, Edik; eu me interesso por acabar com a guerra.

– Encontre-me, Magda. Deixe-me vê-la. Deixe que eu a convença.

– Não vai me convencer.

– Deixe-me tentar. Onde você está?

Silêncio na linha. – Genebra.

– Estarei aí em uma hora.

– Às sete horas, no Au Mirador, uma casa de chá. Venha sozinho, Edik – estarei observando de longe. Se eu sentir cheiro da NKVD, desapareço.

Ela desligou, e ele recolocou o fone no gancho. O pensamento surgiu do nada: "Será que ela soube que perdi um braço?" Ainda o mesmo pretendente nervoso, depois de tantos anos. Akimov sorriu. Pelo menos, seu hálito cheirava a cerejas.

Seu pai empurrou a porta de ligação e entrou no quarto, flanqueado pelos dois Vlads. – Excelente, Edik. – Ele consultou o relógio. – Um encontro em uma casa de chá, não podia ser melhor.

O cartaz pintado com letras brancas da casa de chá Au Mirador balançou com uma lufada da brisa vinda do lago e que percorreu toda a extensão da Rue du Mont-Blanc. Grant entrou, e o calor do ambiente o envolveu no aroma do purê de castanhas e bolo de gergelim. Ele tirou o chapéu, e a recepcionista disse qualquer coisa em francês.

Grant sacudiu a cabeça. – *Alemão?*

— Vai soprar um vento frio do lago hoje à noite — disse ela, em alemão.

— Estou procurando uma mulher — explicou ele. Pelo menos, era o que pensava — tudo o que tinha era a lista que Anna havia decifrado e era só o que sabia.

— Frau Loeffert.

— Sinto muito, mas não há ninguém esperando. Talvez ela ainda não tenha chegado.

Ficar ou ir embora? A polícia tinha sua foto, o exército queria pegá-lo, e o sujeito que torturara Lorenz devia estar atrás dele. Ele devia agir com o máximo de discrição, mas, em vez disso, pediu um bolo e sentou-se em uma cadeira fina e comprida de madeira. Deveria esperar? Verificar cada um daqueles locais tão depressa quanto possível? Usar a porra de uma rosa amarela no chapéu?

Nenhuma ideia. Nenhuma ideia, exceto Anna. Era só o que ele sabia, correndo pela Suíça como um estudante apaixonado.

Terminou o bolo e entrou na noite de Genebra, seguindo na direção do Quai du Mont-Blanc, passando por prédios com grades de venezianas e sacadas e uma praça pavimentada com paralelepípedos e onde havia três árvores retorcidas, como as bruxas de *Macbeth*. Na English Church, um homem recriminava um cavalo cansado em um dialeto incompreensível, e um gato atravessou a rua disparado. Grant encostou-se na grade de ferro batido e...

Alguém o estava seguindo.

Um ônibus municipal passou velozmente pela Rue de Chantepoulet, um estudante uniformizado se encostou numa caixa de correio, homens de chapéu-coco esperavam na esquina, funcionários da Liga das Nações. Grant virou no cais e parou na Rue des Alpes, como se estivesse desfrutando a vista das montanhas. Ninguém parecia deslocado na paisagem. Nem as mulheres de casaco de pele, nem o carro que se arrastava ao longo das docas na direção de Les Pâquis, o barulho do motor se misturando com o das ondas que quebravam no porto.

Grant riscou um fósforo sob um poste de luz que não tinha luz, nenhum deles tinha, desde que os nazistas haviam exigido que os suíços deixassem Genebra em blecaute para impedir que os pilotos britânicos usassem a cidade como ponto de orientação durante as noites de bombardeio. Debruçou-se contra o parapeito, ouvindo o lago, e depois jogou o fósforo apagado na sarjeta e saiu vagarosamente na direção do monumento a Brunswick. Parou junto de um banco, ajeitou o laço do sapato e examinou a rua de novo. Tudo era familiar: os dois homens reunidos debaixo de um toldo, a mulher caminhando bruscamente depois do ponto de táxis. Em algum lugar, uma porta bateu, e ele esfregou a nuca para se defender do calafrio que sentiu.

No Cassino Municipal, parou sob o terraço no Régence Café. Dois rapazes passaram correndo em roupas escuras de noite, seguidos por uma elegante senhora de idade trajando um vestido cintilante e luvas de veludo. Ninguém ali podia ser Magda Loeffert. Cinco minutos depois, um vento teimoso varreu as cabines com rodas chamadas de máquinas de banho no Jetée des Pâquis. Grant pegou um bonde e, do outro lado do rio, foi caminhar na Promenade du Lac; em seguida, pela Rue du Port no caminho dos livreiros George & Cie. Nada. Vagou pelas ruas estreitas da Cidade Velha, à sombra da catedral de São Pedro, e parou para acender um cigarro na soleira da porta da recepção. Ao lado, um leão entalhado em pedra com uma juba abundante e uma cara de gárgula guardavam uma janela com venezianas cerradas.

Grant parou na entrada da Maccabee Chapel, observando uma mulher empurrar um carrinho de bebê de vime. Magda? Bateu as cinzas do cigarro e sentiu o cano de uma arma em seu corpo.

CAPÍTULO 25

Certa máquina ressoou no pátio de triagem, e a escova para cabelo de Nadya tremeu na cadeira de couro. Ela deu uma olhada na janela fechada com tábuas e depois voltou a esfregar os antebraços doídos. O chão do vagão de passageiros tremia diversas vezes por dia, as paredes sacudiam – e nada mudava, ela permanecia sozinha em seu cativeiro.

Aquilo não era uma simples prisão, contudo: o isolamento e a vulnerabilidade testavam sua fé e fora-lhe concedida força. Vencendo lentamente os degraus, sua prisão transformou-se em sua ermida. As preces matinais, os salmos, as orações da noite, os três cânones, a reza antes de dormir. Criada sem religião, Nadya encontrara a fé como adolescente – e descobrira que era a sua própria vida.

Disse uma prece por sua mãe, que não acreditava em nada, e entrou no compartimento do engraxate: resolveu trabalhar pela sua salvação não apenas orando, como também no armário onde ficava regada a grade de madeira. Rastejou para dentro do compartimento, pegou o garfo de peixe e trabalhou com os dentes em torno do parafuso debaixo e da direita. Já conseguira tirar o parafuso de cima e da direita e só faltavam mais três. Seus braços ardiam e sentia cãibra nos ombros; fechou os olhos e sentiu uma névoa na cabeça, embora continuasse a raspar e a repetir baixinho: *Cristo levantou-se dentre os mortos, esmagando a morte, e a pedra rolou para longe. E o Anjo disse: Cristo levantou-se do meio dos mortos...*

* * *

Grant derrubou a arma com o braço direito e golpeou o rosto do assaltante com a mão esquerda. O impacto causou forte dor na mão, mas ele prosseguiu, girando e arrastando o assaltante para o chão antes de se dar conta dos detalhes: o cabelo, o perfume de pó de arroz, o grito feminino.

E as palavras: – *Nein! Eu sou Loeffert!*

Ele se ajoelhou sobre o antebraço dela, olhando para baixo: cabelo escuro misturado com fios brancos, olhos grandes e bonitos e o principal: a arma em sua mão não passava de um panfleto enrolado.

– Truque perigoso – disse ele. – Onde está sua identidade?

– Em minha bolsa.

Grant examinou os documentos, ela era mesmo: Magdalena Loeffert. Tirou o peso de cima de seu braço. – Você é uma mulher difícil de ser encontrada.

– Você está trabalhando com Anna Fay a partir de Berna. – Ela se levantou, erguendo uma sobrancelha diante da expressão que ele fez. – Talvez eu não seja tão tola, afinal de contas.

– Vamos andando.

– Não tem ninguém perseguindo você, estou prestando atenção desde a casa de chá.

– Eles podem estar à frente, estão com seu bilhete.

Ela levou um susto. – Então, depressa, vamos para um lugar privado. – Magda examinou a rua, as torres do Hotel de Ville. – A biblioteca da universidade. Duzentos metros e estaremos em segurança lá.

Eles começaram a caminhar, e Grant quis saber: – Como você me conhece?

– De vigiar a casa de Frau Fay.

– Você tem os documentos?

Ela estremeceu à sombra lançada pela lua das castanheiras do terraço de La Treille. – Tenho mais que documentos.

– O que mais?

– Notícias. Notícias perturbadoras. – Ela fez com que Grant atravessasse a Rue de La Croix-Rouge, o rosto pálido e preocupado. – Vamos, depressa.

– Por que escrever o bilhete em código russo?
Ela permaneceu em silêncio até que passaram pelas solenes estátuas do Monumento da Reforma. – Que bilhete?
– Do Palace Hotel. Temos as impressões que ficaram na segunda página.
– Segunda página? Não, aquilo não era destinado a pessoa alguma, era para mim mesma. – Ela o fez contornar uma fileira de bancos de parque já no terreno da universidade. – Planejei jogar o papel fora, mas estava nervosa, e minha intenção foi brincar de esconde-esconde antes de permitir que alguém se aproximasse.
– Isso explica a lista de vários pontos de encontro, mas por que o código?
– Não é código, é minha taquigrafia própria para documentos importantes. Escrevo daquele jeito por medo, por segurança. Para impedir que me sigam. – Ela sacudiu a cabeça. – Nada disso interessa. Eu falei a um dos soviéticos a respeito da casa de chá e você chegou uma hora antes da minha – antes dele. Eles vão esperar, mas eu quero falar com você primeiro.
– Falar? Basta que me dê os documentos e vou embora.
– Quem é você?
– A extensão da sra. Fay.
Ela parou do lado de um prédio claro de tijolinhos. – Você disse que "eles" têm meu bilhete? Quem, os soviéticos?
Anna só viu um homem – provavelmente alemão. Ela o chamou de "vendedor" ou "caixeiro-viajante".
A mulher franziu a testa e entrou pela porta da biblioteca, parando num saguão escuro.
– Meu ex-empregador com frequência contratava alemães, um em particular. Um sujeito chamado Pongratz. – Ela conduziu Grant por um corredor ladeado por mostruários de vidro, virou numa esquina e chegou ao salão de leitura, onde parou junto a uma mesa ao lado de uma janela comprida. – Eu o encontrei uma vez. Era um homem quieto e gentil.
– Como um vendedor?

– Sim. – Ela bateu ansiosamente com as unhas no busto de bronze de Henrique IV que ficava em cima da mesa. – Sem nada de humano no olhar.

– É o nome do seu ex-patrão que aparece nos documentos?

Ela aquiesceu. – Ele arranjou para que o sindicato suíço de madeira vendesse barracas de acampamento aos nazistas. A ideia era lavar dinheiro para custear uma iniciativa da SS na Suíça. Importar madeira da Alemanha, construir as barracas e expedi-las de volta. Foi isso que me fez desconfiar inicialmente.

– Certo. Você tem os documentos?

Ela abaixou a cabeça, o cabelo caiu-lhe por cima dos olhos.

– Encontrei documentos burocráticos, ordens de compra e coisas do gênero. Já dei diversos a Frau Fay.

– Dê-me o resto.

– Até que hoje descobri mais coisas.

– Como assim?

Ela se virou para a janela, olhos fixos num tronco de árvore perdido no meio de uma vegetação que lembrava teias de aranha. – Só há uma coisa pior que os soviéticos: os alemães.

– Sem dúvida – concordou ele.

– E a Alemanha era uma democracia também. A única razão pela qual Hitler tornou-se chanceler foi esta: os covardes tomaram o partido dos brigões. A Lei para a Proteção do Povo e do Estado, bobagem! Mais gente votou contra Hitler que a favor, e o Reichstag lhe deu poderes *temporários* contra um inimigo imaginário...!

– Você vai me contar o que descobriu?

– Não sei ainda.

– Decida rápido.

Após um momento, ela bateu afirmativamente com a cabeça.

– Os russos mandaram um emissário à Suíça para negociar um pacto de não agressão com a Alemanha.

– Eles... o quê?

– Você me ouviu. Eles estão trabalhando num segundo pacto nazi-soviético.

– Eles estão se encontrando aqui?

– Talvez Hitler tenha concordado com as negociações, talvez Von Ribbentrop queira apresentar um fato consumado, eu soube apenas hoje, minha cabeça ainda está zunindo. As conversações começam em poucos dias. Se houver paz entre Stalin e Hitler, os nazistas desaparecerão com o Ocidente.

Ele sacudiu a cabeça. – Impossível.

– Você tem filhos?

– O quê? Não.

– Minha filha não viverá sob o tacão dos alemães, a menos que eu consiga detê-los. Tudo gira em torno de meu empregador, ele tem... Uma porta abriu-se no corredor, e ela se calou, imóvel... Esperaram um pouco, mas só ouviram silêncio.

– Ele tem influência sobre os alemães – continuou ela mais suavemente. – Através de sua firma e de sua posição numa junta do governo, ele apoia o Reichsbank.

– Os créditos... A compensação de créditos?

Ela fez que sim, os olhos rápidos e tensos. – Anna Fay confirmou isso? Eu suspeitava, mas ainda estou juntando as peças do quebra-cabeça, mesmo que saiba que os documentos que peguei proporcionam nossa vantagem.

– Sobre seu patrão?

– Sim. Para descobrir a respeito de outros negócios, forçar que tudo o que ele faz venha à luz. Mas ele mandou Pongratz atrás de mim.

– Sua voz ficou angustiada. – Não sou uma mulher medrosa, mas Herr Pongratz me aterroriza. E agora esse pacto de não agressão muda tudo.

– Dê-me os documentos e sua participação termina.

– O que pode Anna Fay fazer a respeito do pacto? Nada.

– Ela pode surpreender você.

– Ele disse... os soviéticos disseram que a frente está parada. Em Stalingrado, pelo menos. Por dois dias agora, sem luta, o precursor da paz.

– Dê-me os papéis, nós...

– Você pensa que os carrego na bolsa? Eles não estão sequer neste cantão, mandei para um velho amigo...

ALIANÇA IMPROVÁVEL 211

Uma cadeira foi arrastada no chão, e sombras galgaram a parede mais distante; homens irromperam no salão de leitura e correram pelo corredor, cercando rapidamente as estantes de livros.

Grant abriu, com o busto de Henrique IV, um buraco na vidraça comprida.

O vidro explodiu, ele agarrou Loeffert pelo braço e saiu de lado noite adentro, encurvado para se proteger dos estilhaços que batiam nos troncos das árvores. Pontos de fogo vinham de dentro da biblioteca; Loeffert gritou, e as balas rasgaram os arbustos emaranhados. – A mulher não! – gritou uma voz em alemão.

Grant arrastou Loeffert para o intervalo entre a cerca e o muro da biblioteca, até que ela arriou no chão, tossindo na mão. – Herr Doktor Hostettler – murmurou, ofegante. – Johannes Hostettler. Ele está com os documentos.

Grant puxou o braço dela, um peso morto. – Você foi baleada?

– Não dói. – Ela se encostou nele, seus olhos ficaram embaçados. – Nada... dói. Eu preciso...

– Vamos. Apoie-se em mim. Não fale.

Ela sorriu um sorriso fraco, os dentes tingidos de vermelho. – Diga a minha filha que eu a amo.

Os alemães acabaram de partir o vidro quebrado atrás deles, e Grant a segurou nos braços. – Você vai dizer isso a ela em pessoa.

– Não posso... Diga a ela. Diga a Nadya.

Grant embrenhou-se através de uma densa macega, carregando Loeffert como uma noiva, tropeçando às cegas no caminho escuro. – Aguente firme. Preste atenção em mim. Resista.

– Diga a minha filha. Que todos os dias... durante dezenove anos eu agradeci a Deus... Deus, em quem não acredito. Por ser mãe dela.

– Diga você mesma.

– Herr Johannes Hostettler. Tem os papéis. – Ela tossiu e lutou para respirar. – Herr Doktor Hostettler, Johannes Hostettler...

Sua cabeça pendeu para trás, o pescoço branco como porcelana à luz da lua. Morta.

* * *

Ao som das botas, Grant deixou o corpo em cima de um banco do parque e meteu-se por entre as árvores. Magda Loeffert, lutando pela filha, lutando pelo Ocidente, morta em seus braços.

Um pombo explodiu de encontro a Grant vindo de um arbusto espinhoso, e ele cambaleou para trás, passou por uma clareira e se lançou numa rua. Um pouco mais adiante, um homem de pé ao lado de um táxi gritou algo para um edifício nas proximidades, e duas garotas, de oito ou nove anos de idade, dispararam na direção dele, as tranças girando como hélices desgovernadas. Um táxi. Grant correu para a frente e ouviu um barulho metálico que não deixou dúvidas, uma bala disparada por uma arma dotada de silenciador que atingiu a base do poste de luz. Outra bala arrancou lascas do meio-fio, o atirador disparando depressa e descuidadamente, sem apontar para Grant e sim para o táxi com as garotinhas, a fim de impedir sua fuga.

Ele entrou numa transversal, atravessou disparado um cruzamento e meteu-se numa viela. Portas de carro bateram, e ele apressou o passo ao atravessar um arco sob uma torre curta e grossa, com uma pilha de plataformas móveis para transportar bens em um armazém e duas bicicletas encostadas em um cano de esgoto. Pegou uma delas e viu mentalmente a expressão de Magda Loeffert morrendo, com um suave sorriso de descrença nos lábios.

E agora? Não tinha como imaginar. Outro pacto de não agressão? Impossível, mas... Mas eles a tinham matado. Torturaram Lorenz. Isso era maior que lavagem de dinheiro, maior que o protótipo de uma aeronave. Se os nazistas conseguissem fazer as pazes com os soviéticos, ganhariam a guerra.

Atravessando a passagem em arco, ele pedalou pelos meandros do Plaine de Plainpalais, com a bicicleta sacudindo ao passar pelos degraus de pedra que conduziam ao gramado emoldurado por altas árvores.

Barulho do motor de um automóvel atrás dele, um BMW conversível com o chassis rebaixado rondando dentro da rotatória e depois uma luzidia limusine roncando e deslocando-se velozmente para o sul.

Grant atravessou o parque e saltou do meio-fio para pegar a calçada onde ficava o Apollo Theatre, e o BMW esportivo surgiu da escuridão a uma centena de metros de distância. Ele entrou por uma ruazinha secundária e atravessou a Praça do Circo, virando numa rua diagonal, e aí foi a vez de a limusine surgir uns cinco metros atrás dele, o motor roncando, o para-brisa refletindo a lua.

Ele saltou da bicicleta, recuperou-se e saiu correndo. A limusine pegou a bicicleta em cheio, o que lhe garantiu uma folga de cinco segundos, que Grant aproveitou para pular um muro com uma placa que dizia CIMETIÈRE DE PLAINPALAIS.

O motor da limusine continuou a funcionar em marcha lenta do outro lado do muro, portas se abrindo e fechando. O cemitério espalhava-se diante dele à luz da lua, um jardim murado onde as lápides se espalhavam num labirinto e plataformas de mármore, árvores recurvadas e trilhas sinuosas.

Grant escondeu-se atrás de uma tumba, de onde viu sombras negras pularem o muro, agacharem-se e desaparecerem na escuridão.

Uma voz suave de homem cortou o silêncio: – Você está me ouvindo? Tenho enorme esperança de que esteja. Quando encontrá-la de novo, diga a Frau Loeffert que não queremos lhe fazer mal. Meus homens, esses idiotas que atiram à toa não são *meus* homens.

Grant vagueou entre as árvores e entrou numa gruta em forma de crescente, procurando uma pá ou um galho grosso, qualquer coisa que pudesse usar como arma.

– Ela não corre perigo – prosseguiu o homem brandamente. – Diga a Frau Loeffert que ela tem algo que nos é muito querido, e temos algo de que ela gosta muito, mais nada.

Atrás de um canteiro recém-plantado, Grant encontrou a parede da capela, mas nenhuma arma e nenhum caminho seguro de volta para a parede.

– Nenhuma resposta? – A voz do homem soou envergonhada na escuridão. – Você é tão tímido assim? Diga a ela que faremos uma troca justa. O que ela quer pelo que nós queremos.

Grant seguiu uma fileira de árvores no rumo do muro do cemitério, e dois alemães surgiram em uma clareira banhada pelo luar, vasculhando a escuridão, as mãos enormes armadas. Colocou-se de lado atrás de um pinheiro bem inclinado e parou de respirar.

– Ela sabe para quem telefonar – disse o homem. – Nós esperaremos... mas não por muito tempo.

Uns poucos segundos de silêncio se passaram, depois um minuto e os dois alemães desapareceram na noite silenciosa.

Grant encostou a palma da mão na casca áspera do tronco, pensando em Anna, nos seus olhos claros e rápidos e no vestido azul apertado em torno dos quadris. Ele perdera Racket e Loeffert, não iria perder mais nenhuma outra briga. Perseguido como um cão em uma cidade estranha, mas sua vez chegaria. Empunharia o manche de seu avião e se lançaria ao ataque. Esperou, absolutamente quieto, o frio se infiltrando nos seus ossos.

CAPÍTULO 26

Akimov saiu do Au Mirador ainda lutando com o botão de cima do sobretudo. Duas horas de chá fraco e bolinhos de gergelim, e depois que a casa de chá fechara ainda perdera mais uma hora espiando a entrada. Nem sinal de Magdalena. Ele examinou a rua vazia e escura, atento aos ecos de Stalingrado – talvez rezando para sentir uma lufada do seu perfume de lavanda. Outro beco sem saída.
Começou a dirigir-se de volta ao hotel, e uma voz soou a seu lado:
– O que saiu errado?
Akimov parou de repente. – Que diabos você está fazendo aqui?
A mão que agarrou com força seu cotovelo o sacudiu para a frente e Little Vlad repetiu: – O que saiu errado, camarada major?
– Sua presença aqui, é isso o que saiu errado. – Ele conseguiu livrar-se do homem com um repelão. – Ela viu você e desapareceu.
– Ela não me viu, ela não chegou a vir. Por quê?
– Você pensa que ela deixou a mensagem dentro do bule de chá?
– Ela lhe disse que estaria lá.
– Vocês a assustaram. Estamos perdendo Stalingrado, e vocês, idiotas, ficam perdendo tempo com joguinhos... vocês não têm ideia. Não têm ideia do que é a guerra.
– Não por esse caminho – disse Little Vlad, detendo-o na esquina. – Você não vai para o hotel. Vamos esperar por Big Vlad e os outros.
– Eles estão aqui também? *Quem* estão assustando?
– Estão vasculhando a cidade.

– Idiotas! Magda não é nenhuma tola – ela me disse para ir sozinho. Vocês estão tão completamente sob o domínio de meu pai que a sinceridade é algo que nem lhes ocorre?

– Seu pai é um bom homem. Tudo o que ele faz é pela Rússia.

– E é muito conveniente para ele que isso sempre corresponda a mais uma promoção.

Little Vlad resmungou qualquer coisa. – E então, nenhuma mensagem de sua ex-esposa?

– Não.

Eles voltaram ao sedã preto e aguardaram em silêncio, vigiando a rua vazia. Akimov esfregou os olhos. As ruas de Stalingrado estariam tão silenciosas quanto aquela? Será que no verdadeiro cessar-fogo as metralhadoras silenciavam, o rio não irrompia com gotas de água e as ruas com sabor de chamas? Empurrados pelo inimigo até o coração da Rússia, seus compatriotas lutavam com melancólica determinação que não lhes deixava espaço para a esperança, mas ele lhes daria esperança, com isso conseguiria um pouco mais de tempo. Encontraria Magda e...

– Como é que é lá, então? – perguntou o homenzarrão.

– Como? O quê?

– Stalingrado.

Akimov olhou para ele. – Você conhece a poeta Akhmatova?

– Não.

– Ela escreveu um poema chamado "A Mulher de Lot". Um velho *zek* me ensinou.

– No Gulag?

– Você conhece a história da Bíblia. Lot e sua mulher seguem um anjo que lhes ensina a fugir de Sodoma, e eles são proibidos de olhar para trás. Mas o coração da mulher de Lot lhe sussurra: "Olhe mais uma vez para o solo onde você nasceu, para a praça onde você cantava e o alpendre onde você tecia, as janelas de sua casa, a casa onde você deu filhos a seu tão amado esposo."

– E ela olhou.

– Era a terra onde ela nascera, Vladimir, como podia não olhar? Ela olhou e ficou presa, os pés parecendo ter raízes no chão. E Akhmatova disse: "No fundo do coração, eu sempre me lembrarei da mulher que preferiu morrer por causa de um simples olhar."

Little Vlad manteve-se em silêncio, pegando um cigarro no maço.

– E é assim que Stalingrado se parece?

– Não, é só um poema.

Little Vlad deu uma risada e passou um cigarro para Akimov. Akimov inclinou-se sobre a chama do fósforo de Little Vlad e compreendeu: sabia onde encontrar Magda.

Do lado de fora do muro do cemitério, Grant caiu atrás de uma fileira de armazéns. Silêncio. Ele passou disfarçadamente por uma plataforma de carga – precisava manter a cabeça baixa e aguardar o alvorecer.

Quando a cidade permaneceu silenciosa, ele entrou correndo em um bairro estranho com fileiras de prédios baixos sem vidraças e viu o nome da rua pintado em tinta descascada: Avenue des Abattoirs. Do cemitério até os abatedouros. Estava fazendo progresso. Agora era ir ao consulado e dizer a eles que... o quê? Que aqueles homens na Suíça estavam manobrando para obter outro pacto nazi-soviético e a prova que tinha disso era o corpo de uma mulher morta em cima do banco de um parque? E quem era ele? Um prisioneiro foragido sujeito a uma acusação de agressão e com uma história maluca a respeito de um impossível protótipo nazista.

Virou uma esquina e um homem, escondido num portal reentrante, adiantou-se, alto e delgado num terno cinzento. – Que noite – disse ele, e Grant reconheceu, pelo sotaque, a voz do cemitério.

– E ainda não acabou – respondeu Grant.

– Não falta muito agora. – Ele meteu a mão no bolso – para pegar uma arma? Mas não, ele se limitou a pôr um cigarro na boca. – Estava louco para fumar.

– Darei seu recado – disse Grant. – Do cemitério.

– Então você tem talentos ocultos. – O homem removeu o chapéu de feltro e se aproximou, movendo-se como um lutador, os olhos mais cruéis que os do cão do campo de prisioneiros. – Encontramos Magda Loeffert onde você a deixou morta. Uma pena, eu a queria viva. Mas você? Eu não o conheço?

Grant recuou. – Você não sabe o que eu sei.

A frente da limusine preta surgiu na esquina atrás dele e o homem sorriu. – Vou descobrir.
– Vai tentar.
– Você está fora de sua categoria de peso.
– Talvez eu tenha sorte – disse Grant, atacando rápido e baixo. O homem martelou Grant com a quina da mão. Um clarão ofuscou-o, o mundo girou e as pedras do pavimento bateram no seu rosto, frias e arenosas.
– Eu vi o que você fez – disse o homem, bem acima dele. – No táxi, diante da universidade. As duas garotinhas que você preferiu não pôr em perigo.
Grant rolou o corpo para ficar de quatro e levantou-se, trêmulo.
– Sim?
O homem aproximou-se mais. – Todo mundo comete erros.
– Espere – disse Grant, recuando. – Espere.
– Você não está pronto para falar. Ainda não.
– Você esperaria?
Ele fez uma pausa. – Por quê?
– Para tentar protelar o inevitável.
– Qual é seu nome? – perguntou o homem, os olhos cintilantes.
– Ty Cobb.
– Você não é suíço.
– Você é Pongratz – afirmou Grant.
– Foi a mulher que lhe disse?
– Ela disse...

Grant pulou em cima de Pongratz, tentando levá-lo para o terreno onde tinha uma única chance de bater nele e impedir que os homens da limusine conseguissem disparar um tiro direto. Mas o homem era um fantasma – Grant acertou o ar, levou um golpe de braço e foi jogado com força de encontro a um muro de tijolos. Sua visão ficou embaçada e o ombro doído. Sentiu que Pongratz estava às suas costas, caiu sobre um joelho e levou o soco no ombro, girou e lançou-se para trás, no que teve a sorte de conseguir fechar as mãos em torno de uma perna.

Ele se levantou, e Pongratz o chutou nas costelas. Cerrou os dentes e jogou o peso para trás, na tentativa de pegar o joelho do alemão,

mas só conseguiu dar com o rosto nas pedras do calçamento outra vez, o homem esquivando-se como uma nuvem de fumaça.
— Você é o melhor que encontrei em dezesseis meses.
Grant limpou o sangue do lábio. — Você devia sair mais.
— Ah, você é americano... o humor juvenil o denunciou. O que está um americano fazendo com Magda Loeffert?
— Observando-a morrer.

Pongratz simulou um soco de esquerda, e Grant acreditou e levou um murro na barriga. Arriou a cabeça e na rua ecoou o barulho de portas de automóvel batendo; Pongratz desviou o olhar e Grant aproveitou para pegá-lo pela cintura e empurrá-lo. Suas costas estavam pegando fogo, levou uma cotovelada nos rins e caiu de joelhos, atônito e cego de dor, mas não vieram outros golpes.

Grant pestanejou para se livrar das lágrimas e virou a cabeça. À volta da limusine, cinco homens compunham um quadro vivo, todos imóveis. Pongratz encarou um homem grande com a fisionomia tipicamente eslava. Todos empunhavam armas, mas ninguém parecia disposto a atirar e atrair a polícia.

Grant agachou-se e saiu correndo.

CAPÍTULO 27

Villancourt descansou o cotovelo esquerdo em cima da mesa e dirigiu-se à sua sala de jantar vazia, com cadeiras recurvadas e toalhas bordadas ao estilo da ilha da Madeira. – Mas como os senhores veem, cavalheiros, nós violaremos o espírito da lei se não aumentarmos a compensação dos créditos para a Alemanha. Sacrificar os lucros por motivos políticos é uma verdadeira violação da neutralidade... Ele parou, percebendo uma leve perturbação no ar. O que estava errado? Ah! Ele trocou de cotovelo. Muito melhor. Agora, com o direito apoiado na mesa. – Agora, será que compensar os créditos da firma é o melhor caminho a tomar? Sim, sim, com certeza. Nossa economia está interligada à da Alemanha, temos investimentos em andamento e interesses de infraestrutura.

O telefone tocou e, a despeito da importância do ensaio, ele se levantou; aqueles eram dias momentosos. Foi até o corredor e atendeu:
– Aqui é Villancourt.
– Herr Villancourt – disse Kübler –, tenho notícias.
– É o que penso, tendo em vista você estar telefonando.
– Estou de posse da lista que o senhor pediu, dos repórteres baseados em Berna com preconceito antigermânico que...
– Você está em Basileia?
– Sim, eu...
– Venha até minha casa então. Este assunto não é adequado ao telefone.

Villancourt voltou para a sala e continuou seu ensaio. Durante a segunda vez, foi a campainha da frente que tocou – Kübler, sem dúvida. Teutonicamente pontual, e seu sobrinho Hugo apareceu no corredor para atender.

– Hugo, seu chato! Você é a criada da casa agora? Deixe o homem esperar, ele deve aprender a ter paciência.

As passadas de Hugo tiveram seu ritmo reduzido. – Sim, tio.

Pobre menino desafortunado, aprisionado para sempre naquela posição de abjeta subserviência! Villancourt terminou sua apresentação e depois vestiu um quimono de seda com um exagero de bordados. A campainha tocara apenas mais uma vez. Ele sabia, porém, que Kübler esperava do lado de fora, disciplinado demais para abandonar seu posto e orgulhoso em excesso para continuar tocando. Ele abriu a porta e viu que suas previsões estavam corretas: lá estava Kübler em posição de sentido, um homenzinho louro de queixo quadrado e ombros largos, que lembrava um soldadinho de brinquedo.

– Sou um homem ocupado, Ernst – disse Kübler, olhando para o quimono com repugnância. – Não posso ficar às suas ordens a noite inteira. Você está exorbitando. É tudo o que tenho a dizer a respeito.

– Quer beber alguma coisa? – perguntou Villancourt, conduzindo-o à sala de estar.

– O quê? Você ouviu o que eu disse?

– Sim, você disse que era tudo o que tinha a dizer a respeito. Há *mais* alguma coisa?

– Eu... não. – Kübler sentou-se no sofá forrado de seda. – Tenho a lista dos repórteres baseados em Berna que você pediu, os bolcheviques que imprimem propaganda anti-Hitler.

Villancourt lhe dissera para compilar a lista antes que Pongratz tivesse arrancado o nome de Pierre-Luc Soyer do gerente do hotel, Herr Lorenz. Provavelmente a lista era irrelevante agora, mas ele jamais subestimava o valor de informações. – É mesmo? Bem, estou satisfeito por ver que você está se mantendo fora de encrencas.

Kübler desdobrou uma folha de papel que tirou do bolso de dentro do paletó. – Fui obrigado a fazer muitos favores para conseguir isto em tão pouco tempo.

Villancourt correu os olhos pela lista. – Apenas cinco nomes?
– Os mais influentes de todos.
– Bem, onde está Monsieur Soyer?
– Pierre-Luc Soyer? Ele é um editor e não repórter, um homem perfeitamente comum.
Villancourt deu uma risadinha sarcástica. – Eu soube exatamente o contrário.
– É mesmo? Quem disse?
– Bem, vamos deixar essa pessoa de lado por ora. Quem mais temos aqui?
– A mulher é quem deve ser observada.
Villancourt examinou os nomes. – Anna Fay?
– Uma propagandista violentamente anti-Hitler.
– Sim, conheço o nome. Frau Fay chamou minha atenção semanas atrás.
– Então é ela!
– Chamou minha atenção por investigar a situação dos créditos entre nossos países – os créditos de compensação. Ela é uma pessoa absolutamente sem importância, pesquisando detalhes para uma história que jamais escreverá.
– Ela pode estar pesquisando para Magda Loeffert. Você disse que Loeffert aproximou-se de um jornalista – esta Anna Fay está no topo da lista.
– A lista encolheu. Pongratz já investigou isso. – Villancourt sorriu diante da surpresa evidenciada por Kübler. – Loeffert estava sendo investigada por um homem no Palace Hotel, e esse homem era empregado por Pierre-Luc Soyer.
– Por Soyer?
– Sim, o tal sujeito que você disse ser "um homem perfeitamente comum". Pongratz logo conversará com ele.
– Puxa, eu não tinha ideia.
– Levante a cabeça, Kübler. Talvez Loeffert tenha entrado em contato com mais de um repórter – mandarei a polícia interrogar Frau Fay, por via das dúvidas. Oh, sim, foi ótimo que você tenha arranjado aqueles soldados para Pongratz.

— Foi preciso pedir muito.

— Valeu o esforço. A junta ampliará o volume de créditos a serem compensados em 250 milhões de francos, pode escrever o que digo, fazendo com que o total chegue próximo a um bilhão. — Villancourt ajeitou as dobras do quimono. — Espero um telefonema a qualquer instante. Pongratz está em Genebra, falando com Loeffert, ele lhe dirá que a garota está em nossas mãos, e eu terei os documentos pela manhã. Que tal um drinque para celebrarmos?

— Ainda não ganhamos nada — disse Kübler, recusando a oferta.

Villancourt deslocou-se até o aparador. — Sabe quem eu admiro? Seus fabricantes de armas, os Krupp, vendendo peças de artilharia para ambos os lados durante a Grande Guerra. *Isso* é o que se pode chamar de enxergar longe.

— Krupp é um partidário leal. Por dez anos defendeu a ideia do rearmamento...

Uma sombra deslizou pelo tapete persa e Pongratz apareceu no portal. Impossível dizer há quanto tempo estava ali. Ele entrou na sala, vasculhando os cantos com o olhar antes de fixar-se em Villancourt.

— Quais são as notícias? — perguntou Villancourt.

— Loeffert está morta. Ela estava se encontrando com um...

— Morta? — espantou-se Kübler. — Morta?

— Ela se encontrou com um agente americano em um dos pontos de encontro, perdemos a reunião inicial, mas os encontramos mais tarde...

— Você recuperou os documentos? — quis saber Villancourt.

— Não estavam com ela.

Villancourt sentiu uma pontada no estômago. — Ela os deu ao americano?

— Não, o americano fugiu antes que o negócio estivesse concluído. Nós o seguimos e fomos interrompidos por homens que eu presumo fossem espiões soviéticos, a Orquestra Vermelha.

— Soviéticos?

Um leve sorriso aflorou nos lábios de Pongratz. — Um momento tenso.

— Aqueles idiotas, nós estamos no mesmo lado neste caso. Todos nós queremos que as negociações tenham êxito.

– Não inteiramente do mesmo lado – ponderou Kübler. – Quem controlar esta chantagem, Herr Villancourt, dará forma à negociação.

– Muito obrigado pela observação inteiramente trivial, Kübler. – Ele olhou para Pongratz. – Alguma notícia da polícia?

– Nada. A crise passou, seguimos caminhos diferentes, mas o americano fugiu.

Villancourt passou a ponta do dedo na borda do copo. – Onde estão os documentos então?

– Escondidos, muito provavelmente – disse Kübler.

– Magda Loeffert está morta – disse Villancourt –, de modo que não precisamos mais de sua filha. Dê o destino a ela que bem entender, Pongratz, mas converse antes – explique a situação, talvez ela se lembre de onde os documentos estejam. – Ele avaliou o olhar frio de Pongratz.

– Temos só dois jeitos de progredir. A garota e Pierre-Luc Soyer, e você diz que a garota não sabe de nada. Assim sendo, você vai se sentar com o editor e – o que é isto que estou vendo no seu rosto? Um sorriso?

– Há outro modo para avançarmos, Herr Villancourt.

– Não seja tímido, Herr Pongratz. Você tem alguma notícia boa?

– Antes de morrer, Loeffert repetiu estas palavras: "Herr Doktor Johannes Hostettler." O americano deve tê-la considerado morta, mas ela ainda viveu por bastante tempo. Quando a encontramos, ela repetiu isso vezes sem conta, até o último suspiro. "Os papéis estão em segurança com Hostettler."

Villancourt inclinou a cabeça, aliviado. – Tem o endereço?

– Ainda não – respondeu Pongratz.

– Hugo! – exclamou ele na direção da porta. – Venha! Tenho uma tarefa para você.

Seu infortunado sobrinho trabalhou ao telefone por uma hora e conseguiu rastrear o nome de Hostettler em um endereço em Grindelwald, uma "cabana de caça" nas montanhas. Ninguém atendeu ao telefone – nem empregados nem pessoas da família, muito menos o próprio Hostettler –, o que, pensando bem, talvez fosse uma bênção.

– Herr Kubler – disse ele –, leve os homens à cabana de caça de Hostettler e procure o documento. Não posso imaginar o idoso cavalheiro...

– Levar os homens? – perguntou Kübler. – Eu?
– Você e ninguém mais.
– Não deveríamos primeiro falar com Hostettler?
– Tudo no devido tempo. Nossa primeira preocupação é o documento – examinar a casa vazia tomará mais tempo do que forçar o homem a falar, mas é melhor evitar testemunhas.
– Tem certeza de que o documento estará escondido na cabana de caça?
– Ele não vai carregar o papel, não na sua idade, e se ele souber que estou envolvido, não confiará sequer no cofre de um banco. Sua cabana de caça é o primeiro lugar a revistar. Sempre exclua primeiro aquilo que for mais óbvio, Kübler.
– Muito bem. – Um brilho de entusiasmo apareceu nos olhos de Kübler. – Sinto-me ansioso para comandar essa... missão.
– Sim, eu mandaria Pongratz, mas ele estará visitando Pierre-Luc Soyer. E certamente você e mais cinco soldados serão capazes de lidar com um velho que nem está em casa. E, Hugo – empertigue-se –, você irá a Grindelwald. Não é para ir até a cabana de caça, mas sim para permanecer no hotel e aguardar um chamado se...
– O hotel, tio?
– Não interrompa. Refiro-me ao hotel Regina-Alpenruhe, na estação, onde você vai esperar junto do telefone. Leve a van de carga, para o caso de vir a ser necessária, e fique de olho nos russos. Não gosto do jeito dessa gente.
– Uma coincidência – concordou Pongratz.
– Não obstante, só para me acalmar.
Hugo mordeu o lábio inferior. – E você, tio?
– Eu vou me deitar. Preciso do meu sono de beleza para a reunião de amanhã.

Grant entrou no saguão do hospital e se aproximou da enfermeira na recepção. – Lamento pela hora. – Ele mostrou os documentos de identidade que roubara da casa de Dubois. – Estou procurando Herr Lorenz.

Ela consultou o livro de registro. – Quarto andar, comandante.

Ele agradeceu e foi pegar o elevador. Pressionou o botão de chamada e, quando as portas do elevador se abriram, um policial saltou. As coisas ficavam cada vez melhores. Grant passou por ele e esperou que as portas se fechassem.

O policial fez uma pausa. – Tarde para visitas – disse.

– Não estou visitando ninguém – retrucou Grant com frieza. – Estou trabalhando.

O policial deu de ombros e foi embora, nada era menos suspeito do que a rudeza.

No quarto de Lorenz, o suíço cochilava, enrolado em bandagens, com Rosine, chorosa, segurando-lhe a mão que ficara intacta. Anna estava sentada em uma cadeira perto da porta, costurando, e Grant entrou e lhe perguntou: – Os médicos examinaram sua cabeça?

– Grant? O que você está... o que aconteceu em Genebra?

– Nada de bom.

– Como assim?

– Devíamos sair daqui, um policial reparou na minha presença.

– Ir para onde?

– Como ele está passando? – perguntou Grant a Rosine, ao mesmo tempo que tirava o casaco de Anna do cabide.

– Como você acha que ele está? – contrapôs Rosine.

Não vai poder tocar piano por um bom tempo.

Lorenz remexeu-se na cama. – Vou ter problema com as notas graves – murmurou, tentando sorrir.

Rosine disparou uma rajada de palavras em francês para Grant, e Anna guardou suas coisas de costura na bolsa e se levantou. – Durma, Lorenz – disse ela. – Vejo você amanhã.

Grant disse a Lorenz: – Quem quer que visite você pinta um alvo nas costas dela, compreende? Acha que eles não vão vigiar um quarto de hospital?

O olho de Lorenz que não tinha curativo ficou sério, e Grant saiu para o corredor. Ouviu a voz de Rosine crescer furiosamente no quarto, e um momento depois Anna juntou-se a ele. Antes que ela pudesse falar, ele repetiu a pergunta: – O médico examinou sua cabeça?

– Essa foi cruel, Grant.
– Não tão cruel quanto Pongratz se ele puser as mãos em você ou em Rosine.
Ela se virou para o elevador. – Quem é Pongratz?
– O vendedor. Vamos pela escada. O que você informou à polícia sobre Lorenz?
– Que um estranho o atacou. Agora comece a falar, Grant.
Ele abriu a porta da escada e começou a falar. No patamar do primeiro andar ela lhe pôs a mão no braço. – Outro pacto de não agressão? Não conseguimos sequer dar conta de um negócio de barracas... Isso é impossível, as negociações começam daqui a poucos dias? Isto é grande demais. Isto é, talvez você esteja certo, Grant, alguém está querendo brincar.
– Um esquadrão de soldados alemães me caçou por toda a Genebra. Mataram Loeffert, feriram Lorenz. Não sei o que é, mas tenho certeza de que não se trata de uma brincadeira.
– Não há como verificar isso. Exceto, talvez, com o amigo dela, Doktor Hostettler.
– Ela disse que Stalingrado está em paz há dois dias.
– Você quer dizer que ambos os exércitos receberam ordem de cessar-fogo?
– Enquanto preparam o armistício, acho eu.
– Quer dizer então que, se não estão combatendo, isso prova que está sendo negociado um novo pacto? – Ela abriu a porta para a rua. – Venha, vamos perguntar ao coronel, ele há de saber.

Grant encostou as costas na porta da elegante casa do coronel e examinou a rua, era possível ver o perfil das árvores nuas delineado pelo luar e uma pequena quantidade de sedans de modelo recente estacionados junto ao meio-fio. Magda Loeffert deve ter sido realmente autêntica – fez com que se lembrasse de Anna, com seu sereno destemor –, mas também podia estar errada. Não havia como um segundo pacto entre nazistas e soviéticos estar sendo preparado. Como dissera Anna, tratava-se de algo de proporções exageradamente grandes.

– Esse sujeito é bom mesmo? – perguntou ele.

Ela apertou a campainha. – O coronel conhece todo mundo e sabe tudo, ou pelo menos é o que diz.

A porta se abriu, e apareceu uma criada protegida por um xale.

– Sim, pois não?

Anna lhe disse que precisava falar com o coronel, e eles foram conduzidos a uma sala de estar de paredes revestidas de lambris. Vinte minutos depois, entrou um homem gordo num roupão de seda.

– Minha cara sra. Fay – disse ele. – É um pouquinho tarde, não?

– Preciso de ajuda, informação.

– E quem é esse fino cavalheiro? – Ele tomou a mão de Grant dentro da sua. – Não acredito que nos conheçamos, senhor.

– Um amigo – disse Anna. – Confio nele.

– Que bom que um de nós confia.

– Ele é americano, piloto de reconhecimento. Um internado foragido.

– O senhor é um fugitivo?

Grant olhou para o pescoço do coronel, o pomo de adão subindo e descendo sob a pele macia e barbeada.

– Nada disso! – O coronel ergueu as mãos. – Sou a discrição em pessoa, posso lhe assegurar.

– Coronel – disse Anna –, preciso de detalhes a respeito do cerco de Stalingrado.

– Stalingrado? Você não veio para tratar daquela outra questão?

– O criptografista? Não.

– Mas é igualmente urgente, suponho.

– Possivelmente mais ainda. Preciso da última informação a respeito da luta em Stalingrado.

Quando o coronel levantou as mãos da barriga, um pequeno Colt Woodsman brilhou entre seus dedos. – Vamos ver agora, sra. Fay. Ele é verdadeiramente um amigo?

– Claro, guarde essa arma.

– Preocupa-me ver que a senhora parece ser incapaz de se concentrar em um só pedido. – A arma passou a apontar para Grant. – Por favor, senhor, não se mexa.

Grant mostrou as mãos ao homem. – Uma .22 não me matará rápido o suficiente.

O coronel recuou mais um passo.

– Você é o homem que ela mandou enviar para Schürch.

– Guarde a arma. – Anna meteu-se entre os dois homens. – Olhe para mim, coronel.

– Já vi que sua vantagem parece ser maior – disse ele.

– Pare com esta bobagem, Grant, sente-se.

Os pratos da balança ficaram parados no ar por um momento e Grant sentou-se num sofá de dois lugares estofado com listras azuis e amarelas. O coronel desviou os olhos dele para Anna, e Grant rezou para que ela soubesse o que estava fazendo.

– Stalingrado – disse o coronel. – Precisa saber imediatamente?

– Como sempre. – Foi a resposta dela.

Ele se dirigiu à porta, balançando como um navio mercante carregado de mercadorias. – Fiquem à vontade.

– Aquilo foi uma infantilidade – reclamou Anna, quando o homem gordo saiu. – Ou você estava querendo me impressionar?

– Consegui?

– Fiquei impressionada por você ter sentado quando mandei.

Em inglês, ele retrucou: – Você devia ter me visto rolar.

– Não compreendo.

Ele sorriu, acendeu um cigarro e já estava no segundo quando o gordo voltou.

– Os objetivos principais dos alemães em Stalingrado são a fábrica de tratores Dzerzhinsky e a indústria de armas Barrikady. – O coronel acomodou o corpanzil numa poltrona de couro. – As estradas estão pavimentadas com os corpos dos mortos. Lança-chamas e foguetes lançados pelas bazucas Katyusha lutam cômodo por cômodo nos prédios bombardeados. A 7 de outubro, após cinquenta e quatro dias de batalha ininterrupta, não ocorreu mais nenhum ataque de blindados ou de infantaria.

– Nada?

– E nada também nos dias 8 e 9 e, tanto quanto eu saiba, essa paz improvável continua neste instante em que conversamos.

O coronel pegou um cachimbo de briar de cima da mesa antes de prosseguir: – As balsas russas atravessam o rio todas as noites, trazendo suprimentos...
 – Ouvi dizer que soviéticos e alemães estão empenhados em conversações sobre um armistício – interrompeu Anna. – Aqui em Berna.
 O coronel sugou o cachimbo vazio. – Essa eu vou deixar passar.
 – O senhor não acredita?
 – Qualquer garoto de escola sabe que os soviéticos odeiam o Reich e vice-versa.
 – Eles já assinaram um tratado de não agressão uma vez.
 – Que terminou com uma invasão. Vou deixar passar esta, Anna. O comitê se reúne na sexta-feira.
 O rosto de Anna ficou consternado. – Se for verdade, sexta-feira será tarde demais.
 – Um dia você quer um criptografista, no outro dia você nos adverte da existência dessa história ridícula. Farei como que você pede... dentro da programação existente.
 – E se eu estiver certa?
 – Aí então o que você recomenda? O que nós teríamos de fazer?
 – Eu não sei. – A voz dela de repente ficou desesperada. – Tire isto das minhas mãos, é tudo o que peço. Fale com eles hoje.
 Sua súplica não abalou o coronel. – Então me diga o seguinte – disse ela finalmente. O senhor conhece um certo Herr Doktor Johannes Hostettler?
 – Hostettler? Tenho uma vaga ideia.
 – Consegue encontrá-lo para mim?
 – A esta hora?
 Ela lhe dirigiu um olhar duro. – Um homem entrou na sala de Lorenz hoje e o mandou para o hospital, com um dedo a menos. O senhor pode muito bem permanecer acordado.
 O coronel inclinou a cabeça e saiu da sala.
 – Ele é amigo de infância de Martin? – indagou Grant.
 – Você esperava alguém mais como Martin?
 Grant examinou a rua entre as cortinas. – Esperava.
 – Você era amigo dele, Grant, e veja só como você é.

Nada se movia na rua. – Se seu coronel chamar a polícia, vai haver problema.

– Ele não vai chamar.

Grant ouviu-a levantar-se do sofá e o farfalhar do vestido quando se aproximou dele. Parou a seu lado, perto o bastante para que sentisse o calor de seu corpo e sentisse o perfume que usava. Ela lhe pôs a mão no braço. Os dois ficaram assim por um longo minuto, mas quando ele se virou para abraçá-la, o coronel voltou e disse: – Hostettler. Professor aposentado, tem uma casa nas cercanias de Grindelwald que ele chama de sua "cabana de caça".

Ele lhes deu o endereço de Hostettler. – O que isto tem a ver com a outra questão?

– Hostettler é especialista em Stalingrado – disse Anna, mentindo com a mais absoluta perfeição. – Muito obrigada, coronel.

Ela saiu, e quando Grant a acompanhou, o coronel murmurou:

– Gostaria de saber se a minha pequena .22 teria segurado você.

– Melhor viver com a incerteza – retrucou Grant. Do lado de fora alcançou Anna na calçada. – Podíamos ir procurar Leeger.

– O seu general. Ele agirá?

– Eu estava pensando que ele podia confirmar.

– Confirmar o quê? O cessar-fogo? O coronel não se engana com essas coisas. Ou confirmar que, se os nazistas não forem detidos na Rússia, ganharão a guerra?

– Não pensei em invadir a casa de Leeger e arrancá-lo de lá.

Ela nem sorriu. – Nada mudou. Precisamos conseguir os documentos que se encontram na casa de Hostettler, mais nada.

– Isso é bem maior que o negócio da venda de barracas, Anna. Maior que lavagem de dinheiro.

– São relacionados. A investigação de Magda levou-a, não sei como, ao pacto de cessar-fogo. – Anna fez uma pausa, pensou um pouco e prosseguiu: – Perguntaremos a Hostettler sobre esse pacto e vamos ver que nomes o documento nos dá. Só então saberemos se vamos conseguir interromper as negociações.

– Você não falou isso com o coronel.

– Confio nele, mas não é o único homem na Aktion. Preciso falar com as embaixadas a respeito de tudo isso e...
– As embaixadas? O que elas vão fazer?
– Sem prova? Nada. – Anna virou-se para ele, o rosto enrubescido pelo frio. – Não podemos tolerar um cessar-fogo, Grant. Iremos à tal cabana de caça hoje à noite.
– Eu irei. Você verá o que mais consegue descobrir.
– É mais provável que ele fale comigo.
– Você fica.
– Por quê?
Porque Grant já tinha perdido duas pessoas na Suíça. – Ordens médicas. Está feio esse galo na sua cabeça.
Anna fitou-o. – Muito obrigada. Eu... Christoph tem ficado muito sozinho. Você vai precisar de um carro.
– Leve-me para o centro da cidade, e eu arranjo um.
– Você vai roubar um carro que estiver na rua?
– Sabe que minha mãe é alemã? Pois bem, meu pai é um velhaco.
– Como assim, velhaco?
– Desonesto.
– Seu pai era criminoso?
– Ainda é.
– Então você saiu a ela.
Ele sorriu. – Ela diz que sou a sua cara. Agora me diga: como chego à cabana de caça?

CAPÍTULO 28

As ondulações tocavam de leve a margem do frio lago escuro. Barcos rangiam e balouçavam ao vento, ondas compridas espumavam no ancoradouro recoberto de musgo, e as montanhas se agigantavam no horizonte como torres de observação inimigas. Akimov parou na extremidade do estacionamento e observou a noite.

Magdalena estava morta.

Vinte anos atrás ele a amava como o próprio ar que respirava – e, no entanto, a deixara pelo sonho de um futuro sem injustiças. Por que ela ficara para trás? Pela riqueza da Suécia, a estabilidade? Não, Magda não sofria desse tipo de medo; ela simplesmente não tinha razão bastante – amor bastante – para segui-lo. E, apesar de tudo, ele jamais amara outra mulher. Imaginara que a tivesse esquecido, mas agora que tinha morrido sentia-se vazio. Um homem oco, nunca mais ouviria a voz dela ou veria novamente seu rosto, nunca...

Big Vlad golpeou-o ruidosamente no ombro com sua pata. – Sinto muito, camarada major.

– O carro está aqui?

– Sim, de volta para Berna.

Akimov seguiu-o no estacionamento na direção do escritório do vapor, fechado para o dia.

– Você não se acostumou? – quis saber Big Vlad. – No exército?

– Com a morte? Só há um modo de se acostumar com a morte, Vladislav. A poetisa escreveu sobre isso também, você sabe.

– Nada de versos para mim, camarada major. Seria a mesma coisa que dançar para cegos.
– Pouparei você, então. – Ele encarou o grandalhão. – Quem a matou?
– Quem a matou? Nós cobrimos a casa de chá de longe, bem de longe, e não apareceu ninguém. Nem a Loeffert nem ninguém às sete horas.
Big Vlad parou junto do carro, mas não fez um gesto indicando que ia abrir a porta. – Vinte minutos depois, um BMW passou, quatro homens dentro, todos de um certo tipo, entende o que quero dizer? Akimov lhe disse que sim, que entendia.
– Eles reduziram a marcha junto da casa de chá e seguiram. Pensamos *Epa!*, e os seguimos.
– Você vem ou não vem? – perguntou Little Vlad de dentro do carro.
– Um momento – respondeu Big Vlad, e continuou: – Eles nos levaram por toda a cidade, reduzindo a marcha de vez em quando, procurando, acho eu, sua ex-mulher. Eles deviam ser capazes de reconhecê-la, certo?
– Certo.
– Porque andavam depressa, olhando e seguindo, seguindo e olhando. Finalmente, do outro lado do rio, viram algo e perseguiram sua caça através da cidade. Nós os perdemos, encontramos, perdemos de novo, encontramos novamente... e de repente tropeçamos neles. Armas foram sacadas, ninguém respirava, ninguém queria atirar primeiro... mas é sempre melhor do que atirar em segundo lugar, não é mesmo?
– Sim – concordou Akimov.
Big Vlad assentiu, concordando: – Sim, atirar em primeiro lugar é melhor do que atirar em segundo. Até que um homem, um alemão, disse: Vamos embora, isto não vale a bagunça, e assim fizemos.
– Como você soube que o homem era alemão?
– Pelo frio. Ele me deu arrepios o tempo todo.
– Depois vocês a encontraram?
– Refizemos seus passos até a universidade. Estava lá sozinha, em um banco de parque, muito em paz.

— Em um banco de parque.

Big Vlad balançou a cabeça afirmativamente, e quando Akimov não disse mais nada, abriu a porta do carro. Magdalena, morta num banco de parque. Akimov recusou-se a imaginá-la, abandonada e sozinha. Em vez disso, deslizou para o banco de trás e viu que tinha companhia.

Seu pai baixou a cabeça gravemente. — Eu gostaria de dizer...

— Não — interrompeu Akimov.

— Eu apenas...

— Não quero ouvir nada.

Eles seguiram ao longo do lago, o reflexo da lua flutuando como uma bandeira esfarrapada no espelho d'água, cortaram as elevações próximas atravessando vinhedos e pomares perfurados pela luz das estrelas, passaram por castelos e igrejas, e ingressaram no anfiteatro das montanhas. *Magdalena*. Mesmo ausente, ela fora o chão sólido sob seus pés.

Finalmente seu pai falou: — E chegou a hora em que Deus mandou que Abraão levasse seu único filho, Isaac, a quem ele muito amava, e o sacrificasse em cima de uma montanha como uma oferenda. Sua voz era grave como deveria ter sido a voz de um profeta. — E Abraão se levantou cedo no dia seguinte e levou o filho ao local determinado por Deus. E Abraão mandou que o filho carregasse a lenha para o fogo do sacrifício, e juntos os dois foram para as montanhas.

A cabeça branca do pai de Akimov voltou-se para os picos fantasmagóricos lá fora, seu rosto áspero e trágico na escuridão. — E Isaac disse: "Meu pai." Ao que Abraão respondeu: "Aqui estou eu." E...

— Também sou capaz de citar as Escrituras — interrompeu Akimov. — A religião é o suspiro da criatura oprimida, o coração de um mundo sem coração e a alma das condições sem alma. Está sofrendo, vice-comissário? Pois está tratando o sintoma em vez da enfermidade.

— Qual é meu sintoma, então?

— Culpa. E você pensa que sou capaz de livrá-lo dela.

Na escuridão, os olhos de seu pai eram pretos. — E minha doença? Traição?

– Traição é outro sintoma. Sua enfermidade é o homem que você decidiu ser.
– Um homem que preza mais seu país que o próprio filho?
– Sem um segundo de hesitação – acrescentou Akimov. – Você me pôs de lado sem pensar duas vezes. Não faz ideia daquilo a que sobrevivi.
– Mas eu sabia que você sobreviveria. Conheço sua força. Conheço sua coragem.

Os faróis do carro, baixos e cobertos, tocaram nos galhos retorcidos das árvores que cresciam à beira da estrada, iluminando-as de encontro ao céu da meia-noite. O motor foi mais exigido em uma curva íngreme, e o ar frio que entrou pela janela semiaberta de Akimov misturou-se à colônia doce de Little Vlad.

– Eu me lembro dos pais de Magdalena – disse seu pai. – Eram pessoas cujas raízes estavam na fé – da mesma forma que ela, até seu aparecimento. Diante de um deus, Edik, nós todos caímos de joelhos. Ainda assim, chega a hora em que um homem não é nada mais que um homem. Você é o último de uma linhagem, uma longa linhagem. Não peço seu perdão, apenas seu reconhecimento.

Akimov encarou o pai, mantendo os próprios olhos vazios. – O assassinato de Magda significa que não temos esperança de influenciar o cessar-fogo?

Uma longa pausa. – Sempre há esperança; se Magdalena não estava carregando os documentos, eles ainda podem ser encontrados... Se ao menos soubéssemos onde procurar.

Akimov assentiu, coçando o toco de braço. Ele sabia exatamente onde procurar, graças à conversa que tivera com Magdalena.

Lembra dos seus dezoito anos?, ele perguntara.

Naquele café de quinta categoria em... não consigo nem lembrar o nome da cidade.

Claro que ela se recordava da cidade – Burgdorf –, e havia apenas uma razão para mentir: ela estivera morando lá.

Eles terminaram o percurso em silêncio e pegaram o elevador para as respectivas suítes. Akimov destrancou a porta, e seu pai tocou no ombro dele. – Chega uma hora, Edik, em que o homem levanta os

olhos para o futuro. Quando ele percebe que a questão não é o que ele deixa para trás, mas quem.
— Ninguém — retrucou Akimov e o empurrou de encontro à parede.
Little Vlad agarrou-o, e os dois seguiram brigando e arrastando os pés pelo corredor, até que Akimov foi imobilizado, braço nas costas, ombro ardendo.
— Por favor — disse Little Vlad.
Akimov livrou-se dele com um sacolejão e entrou na sua suíte. Trancou a porta e abriu a mão. Lá estavam as chaves do carro, retiradas do bolso do paletó de Little Vlad. Não dava para dirigir bem só com uma das mãos, mas daria um jeito. Devia a Magdalena a sua privacidade, mesmo na morte. Iria sozinho.

Villancourt acordou ofegante, cego pelo gorro de dormir que caíra sobre seus olhos e banhado em suor. Estendeu a mão na cama, procurando a cálida indulgência de sua mulher antes de se lembrar: ela tinha parado de consolá-lo pelos terrores noturnos anos antes que a tivesse internado. Em vez de consolo, ela passara a lhe oferecer desdém. A cama macia dele fora trocada por um leito duro no dormitório de um asilo e ele esperava que ela estivesse tremendo no frio conforto do seu sentimento de superioridade moral.
Ele afastou a colcha, enfiou os pés nos chinelos e foi pegar a tintura de passiflorina. O frasco estava vazio: tomara a última colher na noite anterior, e agora, em vez do sabor do maracujá, tinha amargor na boca. Que horas seriam? Sua imagem refletida no vidro do relógio que ficava na mesinha de cabeceira era fracionada pelos cortes chanfrados e...
— Meu Deus do céu!
Ele deu as costas ao relógio, sacudindo a cabeça ante sua tolice — deixara passar a coisa mais óbvia do relatório de Pongratz, e só lhe restava abençoar sua mente ainda meio adormecida por tê-lo despertado ainda cedo o bastante para ajeitar tudo: só precisava advertir Kübler para esperar companhia na cabana de caça. Aquele americano não demoraria muito.

* * *

Nadya afastou-se do gabinete e disse uma prece de graças ali mesmo no escuro. O segundo parafuso caíra, fizera metade do serviço, estava quase livre. Beijou a cruz que trazia pendurada no cordão e caminhou toda a extensão da cela, esfregando os braços doloridos. A luz elétrica estava apagada; ela, porém, não precisava mais disso; aprendera muita coisa desde que permitira que seus captores separassem o dia da noite com o estalo de um interruptor.

Ainda assim, o homem de olhar glacial não sabia que ela entregara os papéis de Mama ao velho senhor que morava na montanha. O que ele faria quando descobrisse sua mentira? Melhor não pensar nisso. Tudo aquilo em breve estaria terminado. Já fazia semanas que vivia com medo, de olho na mãe, com medo de tudo e de nada, lívida de ansiedade de uma hora para outra. Mas feroz em sua determinação também...

A maçaneta do carro de passageiros fez um ruído e foi possível ouvir vozes vindo do lado de fora. Correu para o banheiro a fim de apagar a prova do seu trabalho, calçou luvas nas mãos vermelhas e rezou: *Santa Maria, Mãe de Deus, glória ao Pai, Senhor Jesus...*

Ninguém entrou, as vozes eram apenas de dois homens conversando no pátio de manobras perto da sua porta. Bêbados. Não era o homem de olhar frio então – impossível imaginá-lo bêbado. Ela colocou o ouvido na parede e ouviu.

– ... dizem que tem uma garota aqui dentro?

– Foi o que ouvi dizer. E que ela é uma coisinha linda.

– Todas são iguais naquilo que interessa. – O homem levantou a voz, tornada quase ininteligível pela bebida. – Você pode me ouvir, garota? Diga alguma coisa, *schatzi*. Cante para nós.

– Estivemos tempo demais no quartel...

– Saia daí, coelhinha...

Ela fechou os olhos. Apenas mais dois parafusos para remover e era aquilo que a esperava do outro lado? Por um momento, o medo e a desesperança a invadiram, mas depois ela sacudiu a cabeça. *Santíssima Mãe de Deus, cubra-me com a proteção do seu manto.* Recusava-se a se desesperar – com fé, nada era impossível.

CAPÍTULO 29

Kübler sorriu levemente na escuridão quando o carro tomou a estrada da montanha. O Ministério das Relações Exteriores era maravilhoso – mesmo em seu pior dia, ele ainda valia mais que um soldado comum – e, no entanto, não podia negar o quanto lhe era agradável comandar um esquadrão de soldados em uma missão noturna.

Atravessaram Grindelwald e viram que a cabana de caça de Hostettler ficava mais perto do pico do Wetterhorn que da cidade, ao longo da única estrada decente que contornava a elevação à altura do rio Schwarze Lütschine. A saída da estrada principal ficava à margem da floresta que recobria a montanha, abrindo-se na ampla entrada para carros de um castelo senhorial de dois andares. Estacionaram sob uma árvore esparramada, com os galhos nus. Kübler saltou do carro e examinou a escuridão, a mão no coldre.

Silêncio, como esperado. Ainda assim, ele mandou o soldado espinhento realizar um reconhecimento. Logo ele voltou e fazia seu relatório com gestos bruscos: nenhum sinal de vida.

Um dos homens forçou a porta, e Kübler conduziu o esquadrão pela casa de campo: uma sala de estar formal com uma porta estreita que dava para a escada dos empregados; uma grande sala de jantar com uma mesa e um aparador protegidos da poeira por panos; uma biblioteca, mais duas salas de estar e um solário. Nos fundos da casa, um pátio abria-se para um deque pavimentado com pedras, e, no andar de cima, panos brancos cobriam as cadeiras que se alinhavam ao longo do amplo corredor e também a mobília dos quartos.

Bem, que lugar melhor para esconder um documento que uma casa fechada?

Após o reconhecimento inicial, ele examinou pessoalmente a sala de jantar, o aparador e as caixas gêmeas, verificou as paredes e o chão e depois preparou a mesa para trabalhar nela. Um momento depois, o primeiro soldado entrou com uma braçada de papéis soltos.

– Da cozinha, senhor.

– Ponha aqui que vou selecionar. – Nesse instante, ouviu-se um barulho enorme. Kübler assustou-se tanto que chegou a levar a mão ao coldre. – Que foi isso? – indagou.

– Schmidt com o machado, senhor. Verificando o que tem dentro de uma arca fechada lá em cima.

– Ah, muito bem. Continuem... não, espere aí. – Ele cheirou o ar. – Tem alguma coisa queimando aí?

– Acendemos a lareira da sala dos fundos.

– Idiotas! Apaguem o fogo imediatamente.

– Nós pensamos que como não há outra casa num círculo de dez quilômetros...

– A fumaça viaja. Agora parem de pensar e comecem a investigar.

Kübler conteve seu aborrecimento e, durante a hora seguinte, seus homens entraram e saíram na sala de jantar, e a pilha de papel só fez crescer. Quando ele terminou de inspecionar uma caixa de correspondência com a logomarca da universidade, o telefone tocou.

Ele parou, avaliando suas opções. Podia ser Hostettler ou alguém querendo falar com ele – mas àquela hora da noite? Hesitou, com a mão pairando em cima do aparelho, e por fim respondeu: – Alô?

– Um americano encontrou-se com Frau Loeffert em Genebra – disse Villancourt.

– Herr Villancourt!

– Você esperava alguma outra pessoa?

– Bem, não, eu...

– Preste atenção, Kübler. Um americano esteve com Loeffert antes de ela morrer. Provavelmente, ela lhe falou a respeito de Hostettler, de modo que se pode presumir que ele tem esse endereço aí em que você está.

– Aqui? Na cabana de caça?
– Quase certamente.
– Bem, estamos quase terminando, levaremos a papelada para o carro e examinaremos mais tarde...
– Apague as luzes – disse Villancourt. – Esconda o carro. Não faça nenhum ruído e, quando ele chegar, não o deixe sair.
– Ah. – O coração de Kübler bateu mais depressa em antecipação. Examinar os papéis era vital, claro, mas confrontar-se com um inimigo combatente era infinitamente mais satisfatório. – Assim será feito.
– Pegue-o vivo, se possível. Estarei aí daqui a pouco.
Kübler retransmitiu as ordens a seus subordinados e depois se acomodou na *bergère* do pátio, sentindo o confortável peso da sua Walther. Dez minutos se passaram, depois vinte. O silêncio era completo, exceto pelo canto de algum pássaro noturno e pelo farfalhar das folhas das árvores. Finalmente, veio o assobio quase inaudível da sentinela postada na frente da casa: alguém se aproximava.

Grant agachou-se atrás do muro de pedras recobertas de musgo. Aquilo não era uma cabana de caça, e sim uma casa de campo, uma mansão inglesa, um retângulo de tijolos amarelos com dois andares e três chaminés. A hera subia em torno das janelas e a porta da frente abria-se sobre um gramado meticulosamente aparado, interrompido por pedras baixas arredondadas. Nenhum carro na entrada para automóveis, nenhuma luz por trás das cortinas, nenhum cheiro no ar, exceto o de chuva e de madeira queimada.
A casa tinha o aspecto de vazia, mas uma vaga cautela causava uma comichão na nuca de Grant. Por isso, ele estacionara fora da rua principal e se adiantara rastejando, em vez de...
Não. Nada de desculpas. O negócio era bater na porta da frente e perguntar a Hostettler o que Magda lhe dissera, pegar o documento e ir embora. Uma coruja soltou seu pio agourento e ele se levantou, joelhos estalando, pronto para avançar até a porta da frente. Parou de repente, havia duas outras entradas: a porta lateral e as portas envidraçadas no fundo.

Que importância tinha? Como um garotinho apavorado, estava brincando de esconde-esconde sozinho no escuro. Ainda assim, contornou as cadeiras de ferro batido do deque, foi até as portas envidraçadas e deu uma olhada no interior da casa. O brilho do carvão incandescente na lareira delineava a sala, poltronas em cima de tapetes com franjas, um aparador sobre a lareira cheio de estatuetas, retratos de homens muito magros de armadura e de mulheres gordas absolutamente sem roupa. Há quanto tempo aquele fogo teria sido aceso? Hostettler provavelmente estava no segundo andar, dormindo.

Grant soprou vapor no ar frio com cheiro de pinheiro e esgueirou-se para dentro da casa, cercado pelo silêncio, o cheiro de vinho do Porto e de fumaça de madeira.

Quando tirou a lanterna do bolso, ouviu o barulho de uma pistola sendo armada. – Não se mova – disse uma voz de homem. – Levante as mãos.

– Que negócio é esse? – explodiu Grant em inglês, espantado com o homem baixinho de queixo quadrado e louro. – Onde está Johannes? Você fala inglês? *Sprechen Sie* inglês?

– Mãos ao alto! – disse o homem, em inglês.

– Você está... você está armado! O que é que você...

– Ou então eu atiro.

Grant levantou as mãos, o facho de luz da lanterna apontado para o teto. – Não sei o que você quer, mas...

– Por aqui. – O baixinho fez um gesto na direção de uma porta. – Vire-se, mãos sempre para o alto. Muito obrigado. No corredor.

Pinturas a óleo atulhavam as paredes do corredor, e Grant não sabia como levar aquilo adiante, não sabia dizer por que tinha falado em inglês. Para confundir o homem, obrigá-lo a ficar querendo adivinhar, mantê-lo fazendo perguntas em vez de puxar o gatilho.

O baixinho guiou-o até outra sala de estar e apontou para seu peito. – Agora nós esperamos.

– O que foi que você fez com Johannes? – perguntou Grant ansiosamente, tentando manter a farsa.

O homem louro encostou o quadril numa cadeira forrada de seda listrada. – Você foi visto em Genebra, conversando com a mulher.

– Frau Hostettler?

– Não existe Frau Hostettler. Você teve um encontro com Magdalena Loeffert. – O baixinho dirigiu-se à porta de entrada. – Ele está preso, cavalheiros.

Soaram passos, e dois jovens soldados entraram. Grant ouviu outros no corredor. Gente demais. Mesmo que ele convencesse o cara a se aproximar, não seria possível sobrepor-se a uma desvantagem tão grande.

– Lamento, mas sabemos de tudo. – O homenzinho circulou em torno de Grant, falando para suas costas. – Exceto os detalhes. Qual é o seu nome?

– Cy Young.

– Você não é britânico.

Ele observou o reflexo do homem tremular na borda de um vaso de vidro lapidado que ficava no aparador. – Sul-africano.

– Você é americano, não minta. Mentir não lhe será útil. – O baixinho interrompeu-se ao ouvir o barulho da porta de um carro batendo e dirigiu-se aos soldados: – Ah, ele conseguiu chegar rápido. Bem, com este sujeito apanhado vivo conforme pedido...

Kübler sentiu um nó na garganta – ao ouvir as palavras "apanhado vivo", a expressão do americano mudou de um animal enjaulado para encurralado: isso era visível na postura dos ombros e no crispar das mãos. O dedo de Kübler ficou tenso sobre o gatilho e ele soube que devia atirar – apontando na perna, no ombro –, mas ele não era Pongratz, capaz de atirar em um homem desarmado sem uma preparação interna por menor que fosse. Pongratz era quem o americano o fazia lembrar, ágil como um animal...

A lanterna atingiu o rosto de Kübler, que recuou quando o americano mergulhou por cima do sofá e se meteu por trás do piano. O soldado gritou advertências, e a visão de Kübler estreitou-se até virar um túnel, e ele disparou. Uma cristaleira se espatifou, e o americano saiu correndo pela porta da escada dos criados que estava aberta.

A palma da mão de Kübler doía por segurar com força a Walther, e ele foi esmigalhando os cacos de vidro ao correr para a escada e se meter na porta juntamente com dois soldados. Eles forçaram a passagem, e a escada estava vazia, o americano já tinha subido. O soldado mais jovem galgou três degraus de cada vez, pistola em punho, e já estava quase lá em cima quando uma cadeira foi arremessada do corredor na escadaria. Era uma cadeira escura e trabalhada, em faia, com o assento largo e costas largas, girando no ar, batendo na parede e tomando a direção do soldado, que ergueu as mãos para proteger o rosto.

A cadeira caiu aos pés do soldado, e Villancourt falou atrás de Kübler:

– Ele está lá em cima? Está armado?
– Sim. Não.
– Então vá atrás dele. Vá, vá!

Os soldados empurraram a cadeira de lado, e o orelhudo rastejou escada acima, com medo de outra cadeira. Silêncio e calma, quase até o topo da escada – em seguida surgiu um flash de movimento e o soldado gritou, virando o corpo e segurando a barriga, caindo de lado escadas abaixo.

– Porra! – O soldado encolheu-se, o sangue gotejando através de seus dedos. – Meu Deus! Um machado! Ele me golpeou com um machado!

– Ponha a mão em cima do ferimento com toda a força – ordenou Kübler. – Vocês dois: peguem a outra escada, junto da porta da frente. Não há pressa, ele está desarmado.

– Exceto pela porra de um machado – lamentou-se o soldado orelhudo com os dentes cerrados. – Ai, meu Deus...

Kübler virou-se para o soldado mais jovem. – Devagar agora, suba. Não deixe que o americano se aproxime, você está armado. Eu o cobrirei.

Ele se apoiou na parede, sua Walther firme na mão, e ouviu o soldado ferido começar a chorar. Em algum lugar, esmagou-se vidro estilhaçado, e o tempo passou a andar mais devagar. Tinham a noite toda. O americano estava encurralado. O soldado mais jovem parou na parte de cima, deu uma espiada na esquina e, através da sala da frente, um motor roncou, seixos bateram nas pedras, e um carro desceu roncando a entrada para automóveis.

— É o meu Mercedes! — Villancourt correu para a janela, afastou a cortina, e o carro era um borrão de luar no fim da entrada para automóveis. — Meu Deus, nada mais é sagrado? Pelo menos me digam que encontraram o documento.

— Os papéis foram recolhidos — disse Kübler —, mas eu ainda não os examinei.

Villancourt voltou-se para os soldados que estavam reunidos na sala. — Encontrem o americano, a única estrada que sai de Grindelwald segue para oeste, na direção de Interlaken...

— Há uma estrada na montanha — disse o soldado que tinha acne. — A leste da rota do posto de gasolina.

— Dá para passar nesta época do ano?

— Ele poderia ir até o fim e andar até Meiringen.

— Qual de vocês conhece melhor os caminhos terrestres? Você? Pegue o Opel na garagem. Quantos carros nós temos? Dois na garagem, mais o do americano. A busca será feita na direção de Grindelwald, trata-se de um Mercedes 230 de duas cores, e o homem — vocês todos o viram?

— Sim, senhor. Quais são suas ordens?

— Vivo é melhor que morto, e morto é melhor que nada. Agora vão. Herr Kübler, você e eu levaremos os papéis para o carro.

O soldado fétido cambaleava junto à porta, o sangue encharcando sua camisa e manchando os dedos. — E eu, senhor?

— Você fica quieto. Onde está o telefone? O americano está seguindo na direção de Hugo no Regina-Alpenruhe.

— Seu sobrinho? — indagou Kübler. — O que ele pode fazer?

— Usar a van para reduzir a velocidade do americano.

Faróis camuflados luziram uns vinte metros adiante de Grant, e o painel lateral de uma pequena van brilhou ao luar: um bloqueio de estrada improvisado.

Dirigindo demasiadamente depressa em estradas desconhecidas e mal iluminadas, seguindo por aquele caminho sinuoso, ele sorriu na escuridão e sentiu o gosto de sangue. Já tinha pilotado nu contra caças japoneses, aquele era seu ambiente. Segurou o volante mais relaxadamente e entrou na curva. O luar filtrou-se por uma nuvem e mostrou um homem alto e magro de pé ao lado da van. Algo como um instantâneo tirado em um reconhecimento fotográfico relampejou na cabeça de Grant, imobilizando o quadro, e ele enfiou o pé no acelerador.

O volante deu um solavanco com o impacto da batida nas pernas do homem, o para-brisa se espatifou, e o rosto branco agigantou-se e desapareceu. Grant lutou para controlar o carro aos pinotes, apelou para os freios e com um barulho enorme conseguiu parar. O para-brisa estava arruinado e os estilhaços de vidro cobriam o banco da frente, mas ele não tinha se cortado.

Engrenou a ré, recuou até bater em alguma coisa, mudou de marcha de novo e ouviu outro motor, um ronco vindo da encosta da montanha. Acelerou ao máximo e avançou depressa e cego dentro da noite, pestanejando com o ar que entrava pela frente sem para-brisa e que o ensurdecia. A dor na testa mergulhou até o pescoço, e ele voou de curva em curva, mas seguiu a estrada desde as montanhas até o lago.

O vento fustigava seu rosto. De repente, um velho sedã surgiu e ele teve de dar um golpe de direção violento – os pneus deslizaram no cascalho, o volante deu um solavanco e depois encontrou asfalto de novo. Passou a bifurcação para Langnau e Lucerna, a estrada desapareceu, e ele bateu com estrondo num aterro, sacudiu uns cinco metros por cima de mato e pedras e bateu numa vala.

O silêncio era absoluto. Havia alguma coisa que ele precisava fazer, mas não conseguia se lembrar do que era. Desligou o motor e caiu deitado em cima do banco.

CAPÍTULO 30

Uma linda cidade em cima de uma linda montanha, coroada por uma linda igreja: Burgdorf. A estação da ferrovia elétrica, a linha Emmental, ainda estava fechada para a noite, e Akimov examinou o quadro que ficava no quiosque onde eram vendidos os bilhetes. Horários dos trens, programação de serviços religiosos, brochuras anunciando um sapateiro austríaco e uma estação de águas férreas. Checaria os hotéis primeiro. Encontraria o quarto de Magda e o documento e ditaria os termos do cessar-fogo. Em memória dela.

Falou com o porteiro da noite no Guggisberg. Somente quarenta leitos e, no entanto, o homem nunca ouvira falar de Magda, não a reconheceu pela fotografia. Akimov enfiou um cigarro na boca e saiu para observar um caminhão atravessar ruidosamente a praça pavimentada de paralelepípedos. Em Stalingrado, um cirurgião cortava a coxa de um rapazinho com saudade de casa enquanto a última emoção de uma jovem enfermeira era vergonha por ter perdido a bexiga. Akimov precisava daquele cessar-fogo para seus homens, para todos os soldados e civis, para o país, cuja dor ele sentia como a de seu braço fantasma.

Fez a mesma indagação no Stadthaus, igualmente sem sorte, e bateu à porta de três pensões. Encurralou o gerente da noite do *Bahnhof* Hotel e falou com uma das criadas.

Então, a estação da ferrovia abriu. Akimov esperou até que não houvesse mais fila e, então, mostrou ao encarregado da bilheteria o retrato de Magda.

– O senhor diz que ela é sua esposa? – indagou o homem.

– Isso mesmo. – Akimov pegou sua foto de casamento no bolso de dentro do paletó. – Esse aí sou eu sem as rugas, você tem de se esforçar pra me reconhecer. Chegou a vê-la?

O bilheteiro fez que sim. – Ela entra e sai de Burgdorf como uma andorinha. Eu digo que compre um passe, mas ela me ouve?

Uma onda de alívio varreu Akimov. – Ela vem de táxi? Ou de ônibus?

– Talvez o senhor devesse perguntar a ela.

– Bem, eu prefiro que... o senhor me diga.

– Não tenho certeza de que o estou entendendo, senhor.

– Ela me deixou – desabafou Akimov. – Aí está. Ela me deixou. Só quero falar com ela, mas não. Ela se recusa.

Após dois minutos de comiseração, o homem disse: – Uma pensão perto do rio, ela mencionou uma vez.

– O rio?

– Sim, ela disse que devia ficar mais perto da estação.

O homem nada mais sabia, e Akimov agradeceu e saiu. Quinze minutos depois, ele estava numa rua comprida que corria junto ao rio, acompanhando sua curva. Ambas as direções eram igualmente pouco atrativas, de modo que ele virou à esquerda – como bom comunista – e perguntou na loja que vendia lápides onde podia encontrar uma pensão.

O homem lhe disse que não era esse o seu negócio.

Ele bateu em tantas portas que os nós dos seus dedos ficaram doídos, atravessou o rio e seguiu uma calçada que foi dar num bairro de mansões empobrecidas com largas varandas e jardins que exibiam varais de roupas em vez de flores. Passou por umas doze residências particulares, um clube que sediava uma sociedade espiritualista e finalmente encontrou uma casa que oferecia hospedagem por semana ou por mês. Gastou vinte minutos e dez francos até acreditar nas palavras do gerente: nenhum dos hóspedes era Magda.

De volta à rua, o vento das primeiras horas da manhã sacudia as árvores. Ninguém respondeu na primeira metade da quadra seguinte, não havia pensões na segunda. Do outro lado dos trilhos, ele bateu numa casa funerária e depois encontrou outra pensão, com a varanda coberta por delicadas plantinhas e pequenas árvores retorcidas.

A porta da frente abria-se em um saguão cheirando a lustra-móveis e óleo de cozinha. Ele exclamou "olá" e um homem contornou uma escada com um corrimão todo descascado, segurando um violino pelo braço. – Pois não?
– O senhor é o locador?
– Lamento, mas estamos lotados. – O homem pediu desculpas com um sorriso. – Só alugamos cinco quartos. O senhor pode tentar Frau Rees, no fim da rua.
– Estou procurando Magda Loeffert.
– Tanto quanto eu – disse o homem. – O aluguel dela está vencido. Akimov agradeceu silenciosamente a Deus. – Posso ajudar a resolver isto.
– Você é amigo dela?
Um meio sorriso acompanhou a explicação de Akimov. – Um amigo da família, da velha terra natal.
– *Tovarich!* – disse o locador, com um sotaque estranho. – *Pozdravlyayu!*
– *Pozdravlyayu* significa "congratulações" – disse Akimov em russo. – Congratulações por quê?
– *K sozhaleniyu, ya poka ne govoryu po russki* – recitou o homem cuidadosamente. – É uma pena, mas ainda não falo russo. – Depois, em alemão: – Ainda estou aprendendo.
– Não faz mal, preciso praticar meu alemão. O senhor espera que Frau Loeffert chegue em breve?
– Da Rússia! – Ele reparou na manga vazia de Akimov. – Você não está aqui de férias, está?
– Comissão comercial.
– Liga das Nações?
– Sim, comissão industrial, taxas de importação. O quarto de Frau Loeffert é lá em cima?
O homem apertou uma corda do violino. – Eu não sou membro do partido, você sabe. Meu interesse é apenas na... na herança cultural, no idioma, esse tipo de coisas.

– Um interesse acadêmico? – arriscou Akimov.
– Exatamente.
– E Frau Loeffert? – Não havia razão para admitir que ela estivesse morta. – Frau Loeffert não está no seu quarto?
– Ela viaja muito a negócios. – O locador tangeu o violino e uma corda vibrou, zumbiu e ficou em silêncio. – Por que o senhor está aqui? Não precisa ser tímido, não tenho nada a esconder.
Nada a esconder? Akimov chegou mais para perto do homem.
– Não tem mesmo?
– Ela é uma boa inquilina.
– Qual é o quarto dela?
– Ela é quieta e organizada, e também é boa com a minha mãe.
Akimov endureceu a voz: – Camarada, por favor, qual é o quarto dela?
– O senhor não devia ter vindo – disse o locador, subitamente na defensiva. – Não compareço a um comício há anos, cancelei minha filiação, nem sequer ouço o rádio.
O locador pensava que Akimov tinha vindo inspecionar a sinceridade de intenções dos membros do partido? – Tudo o que eu quero são respostas. Fale-me sobre Magda Loeffert.
– Não tenho mais nada com isso. Como falei com a própria Frau Loeffert, a qualquer sinal de atividade política, entrarei em contato com as autoridades.
– Excelente – aprovou Akimov. Ele compreendeu por que ela se hospedava ali, por causa da segurança, porque o locador era um verdadeiro cão de guarda. – Quando o senhor a viu pela última vez?
– Ela não vem aqui em casa há dias. – O homem beliscou as narinas. – Talvez eu devesse chamar a polícia.
– Pode ser que sua mãe saiba onde ela se encontra.
– Minha mãe está doente, de cama.
– Preciso ver o quarto dela.
O homem empalideceu. – O quarto da minha mãe?
– O de Frau Loeffert – disse Akimov. – Eu lhe pago.
– Não. O senhor vai embora. Eu vou gritar pelos meus inquilinos. Vou chamá-los agora mesmo se o senhor não for embora, eles...

– Deixa que eu veja o quarto dela, mais nada.
– Tenho direitos também – disse o homem, a voz trêmula. – Tenho direitos. Você vai embora.
– Se é isso que o senhor quer, *tovarich*. – Akimov virou-se na direção da escada.
– Quando o senhor descer, eu estarei à sua espera com meu rifle.
Se Akimov tivesse dois braços, forçaria a matéria – e se tivesse asas, voaria. Ajustou a alça da bolsa e saiu. Do outro lado da rua, um vira-lata malhado veio cheirar seus sapatos, na esperança de uma mordida no pão que ele tinha na sacola. Ele ameaçou um chute, mas o cachorro limitou-se a levantar a cabeça e Akimov lhe deu a casca do pão.
– Em Stalingrado – disse para o cachorro –, você seria assado com cebolas.
Esfregou o toco do braço e depois desceu uma escada de madeira, cambaleante, na direção da margem do rio, para esperar.

Villancourt viu a mancha vermelha tapar a pupila do olho direito de Hugo. Aninhou a cabeça do rapaz no banco de trás e o mundo lá fora se distanciou, os topos das árvores iluminados pela madrugada e a estrada que ia sendo vencida. O motor entoava uma áspera canção de ninar, o banco fedia a sangue e couro. Kübler dirigia lentamente, os ombros eretos, quando um tremor percorreu o corpo de Hugo.
Villancourt entoou umas palavras. Tinham encontrado o menino esmagado e gemendo ao lado da estrada, e ele se preocupara em deslocá-lo. Mas nenhum mal extra era possível: metade do seu rosto tinha sido cortada e sua boca era puro sangue.
Os lábios arruinados do menino tremeram. – Tentei detê-lo, tio...
– Você fez um bom trabalho, rapaz.
– Sinto... sinto muito.
– Você fez com que ele perdesse tempo. Foi muito bom, Hugo, excelente mesmo.
O olho direito de Hugo fechou-se. – Por favor, diga à mamãe...
– Eu direi – prometeu Villancourt. – Eu direi.
E encontraria o homem que matou seu sobrinho. Encontraria o americano e o puniria.

***

Anna sentou-se ao lado da cama de Christoph, observando o sobe e desce de seu peito debaixo do edredom, os olhos fechados, mas agitados. Nada era mais doce que seu rosto, mesmo quando perseguido por sonhos desagradáveis. Era muito cedo e ela estava sozinha – a vontade que tinha era de trancar as portas para o mundo e rejeitar todas as responsabilidades, exceto uma.

A respiração de Christoph mudou, e Anna permaneceu a seu lado até que ele bocejou e acordou. Então, ela desceu para preparar o café da manhã. Depois de separar o pão com manteiga, geleia e queijo, decidiu fazer uma panela de *Kabissuppe*. Ralou noz-moscada, cortou cebola e repolho e subitamente sentiu-se exausta. Dormira mal e acordara ansiosa. Onde estava Grant? O dia já raiara há muito tempo e ainda nenhuma notícia. Precisava daquele documento, precisava de uma vitória bem definida, precisava salvar o orgulho que sentia por seu país e por si própria – tinha de provar que Martin errara a seu respeito.

Jogou um pouco d'água no rosto e estava tirando o centro das maçãs para fazer uma torta quando a porta dos fundos abriu-se e ouviu barulho de sapatos no corredor. Agarrou a faca – Christoph dormia lá em cima; *ataque primeiro, ataque com força, continue atacando* – e um vulto sombreou a porta da cozinha: Grant, cabelo despenteado e olhos inexpressivos.

Ela suspirou. – Você quase me matou de apreensão!

– Você não foi a única.

– O quê? O que aconteceu?

– Estavam esperando na casa do Hostettler. Esperando dentro da casa.

– Eles seguiram você? Sabem que está aqui?

– Escondi o carro numa vala. Dormi no banco da frente.

– E o documento? Eles têm o documento?

– Não sei. Não, eles ainda estavam procurando. – Ele espremeu o corpo de encontro à parede. – Você deu seus telefonemas?

– Hostettler estava lá?

– Ninguém, exceto os alemães. Você telefonou para as embaixadas?

– Ninguém acredita em mim... até mesmo eu mal acredito em mim mesma, baseada apenas nas palavras de uma mulher morta. Temos de parar com tudo isso nós mesmos.

– Não consigo ver direito, e você está fazendo sopa. "Nós" quem? Ela afastou o cabelo que lhe caíra no rosto. – Não há mais ninguém.

– E a câmera?

– Rosine pesquisará o local da queda do seu avião. Saberemos amanhã.

– Sim, bem... – Grant oscilou subitamente e se agarrou na mesa para manter-se de pé, derrubando o jogo de canetas no chão. – Desculpe.

Ela o segurou pelo cotovelo. – Vamos lá para cima.

No quarto de hóspedes, ele tirou os sapatos e deitou-se na cama.

– Eram militares. Os homens na cabana de caça eram militares.

– Alemães?

– Sim. Podiam ser suíços, mas...

– A SS está custeando o negócio das barracas – disse ela. – A ideia é lavar o dinheiro necessário para estabelecer uma rede de inteligência nazista na Suíça. Faz sentido que sejam soldados alemães. Se ao menos soubéssemos quem era o patrão de Magda e qual a ligação do dinheiro legalizado ilicitamente com as negociações de cessar-fogo. Será simplesmente porque os mesmos homens estão envolvidos, ou será que há outra conexão?

Ela considerou as possibilidades e, quando olhou outra vez para Grant, ele tinha dormido. Cobriu-o com o acolchoado e observou seu rosto. E agora? Encontrar Hostettler? E depois o quê?

Voltou à cozinha, terminou a torta e começou a fazer café. Estava andando em círculos. Começara pesquisando a compensação de créditos, depois tentara encontrar o memorando de Clodius, e aí Magda Loeffert lhe falara sobre a negociata das barracas: os nazistas lavando dinheiro por meio do Sindicato dos Madeireiros Suíço. Treze milhões de francos era uma trilha fácil de seguir... ou, pelo menos, assim ela pensara. Mas será que a compensação de créditos sem lastro e a negociata das barracas eram manipuladas pelos mesmos homens? Será que poderia usar a prova de Magda sobre a lavagem de dinheiro para influenciar de algum modo a compensação de créditos? Conseguiria pelo menos encontrar a prova levantada por Magda, agora que Grant falhara na incursão à cabana de caça de Hostettler? Como o pacto de não agressão nazi-soviético estava ligado à negociata das barracas? Por meio de Magda, que planejara chantagear os empresários suíços a contar tudo o que sabiam – inclusive sobre as negociações. E a compensação dos créditos proporcionava a alavancagem necessária, permitindo que os tais empresários suíços levassem a cabo as negociações visando ao cessar-fogo. Por causa dos empréstimos compensados sem lastro, a Suíça tinha uma posição vantajosa sobre a Alemanha. Só que Anna não sabia quem estava envolvido, quando ou onde...

A campainha da porta da frente tocou, e ela mordeu o lábio; certamente o hospital teria telefonado com notícias de Lorenz. Alisou o vestido, abriu a porta e deparou-se com dois policiais na varandinha.

– Frau Fay? – perguntou um deles.

– Qual é o problema? É a minha sogra?

– Nada disso, madame. Fomos informados de que a senhora está dando abrigo a um estrangeiro sem documentos.

– Estou abrigando um...? Tolice!

– Ainda assim, somos obrigados a verificar.

– Esta não é uma hora conveniente. Está na hora de meu filho ir para a escola e eu...

– Lamento, senhora, mas não estamos pedindo.

– Esta é a minha casa. Vocês não podem...

Ele a empurrou e passou, pedindo desculpas. Entrou na sala de visitas enquanto seu parceiro dirigia-se à cozinha. Anna disse qualquer coisa a respeito de acordar Christoph e subiu correndo para o quarto de Grant. A cama estava vazia. Passadas fortes ressoaram na escada e ela estava afofando os travesseiros quando os policiais entraram.

Os dois homens viram a carteira e os cigarros de Grant, o paletó no cabide e os sapatos no chão. – De quem é este quarto, madame?

– Acha que esses sapatos são meus?

– Do seu marido?

– Não posso crer que meus arranjos domésticos sejam da sua conta.

– E onde o seu marido se encontra neste momento, madame?

– Para falar a verdade...

Neste instante, ouviu-se o barulho de uma maçaneta no corredor, e a porta do banheiro se abriu. Grant saiu, uma toalha colocada no pescoço e o cabelo escovado para a frente. Estava sem camisa, tinha o lado esquerdo do rosto coberto de espuma de barbear e segurava uma navalha à altura do quadril.

– O que é que há? – perguntou ele, de cara fechada.

– Polícia, querido – respondeu ela. – Houve relatórios acusando a presença de um trabalhador sem documentos nesta área. Os dois policiais insistiram em subir para examinar os quartos.

– Insistiram?

– Eles forçaram a barra. Não pude impedi-los.

– Podemos ver sua identificação, senhor? – disse um dos policiais.

– Vocês podem esperar na sala de visitas – respondeu Grant – como convidados em minha casa.

– Lamento, mas...

Grant fez um gesto com a navalha. – Quem é o comandante de vocês?

Os policiais se entreolharam. – É o chefe Signer. Por quê...?

– Do cantão de Berna?

– Sim, claro.

– Pois bem, digam a Signer...

Christoph saiu silenciosamente do seu quarto, cabelo despenteado.

– Mamãe, não consigo encontrar meu... – Ele parou quando viu os policiais e colocou-se ao lado de Grant. – Papa, o que é isso?

– Volte para seu quarto, Christoph – retrucou Grant.

– Mas, papai...

– O que foi que eu lhe disse?

Christoph encarou os policiais. – Alguém assaltou o banco?

– Ninguém assaltou o banco – disse Anna.

– Aposto como alguém assaltou!

– Christoph – advertiu Grant ameaçadoramente –, não me faça repetir o que já lhe disse.

O menino voltou para seu quarto e não chegou a bater a porta.

Grant fez um barulho exasperado, típico de pai aborrecido. – Esse garoto não é fácil!

– Tenho um sobrinho dessa idade – disse um dos policiais.

– Ele tem pesadelos – confidenciou Anna. – Geralmente se comporta melhor. Posso preparar um pouco de chá para os senhores? Os dois policiais mais uma vez se entreolharam. – Não, muito obrigado. Isto é... tenho certeza de que fomos mal informados, mas temos de terminar a inspeção.

Anna virou-se para Grant com uma expressão em que ela esperava representar a submissão de uma esposa, e ele deu de ombros e disse à polícia: – Batam antes de entrar no quarto do meu filho.

Ele voltou para o banheiro, os policiais desceram a escada com passos fortes, e ela arrumou o quarto de hóspedes. Estava ajeitando a colcha por cima dos travesseiros quando Grant entrou. Aproximou-se dela, que pensou que ele fosse beijá-la. Ele se inclinou, e ela viu um resto de espuma de barbear debaixo do seu queixo. Limpou o creme e disse-lhe que havia camisas limpas na cômoda.

Depois que ele se vestiu, os dois desceram e na copa ela serviu café e uma fatia de pão e uma tigela de *Birchermüsli*. Os policiais examinaram o porão, recusaram outra vez uma xícara de chá e saíram pela porta dos fundos, examinando o vinhedo.

Grant tomou um gole de café, de olho nos guardas. – *Birchermüsli*?

– Para a dieta de emagrecimento do dr. Bircher, que sempre planejo começar na próxima semana. Você não gosta?

– Não ia reclamar nem um pouco se estivesse comendo umas salsichas.

– Eu não tenho – disse Anna –, a menos que Joris tenha trazido. – Ela abriu a geladeira. – Como está sua cabeça?

Nada de salsichas. Ela fechou a geladeira e Christoph apareceu no portal, o cabelo penteado e a gravata certa. Havia um brilho em seu rosto que ela não via há muito tempo. Quando ela e Grant viraram-se para olhar para ele, o menino puxou a gravata, contrafeito.

– Venha cá – disse Grant.

Christoph adiantou-se e parou diante dele.

O rosto de Grant era duro e vazio, o rosto de um estranho. Ele avaliou o filho de Anna e percebeu que havia alguma coisa entre eles dois de que a mãe fora excluída. Por fim, disse: – Nada mal, soldado.

Nada mal? Um menino se coloca entre ele e a polícia, e ele diz apenas "Nada mal"?

Christoph abaixou a cabeça e abriu um sorriso para o chão.

CAPÍTULO 31

O menino saiu para a escola, e Grant ficou olhando Anna observá-lo pela janela da cozinha. Ele arrancou um naco da bisnaga para impedir-se de ficar olhando fixamente para suas pernas, a abundância de seus quadris, a curva de suas nádegas. Lá em cima teve vontade de jogá-la na cama, segurá-la pelos pulsos e beijar a cavidade do seu pescoço, logo acima do esterno – só a existência dos policiais dentro da casa o deteve.

– Os policiais ainda estão aí – disse ela.
– No vinhedo?
– Sentados no carro deles. – Ela se virou da janela. – Temos de sair antes que perguntem aos vizinhos sobre meu marido.
– Então vamos. Este chapéu está bem?
– O que aconteceu na noite passada?
– Eu lhe conto enquanto você faz as malas.
– Vou fazer as malas?
– Você está saindo daqui – você e Christoph. Eles sabem onde você mora, mandaram a polícia, sabem que está envolvida.

Ela mordeu o lábio inferior. – Vou deixar Christoph com minha sogra até...
– Fácil demais. Joris tem família?
– Ele é aparentado com metade de Ticino. Você realmente pensa...? – Ela viu a expressão do rosto dele e assentiu. – Terei de levar Christoph para o campo depois da escola. Deixe que eu arrume uma mala para ele.
– Joris pode arrumar as malas, nós temos de ir.

Ela entrou no corredor e passou-lhe duas malas vazias que estavam no *closet*. – A pequena é para você. Agora me conte sobre ontem à noite.
– Tive sorte. Consegui me safar.
– A versão sem cortes.
– Eles estavam esperando dentro da cabana de caça...
– Do princípio. – Ela foi na frente para subir a escada. – Eu o larguei em Münsingen. Você conseguiu um carro?
– No asilo.
– Você roubou um carro no asilo de loucos?
– Maluquice, não?
Ela o fitou com um olhar penetrante. – Continue falando.
– Fui até Grindelwald e escondi o carro longe...
– Por que não foi direto para a frente da casa?
– Não sei. – Ele deu de ombros. – Por causa de Racket e Magda. E Lorenz.
– E depois?
Ele lhe contou tudo: sobre esgueirar-se pelas portas destrancadas, disparar a armadilha, ficar do lado errado da pistola – depois ouvir que o queriam vivo e reagindo. Ele parou no topo da escada, relembrando. Contou a ela ter empunhado o machado e quebrado uma janela da varanda do segundo andar, e depois ter fugido de carro e atropelado um homem na estrada. Quando terminou, ela o bombardeou com perguntas: O que exatamente o homem dissera? Depois o quê? Você disse o quê? Usou que palavras?
– Tem certeza de que eram alemães? – indagou Anna.
– Tenho. Ele falava inglês melhor que eu, mas...
– Melhor que... – interrompeu ela.
– Não, você fala inglês fluentemente.
Ela riu, os olhos subitamente brilhantes. – Você me faz bem, Grant.
Nada o deixava mais feliz que sua risada. Ele teria dito qualquer coisa, mas as palavras não saíram.
– Desculpe – disse ela. – O que mais?
– Nada. Saí pela janela quebrada da varanda do segundo andar, as chaves estavam no carro parado na entrada – o resto já contei. Vá fazer as malas.
Anna entrou no seu quarto, e ele ficou olhando da porta, sentindo a atração da cama da mulher, da mulher de Martin. Com Racket mor-

to e um homem torturado, fugindo da polícia suíça e de alemães freelance, tentando impedir um pacto de não agressão e recuperar as fotos do protótipo de aeronave – tudo o que desejava era a mulher de Martin debaixo dele naquela cama larga e quente, a pele ruborizada, o cabelo úmido, olhos dilatados, gritando...

Ele se sacudiu. Estava agindo como um menino de escola. Lavou o rosto na pia do banheiro, foi para o quarto e jogou o pouco que tinha dentro da mala. Em menos tempo do que esperava, ela apareceu à porta e disse: – Ficaremos no Palace por um ou dois dias.

– Muito visível.

– Não se ficarmos com os quartos certos e usarmos a porta de serviço.

– Por falar nisso, os policiais ainda estão aí fora.

Ela foi até a janela. – Talvez só tomando café.

– E tentando se lembrar de por que pareço familiar.

– Eles têm sua foto?

– Têm minha foto militar, sim. Tenho um mau pressentimento a respeito disso, Anna, nós devíamos... o que você está fazendo?

– Limpando. Quando fico nervosa, tenho mania de limpar e arrumar as coisas.

Ele riu e pegou as malas. – Vamos.

– Precisamos encontrar Hostettler e perguntar o que Magda lhe disse acerca de... – Ela se interrompeu e pegou um panfleto enrolado que estava em cima da mesinha de cabeceira. – O que é isto?

– Não faço ideia. – Ele examinou mais de perto. – Ah, sim, Loeffert fingiu que isso era o cano de uma arma.

– Você pegou isso com Magda? – Ela examinou a parte da frente do folheto e depois a de trás. – Um panfleto sobre a política seguida por uma escola vocacional? Com o número do telefone do Palace Hotel escrito por ela própria.

– Rascunho.

– Isto não é um desses folhetos destinados ao turismo, disponíveis em toda parte. Isto nos diz por onde ela andou.

– Uma escola vocacional?

– Em Burgdorf. Estava perto do telefone quando ela conseguiu o número do Palace. Nós devíamos...

– Nós devíamos conversar no caminho.

Ela concordou com um gesto de cabeça, os dois desceram a escada e saíram pela porta lateral, onde ela deu ordens num italiano muito rápido para Joris, dizendo que ele levasse Christoph para Ticino depois da escola.

– Eu arrumo a mala dele – disse Joris em alemão enferrujado quando Anna terminou. – Todas as coisas. E Christoph seguro e agasalhado.

– Eu ligo para você.

– Não há *telefone* – disse ele. – Eu ligo para você.

Ela o beijou no rosto e, junto com Grant, seguiu por uma trilha quase indefinida no vinhedo até a escada de manutenção da automotriz que subia a encosta da montanha. Desceram para a rua mais abaixo, onde o cheiro forte do rio era compensado pelo pouco trânsito. Caminharam uns quinhentos metros e então subiram de novo, usando uma comprida escadaria de pedra. Os ombros de Grant doíam com o peso das malas.

Anna o levou pelos terraços ventosos do Bundeshaus, o penteado dela desfeito em cachos, e parou. – Espere. As chaves estavam no carro?

– O quê?

– Na cabana de caça de Hostettler. Você saltou da varanda do segundo andar e encontrou um carro na entrada com as chaves dentro?

– Exatamente.

– Pensei que você tivesse roubado o carro.

– Não, este é outro, depois que eles...

– De quem era esse carro, Grant? Você verificou o certificado de propriedade?

Ele sacudiu a cabeça, atingido pela súbita percepção de que fracassara: se soubessem de quem era o carro, poderiam ter o nome de um dos homens envolvidos. – *Scheisse!* Não. Não vi a licença do carro.

– Onde você o deixou?

– Numa vala. Já deve ter sido rebocado a esta altura. Eu estava quase em estado de choque, Anna. Mas não é desculpa.

Ela mordeu o lábio, olhos distantes. – A polícia deve ter um relatório do acidente e com certeza sabe quem é o proprietário. Seja quem for, está metido nisso até o pescoço.

– A polícia lhe dará o nome?
– A mim? Não, mas eles dirão aos jornais, talvez. Vamos.

Ela o levou através de um túnel sombrio e pavimentado, uma verdadeira calmaria depois de tantos terraços, até uma porta de serviço do hotel. No seu interior, eles contornaram uma lavanderia cheia de vapor para chegarem a uma escada, pela qual subiram até o terceiro andar. –
E os hóspedes? – quis saber Grant.

– Este corredor está vazio. – Ela abriu uma porta que dava num quarto cor de girassóis e mogno, com uma cama de quatro colunas e uma reentrância com três cadeiras de couro. – Eles retiram seções inteiras quando a taxa de ocupação está baixa.

– E você tem a chave?

– É uma das vantagens de se trabalhar com Lorenz.

Ele largou as malas no suporte a elas destinado e avaliou o quarto.

– Nada mal.

– Não vá se fazendo muito à vontade – disse ela.

– Vamos sair?

– Vou sair para pedir a Pierre-Luc, no jornal, para ajudar a encontrar o nome do dono do carro. Você vai a Burgdorf.

– Por quê? Porque Magda parou lá uma vez para almoçar?

– Porque é a única pista que temos.

– Temos Hostettler.

– Que está desaparecido e cuja casa está fechada.

– Você pensa que ele está escondido?

– Não sei. Vou procurá-lo, você rastreia Magda. Pergunte por ela na escola vocacional, encontre seu quarto do hotel. – Ela tocou no braço dele. – Dê um jeito de descobrir a trilha dela, Grant. Talvez assim cheguemos a Hostettler ou aos documentos.

O Comitê Seleto reunia-se em Berna e Villancourt utilizou o percurso desde a casa funerária na preparação. O comércio não parava para nenhum homem, nenhuma dor... e, no entanto, ele ainda ouvia os ecos dos soluços de sua irmã: *Meu bebê, meu Hugo, meu menino*. Ele se deixara tocar estranhamente pela angústia dela e gastara um tempo valioso para se livrar daquilo. Mas agora acabara. Fechou os olhos, reunindo forças para a tarefa que tinha diante de si: aumentar o valor dos créditos a serem compensados, expandir a base industrial, e o domínio econômico da Suíça se seguiria inevitavelmente, com ou sem guerra. A vingança poderia esperar.

Saltando do elevador no andar de cima, pegou um cigarro na cigarreira e entrou na sala de reuniões do conselho, um templo para sérios objetivos, com vidraças de cristal se abrindo para o mundo que tão merecidamente ficava abaixo deles. Ele arrumou a pasta, reposicionou o cotovelo esquerdo, levantou a sobrancelha direita e se concentrou na primeira tarefa: salvaguardar a produtividade das corporações afiliadas.

– Cavalheiros – disse ele ao cabo da introdução –, nós enfrentamos um dilema moral. Temos de deplorar que os alemães usem mão de obra escrava, assim como é preciso que demonstremos estar decididos quanto a esta questão: a exploração de trabalhadores dentro do Reich é indefensável. – Um sussurro de agitação levantou-se em torno da mesa e ele continuou: – Embora seja lamentável, no entanto, verdade é que não podemos desafiar abertamente esse comportamento. Enquanto a guerra devastar nosso continente, somos obrigados a reter uma firme associação com o Reich. Agimos como força moderadora, como uma influência civilizadora sobre os alemães. A questão é simples, cavalheiros, nós condenamos os alemães pelo uso de mão de obra prisioneira...

– Condenamos? – interrompeu o vice-diretor.

– Internamente, discretamente. Condenamos os alemaes e ao mesmo tempo consolidamos nossos laços comerciais com eles. Assim construiremos o alicerce do futuro crescimento, enquanto...

Herr Gohr, o jovem e idealista idiota, bateu com os nós dos dedos no tampo da mesa. – Você fala de moderação, mas quer dizer colaboração. O uso de trabalho escravo...

– Você recomenda que nos recusemos a negociar com a nossa principal conta? – indagou Villancourt polidamente. – Se o fizermos, violaremos nossa neutralidade... e nos arriscaremos a enfurecer os nazistas.

– Pois então que os enfureçamos!

– Com que objetivo? Salvar nosso orgulho? Nosso orgulho – *seu* orgulho, senhor – nos tornaria escravos. Temos de nos antecipar às necessidades dos alemães, precisamos nos tornar indispensáveis e exercer nossa influência tranquilizadora. – Ele inclinou a cabeça na direção do meio da mesa. – Sr. presidente?

Herr Ochsner se pronunciou: – Temos chance de cortar os excessos dos alemães – e lucrar mais – se formos um parceiro digno de confiança. Meu voto vai para Herr Villancourt.

Houve uma discussão pró-forma e depois a votação. Dez ficaram com ele e quatro contra – a primeira barreira fora vencida facilmente.

Villancourt aguardou o momento propício quando a reunião continuou, deleitando-se com a ação de sua caneta favorita, celuloide cor de pérola e dourada, com a ponta de dois tons, mais poderosa que uma espada – com alguns traços poderia enterrar milhares de batalhões e construir fábricas para suas lápides.

No chá da manhã, foram servidos aos membros da junta biscoitos com geleia picante de cereja, canapés sortidos e mascarpone. Depois que os pratos foram retirados, o presidente Ochsner disse algumas palavras e assentiu solenemente com a cabeça.

– Como os senhores sabem – disse Villancourt em seguida –, mais de 80% dos pagamentos pelos alemães à Suíça são atualmente feitos através do sistema de compensação de créditos. Essa nova abordagem forja um vínculo íntimo entre nossos setores públicos e privados, permitindo-nos...

– Se me permite – interrompeu o jovem Herr Gohr oportunamente –, os verdadeiros resultados dessa abordagem são organismos econômicos livres de controles democráticos. Impenetráveis à inspeção e devendo obrigação apenas a amigos íntimos e...

– Amigos íntimos? – A voz de Villancourt avolumou-se com o insulto. – Você considera que as pessoas sentadas a esta mesa não sejam outra coisa que não patriotas suíços?

– Não seja ridí...

– Suas implicações não podem ser levadas em conta. Estes cavalheiros representam a elite das nossas tradições democráticas. Estamos em guerra e...

– Nós estamos em guerra, senhor! Devemos seguir a orientação do general Guisan... "neutralidade armada" *não* é apenas para os militares.

O setor financeiro não devia dar aos nazistas nada além do mínimo requerido pela lei.
— Você prefere ver o país ocupado? — perguntou Villancourt, brando como um gato.
— Eles iriam desperdiçar tropas para nos ocupar e pôr em risco o comércio exterior? — perguntou Gohr, manchas vermelhas lhe surgindo no rosto. — Nós temos de pacificá-los com o mínimo e não apoiá-los com o máximo.
Villancourt explodiu de indignação, absolutamente certo de que vencera. — Você está querendo dizer que os membros deste organismo apoiariam cegamente os alemães?
— Claro que não, eu... — Gohr suspirou lentamente. — Minhas palavras tratam de política, não de personalidades. Seus tratados de compensação de fundos sem lastro não foram publicados oficialmente, Herr Villancourt, violando todos os precedentes legais.
Villancourt apelou para seus colegas com as mãos abertas. — Um jovem idealista, mas talvez nossas cabeças mais sábias — ele se permitiu um leve sorriso — e lamentavelmente mais velhas tenham de cuidar da situação com a frieza necessária.
Uma onda de risos e alívio passou pela mesa.
— Pensem na proposta que lhes submeti. — Villancourt parou quando um empregado passou-lhe um bilhete, que ele examinou rapidamente. — Ah, minhas desculpas, cavalheiros, minha esposa não está bem e, sim... Por favor, leiam a papelada; volto em dois tempos. Com sua permissão, sr. presidente.
— A família vem em primeiro lugar — aprovou o presidente Ochsner.
— Aplaudo suas prioridades.
O que o presidente aplaudia na verdade era o potencial de lucro da compensação de créditos — posicionando as firmas suíças de forma a se expandirem com a irrefreável Wehrmacht. E no caso impensável de uma derrota nazista? Bem, aí então eles se expandiriam sobre as ruínas da Wehrmacht. Quem melhor para se encarregar da infraestrutura industrial de um inimigo derrotado do que um país neutro?
Uma vez no corredor, o empregado o conduziu a uma sala privada. Villancourt entrou e foi pegar o telefone quando uma sombra surgiu do canto.

– Herr Kübler está na linha – disse Pongratz.
– Meu Deus do céu! – exclamou Villancourt. – Um dia você me mata aparecendo desse jeito.
– Falei com o editor, Pierre-Luc Soyer. Ele não está envolvido.
– Quer dizer, então, que o gerente do hotel mentiu para você?
– Lorenz? Sim, vou lhe fazer outra visita. Mas o editor me deu um nome. Anna Fay.
– Frau Fay? Então o Kübler estava certo ao chamar a polícia. Que Deus abençoe seu coração laborioso. E ele telefonou para contar vantagem? Para isso ele interrompeu a reunião da junta? – Ele ergueu o aparelho. – Herr Kübler, a reunião tinha atingido o momento crucial, um bilhão de francos dependia de minhas palavras e você telefona com uma queixa à toa?
– O quê? Não, tenho uma notícia urgente, Herr Villancourt. Examinei toda a papelada que trouxemos da cabana de caça e...
– Achou o documento?
– Não.
– Então o quê? Diga logo.
– Parece que Hostettler tem outra casa, e mais uma em Bad Ragaz. É por isso que a cabana de caça estava fechada.
– E você pensa que encontraremos o documento lá, nessa segunda casa?
– Encontraremos o Hostettler propriamente dito. Falei com os empregados domésticos e eles confirmaram a presença dele lá.
– Você tem o endereço de Bad Ragaz? Diga-me, mandarei Pongratz para pesquisar.
Villancourt arrancou a folha de um bloco, escreveu o endereço e passou para Pongratz. – Muito bem, Herr Kübler, parabéns. Devo admitir que o senhor foi correto considerando também Anna Fay.
– O Pongratz falou com você? Os policiais que revistaram a casa dela não foram informados de qualquer motivo extrajudicial para que houvesse uma investigação. Disseram a eles apenas que havia a suspeita da presença de um estrangeiro ilegal.
– Uma sábia precaução.
– Depois que eu soube que Frau Fay estava envolvida, chamei-os pessoalmente. Não encontraram nada, disseram. Tudo em ordem, a mulher, Anna Fay, seu filho e o marido.

– Um belo quadro doméstico. Sua opinião?
– O marido dela morreu há muito tempo.
– Quer dizer, então, que ela tem um amante?

– Os policiais o interromperam quando ele fazia a barba, tinha o rosto meio tapado com creme de barbear, mas depois que ouviram minhas perguntas verificaram os cartazes de novo e...
– Eles o reconheceram – completou Villancourt.
– Trata-se de um prisioneiro foragido. Um piloto americano procurado pela polícia por agressão.
– Deus me ama, Kübler. O que mais?
– Eles me mostraram a fotografia dele, e vi que era o homem da cabana de caça. O homem que matou Hugo. Tenente Grant, da Força Aérea dos Estados Unidos.

Os lábios de Villancourt tremeram. – E está se hospedando com Anna Fay.
– Exatamente.
– Ele assassinou meu sobrinho. – As palavras saíram espontaneamente da garganta de Villancourt. – Passou por cima dele como se passa por cima de um cachorro na rua.

Silêncio na linha.

– Quero esse homem morto, Kübler.

Villancourt cortou a ligação e foi para o corredor, trêmulo de ódio, ouvindo o eco dos soluços de sua irmã. Conhecer o nome do assassino mudava tudo. Tenente Grant. Não era mais apenas negócio e, sim, o sangue que pulsava em suas veias. Parou, respirou fundo do lado de fora das portas da sala de reuniões e depois entrou. Sentia-se meio ausente quando conseguiu aprovar a resolução com que concluiu sua fala: – Pelo futuro da Suíça, pelo futuro de uma Europa livre do bolchevismo, os créditos de compensação devem ser ampliados na importância de trezentos milhões de francos.

Sempre meio ausente, respondeu a perguntas e desconsiderou objeções. E assistiu à votação final: *Todos a favor digam* aye. *A moção está aprovada.* E foi ainda meio zonzo que viu o futuro se desdobrar no futuro em sangue, ouro e glória.

CAPÍTULO 32

Grant deixou passar a entrada de Burgdorf e dirigiu vinte minutos até que os picos distantes lhe trouxeram uma lembrança gélida à cabeça. Verificou o mapa e, sim, estava se aproximando rapidamente do campo de punição. Racket teria rido dele, perdido nas nuvens sem o seu navegador. Virou numa aldeia alpina com plantações em todas as cores, voltou pelo caminho que fora, checou o mapa de novo e encontrou a escola vocacional sem problema.

No balcão da entrada, ele mostrou à mulher o folheto levado por Magda. – Meu filho apronta cada uma! – explicou. – Saiu de casa e esta não foi a primeira vez, mas, bem, ele deixou um número neste panfleto da sua escola. Está vendo só? Eu gostaria de saber onde ele poderia ter arranjado isto.

– Como?

– Quero saber onde ele encontrou este panfleto.

– Isto é para alunos matriculados. Trata-se da política seguida pela escola.

– Sim, certo. Vocês o distribuem? Onde?

Ela franziu a testa. – Damos a todos os estudantes. Afinal, qual é sua dúvida?

– A questão toda é meu filho. Quer dizer, então, que não há um meio de saber de onde veio isto?

– Esse folheto que está com o senhor?

– Exatamente.

– Não.
Ele fez mais duas tentativas, voltou ao carro e observou a rua. O que mais poderia fazer. Nada. Exceto arrancar uma folha do caderno de Anna e bancar o repórter, tentar descobrir o local da queda sozinho. Atravessou os trilhos da estrada de ferro, passou por uns poucos edifícios industriais e entrou num bairro dilapidado onde um homem com um braço só esperava no ponto de ônibus. Terno pardo, chapéu pardo, bolsa velha e castigada pelo uso. O homem do Palace Hotel em Burgdorf. E russo, como Magda.

O vira-lata malhado cochilava sob umas árvores próximas, e Akimov terminou o pão e ficou atento à rua até que a porta da frente da pensão finalmente se abriu.

Uma mulher idosa apareceu na varanda e podou as plantas com uma tesoura de jardinagem, depois varreu o refugo para dentro de um receptáculo de vime e voltou para dentro. Dez minutos depois, o senhorio apareceu e seguiu uma trilha toda pisoteada que contornava a casa. Quatro carros passaram, um grupo de estudantes tagarelava na calçada. A porta da frente abriu-se de novo, e dois homens de meia-idade dirigiram-se à rua. Do fundo da casa, o senhorio os chamou com um gesto, e os três homens saíram juntos.

Na varanda, um cheiro doce de terra pairava sobre as plantas. Akimov meteu a mão na porta e entrou, subindo direto para o segundo andar, onde encontrou uma sala de estar aberta e duas portas envernizadas, ambas trancadas. No banheiro, um aparelho de barbear com um pincel ainda úmido na bancada de azulejos azuis – banheiro de homem. Akimov passou para o terceiro andar. Outra sala de estar, com uma pilha de cobertores pesados perto da tela protetora da lareira, esta sala era mais feminina que a outra. Ouviu uma tosse, e o assoalho rangeu – seria a mãe do senhorio?

Restava uma porta. Akimov forçou a maçaneta e encontrou uma suíte com uma sala de estar e dois quartos de dormir. Ao entrar, foi atingido por um choque praticamente físico: o perfume de Magda. O jeito diferente do seu sorriso, a dilatação de suas narinas quando se zangava, o travesseiro onde dormia, o armário cheio com suas roupas. Ele pronunciou o nome dela no quarto vazio.

No outro quarto, um pano bordado cobria uma grande imagem presa na parede, com uma Bíblia, um queimador de incenso e três imagens menores em cima de uma mesinha. Havia um recipiente de água benta, uma espécie de ros, e uma lanterna que queimava azeite. Akimov sentiu o cheiro – óleo de oliva. Teria Magda retornado à religião? A mesa e a cômoda estavam vazias, a não ser pela fotografia: Magda e uma garota, a filha do seu segundo marido. *Madame e Mademoiselle Loeffert.*

A menina fez com que ele se lembrasse de Magda criança, cheia de energia e ligeira...

O quarto rodou. Akimov tentou se apoiar na parede com o braço inexistente e tropeçou. Depois recuperou o equilíbrio e sentou-se pesadamente na cama.

Ele examinou a foto. A menina era sua filha. Sua filha, ela era sua filha, o mesmo sinal de nascença debaixo da boca, que era igual à sua, seus olhos... Era sua filha. Ele tinha retornado à União Soviética e Magda não o traíra – não, ela ficara para trás, a fim de cuidar da filha ainda não nascida. Ela o deixara voltar e criara a filha, *sua* filha, no santuário da Suíça. Teria sonhado em se juntar a ele no paraíso dos trabalhadores, uma vez tendo atingido seu objetivo?

Seu novo marido adotara a criança, dera-lhe seu nome – qual era o nome dela? Ele encontrou um bilhete amassado dentro do birô, uma lista de compras. Nadya. Leite, pão, queijo. Nadya Eduardovna Akimova. Não, o nome ainda era Nadya Loeffert – mas era sua filha, seu sangue, bastava olhar para ela.

Um súbito acesso de medo o cortou ao meio, como o som de uma granada que caía: onde ela estava? Seu quarto estava vazio, onde estaria agora? Em segurança? Enfiou a foto no bolso e foi para a sala, quando a porta se abriu.

Ele esperava a mãe do senhorio, mas foi o homem do bar no Palace Hotel – o australiano – que se adiantou na direção dele, o rosto duro. O primeiro instinto de Akimov foi correr, mas nunca se mostram as costas para um predador.

Em vez disso, ele levantou a mão. – A porta bate.

O homem parou e segurou a porta.

– Você está me seguindo – disse Akimov. – O que deseja?

O australiano fechou a porta com um estalido delicado. – Este é o quarto da Loeffert? Ela é russa. Você é russo.

– Sou da família.

– É? – Ele olhou para as prateleiras, as gavetas abertas do birô visíveis dentro do quarto de dormir. – É por isso que você revistou o quarto?

– Ela nunca foi muito organizada.

– Por que você está aqui?

– Se você não sabe...

– Não... – interrompeu o australiano suavemente. Conte-me. Um curto silêncio. – Eu devia chamar a polícia.

– Pode tentar.

Akimov seguiu um palpite. – Para mim, a polícia é um embaraço, mas talvez seja melhor você nem falar com ela.

– Há muitas coisas que eu prefiro não fazer.

O ambiente do quarto subitamente ficou cheio de ameaças, Akimov conhecia homens daquele tipo, criados em regime duro e erradamente, bons animais se você segurar firme as rédeas. – Você é melhor que isso.

– Tem certeza?

– Assim espero. – Passaram-se diversos segundos, e a tensão desapareceu dos ombros de Akimov. Se o homem ainda não tinha pulado em sua garganta, não pularia mais. – O que você está fazendo aqui?

O australiano sacudiu a cabeça pesarosamente. – Gostaria de saber. Você achou alguma coisa?

– Se eu tivesse achado, ainda estaria procurando?

– Provavelmente – disse o homem, e a porta abriu-se de novo.

O cano de um rifle apareceu no quarto, seguido por uma manga florida e a mãe do senhorio, segurando a arma sem firmeza, com as mãos cheias de manchas senis, o dedo no gatilho. – Vocês aí! – exclamou ela, apontando o rifle para os dois ao mesmo tempo.

– Abaixe essa arma – trovejou Akimov. – Imediatamente!

– O senhor está na minha casa...

– Sargento! – berrou Akimov com o australiano. – Se ela não abaixar essa...

– Oh! – Ela apontou para o chão. – Desculpe, eu não sabia... é o exército? Meu filho está fora, a negócios.

Akimov pegou o rifle, e o australiano colocou-se ao lado dele para que não pudesse usá-lo.

– Estamos procurando Frau, Fräulein Loeffert – disse Akimov.

– Nadya Loeffert. Onde ela está?

– Ela não está aqui. – A voz da mulher tremeu. – Ela só ficou com a mãe duas ou três vezes. Ela não está aqui.

– Onde está?

– Aconteceu alguma coisa desagradável? – retrucou ela, ainda sem responder à pergunta.

– A senhora sabe onde ela está.

A velha empalideceu. – Ah, não tenho a menor ideia...

O vento se levantou do rio e assobiou ao passar pela casa. O australiano pareceu desaparecer na quietude, a despeito de sua presença sufocante momentos antes. Akimov verificou o rifle. Não podia descarregá-lo usando apenas uma das mãos, de modo que deu a arma ao australiano – não fazia diferença – e esperou.

– Eu estava preocupada – disse finalmente a velha. – Fräulein Loeffert deve estar metida em algum tipo de problema, mas sua filha é uma garota boa e religiosa, não usa batom nem esmalte, não faria nada de errado.

– Nós vimos seu filho hoje de manhã – disse Akimov. – Saindo de casa.

– O quê? Ele está... trabalhando...

– Nós estamos a par do pecadilho da juventude dele, madame, um membro do Partido Comunista.

Os olhos dela ficaram marejados de lágrimas. – Ele é muito trabalhador, um bom menino. É que a firma onde ele trabalhava não entendeu... O que vocês vão fazer com ele?

– Nada, se a senhora disser onde a menina se encontra.

A mulher ficou desalentada. – Ela não... ela me pediu para não contar a ninguém. Precisava de conselho sobre uma viagem, a mãe saiu bem cedo naquela manhã e...

– Prefere que nós perguntemos a seu filho?
– Não, por favor. Ela tomou o trem para o leste, o trem que vai para o cantão de Graubunden, Bad Ragaz. – Ela engoliu em seco e as lágrimas lhe escorreram pelo rosto vincado de rugas. – Ia visitar um amigo da mãe, um homem importante. Em Bad Ragaz.
– Qual é o nome dele? – indagou Akimov.
– Herr Hostettler – murmurou a mulher. – Professor. Herr Professor Hostettler.

Anna atravessou a rua na parada do bonde de Gurten e seguiu para o escritório do jornal. A despeito de estar pisando em uma sólida rua de Berna, o solo como que se movia sob seus pés. A investigação saiu do seu controle. Havia pistas demais para seguir: a negociata das barracas, a compensação de créditos sem fundos, a ameaça do pacto de não agressão. Parou no saguão para endireitar o chapéu e fortalecer sua decisão. Uma coisa de cada vez: primeiro, convencer Pierre-Luc a descobrir o relatório da polícia sobre o acidente do carro com que Grant batera, descobrir o nome do proprietário. Talvez aí, então, soubessem quem estava por trás de tudo aquilo.

Mas no quarto andar a recepcionista sacudiu a cabeça. – Sinto muito, Madame Fay; Monsieur Soyer não virá trabalhar hoje. Está doente, em casa.

– Não é típico de Pierre-Luc.

A recepcionista sorriu. – Tem razão, mas se a senhora o tivesse ouvido ao telefone hoje de manhã... o pobre homem parecia às portas da morte.

Anna agradeceu e recuou para o corredor. Alguma outra pessoa lhe conseguiria acesso ao relatório da polícia? Não sem as bênçãos de Pierre-Luc.

Vinte minutos depois, em um bairro arborizado do outro lado de Berna, ela tocou a campainha da casa dele e esperou. Como não teve resposta, pegou a aldraba em forma de cabeça de leão e a porta foi aberta.

– Pierre-Luc! – exclamou ela da base da escada. – Olá?

Silêncio... exceto por uma quase inaudível nota alta de um piano: *plink, plink.*

– Olá? – Andando pelo corredor, ela seguiu o som do piano até entrar numa sala escura de cortinas cerradas e luzes apagadas. *Plink, plink, plink.* – Pierre-Luc?

Ela levantou a mão para acender a luz, e um homem curvado sobre o piano no canto disse: – Não faça isso.

– Pierre-Luc? O que aconteceu? Pierre-Luc, diga-me o que aconteceu. – Nenhuma resposta, e por isso ela prosseguiu: – Preciso de sua ajuda. O balanço da guerra é...

– Ele ameaçou meus filhos.

– Ele o quê? Quem?

– Diga-me você, Anna. Foi você quem o levou até minha família. – A voz de Pierre-Luc permaneceu inexpressiva. – Meus filhos, ele sabe o nome deles.

– Sinto muito, eu...

– Não se desculpe, Anna. Basta que saia da minha casa.

– Não. – Ela se adiantou mais. – Se você quer se ver livre dele, Pierre-Luc, preciso de sua ajuda, *plink-plink-plink-plink*. Preciso de um relatório da polícia. Uma vez que eu o consiga, ele nunca mais voltará.

– Ele nunca voltará. Tomei as devidas providências.

Alguma coisa no tom de voz dele produziu um calafrio nela.

– O que foi que você lhe disse?

– Tudo o que ele queria saber. Cuide de seu filho, Anna, cuide de si mesma.

– O que você lhe disse? Pierre-Luc, o que foi que você disse?

Ele socou o teclado do piano. – Fora daqui! Se você não sair agora, Deus que me proteja, não serei responsável pelo que eu fizer.

CAPÍTULO 33

A casa do professor ficava à margem de um pequeno lago nas montanhas, a oito quilômetros de Bad Ragaz, mas eles não estavam voando para fazer o percurso em linha reta. Grant dirigia, e o russo trabalhava como navegador, todos os dois com medo de perder o outro de vista. Uma parceria contrafeita e sem palavras, nascida no momento em que saíram da pousada e tomaram a mesma direção.

Grant acelerou numa curva. Não havia opção: mantenha seus amigos por perto e os inimigos mais perto ainda. Ele era russo, contudo, e sabia a respeito da filha de Loeffert – melhor grudar nele, ver onde aquilo ia dar. Mais perto de Hostettler, no mínimo.

O silêncio temeroso estendeu-se através de todo o percurso rumo ao leste, quebrado apenas pelas orientações quando chegaram a Bad Ragaz. As montanhas, as nuvens, as estradas sinuosas com ônibus e comboios de caminhões; Grant estava cansado da Suíça. Preferia a garoa constante da Inglaterra, a familiaridade do pub, da aldeia e da base aérea – com os diabos, que lhe dessem a Birmânia, com suas pistas de pouso abertas no meio de plantações de chá, e cidades que pareciam gaiolas, a sensação de estrangeiro absolutamente confortável. Akimov era ao mesmo tempo estrangeiro e familiar, metido num terno amarrotado, sem um dos braços, o modelo de todo comandante durão que Grant já vira... exceto russo.

Ainda assim, Grant tinha somado dez mil horas em cabines ao lado de homens entediados, e seu instinto lhe dizia que aquele era OK.

Claro que seu instinto lhe dizia todo o tipo de coisas – era por isso que ele estava ali, em vez de no hotel, ou de estar tentando descobrir o local da queda do Mosquito e a câmera. Porque seu instinto lhe dissera: Anna Fay.

Pararam no correio, pedindo informações para chegar à casa do professor; tinham de atravessar os trilhos da ferrovia e a floresta e cortar uma aldeia com uma igreja enorme. Retornaram ao carro, e Akimov desdobrou uma fotografia de Magda Loeffert junto de uma garota de testa alta e olhos escuros e recatados.

– É a filha dela?
– É minha filha – disse o russo, como se estivesse espantado. – Ela é minha filha.
Grant olhou para ele. – Você é o primeiro marido. *É* realmente da família.
– Sim.
– Pensei que a filha fosse do segundo casamento.
– Ela nunca me contou. – Akimov contemplou a fotografia. – Olhe só para ela.
– Ela parece com... – interrompeu-se Grant, não querendo falar demais.
– A mãe. Você conhece Magda?
– Nós nos conhecemos.
– Você está atrás do documento que ela encontrou – disse o russo.
– Sim, estou a par disso. Penso que Nadya o deu a Hostettler para que o guardasse em segurança.
– E você, está atrás de quê?
Akimov olhou para a fotografia e não respondeu.

O terreno no campo era movimentado, mas a estrada não era tão ruim quanto o funcionário do correio advertira. Umas dez casas pontilhavam o vale, com a casa de Hostettler a quinhentos metros de uma curva. Um chalé de dois andares com um Alfa Romeo na entrada de carros arborizada. Quatro ou cinco casas se empoleiravam à beira do lago e o zumbido dos insetos em torno de um arbusto recém-florido era o som mais alto.

– Você não é australiano, é? – perguntou Akimov.

– Claro que sou, companheiro.
– Americano?
Grant desistiu. – É verdade.
O russo agarrou o aro de ferro na porta e bateu. – O sotaque é um pouco diferente.
– Você já conheceu australianos?
– Esta não é minha primeira guerra, e nos anos 20 eu viajei um pouco.
– Eles deixavam você viajar?
– Nos anos 20 "eles" eram "eu". – Akimov bateu com os nós dos dedos no painel de vidro ao lado da porta. – Um carro parado na entrada, mas ninguém atende.
Grant testou a maçaneta: destrancada.
– A confiança é uma virtude maravilhosa – comentou o russo.
Acima dos picos congelados, o vento espantava as nuvens e, a vinte metros de distância, um píer de madeira se projetava da orla coberta de musgo. Ninguém à vista. Grant abriu a porta e foi saudado pelo aroma caseiro de porco assado.
– Herr professor?! – exclamou Akimov, entrando.
Chapéus e botas se confundiam desordenamente em uma alcova à esquerda da porta, e, um pouco além, um aposento com uma viga de madeira no teto se estendia por toda a largura da casa com as paredes forradas de livros e uma poltrona para leitura perto da lareira.
– Herr professor?
Grant passou pela escada e entrou na cozinha modesta. Perto de uma porta que abria para um jardim pequeno, um caneco branco rolava de lado em cima da mesa do café da manhã, lembrando um rei derrotado em um jogo de xadrez, e café recém-derramado manchava a toalha de mesa e pingava no chão. O tampo do fogão estava incandescente e, sob o cheiro da carne que assava, Grant sentiu algo úmido e animal: medo.
O cabelo de sua nuca arrepiou-se. Ouviu passos às suas costas e perguntou: – O que diabos aconteceu aqui?
O russo passou por ele. – Nada de bom.

Uma caixa de metal estava aberta na bancada, com alças de cobre e uma fechadura – um cofre. Do lado de dentro, papel calcinado e cinzas mostravam que os documentos ali colocados para serem guardados em segurança haviam sido transformados em pó.

Grant tocou no cabo. – Ainda quente.

– Quem quer que tenha sido o incendiário, não saiu há muito tempo.

– Se é que saiu – ponderou Grant, pegando uma faca em um bloco de madeira no balcão. Ele apontou para o próprio peito e depois para o andar de cima. – Vigie as portas.

Akimov assentiu e dirigiu-se à pia ao mesmo tempo que Grant entrou no hall. Ele rondou cada cômodo, abriu todos os armários, manteve-se alerta e pronto. Nada no primeiro andar. A escada era um ponto de estrangulamento, contudo. Ele esticou o pescoço, a palma da mão seca no cabo da faca – e viu movimento através da janela da sala de jantar: no mato, um homem com uma mochila e uma bengala.

Não era uma bengala – e sim um rifle.

Do corredor, através da porta aberta, ele se atirou sobre Akimov e lançou-o de encontro à pia da cozinha, fazendo com que os dois caíssem ao mesmo tempo no chão.

O russo gemeu e levou o coto do braço à barriga. – *Blyad!* Meu braço!

Grant rolou de lado, permanecendo baixo, e o silêncio não foi quebrado por um tiro. – Rifle – explicou. – Lá fora.

– Na montanha ou na estrada?

– Na montanha, lá. Um homem, com um pacote pesado, paralelo a casa.

– Aquilo não é um pacote. – Akimov esfregou o toco, tentando minorar a dor. – É um corpo.

– Hostettler?

– Acertou. O assassino conseguiu o documento de Magda – você viu o cofre vazio. Abriu o cofre com a combinação que obteve de Hostettler mediante tortura. Você achou um suporte para rifle?

– Vou olhar.

– Deixe que *eu* olho, você vai até uma janela e toma conta. Quantas entradas tem para a casa?

– Três ou quatro, talvez mais uma sacada ou uma rampa para depositar carvão.

Akimov parou, olhando para ele, o rosto lívido. – Você não poderia ter me batido do outro lado?

– Na próxima vez.

Grant subiu a escada, empunhando a faca em condições de ser usada. Ninguém, em nenhum dos quatro quartos, armários ou banheiro. Puxou para trás a cortina do quarto principal e examinou a encosta do morro. Uma formação de granito, pinheiros espalhados, céu azul-acinzentado acima das nuvens não muito brancas. Nada.

Poucos minutos se passaram até que Akimov subiu e apareceu na porta. – Nada de suporte para guardar rifles. O professor não era um homem violento. Uma forma ruim de morrer.

– Tem certeza de que ele morreu? Não vejo nenhum sangue.

– O homem cauterizou o que cortou. – Akimov voltou a atenção para a encosta da elevação. – O outro lado daquele ressalto de pedra – ele pode circular e se aproximar por trás.

– Você acha...

Akimov entrou e saiu de vista. – Há quatro entradas a serem vigiadas. Se ele conseguir, estaremos encrencados.

– Seu rifle não funciona dentro de casa.

– Está disposto a apostar sua vida como ele não tem uma pistola? – perguntou Akimov, a voz abafada.

Bem lembrado. – Então, qual é o plano?

– Nós ficamos de olho. Três das janelas dão para quatro entradas.

– São três janelas, somos dois.

– Nós patrulhamos. Quarto de hóspedes, banheiro, quarto principal.

– A gente confia na sorte – disse Grant em inglês, dirigindo-se ao banheiro.

– É como nessas brincadeiras de crianças – disse o russo, também em inglês. – No fim dá certo.

Grant entrou no banheiro e deu uma olhada no lago e no gramado pela janela de vidro embaçado em cima da banheira. – Por que o criminoso levaria Hostettler com ele?

– Para esconder a prova do crime.
– Talvez ele não esteja morto.
– Se ele falou o que o criminoso queria ouvir, por que conservá-lo vivo? O assassino nos viu chegar e arrastou o corpo embora. – Akimov bateu na porta do banheiro ao passar por ela. – Joga-o numa ravina, talvez, e forja um acidente: o velho torceu o tornozelo num buraco e os animais terminaram o trabalho.

Grant voltou para o quarto de dormir principal e não viu nada acontecer na entrada de carros circular e na elevação mais adiante.

– Você tem todas as respostas.
– De forma alguma.
– E o cofre?
– Quem quer que quisesse o documento, levou-o.

E apenas uma pessoa o desejava queimado: o homem que o documento implicava. – Poderíamos fazer uma pausa! – exclamou Grant.

– Um de nós em cada porta.
– E se ele tem o carro à vista?
– Que tal o lago?
– Não sei nadar, mas não deixe que isso o impeça. Talvez ele tenha ido embora ou sua pontaria seja péssima.

– Por outro lado – disse Grant –, eles estavam seguros dentro de casa, e o atirador às voltas com um corpo do qual queria dispor. Enquanto restasse luz do dia, eles podiam ver melhor do lado de fora do que ele do lado de dentro. Mas por quanto tempo poderemos continuar com a brincadeira depois do crepúsculo?

Eles passaram pelo corredor de novo, e Akimov dirigiu-lhe um longo olhar atravessado. – Ah! Um piloto!

– É mesmo? – Grant entrou no quarto das crianças. – O que você pilota?

Akimov riu. – Você conhece a obra de Anna Akhmatova?
– Não.

– Uma poetisa que passou grande parte da vida olhando por janelas. – Sua voz mudou quando ele passou a recitar: "Olhe para trás, para as róseas torres de sua cidade natal, a praça onde você cantava, a piscina em que nadava, as janelas que espreitavam de sua casa aconchegante. A mulher de Lot olhou e ficou presa, os pés enraizados no chão de pedra."

Grant foi até a porta do banheiro. Do lado de dentro, de pé formando um ângulo com a janela, Akimov esfregou o toco do braço. Virou-se e encontrou os olhos de Grant, os dois ficaram assim por um momento, e depois Grant moveu-se para o quarto de dormir principal.

O tempo arrastou-se. Ele fumou um dos cigarros makhorka de Akimov e prestou atenção à casa vazia. No banheiro de novo, deixou cair as cinzas do cigarro na pia.

– Como foi que você perdeu o braço? – perguntou ele.

– Um muro caiu em cima de mim.

– Em que guerra?

– Nesta.

– E as cicatrizes em torno dos olhos?

Houve uma ligeira hesitação. – Isso foi causado por uma bota – eu estava na prisão.

– Na Rússia?

– Kolyma.

– Nunca ouvi falar.

– Fica na Sibéria, é um campo de trabalhos forçados cinco vezes o tamanho da França, dividido em centenas de campos. Dois milhões de prisioneiros.

– Por que motivo você estava lá?

– As dores do nascimento do futuro. Foi um *zek* – um velho prisioneiro – que me ensinou o poema; ele sabia todos os poemas dela.

– Ele ainda está lá?

– Morreu. – Akimov fez uma pausa, talvez rememorando. – Às vezes, o último homem a entrar era fuzilado como um *dokhodyaga*, uma pessoa improdutiva. Para ensinar ao resto uma lição.

– Não, eu fui acusado de propaganda antipartido – não fui suficientemente reservado, queixei-me das prisões.

– Falou com a pessoa errada, hein?

Outra pausa. – Meu pai me denunciou.

– Seu pai? Merda, e eu que pensei que o meu fosse ruim.

– Uma necessidade política. Como homem do tsar, ele precisava provar sua lealdade, por isso me entregou. Seu único filho, a quem ele amava.
– Grande amor... Então você é um – qual é o seu posto?
– Major.
– Major e ex-condenado.
– Precisavam de oficiais, por isso nos soltaram do Gulag – os que ainda estavam vivos.
– E depois da prisão você ainda lutou por eles?
– Não por eles. Pelos meus compatriotas e meu país, pelo tipo de comunismo que o mundo ainda não viu – e contra os fascistas.
– É verdade mesmo? Seu próprio pai meteu você na prisão?
– Pelo menos houve uma razão. Soube de homens denunciados por devedores que não queriam pagar um empréstimo e de uma mulher que passou oito meses em Lubyanka por um erro burocrático.
– Que país! – Eles passaram pelo hall e Grant perguntou: – Você tem outro cigarro?
Akimov deu-lhe a bolsa de fumo. – Enrole um para mim.
No quarto de hóspedes, ele abriu a bolsa e enrolou os papéis dos cigarros.
– Todos os países são construídos em cima de derramamento de sangue – disse Akimov, a voz distante. – Veja só o seu. Vocês mataram os índios por causa de terra e escravizaram os negros para ganhar dinheiro.
– Isso já é história.
– Nós somos um país jovem, nossa história está se desenrolando agora.
– Isso não quer dizer...
– Você mora numa casa roubada e diz que certos crimes já fazem parte da história. Nossos problemas passarão e nossos filhos irão deplorá-los – assim também como lucrarão, da mesma forma que vocês, do sangue que seus pais derramaram. – O russo ficou em silêncio por um momento. – Nós todos vivemos em cemitérios.
Anna saberia como responder a isso, mas Grant não sabia. Na vez seguinte em que pararam no hall, ele deu a Akimov um cigarro aceso

e disse: – Não se pode modificar o passado. O presente é tudo o que temos.

– E o futuro.

– Você está falando a respeito de sua filha?

– Minha filha. – Um sorriso rompeu a expressão dura de Akimov. – A vontade que eu tenho é de gritar o nome dela de cima dos telhados.

Grant observou-o desaparecer no quarto e foi espiar da janela do banheiro. Terminou o cigarro, jogou a ponta no vaso, mudou de quarto mais cinco vezes. Precisava se mover. Encontrou o russo no corredor e disse: – Vamos.

– Ainda não.

– Quando, então?

– A colina com os pinheiros é a melhor localização para um livre atirador, e depois a formação rochosa. – O russo espiou pela janela, onde o céu estava pintado de cinza. – Quando o sol estiver nos olhos dele, nós vamos.

– Se ele ainda estiver lá.

– Melhor ainda se não estiver.

Grant avaliou a posição do sol. – Você comandou equipes de atiradores de elite.

– E também as enfrentei. Volte para sua janela.

Ele voltou. Cinquenta minutos se passaram, exatamente iguais a todos os outros minutos, e a voz de Akimov fez-se ouvir: – Você pertenceu à infantaria antes de ser da força aérea?

– Não.

– Você nasceu para ser infante. Eu estive em Nanquim, no final do ano de 1937. – As sombras encompridaram-se no mato, do outro lado do lago. – Sim, tudo é construído em cima de cemitérios.

– Você saiu de lá vivo.

– Praticamente.

Ele ouviu passos às suas costas, e Akimov parou à porta.

Grant deu de ombros. – Antes de Nanquim, eu era corajoso, eu era... uma armadilha de urso. Fechar as garras, sem hesitação.

– O instinto do matador. – Akimov disse alguma coisa em russo e depois em alemão. – Instinto é para animais. Homens têm alma.

– Com a qual não fazem praticamente bem algum.
Akimov sorriu, talvez tristemente. – Hora de ir.
Desceram a escada, olharam o sol e a floresta. Uma poeira de neve caiu do céu claro e desapareceu. Correram para o carro, e Grant ligou o motor, disparando para longe do lago. Não houve tiros, não houve bloqueios de estradas, não houve nada senão as montanhas vazias e o longo dia também vazio pela frente.

CAPÍTULO 34

O rádio tocava uma melodia de Wagner na sala de jantar às escuras, o telefone luzidio fora de lugar à cabeceira da mesa. Villancourt estava sentado imóvel, como uma cobra economizando energia. Em reuniões de diretoria e conferências, com investidores e banqueiros, ele jamais hesitava; no entanto, sustentar a cabeça do sobrinho morto no colo tinha sido algo novo em sua vida: ver a vida esvaindo-se dos olhos do menino.

Os soldados alemães rodearam a casa de Anna Fay; assim que o tenente Grant retornasse, o telefone tocaria. Pongratz rastreara Hostettler em Bad Ragaz; uma vez que ele recuperasse o documento, o telefone tocaria. Então, Villancourt agiria.

No rádio, *Im Treibhaus* terminou e começou *Schmerzen* – de *In the Greenhouse* a *Sorrow* –, e Villancourt ouviu os soluços da irmã durante toda a canção. Era quase cômico; no entanto, por alguma razão, ele se comoveu.

O telefone tocou e ele o agarrou abruptamente. – Aqui é Villancourt.

– Feito – informou Pongratz.

– Você está com o documento?

– Destruído.

– Graças a Deus! Você tem certeza?

– Claro.

– Não há cópias? É o que aquele homem lhe disse?

– Sim, e no fim ele me convenceu.

– Então, está terminado? – quis se certificar Villancourt. – Não há mais complicações?

– Está terminado, sim, mas há complicações. Dois homens interromperam minha... discussão.

– Depois que você já havia tido êxito?

– Sim. Eles são apenas uma ameaça pendente, ligados a nada e ninguém.

– Exceto, possivelmente, à garota.

Pongratz resmungou: – Você pode perguntar o que mais ela sabe. Embora sem a papelada você não possa ser tocado.

– É verdade. Falarei com a garota antes que você termine com ela.

Ele desligou, pensando a respeito dos tais dois homens. Bem, desde que Pongratz destruíra o documento, o sucesso era inevitável. Tudo o que restava eram negociações, os detalhes pequenos e importantes das finanças e da indústria... e os soldados esperando pelo assassino americano.

O *Wesendonck Lieder* terminou, e o telefone tocou de novo. Era um dos soldados da casa de Anna Fay. – Herr Villancourt – disse ele. – Revistamos a casa da mulher e...

– Vocês entraram na casa?

– Sim, senhor.

– Vocês foram instruídos a entrar na casa?

– Não... inteiramente, senhor. Mas eles fugiram. As roupas e objetos de higiene do homem desapareceram – não encontramos nenhum rastro dele.

– Ele sumiu?

– A mulher também, na minha opinião. Possivelmente. E o menino, o filho, o armário dele está completamente vazio.

– Você está me dizendo que o assassino fugiu?

– Sinto muito, senhor.

Uma fria certeza surgiu no peito de Villancourt. Ele encontraria aquele tal de tenente Grant e o puniria, fossem quais fossem os obstáculos que aparecessem no caminho, fosse qual fosse o tempo que levasse. Toda vez que piscava, ele via os olhos de Hugo toldados pelo sangue, instando-o para que prosseguisse; ele cumpriria com o seu dever.

– Nós examinamos os documentos da mulher – continuou o soldado. – Sua correspondência. Há doze amigos e pessoas da família que podem...

Villancourt deu uma olhada no relógio. – No meio da papelada, vocês encontraram a escola do filho?

– A escola do filho?

– O nome da escola que o filho dela frequenta. Não sei como me expressar mais claramente. Onde fica a escola dele?

– Um momento, senhor, vou perguntar. – A voz do soldado ficou abafada enquanto ele transmitia a pergunta e depois retornava. – Sim, encontramos seu boletim. Ele estuda em uma escola local, não longe daqui.

– Vá até lá. Agora mesmo. Pegue o garoto.

– Bem, senhor, é muito provável que ele esteja com a mãe.

– Você disse que a cômoda dele está vazia.

– Quase inteiramente.

– Mas a mãe levou tão poucas coisas que mal se pode dizer que fugiu. Ela não fez as malas para ele, partiram separadamente, e ela espera que ele esteja a salvo na escola. O que fazemos?

– Providenciem para que ele não esteja.

Uma coluna de vapor rolou pela plataforma da estrada de ferro e envolveu um jovem carregador que segurava, encolhido, um cartaz de latão. O americano curvou o corpo para a frente, e Akimov lhe tocou no cotovelo para impedir que batesse nele; não podiam se dar o luxo de chamar atenção. A mãe do senhorio disse que Nadya tomou o trem para ir falar com Hostettler, e tudo indicava que tomaria outro trem na volta. O problema era que Grant percebera a mesma coisa. A sorte é que, por ora, os dois formavam uma equipe.

O americano reduziu o passo, e Akimov perguntou ao carregador:

– Qual é o seu nome?

– Stosser, senhor.

– Fique em pé direito.

– Herr Stosser – disse Akimov depois que viu sua ordem cumprida –, reconhece a mulher mais jovem desta foto? – Ele mostrou a foto de Anna e da filha, que pegou no bolso do paletó.

O homem beliscou a própria face. – Não posso afirmar que tenha visto.

– Olhe mais de perto.

– Ela estava no trem hoje?

– Quatro dias atrás.

– Mil passageiros andaram no trem de lá para cá. – O rapaz suspirou. – Devo buscar o nosso chefe?

– Faça isso – ordenou Akimov, que ficou olhando o jovem atravessar, desengonçado, os trilhos.

– Ele não gosta de você – disse Grant.

– Um menino daquela idade – se fosse russo, estaria em Stalingrado. Pelo menos não o chutei.

– Estou ficando impaciente.

– Qual é sua urgência?

– Estou perdendo tempo, quero que isso logo seja parte do passado.

O americano ofereceu-lhe um cigarro. – Você?

– Ela é minha filha.

– E esse é seu dever. Você não está trabalhando para o exército.

– Grant riscou um fósforo e acendeu os dois cigarros... – Serviço de segurança?

– Do exército – sempre o exército.

– Você nunca me disse o que está querendo.

Akimov encheu os pulmões de fumaça. Não havia razão para mencionar as negociações de cessar-fogo. – Magda está morta, e a filha dela, desaparecida. Minha filha. Minha filha. O que você acha que estou querendo? – A verdade de suas palavras ressoou dentro dele como um sino. – E você? O que quer, agora que o documento está destruído?

– Seja o que for que ela souber a respeito dele.

– Por que pensa que ela sabe de alguma coisa?

– Perguntar não ofende.

Um homem com o uniforme dos carregadores e empregados que trabalhavam no trem, adornado por uma dose extra de alamares dourados, atravessou os trilhos, e Akimov agradeceu-lhe pela ajuda e mostrou a foto de Nadya.

— Os senhores vão me desculpar — disse o homem —, mas quem são exatamente?

— Ela é minha noiva — disse Grant. — Fugiu com o irmão deste filho da mãe.

— Olhe a linguagem — reclamou Akimov.

O homem fechou a cara. — Por favor, cavalheiros.

— O senhor a reconhece? — perguntou Grant.

— Há tantos rostos...

Eles esticaram a história por mais uns minutos, e apareceu uma nota de dez francos entre o polegar e o indicador de Grant. Mais cinco minutos de negociação, outros dez francos, e o chefe dos carregadores foi buscar o livro de registro no escritório.

— Você acha que ele acreditou em alguma coisa do que dissemos? — perguntou o americano.

— Talvez tenha acreditado nos francos.

— Quem sabe não está chamando a polícia?

— *Meus* documentos estão em ordem — assegurou Akimov.

— Claro — concordou Grant. — Os meus também.

Akimov soltou uma baforada de fumaça, perguntando-se se teria imaginado um tom diferente na voz do americano, mas justo nessa hora o carregador-chefe voltou com o livro-registro e mostrou-lhes os lançamentos. — Ela pode ter viajado de terceira classe, e nesse caso seu nome não ficou registrado. Primeira e segunda classe, sim, mas aqui não tem nenhuma Fräulein Nadya Loeffert. Ela é russa?

Grant arrancou o livro das mãos do homem. — Talvez você tenha deixado passar o nome.

— Por favor! Isso não é permitido. Devolva o livro imediatamente!

Akimov deu uma olhada na página: linhas de lançamentos, com bilhetes, compartimentos e preços, recibos de bagagem, colunas cheias de marcas obscuras.

— É proibido! — vociferava o homem. — Este livro é propriedade da ferrovia!

— Ele está certo — disse Akimov, examinando a lista de nomes. — Devolva o livro.

Grant não levantou os olhos. – Vinte francos.
– Aqui está seu dinheiro. – O homem tirou as cédulas do bolso do colete. – O livro não é dos senhores. Tem de devolvê-lo imediatamente ou...
Grant devolveu o livro, e Akimov pegou as duas notas dos dedos do homem. Sem perda de tempo, eles deixaram a estação e logo se viram na rua. Ambos tinham visto o nome: Hostettler, um bilhete de segunda classe para Zurique. O professor a levara de carro até a estação, comprara a passagem e se despedira.

Christoph ficou brincando com o tinteiro da sua carteira na escola enquanto os outros alunos esvaziavam a sala de aula – esperando a sua vez, o coração batendo tão depressa quanto o de um beija-flor. O valentão do Horst geralmente o pegava no corredor depois daquela classe e quase sempre ele fugia imediatamente para o duvidoso refúgio da capela. Mas hoje não. Hoje ele esperava por Horst, hoje ele era um soldado. *Nada mal, soldado.* Ele não era durão como o pai, mas sim como o sr. Grant, como o *tenente* Grant: um americano, um piloto de combate, um oficial. O segundo tipo de sujeito durão.

Ele respirou fundo, soprou os restinhos de borracha de apagar de cima da carteira, reuniu os livros e saiu da sala. O corredor estava vazio, exceto por um motorista esperando perto da porta do pátio e quatro estudantes que passaram correndo no piso de ladrilhos. Christoph os seguiu a distância, nervoso, mas também ansioso.

O que o tenente Grant diria quando soubesse que Christoph enfrentara o valentão? Bem, ele provavelmente só...

Horst destacou-se da reentrância de uma porta, com um sorriso aberto no rosto corado e bochechudo. – Atrasado para a capela, Chrissy? Talvez seu *pai* possa chamar o diretor. – O sorriso dele murchou quando viu que Christoph seguia direto na sua direção, mas continuou: – Ah, é mesmo, você não tem pai.

– E você não tem...

Uma voz de homem ecoou no corredor: – Você é Christoph Fay?

Ele parou, o coração aos pulos, a uns trinta centímetros de Horst. Virou-se lentamente para o homem, um motorista, e disse:

– Sim, senhor.
– O carro está esperando.
– Por mim? Tão cedo?
– Acho que sim, sr. Fay. Mandaram que eu viesse buscá-lo. – O motorista consultou o relógio. – Cinco minutos atrás.

Christoph virou-se para o outro menino. – Sinto muito, Sopa de Beterraba. O carro está esperando.

As faces de Horst ficaram vermelhas; ele odiava o apelido, ainda mais por ser uma fácil deturpação do seu nome, Horst, Borscht. – Você está com sorte.

Christoph riu e seguiu o motorista até o lado de fora. Que dia formidável, o melhor de que ele podia se lembrar em toda sua vida – e esperava que jamais terminasse.

Um posto de fiscalização bloqueava a entrada da estação ferroviária de Zurique, com meia dúzia de reservistas suíços entediados inspecionando documentos. Grant passou direto e estacionou ao lado da Metzgerbräu, perguntando-se se eles teriam sua foto ou se os documentos de Martin passariam. Gostaria de saber o que faria caso não servissem.

– Você vem? – perguntou Akimov.

Grant resmungou e saltou do carro. Atravessaram a praça e um executivo italiano diante do Commerico Hotel pediu fogo. Grant riscou um fósforo e perguntou: – Problema na estação?

– Você se refere ao ponto de fiscalização? Não, só estão procurando novamente sabotadores alemães.

– Há quanto tempo estão aí?

O homem deu de ombros. – Talvez uma semana. Eles temem homens-rã no lago Constança, por isso verificam os documentos em Zurique.

– Os suíços... – comentou outro italiano. – Sempre meticulosos.

Os italianos riram e atravessaram a rua na direção da Bahnhofplatz. O russo coçou o coto de braço e disse: – Pode ser que eles estejam registrando nomes.

– Você acha que eles registraram o nome da sua filha?

ALIANÇA IMPROVÁVEL 291

– Talvez.
– Se ela deixou a estação em vez de tomar outro trem.

Os dois se misturaram a um bando de homens de negócios, exibiram rapidamente os documentos para os reservistas suíços e passaram direto, sem o menor problema. Dentro da estação, os escritórios comprimiam-se atrás de uma vitrina com o típico modelo de uma cidade suíça; com neve, árvores e vacas. Grant perguntou pelo gerente da estação, e eles foram parar em uma sala com vista para os pátios de manobras. Ali uma secretária, sentada a uma mesa cromada, cobria com uma capa uma máquina de escrever. Era loura, com olhos azuis cheios de vida e ficaria excelente na capa de um folheto da Empresa Suíça de Turismo.

– O gerente da estação está disponível? – perguntou Grant.

– O escritório fecha cedo hoje – disse ela, puxando a capa da máquina. – Eu mesma já devia ter saído.

– Se puder perder um minuto – disse Grant –, temos um problema bastante desagradável.

Os olhos dela perderam um pouco do brilho. – Sim?

– Meu amigo – ele é russo –, mostre a ela seus documentos.

Akimov mostrou. – Sou membro da delegação comercial russa em Berna.

– A filha dele mora na Suíça – explicou Grant. – Receamos que ela tenha desaparecido.

A secretária levou a mão à boca. – Sinto muito.

– Faz três dias que ela sumiu.

– Quatro – corrigiu Akimov, mostrando o retrato da menina com a mãe. – Esta é ela, com a minha mulher.

– Nós pensamos que ela tenha passado em Zurique. Ela... – Grant sacudiu a cabeça. – Havia um cavalheiro, digamos, que a enchia de amabilidades.

– Não se tratava de um *cavalheiro* – interveio Akimov. – Era Hostettler.

– Eles vieram de Bad Ragaz. Sentimos muito prendê-la aqui além da hora, mas Nadya...

– Ela é uma boa garota – disse Akimov –, só que se imaginou apaixonada, e esse homem...

– Ele é casado – murmurou Grant.

A loura entrou rapidamente em ação – fez algumas perguntas e depois pegou o telefone para falar com alguém chamado Hartmut. – Tenho uma passageira, srta. Nadya Loeffert, que chegou de Bad Ragaz com um bilhete de segunda classe sob o nome Hostettler. Verifique os registros e... agora, por favor. Sim? Muito obrigada. – Ela desligou e virou-se para Akimov. – O bilhete de sua filha era direto até Berna, mas a menina perdeu a conexão em Zurique. Nenhum outro bilhete foi comprado em seu nome ou no de Herr Hostettler.

– Quer dizer então que ela permaneceu em Zurique?

A secretária loura balançou a cabeça afirmativamente. – Pelo menos naquele dia.

– E a bagagem dela?

– Ela não tinha recibo e também não reservou nada no compartimento de bagagem pesada. – Ela inclinou a cabeça. – Os senhores devem saber que ela não tinha mala.

– Estávamos pensando na bagagem *dele* – explicou Grant. – E se ela comprou outro bilhete, mudando o nome?

– Um nome falso? Não na semana passada, com a atenção das autoridades aumentada, mas ela pode ter viajado na terceira classe, sem reserva. – Ela pegou o telefone, falou de novo com Hartmut e depois explicou: – Houve dois trens depois do que veio de Bad Ragaz, e a terceira classe estava lotada em ambos. Ela não saiu de trem. Quem sabe não tomaram um ônibus ou alugaram um carro?

– E agora poderiam estar em qualquer parte – lamentou-se Akimov.

Grant agradeceu à secretária, que apagou as luzes e saiu com eles. Nuvens escuras e volumosas deslizavam pelo céu, os bondes passavam ruidosamente pela esquina, e a secretária olhou para o posto de fiscalização. – Quatro dias atrás – ela disse – os soldados do posto registravam todo o trânsito de pessoas. Pode ser que tenham tomado nota.

Grant não tinha certeza se queria que os soldados o vissem novamente. – Eles não parecem meticulosos.

– Somente hoje. O tempo de serviço deles terminou oficialmente hoje de manhã, mas receberam ordem de se apresentarem aqui assim mesmo.

Ela sorriu para um reservista ruivo, aproximando-se. – Você ainda está aqui?

– Mantendo você em segurança, querida. – Foi a resposta dele.

– Uma garota passou aqui, quatro dias atrás. Nadya Loeffert. Vê se encontra o nome dela, sim?

O reservista deu uma olhada neles, e Grant tentou fazer cara de inofensivo, ao mesmo tempo que imaginava como poderia fazer para se apossar da pistola dele.

– Garanto como eles não são homens-rã – disse a secretária, e contou a história.

O rapaz deu uma risada com o comportamento insano das jovens e correu com o dedo a coluna de nomes do livro-registro. – Quatro dias... Loeffert? Não.

– Ela não passou por este posto? – indagou Grant.

– Não nesse dia. Ou em qualquer outro.

Grant olhou para o homem entediado. – Tem certeza?

– Nós trabalhávamos bem.

– Mas a garota desembarcou aqui? – quis saber Akimov.

A secretária assentiu: – Isso mesmo.

– Então ela saltou do trem em que veio – disse Grant –, não embarcou em nenhum outro... mas não saiu da estação?

– Impossível – disse Akimov.

– Ela não passou por este posto – disse o reservista. – É tudo que posso afirmar.

Não houve resposta, uma hora mais tarde, quando Akimov bateu na última porta da ala administrativa do Landesmuseum. Ele recuou, conversou com os guardas da coleção Hallwil, não descobriu nada e saiu, atravessando o parque na direção do rio. Tentaria de novo nos prédios da Bahnhofplatz; algum rastro de sua filha devia ter permanecido, alguma testemunha devia se lembrar.

Na rua, passou pelo bar onde deixara o americano, alegando que tinha negócios em St. Gallen. Se Grant sabia que ele planejava ficar em Zurique a fim de procurá-la, não dera mostra – provavelmente não se importava. Pertenceria ele à inteligência dos Aliados? Seria mesmo americano? De qualquer modo, tinha ido embora, e Akimov precisava encontrar Nadya, descobrir o que ela sabia. E, mais urgentemente, vê-la de perto, sua filha. A única coisa que restara de Magda, a única coisa que restara de sua própria juventude e sonhos. A única coisa bela que ele trouxera ao mundo.

Falou com escriturários, porteiros e motoristas de ônibus. Ninguém tinha visto Nadya. Ela chegara a Zurique e desaparecera, ou evitando o posto de verificação ou embarcando secretamente em um trem.

Akimov parou na esquina. Havia uma possibilidade final: ela ainda se encontrava na estação.

Grant cruzou a ponte para a Schanzenstrasse, encontrou o Hospital de Mulheres e estacionou no meio de um grupo de carros, abrindo um jornal como disfarce. Atrapalhar as tais negociações para outro pacto de não agressão devia ser fácil, com os comunistas e os nazistas se matando uns aos outros, mas por onde eles poderiam começar agora que o documento de Magda fora reduzido a cinzas? A menos que Anna encontrasse o boletim de ocorrência da polícia, estavam liquidados.

Acendeu um cigarro. E agora? Encontrar o local da queda do Mosquito e expor o protótipo alemão. Claro que, com um cessar-fogo vigendo na frente leste, não tinha a menor importância os aviões empregados pela Luftwaffe – a Batalha da Inglaterra pareceria um voo de treinamento. Mas as conversações começavam hoje ou amanhã, e as embaixadas não ouviriam um americano fugitivo e uma dona de casa suíça. Bem, talvez Anna conseguisse o boletim da polícia. Se tivessem um único nome – o do dono do carro parado na cabana de caça –, talvez pudessem deslindar toda aquela história.

Jogou as cinzas do cigarro na rua pela janela do carro, e Anna se acomodou no banco do carona e disse: – Você recebeu meu bilhete.

O bilhete que ela deixara por debaixo da porta do quarto dele no hotel, pedindo para encontrá-la ali. – Por que um hospital de mulheres?

– Andei por toda a cidade, tentando pedir favores. Consulados, jornais. Conheço uma enfermeira desse hospital cuja família é do Partido Nazista, pensei que ela talvez tivesse sabido de alguma coisa.

– E soube?
– Nada de útil. Diga-me que você tem uma pista, Grant, por favor.
– Não teve sorte com seu editor?
– O oposto da sorte. Pierre-Luc recusou-se a me ajudar a encontrar o proprietário do automóvel. E me disse... – Anna levou a mão ao pescoço. – Ele disse...
– Disse o quê?
– Algo sobre Christoph. Ele tinha sido ameaçado, ele, Pierre-Luc. E sua família, seus filhos. Disse que eu devia me preocupar com meu filho. – Os olhos dela ficaram embaçados. – Se eu já não tivesse mandado Christoph para longe, estaria preocupada.
– Você ainda está preocupada.
– Sou mãe. – Um sorriso surgiu e logo desapareceu de seus lábios. – Esses homens, o que eles fizeram com Lorenz... Estou feliz por saber que Christoph está são e salvo. Agora me diga o que aconteceu.

Ele a encarou por um momento, ajustou o retrovisor e afastou-se do meio-fio. – A escola vocacional foi um beco sem saída, mas em Burgdorf reconheci um cara do hotel, um russo chamado Akimov. Acontece que ele é marido de Magda – seu primeiro marido, ex-marido.

– Ele viu você?
– Se me viu? Passamos o dia juntos. A filha é dele, do primeiro casamento, mas ele só soube recentemente. A senhorita nos disse que a garota foi se encontrar com Hostettler na outra casa dele.
– Ele tem outra casa?
– Em Bad Ragaz.
– Andei fazendo perguntas a respeito de Herr Hostettler – disse ela, esfregando os olhos. – Não soube a respeito de uma segunda casa, só que ele é antifascista, um homem bom.
– Ele era um homem bom – corrigiu Grant.
Ela abaixou a mão. – Você não... o que aconteceu?
– Não fiz nada. Nós...
– Nós quer dizer você e Akimov.
– Não me olhe desse jeito, ele é um cara honesto e franco.
– O que ele está fazendo na Suíça?
– Não sei.

O carro passou por uma protuberância e ela teve de se firmar no painel por causa do solavanco. – Você não sabe.
– Ele é major do Exército Vermelho, soube da filha, acho eu, e se tocou para a Suíça...
– Ele é ex-marido de Magda, Grant, mandaram-no para cá a fim de que a encontrasse. Só que os alemães foram mais rápidos e agora ele quer ver se acha a filha – foi quando você o viu.
– Faz sentido.
– E o professor? Também está morto?
– Está, porque lhe fizeram perguntas bem difíceis.
– Não entendo o que está querendo dizer.
– Machucaram-no antes de matar.
– Como aconteceu com Lorenz?
– Sim, provavelmente foi Pongratz também. Hostettler entregou a combinação do seu cofre e o assassino incendiou tudo o que estava lá dentro. Só restaram cinzas.

Ela fechou os olhos. – Ele queimou o documento. Não conseguimos encontrar os homens por trás da negociata destinada à lavagem de dinheiro das barracas. Não podemos usar a prova obtida por Magda para pressioná-los – chantageá-los – de maneira a influenciar as negociações. Está tudo acabado.

– Ainda existe o boletim de ocorrências da polícia, e podemos encontrar o proprietário do carro.
– Nao adianta sem os documentos pertinentes, Grant. Você encontrou Hostettler morto e os papéis queimados. O que aconteceu depois?
– O cara ainda estava lá quando nós aparecemos...
– Pongratz?
– Se era ele, sim. – Ele contou como foi a "brincadeira" de os dois se revezarem nas janelas. – Esperamos que a posição do sol nos favorecesse e saímos. Nem sinal do atirador. Imaginei que o melhor seria ficar perto do russo, encontrar sua filha, talvez ela soubesse de alguma coisa. Fomos à estação ferroviária local, Nadya pegou um trem, saltou em Zurique e desapareceu. Grant estacionou em uma rua sem saída e terminou a história. – Akimov permaneceu em Zurique, eu voltei para Berna com a esperança de você ter descoberto alguma coisa.

– Fracasso... foi o que encontrei.
– As negociações não começam até...
– Não. Martin estava certo. Ele nunca me respeitou, não sinceramente, não do fundo do coração. – Ela girou a aliança de casamento no dedo. – Ele nunca acreditou que eu pudesse fazer com que sentisse orgulho de mim. Sabia que eu não era a mulher que ele merecia. – Tudo o que eu queria – tudo o que eu queria era provar que ele estava errado.
– Ainda não acabamos.
– O que mais há para fazer?
– Você pensará em algo.
Anna desviou o rosto. – Ele se arrependeu de ter me desposado. Sua mãe costumava dizer que ele se casara com alguém abaixo de sua posição. E tinha razão. Ela me culpou quando ele não voltou para casa.
– Ela abaixou a cabeça – Tinha razão quanto a isso também.
Grant teve vontade de recitar uma poesia, como Akimov, mas não conhecia nenhuma. Gostaria de tomá-la nos braços. Mas limitou-se a falar: – Em algum ponto da Suíça, nazistas e soviéticos estão negociando um cessar-fogo. Se você quer chorar por alguma coisa, chore por isto: o Reich de Mil Anos. Esqueça a mãe de Martin, o filho dele vai viver na Grande Alemanha se não detivermos esse armistício. Se quer chorar por alguma coisa, chore por isso.
– Leve-me para casa.
Ele saiu com o carro, virou à direita ao passar por uma igreja católica e seguiu para o hotel.
– O hotel não – disse Anna. – Vou para casa.
– Sua casa não é segura.
– Pare aqui, Grant.
Ele a encarou e depois encostou no meio-fio. – Martin sentiria orgulho de você – qualquer homem sentiria.
– Não seja tolo – disse ela, e foi embora.

Vinte minutos no ar da noite clareou a cabeça de Anna e melhorou seu estado de espírito. Parou ante uma caixa do correio e, por um momento, não reconheceu onde se encontrava, então viu o teatro Alhambra do outro lado da rua. Era a Maulbeerstrasse, mais perto de sua casa que do Palace Hotel – e o quão perigosa poderia ser sua casa? Não conseguira nada, não realizara coisa alguma... certamente tanta mediocridade não inspirava oposição.

Em casa, pelo menos teria sua própria cama, a lembrança de Martin e o cheiro do seu filho. Joris e Christoph já deviam ter chegado a Ticino – graças a Deus que os mandara para lá –, mas ainda assim estaria cercada pelas marcas da sua família e dela própria: Anna Fay, mais que um fracasso. O que significava o Palace Hotel para ela? Não Lorenz, ainda no hospital, torturado por ajudá-la. Rosine? Sim, Rosine estaria lá, e Anna tinha uma nova tarefa para ela, um novo homem para seduzir – mas por quanto tempo mais poderia usar aquela garota sem destruí-la? E o que mais esperava por ela no hotel? Grant?

Ela fez uma pausa no cruzamento, decidindo-se.

CAPÍTULO 35

Akimov sentou-se em um banco de pedra do lado de fora da estação ferroviária de Zurique, ombros vergados ao peso do desespero. Nadya não se encontrava na estação nem nos salões públicos, banheiros, pátio de manobras, escritórios, nem no galpão dos mecânicos. Examinara três caixas de bagagens encontrada e não descobriu nada com seu nome. Nenhum dos sinaleiros ou estivadores reconheceu seu retrato, tampouco os guarda-chaves, carregadores ou vendedores de bilhetes. Tinham matado sua mulher, e sua filha desaparecera como um eco engolido pelo silêncio.

Escureceu e uma garoa gelada encheu uma poça, as gotas de chuva salpicando na poça como estilhaços de granadas na lama de Stalingrado, onde homens bons morriam em macas, em abrigos, em túneis de esgoto sustentados por vigas calcinadas. A chuva se acumulava nas trincheiras, e os soldados mergulhavam em cinco centímetros de lama. Logo o Volga congelaria.

Abriu a bolsa de fumo, mas não restara nada.

Por que o nosso século é pior que todos os demais?
Porque remexemos nas feridas mais asquerosas – e as deixamos intocadas.
A madrugada resplandece no Ocidente, mas aqui a Morte já deixa sua marca em uma porta.
E chama os corvos, e eles voam.

Akimov pegou um táxi e retornou para Berna em lúgubre silêncio. No Palace Hotel, o elevador subiu veloz e suave como o machado do verdugo, e, uma vez lá em cima, ele bateu à porta da suíte do pai. Little Vlad abriu a porta e perguntou: – Onde está o maldito carro?
– Em Burgdorf. No estacionamento do *bahnhof*. Little Vlad praguejou. – O vice-comissário quer vê-lo.
– Então me deixe passar.
– Ele não está aqui. Conferência com os nazistas, uma reunião introdutória para a negociação não oficial das conversas preliminares – bufou ele. – Só os merdas dos alemães. Salão de reuniões do segundo andar.

Quando Akimov entrou na sala de reuniões, o pai estava sacudindo a cabeça negativamente para um negociador alemão, protestando com sua voz ressonante: – A oferta é generosa, mas a delegação soviética permanecerá no hotel.

– Bobagem, vocês ficam em nossa embaixada.

– Não queremos abusar de sua hospitalidade, Herr Kübler.

– Não é abuso nenhum, vice-comissário – retrucou o alemão, um homem baixo com um terno bem cortado e a mandíbula quadrada. – O prazer é nosso. Ademais, a embaixada é mais segura que o hotel. E mais confortável, também.

– Herr Kübler, se pudéssemos discutir com mais produtividade... Ah! O velho Akimov alegrou-se ao ver o filho, ou pelo menos foi o que ele fez de conta que aconteceu. Aqui está meu filho rebelde. Podemos interromper por dez minutos?

– Claro, vice-comissário.

Uma vez sozinhos, Akimov pai voltou-se para o filho. – Diga-me que encontrou o documento de Magda. Diga-me que você é capaz de comprovar a lavagem de dinheiro, diga-me que temos como pressionar os alemães e que você não fugiu apenas para ficar amuado. Esse filho da mãe arrogante quer transferir as negociações para a embaixada dele, o que seria um sinal de capitulação total da nossa parte.

– O documento não existe mais. Foi destruído.

Seu pai ficou imóvel. – Tem certeza?

– Encontrei a pensão onde Magda morava – encontrei também o homem a quem ela confiou as provas que confirmam a negociata das barracas. Ele foi torturado e morto. Havia uma pilha de cinzas no seu cofre.

– Então não temos provas da cumplicidade dos suíços com um círculo de inteligência nazista? Nomes, nada?

– Não.

– Se não podemos usar o apoio ilegítimo dado pelos suíços ao Reichsbank, a fim de desequilibrar essas negociações, a capitulação é nossa única escolha. Aceitaremos qualquer migalha que os nazistas tenham a nos oferecer.

Akimov deu de ombros. – Desde que o cerco de Stalingrado seja levantado.

– Você lhe daria toda a Ucrânia?

– Eles querem a Ucrânia?

– O que vão pedir? Esta guerra não terminará enquanto todos eles não estiverem mortos. Ou nós.

– Você precisa ganhar tempo, mais nada.

– Preciso de um drinque. – Seu pai esfregou os olhos. – Preciso... preciso de um homem que fique do meu lado, ombro a ombro. Alguém que eu conheça como a mim mesmo, entende?

– Alguém que não vá traí-lo?

– Você jamais me perdoará?

– Talvez, se você me der um motivo.

– Você é meu filho, olhe só para você. Tem meus olhos, meu nariz... meu sangue circula no seu coração. Acha que sua teimosia vem do nada? Sua resistência a colaborar, sua raiva, seu idealismo? Não tenho ninguém mais, Edik, não tenho ninguém. Sou um vice-comissário, na verdade um simples assessor, confidente de Beria, que foi mandado à Suíça a fim de negociar um pacto destinado a salvar nosso país, e não tenho nada senão você.

Akimov olhou para ele – seu cabelo branco abundante, sobrancelhas fartas, braços fortes e ombros largos – e viu, pela primeira vez, um velho. Abriu a boca, mas, antes que pudesse falar, os alemães retornaram.

Voltando ao lugar que ocupava anteriormente, o negociador alemão sorriu para seu pai. – Também tive notícias de uma pessoa que anda muito por aí.

– É mesmo, Herr Kübler?

– Sim, e fui informado de um pequeno incêndio, na casa de um velho amigo. Oh, mas não se preocupe, nada de valor foi perdido. – Kübler tomou um gole d'água do copo que estava próximo ao cotovelo. – Só papéis.

– É mesmo? – repetiu o pai de Akimov.

– Alguns documentos, velhas ordens de compra. Agora, onde é mesmo que estávamos? Ah, sim, pensaram a respeito de continuar as negociações na embaixada?

– Pensei sim. Seria uma honra.

– E ficariam em nossos aposentos para hóspedes?

O pai de Akimov inclinou a cabeça, derrotado. – Será um prazer. Amanhã de manhã?

– Excelente. Agora, se quisermos dar um seguimento lucrativo a esta discussão, deveremos tratar de questões de indústria e comércio...

Akimov ouviu a discussão, lembrando de uma outra, em outro mundo, quando ele contornou uma esquina em Stalingrado e encontrou quatro de seus homens arrastando uma metralhadora para a sombra de uma parede.

Perdemos o prédio, eles lhe disseram. *Estamos recuando, vocês estão seguindo na direção errada.*

Está vendo ali, camarada major, do outro lado da rua, depois das crateras de granadas? Uma escada que leva a parte alguma?

É uma chaminé, uma chaminé tombada.

Tombada em cima de uma escada. Nós quatro vamos passar por cima dela rastejando, subir a escada e disparar lá de cima.

Vocês não chegarão à metade do caminho antes deles começarem a atirar.

Nós não vamos só até a metade do caminho, camarada major. Vamos até lá em cima.

Vocês quatro? Você também, Filya?

Para mudar de paisagem. Preparei um piquenique.

Akimov examinou os escombros ainda fumacentos da escada, uma missão suicida. *Segurem os alemães bastante tempo,* disse a eles, *e retomaremos o pátio.*

Nós vamos segurá-los eternamente.

Se vocês rastejassem tão depressa quanto falam, disse Akimov, sabendo que eles estariam mortos ao meio-dia, *já estariam lá.*

O custo da paz era alto, sim, mas seus homens não estavam refestelados no conforto aquecido de um hotel de luxo. Talvez os nazistas fizessem exigências que obrigassem os russos a cortar muito na própria carne, ainda assim, o amanhã cuidaria de si, ou seus homens não passariam de hoje com vida. E o *seu* futuro? Não deixaria a Suíça sem ver Nadya, sem ouvir sua voz. Ela era o único caminho aberto para ele, o único caminho que não o levaria a atravessar uma praça na direção de uma escadaria tombada. Tudo era um beco sem saída, tudo menos ela.

Por fim, a reunião terminou e seu pai o levou para um canto. – Venha, Edik. Há um clube na Viktoriaplatz com excelente reputação. Preciso esquecer.

Akimov contemplou o velho. – Está tão mal assim?

– Nem mais uma palavra enquanto eu não tomar um drinque.

No clube, o maître lhes serviu uísque em um salão comprido e que cheirava a salsa e peixe grelhado, com os garçons vestidos de *dinner jacket*. Um bar preto lustroso estendia-se ao longo do comprimento do salão e terminava perto de um conjunto de reservados. Akimov e o pai foram conduzidos a um dos reservados, e os Vlads ficaram em uma mesa próxima.

Ao ver os olhares desconfiados dos Vlads examinando o salão, ele perguntou: – Que nível de segurança você terá dentro da embaixada alemã?

– Não corro perigo, não mais. Eles me neutralizaram. – Ele levantou um dedo e o *sommelier* se materializou. Os dois conversaram a respeito dos vinhos dos lagos de Berna, o Gordola Nostrano e os vinhos Lavaux de Vaud, até que Akimov pediu uma garrafa de vodca, e seu pai riu e emendou: – Duas.

Pediram peito de pato *au poivre*, sopa de cebola e frango recheado com queijo gruyère. Quando a vodca chegou, ambos beberam e depois seu pai ergueu o copo para fazer um brinde: – Às palavras.

Akimov tomou um gole. – As palavras terão importância, sem a força de uma prova?

– As palavras sempre têm importância... e quase sempre me falham. Não perguntei a respeito do seu braço.

– Um muro caiu em cima de mim. Em Rostov.

– Eu sei o que aconteceu, Edik, li o relatório. – Ele se serviu de mais um copo. – Mas não lhe perguntei como você... O que se pode perguntar? Você sente falta do braço?

– Toda vez que aboto um casaco.

– Você está enfrentando bem o problema.

– Não há nada com que um homem não acabe se acostumando – disse Akimov. – Em que pé estão as negociações? Vai dar para você compensar a perda do documento?

– Posso mitigar o dano. Ligeiramente.

– A coisa está mal assim?

– Bastante. Seremos forçados a fazer concessões arriscadas e penosas, como uma amput...

Ele se interrompeu, e Akimov deu uma risada. – Não combina com você, uma gafe dessas.

– Como falei, não sou bom com as palavras. Pelo menos com você.

– Mas então... concessões arriscadas?

– A maior parte dos acordos de cessar-fogo nasce da suspeita, mas esse não, ele é gerado pela certeza. Sem dúvida nenhuma, nós combateremos de novo, fascistas e comunistas não podem coexistir. Os dois lados desejam ganhar tempo, os alemães fazem questão de derrotar um inimigo antes de engajarem outro, e nós, bem, você conhece a situação em Stalingrado, a possibilidade inaceitável de perder a cidade. Nós estamos discutindo não pela paz, mas sim em busca de vantagens estratégicas.

A sopa foi servida e eles comeram em silêncio. Ao empurrar o prato para o lado, Akimov notou que os Vlads vasculhavam ansiosamente o salão.

No bar, uma jovem inclinou-se sobre uma vela para acender o cigarro, a chama destacando seus malares e a boca, assim como todos os traços finos do rosto sensível. Os olhos dela tinham uma inclinação exótica, o vestido brilhante contornava-lhe os seios e lhe acariciava o dorso longo e suavemente recurvado. Em dado instante, ela cruzou as pernas e sorriu para o homem do bar, e aí toda sua elegância desapareceu, cedendo a uma expressão de prazer francamente visível.

– Nada revela tanto sobre uma mulher quanto sua risada – disse o pai de Akimov.

– Nem mesmo sua conversa?

– Mais palavras. E nada, Edik, revela tanto sobre um homem quanto seu filho.

Akimov pegou a fotografia no bolso do paletó. – Ou filha? – Ele colocou a foto de modo a ser iluminada pela chama da vela no meio da mesa.

– A filha da Magda? – perguntou o pai, inclinando a cabeça para ver melhor.

– Sim.

A testa de seu pai ficou vincada de rugas e depois voltou ao normal. Respirando com dificuldade, ele ergueu um dedo trêmulo para tocar na fisionomia de Nadya – isso, vindo de um homem que condenara o filho sem pestanejar, que sacrificara o amor no altar do dever. Virou a foto para a luz e seu sorriso, atônito, transformou-se em uma expressão de respeito. – Ela é sua. Ela é nossa. – As lágrimas lhe escorreram pelo rosto.

– Seu nome é Nadya.

– Nadya. Como minha avó. Minha... – Ele foi obrigado a fazer uma pausa. – Conte-me tudo.

Akimov contou: o quarto na pensão com o rosário de couro e a lâmpada votiva, a viagem até Bad Ragaz seguindo a trilha dela até o *bahnhof* de Zurique, onde ela desaparecera como um perfume delicado em meio ao vento forte.

– Encontre-a – disse seu pai. – Ela é... um novo caminho para a frente, Edik. Minha neta, sua filha. Já a sinto, tão perto quanto meu pulso. Tão perto quanto meu filho – que eu amo, que prejudiquei. Você tem de encontrá-la.

– Como? De manhã nós vamos nos mudar para a embaixada alemã.
– Você não. Não, você vai encontrá-la, encontrar Nadya. Volte à pensão, examine seus papéis.

– Não havia nada lá, aquilo era um quarto que ela alugava em uma pensão, não a casa onde morava.

– Veja só os olhos dela, tão parecidos com os de sua mãe que nada escondiam. Ela tem o... Você acha que ela tem o mesmo tipo de mente? Ícones no quarto... – Um sorriso de dúvida iluminou seu rosto. – Ela é nossa única esperança. Para as negociações e para... E se Magda lhe confiou algo mais que o documento, e se ela lhe contou também o que disseram? Esta é nossa última chance, esta é... *ela* é minha última chance, entende? Joguei tudo o mais no lixo. Recebi um monte de ouro, derreti e fiquei com a escória...

– Quer parar de chorar?

– Estou chorando? – Seu pai tocou no próprio rosto, espantado.

– Isto não requer lágrimas, e sim celebração.

– Outra garrafa?

– Para você, não. Leve Little Vlad e obrigue o senhorio dela a falar.

– Ele não sabe de nada.

Tem certeza? Está disposto a apostar a vida de seus homens em Stalingrado? – Seu pai estendeu a mão por cima da mesa e agarrou-lhe o pulso. – Você precisa encontrar Nadya. Ela é tudo o que restou para qualquer um de nós dois.

Nadya secou o rosto no espelho da pia. Os ossos da face estavam mais destacados, os lábios mais cheios e os olhos mais fundos e escuros, como se sem as ansiedades de liberdade, ela estivesse reduzida ao essencial; em breve, só lhe restaria a fé.

Fé e a grade no compartimento do engraxate. Só faltava um parafuso. Ela entrou no corredor estreito e parou perplexa. Não sentia uma brisa há dias, mas agora o ar fresco a atingiu no rosto, e sua calma quase desapareceu. *Tenha piedade de nós, pecadores. O Senhor nos criou, tenha piedade de nós, e mesmo que tenhamos pecado, perdoe-nos.* Nadya suspirou e entrou no salão de estar, onde encontrou um homem cujo rosto comum lembrava a fisionomia do gerente de um banco de aldeia, o sobretudo dobrado sobre um dos braços.

– Fräulein Loeffert – disse ele –, sou portador de boas notícias. Posso me sentar?

Ela indicou uma cadeira.

– Depois de vê-la sentar-se – disse ele.

– Prefiro ficar de pé.

– Certo. – Ele inclinou a cabeça. – Sabe de uma coisa? Eu imaginava que a senhorita acharia minha companhia angustiante, mas vejo que me enganei.

– Não me angustio facilmente – disse ela, e ficou surpresa ao perceber que dissera a verdade.

– Não? Bem, veremos. Sei que a senhorita entregou um documento ao professor Hostettler em sua casa de Bad Ragaz. Mesmo essa afirmativa não a angustia? – Ele deixou o sobretudo no sofá de dois lugares. – Quer fazer o favor de sentar-se?

Ela se sentou, sem curiosidade, medo ou esperança – um vazio confortável.

– Muito obrigado. – Ele se acomodou em uma cadeira e pegou uma cigarreira no bolso. – Agora, um homem que trabalha para mim recuperou o...

– Eu preferia que não fumasse – disse ela, porque a seu modo consagrara aquele lugar com suas preces.

– Está bem. – Ele guardou a cigarreira. – A senhorita está suficientemente confortável?

– Sim.

– A senhorita não está, deve estar querendo saber por que vem sendo mantida presa.

– Eu sei o motivo. Era um teste de fé, uma lição de fé.

– Sabe? Receio não compreendê-la.

Ela inclinou a cabeça ante a perplexidade dele. – Tem alguma pergunta a fazer?

– A senhorita não... – Ele examinou o rosto de Nadya. – Bem, ainda está sendo mantida prisioneira a fim de responder a perguntas a respeito dos documentos que sua mãe roubou de mim.

– Então estou diante de Herr Villancourt.

Ele inclinou a cabeça, assentindo, e colocou uma folha de papel em cima da mesa. – Meu subordinado recuperou os documentos no cofre de Hostettler e os destruiu, deixando apenas a carta de encaminhamento para mim. A fim de satisfazer um desejo juvenil meu... – Ele dobrou a folha em um quadrado e ateou fogo numa das pontas, largando o papel em chamas no cinzeiro. A fumaça subiu até o teto de ripas de madeira e se dissipou em uma fina névoa. – E assim desaparecem todas as provas. Essa é a primeira de minhas boas notícias. Há uma segunda.

Nadya permaneceu em silêncio.

– Não vai perguntar o que é? Garota obstinada. O cavalheiro que a acompanhou até aqui está furioso com a senhorita, porque não lhe falou a respeito de Hostettler, nem da casa em Bad Ragaz, e ele leva essas coisas a sério. É uma pessoa sensível. Ele espera visitá-la de novo, a fim de pressioná-la... ah, agora a senhorita estremeceu. – Seu sorriso não tinha calor. – Deve mesmo se assustar. Esta é minha proposta, Fräulein: a senhorita me conta agora tudo o que sabe e não permitirei que ele a interrogue. Demoradamente. Sozinho.

Ela empurrou o cinzeiro para o outro lado da mesa. – Aí o senhor me liberta?

– Sim – respondeu ele, com demasiada facilidade.

– Abrirá aquela porta e me deixará ir para casa?

– Não seja ingênua, Fräulein Loeffert. No entanto, eu a libertarei.

O entendimento do que se passava ampliou-se e, no entanto, ela continuou calma. – O senhor vai me matar se eu lhe disser?

– Sem dor. Sua única alternativa para Herr Pongratz.

– Não.

– Assim tão depressa? Sem hesitação?

– O suicídio é um pecado mortal.

– Permita-me explicar. Amanhã de manhã, os alemães se sentarão com os comunistas, a fim de negociarem as regras básicas de um armistício. Se formulado corretamente, este armistício trará grandes benefícios para minha firma e para mim. Se, por outro lado, eu me vir constrangido por uma chantagem... será uma tragédia. Os papéis que sua mãe furtou estão destruídos, mas sou um homem cuidadoso e preci-

so ver se todas as pontas soltas foram cortadas. Kübler é um negociador adequado, mas esse vice-comissário Akimov não é um homem que...
– Ele se interrompeu, examinando os olhos dela. – O que foi?
– Nada.
– Há soldados aí fora – devo convidá-los a entrar?
– Não, não. Na verdade, não foi nada mesmo. Só que "Akimov" é o nome do meu pai, o primeiro marido de minha mãe – ele retornou à Rússia antes que eu nascesse.
– Seu pai? Curioso... – Ele abriu e fechou a cigarreira. – E o pai *dele*? Quem é seu avô?
– Um diplomata da embaixada russa antes da revolução. Não cheguei a conhecê-lo.
– Ah, então posso ter outra utilidade para você.
– Esse vice-comissário é meu avô?
Os lábios de Villancourt exibiram por um segundo um sorriso glacial. – Os laços de família, Fräulein Loeffert, são impossíveis de serem quebrados. Por falar nisso, a senhorita logo terá companhia. Mas não se preocupe – ele não ficará por muito tempo.

Com o estrondo, Grant rolou da cama, bateu no chão e continuou se movendo até atingir a parede. Então se agachou e se lembrou de onde estava – Suíça, quarto do hotel. Nada se mexia no corredor ou na rua. Nada se movia, exceto a suspeita de uma lembrança: um rosto pálido surgindo ao seu encontro em uma estrada deserta, depois o choque, com o para-brisa se partindo em milhares de estilhaços.
Sentou-se na beira da cama, a cabeça latejando. Havia alguma coisa no sonho que ele precisava saber? Obrigou-se a enfrentar de novo o bloqueio da estrada na montanha, obrigou-se a enfrentar a lembrança. Nada lhe deu qualquer indício.
Então, por que estava acordado?
Apenas por uma razão.

CAPÍTULO 36

Uma voz acordou Anna no escuro. – Sou eu.
– Não! – Anna sentou-se na cama, o edredom puxado até o pescoço. – O quê? Grant?
– Pensei que você não dormisse nunca.
Ela acendeu a luz. – Aparentemente não durmo mesmo. Algo de errado?
– Nada.
– Que horas são?
– Tarde. Cedo.
– Feche a porta antes que você acorde Christoph.
– Estamos no hotel.
– Hein? Ah... – A memória voltou, Christoph estava a salvo em Ticino, e ela no Palace com Grant no quarto ao lado. – Vire-se.
Ela se levantou, vestiu o robe e viu que ele tinha ficado olhando pelo espelho. Grant atravessou o quarto, segurou-a pelos ombros e puxou-a para junto de si, magro e excitado como uma fantasia de adolescente – só que ela não era mais adolescente. Era mãe e esposa, tinha passado da idade de se derreter nos braços exigentes de um homem.
– Martin – murmurou ela.
Grant parou, a boca a um centímetro da dela, e largou seus ombros.
– Você o amava – disse.
– Este é o meu terrível segredo – disse ela. – Ele não ligava para mim, não confiava em mim. Mas eu o amava. Sinto muito, Grant, você é um bom homem.

– Tenho uma bela alma.
– E lindas mãos.
A surpresa arrancou uma risada dele. – Continue, torne isto ainda mais difícil.
– Não posso deixar de pensar que estou errada.
– Não seja tola – disse ele. – Claro que você está.
– Eu? Eu não irrompi pelo seu quarto no meio da noite.
– Deixe que eu apenas...
Grant acariciou-lhe o rosto e a beijou, e Anna fechou os olhos e mergulhou na escuridão que a entontecia. As mãos dele lhe queimavam o pescoço, os quadris, a nuca, e ela se sentiu desfalecer.

O cabelo de Anna caía como seda sobre o peito dele enquanto ela traçava suaves linhas em sua barriga. Grant aninhou-a nos braços, a pele dela aquecia a dele. Após algum tempo, ela levantou a cabeça.
– Conte-me como foi que ele morreu.
– De que adianta saber?
– Talvez seja mais fácil de enterrá-lo.
– Começou em dezembro de 37 – disse ele, parando logo em seguida.
– Grant?
Ele não podia fazer aquilo estando com ela nos braços. Grant desembaraçou-se, enfiou a calça e sentou-se na cadeira que ficava ao lado da cama. Levou um minuto até encontrar as palavras. – Depois do bombardeio... Havia crateras na estrada, era a primeira semana, os japoneses queriam nivelar o chão, abrir a cidade para o tráfego. Alinharam os chineses, famílias inteiras, e usaram machadinhas.
– Mataram os chineses?
– Para tapar os buracos, mais fácil que transportar pedras. Remendar uma estrada esburacada com corpos.
Anna levantou-se e vestiu o robe.
– Havia homens, pais, eles os obrigavam a... com suas próprias filhas, os filhos com as mães.

Grant parou, olhando para as mãos. – Martin era uma rocha, mas chegou a hora em que nem ele conseguia ver aquilo.
– O que aconteceu?
– Escureceu. Acontece que escureceu. Como acontecia em horas alternadas depois que Nanquim caiu.

O relógio marcou um minuto, até que ela perguntou: – Ele morreu ao crepúsculo?

– Um pelotão de soldados deteve uma procissão de casamento. Tiraram a noiva da liteira, uma garota esquelética e vesga, talvez com uns quinze anos, para que ficasse com eles no quartel por uma semana ou duas. Martin disse a eles que a deixassem, a resposta foi que a escolha cabia ao próprio Martin: ou o quartel por umas semanas ou um "clube social" por meses.

– O que ele fez?

– Ele escolheu. Martin não era homem que receasse tomar decisões difíceis. Aí então, no dia seguinte, o mesmo pelotão apareceu no pátio, atrás de uma das nossas casas, onde moravam uns cem refugiados. Procurando combatentes inimigos, foi a explicação dos japoneses. – Grant deu de ombros. – A noiva não os manteve ocupados por muito tempo, eu acho.

– E Martin?

– Colocou-se no meio.

– Eles o mataram.

– Sim.

– Esse fardo não é seu, Grant. Ele era meu marido, é um fardo que eu tenho de carregar.

– Você quer saber? Eles o decapitaram e jogaram a cabeça numa pilha.

– E você?

– Eu o quê?

– Chegou também uma hora em que você não conseguia mais olhar?

– Eu não sou Martin. Quando não pude olhar mais, parei de olhar.

– Começou a se importar.

– Perdi o entusiasmo, mais nada.

– Não sei o que você era antes de Nanquim, Grant, mas sei o que é agora. Quando aquela garota morreu em seus braços, você não perdeu nada, você aprendeu... – Bateram à porta, e a voz de Anna ficou tensa.
– A polícia... fomos encontrados.
– Policiais não batem à porta – disse Grant.
Vinda do corredor, eles ouviram a voz de Rosine. – Anna?
Grant abriu a porta e viu a moça ali parada, a blusa rasgada no ombro, um lenço ensanguentado no nariz. Puxou-a para dentro e perguntou: – Eles a seguiram?
– Não, não tem ninguém. – Ela olhou para o peito nu de Grant e depois para Anna, de robe. – Puxa, Anna, finalmente!
– Rosie, o que aconteceu? Deixe-me examinar seu ombro. – A garota tinha um hematoma roxo na clavícula. – Pode levantar o braço? Agite os dedos. – Ela desabotoou a gola da sua blusa. – Saia, Grant.
– Não – disse Rosine. – Fique, tenho notícias. Conheci os russos ontem à noite e... – Ela viu a confusão de Grant e explicou: – Os russos, os homens de quem Anna disse para eu me aproximar.
– Depois que você passou o dia com aquele russo, Grant – explicou Anna –, pedi a Rosine para descobrir o que pudesse a respeito dos outros que estavam no hotel. Alegavam ser uma representação comercial, mas...
– Não são – completou Rosine. – Ontem de noite pediram um táxi para ir a um teatro, cheguei cedo e fiquei no bar, discretamente. Quatro homens, falando em russo. Dois saíram após o jantar, mas o de cabeça branca, o vice-comissário, permaneceu para a sobremesa.
– Foi ele quem fez isso?
– *Non*. Seu guarda-costas. Tinha medo de que eu estivesse espionando o comissário, queria que eu confessasse falar russo. Eu me recusei... – Seus dentes rangeram e ela se abraçou com força. – Mas o comissário era gentil, queria se consolar mais do que ter prazer e não parava de falar, suas palavras fluíam como as águas de um rio. Os soviéticos estão perdendo Stalingrado, os alemães lutam em um número demasiado grande de frentes. Aquela é uma reunião *exploratoire*, sem consistência. Só se o primeiro passo der certo...
Ela se calou, e Anna exclamou: – Rosine?!

– Dê-lhe um banho – disse Grant. – Tem alguma bebida alcoólica no quarto?
– Ela precisa de um médico.
– Já vi homens feridos antes.
– Ela não é homem.
– É tão durona quanto você, Anna.

Anna entrou no banheiro, abriu a água e parou na porta. – Então é tudo verdade. Há um pacto entre nazistas e soviéticos.
– Nós já sabíamos disso, *non*? – disse Rosine. – Mas o vice-comissário, você chegou a vê-lo? Uma cabeça de profeta, com sua cabeleira branca, e uma voz que combina. Encontrará com os alemães na embaixada amanhã, hoje, esta manhã, agora, ele é o *émissaire*. E tem uma neta que nunca viu. Nadya Loeffert.
– Ele está hospedado aqui no hotel? – indagou Grant. – Qual é o nome dele?
– Sim, ele está aqui no hotel, e o nome é vice-comissário Akimov.
– Akimov? – Grant sacudiu a cabeça. – Nadya é a neta dele?
– Ele deve ser pai do seu russo – disse Anna, dirigindo-se a Grant.
– Ele soube apenas hoje da existência da neta – continuou Rosine.
– Que ela existe, que é suíça. E foi como se um raio o atingisse, diz ele, chora por ela, lágrimas de medo e de esperança.
– Por que lhe contou isso?
– Ele fala russo, pensa que não entendo, mas eu entendo. Compreendo o bastante. Ele diz que não há vitória sem sacrifício, sua esposa, seu filho. E diz, mais de cinco vezes, eu vou ter minha neta.
– Ele é a figura central de tudo isto – disse Anna. – Sem ele, a negociação falha.
– Ele e o emissário alemão – emendou Grant.
– O alemão é substituível, mas não é possível substituir rapidamente o comissário, não tão longe de Moscou. E ele está no hotel, Grant. Enviado para negociar um cessar-fogo, não podemos permitir isso. Temos de detê-lo. – Ela o encarou com um olhar intenso. – Você me entende?
– Entendo.
– Você vai precisar de uma pistola? – perguntou ela.

– Mas você não tem arma nenhuma...
– Dê-me uma hora.

Rosine sacudiu a cabeça. – Ele está saindo esta manhã, ficará hospedado na embaixada alemã. De manhã bem cedo. Uma vez lá, estará seguro.

– Pode resolver isso sem uma pistola? – indagou Anna.

– Posso tentar – respondeu Grant.

CAPÍTULO 37

Kübler abriu a porta de sua suíte na embaixada e preparou um martíni no aparador. Não era homem de beber de manhã em situação normal. Mas aquele dia era extraordinário – tudo ia bem e o sucesso estava plenamente assegurado.

Na véspera, o negociador russo se agarrara a todos os detalhes possíveis; no entanto, Kübler *sentira* um arrepio de desconforto: um homem em que não se podia confiar e misterioso, esse vice-comissário Akimov, possivelmente judeu. Não se pode ser complacente ao enfrentar tanta astúcia. Mas depois de ter sido acordado pelo telefonema de Villancourt às tantas da madrugada, as últimas pontadas de preocupação de Kübler desapareceram. O prejuízo seria dos comunistas, não do Reich.

Ele abriu o cofre para saborear o comunicado do ministro das Relações Exteriores, Von Ribbentrop. Hitler ainda não dera sua aprovação pessoal às negociações formais, mas, uma vez que Kübler tivesse assegurado condições favoráveis, a iniciativa de Von Ribbentrop seguiria em frente. O gelo retiniu no copo enquanto ele lia de novo o memorando determinando que obtivesse "condições suficientemente favoráveis" a qualquer custo... e Nadya Loeffert era esse custo. Outra ordem fielmente executada. Ele bebericou de novo o drinque e sorriu, relembrando o telefonema que o acordara de madrugada:

– Kübler, seu preguiçoso – tinha dito Villancourt. – Dormindo de novo?

– Villancourt! Que horas são?
– Hora de boas notícias. Conseguimos prender o coração do velho numa gaiola. Na reunião desta manhã você lhe dirá...
– O quê? Quem? Vá devagar, Villancourt.
Um suspiro profundo. – O vice-comissário Akimov. Estamos com a neta dele. Passei...
– A neta dele?
– A filha do seu filho – certamente você conhece a palavra, pois não? Nós a prendemos. Passei a noite confirmando esse assunto, e a primeira coisa que acontecerá nesta manhã é que você fará uma sondagem com o vice-comissário, está entendendo?
– Sondagem?
– As concessões que ele fará para garantir a soltura da filha, as concessões que está autorizado a fazer... Ele lhe dirá tudo, todas as instruções que recebeu. – Uma breve pausa. – Posso confiar em você, que vai apresentar o assunto com a devida energia?
– Espero que sim.
– Com esperança e dois tostões, Kübler, posso comprar um pacote de amendoins. De manhã, convoque uma reunião especial – mandarei Pongratz. E não estrague as coisas ou será seu fim.

As cortinas estavam arriadas e as paredes esmagadas pela escuridão. Akimov, sentado à escrivaninha do hotel, tinha os olhos semicerrados e observava o cigarro no cinzeiro enviar pequenas colunas de fumo para o teto. Segurava uma caneta sobre o papel de carta com o logotipo do hotel e não tinha nada para escrever.

Na noite anterior, ele e Little Vlad haviam tomado um táxi até a estação de Burgdorf, onde recuperaram o carro e seguiram para a pensão em Emme. Amarraram o proprietário na cama, e Little Vlad bateu nele até deixá-lo ensanguentado, antes de fazer uma única pergunta. O que eram uns poucos galos comparados com os ferimentos de Stalingrado, as infecções e a gangrena? Akimov vira coisas piores lá, todos os dias – e ainda assim nunca ficara nauseado antes.

O senhorio balbuciou histericamente tudo o que sabia a respeito de Magda e Nadya, o que era nada; eles revistaram os quartos e duas horas mais tarde admitiram a derrota. Nadya tinha desaparecido. Será que sabia que a mãe fora morta? Estava completamente sozinha agora – exceto por ele. Escreveu o nome dela no bloco de anotações, o nome verdadeiro – *Nadya Eduardovna Akimova* –, e levantou-se ao ouvir um barulho no quarto ao lado.

A porta foi aberta e o americano o empurrou de lado.

– Onde está ele?
– Ele quem?
– Seu pai, o comissário.
– Vice-comissário.
– Ele não está no quarto, sua bagagem sumiu... onde ele está?
– Ele saiu vinte minutos atrás. O que você quer com ele?
– A recepção diz que ele não fechou a conta.
– Ele vai ficar com o quarto até... – Akimov encolheu os ombros.
– Se precisar voltar.
– Onde ele está?
– Por quê?
– Responda à pergunta, Akimov.
– Uma resposta pela outra.

Uma mulher saiu de trás de Grant, tinha olhos claros e cabelo escuro. – Por favor, major, diga-nos onde ele se encontra.

– Ele não volta hoje.

Ela trancou a porta de ligação e virou-se para Grant. – Pode fazê-lo falar?

O ar no quarto ficou mais denso e Grant repetiu a pergunta para Akimov. – Posso?

– Dando tempo suficiente.

Grant virou-se para a mulher. – Nunca.

– Ele está na embaixada – disse a mulher. – A embaixada alemã.
– Verifique – disse-lhe Grant. – Ligue para lá.

Ela levantou o fone. – O gerente saberá se alugaram um carro ou...

– Não precisa se dar ao trabalho – disse Akimov, porque quanto menos gente envolvida, melhor. – Você tem razão. Ele está na embaixada, como convidado dos nazistas.

***

Anna pôs o fone no lugar e suspirou. Olhou para Grant, não querendo ver sua reação, mas sim sua firmeza. Se o russo estava dizendo a verdade, se o pai dele já estava em segurança na embaixada alemã, ela ficara sem nada.

Por mais vagas que fossem as conversações no estágio em que se encontravam, não podia interferir agora – a embaixada era muito bem defendida, o documento com que poderia chantagear os alemães fora destruído, as negociações tinham começado. Ela avaliou os ângulos do rosto de Grant, sua força facilmente controlada, e balançou a cabeça uma vez: precisavam encontrar a garota, Nadya.

Não para exercer influência ou pôr a pique as negociações. Tarde demais para isso, com a delegação soviética já atrás de portas trancadas. Não, eles encontrariam a menina para *ajudar* os russos. Entre Stalin e Hitler, a escolha era óbvia – um era aliado, mesmo que desagradável; e o outro, um inimigo mortal. As negociações ficavam fora do alcance de Anna, mas não de Akimov; se soubessem de alguma coisa por meio da garota, o major Akimov informaria ao pai, e os soviéticos poderiam exigir suas condições. Sim, ela falhara em sua tentativa de interromper o tratado de não agressão – falhara perante si mesma e perante sua pátria, sem falar em Martin. No entanto, se pudesse influenciar o pacto contra os nazistas ajudando os soviéticos...

Ela balançou a cabeça de novo.

Akimov viu os olhos da mulher ficarem embaçados quando ela submergiu em seus pensamentos. Depois voltaram a ficar penetrantes com a claridade. – Você é da inteligência suíça? – perguntou ele. – O que deseja com meu pai?

– Quero o que você quer – disse ela. – Sua filha.

Uma súbita esperança acelerou as batidas do coração de Akimov.

– Você sabe onde ela se encontra?

– Conheço a Suíça. Conte-me tudo. Eu o ajudarei a encontrá-la.

– Por quê?

– Porque somos aliados.

Ele riu. – Não é o que você pensava um momento atrás, quando trancou a porta.

– Sua filha está desaparecida, sua mulher morta. Você tem algum plano melhor?

– Nós estamos a par das negociações para que venha a ser assinado um cessar-fogo entre alemães e russos – disse Grant.

– Sabemos que sua esposa roubou os documentos – disse a mulher – que a permitiriam chantagear um industrial suíço. A intenção dela era me dar esse documento. Não a você, tampouco a seu pai, mas a mim. Você sabe o nome do industrial?

Akimov sacudiu a cabeça vagarosamente, sentado à mesa. – Eles me trouxeram de Stalingrado para encontrá-la e nunca cheguei a ver-lhe o rosto. Talvez eu a tenha assustado como um animal faz para que a caça saia da toca, a fim de que os alemães a matassem. Não, não sei quem é o homem. Nada sei, exceto o nome de minha filha.

– Sem nós, como você a encontrará?

Ele olhou para sua mão cerrada sobre o tampo da mesa. Sem ajuda, ele não a encontraria. Sem ajuda, jamais ouviria sua voz. Contou tudo à mulher: os becos sem saída em Zurique, a pensão em Burgdorf.

– Você pulou algo – disse ela, quando ele terminou.

– O apartamento em Genebra? Ele foi revistado por profissionais.

– Não o apartamento. – Ela pegou o telefone, falou demoradamente no dialeto alemão-suíço e desligou. – Agora vamos esperar a resposta a esse telefonema.

– De nossos reforços – sugeriu Akimov.

– Eu tenho Grant – retrucou ela. – Por que precisaria de reforços?

Ele assentiu de novo, esfregando o rosto com a palma da mão. Precisava de sua filha. Precisava interromper o combate em Stalingrado antes de a União Soviética jazer em ruínas sob as lagartas dos tanques alemães. No entanto, ali estava ele, sentado em um quarto de hotel, perdido.

– Interrompemos seu café da manhã? – perguntou a mulher. Recomendo o rim de carneiro com bacon defumado.

– O que estou esperando?
– Faça minha vontade, por favor. – Ela andou de um lado para o outro no quarto, arrumando distraidamente uma coisa e outra, até que o telefone tocou; ela fez então uma série de perguntas e ouviu as respostas. – Tenho a confirmação – disse ela a Grant, depois que desligou. – O vice-comissário está mesmo na embaixada da Alemanha.
– Era só isso que você queria? – indagou Akimov. – Confirmar a localização de meu pai?
– Não. Também descobri sua filha.

CAPÍTULO 38

Villancourt virou-se da janela do escritório e franziu a testa diante do soldado com o rosto cheio de espinhas que estava de pé diante da sua mesa.
– Seus homens ainda estão vigiando a casa de Anna Fay? – perguntou.
– Sim, senhor.
– Nenhum sinal dela ou do americano?
– Ainda não. Só viram o jardineiro ontem.
– Aquilo foi uma coisa malfeita.
– Ele atacou Schmidt com um forcado, gritando coisas em italiano e... – O soldado deu de ombros. – Nós tivemos de aquietá-lo.
– Conseguiram.
– Uma pancada na cabeça é uma coisa arriscada, senhor. Não tencionávamos matá-lo.
– Basta de desculpas. Quando Anna Fay ou o americano aparecerem, vocês sabem o que fazer?
– Dizer a eles que o menino está em segurança e avisar ao senhor e a Herr Pongratz.
– Dizer a eles que o menino está seguro "por ora". Você não teve problema para convencê-lo a segui-lo?
– Em absoluto – respondeu o soldado. – Ele viu o uniforme do motorista e não disse uma palavra. Se me permite, senhor... foi um estranho tipo de prisão.

– Lamentavelmente não tenho acesso à cadeia municipal, por isso tenho de usar o que estiver disponível. Agora, volte para junto dos seus homens, e tenha certeza de que não vai me desapontar. – O telefone branco e dourado tocou, Villancourt pôs o soldado para fora e só depois respondeu: – Aqui fala Villancourt.

Uma voz obsequiosa de mulher disse: – Por favor, espere um instante, que vou pôr o presidente Ochsner na linha.

Em um momento, Villancourt ouviu a voz de Ochsner: – Herr Villancourt, acredito que esteja comodamente instalado em Basileia, não?

– Perfeitamente à vontade, muito obrigado.

– Então é possível deduzir que relutaria em ser transferido.

– Pela firma, não hesitaria. Há alguma filial precisando de assistência?

– Ainda não, mas permita-me dizer que sabemos avaliar sua colaboração. A compensação de créditos, a questão do trabalho estrangeiro, a combinação de probidade com lucratividade... O senhor soube conduzir tudo com mão firme. Aceite minhas congratulações, assim como minhas condolências. Estou sabendo que houve uma morte em sua família?

– Meu sobrinho. Um acidente na estrada.

– O senhor tem minha solidariedade, é um acontecimento muito triste.

Ochsner ficou em silêncio por um instante e depois prosseguiu bruscamente: – Mudando de assunto... Parece que certo Herr Rothenbuehler, da aduana de Basileia, tem procurado falar com o senhor, mas sem conseguir.

– Herr Rothenbuehler? Um funcionário da Alfândega?

– Sim, o pobre sujeito tem tentado a semana toda falar com o senhor, mas não consegue passar da recepção.

– É mesmo? Lamentavelmente tenho andado ocupado com outros assuntos.

– Certamente; no entanto, não se deve negligenciar a rotina enfadonha, não concorda?

– Claro. Vou entrar em contato com Rothenbuehler pela manhã e...

– Estamos tratando de expedição de carga, não? O compromisso caduca, como o senhor sabe, se a firma não receber a carga na data preestabelecida...

– Eu lhe asseguro, presidente Ochsner, que sou perfeitamente versado na...

– A data final é hoje. Herr Rothenbuehler está neste momento à porta do seu escritório. Acompanhe-o ao escritório da Alfândega no depósito do Reich e complete a transação. É só.

Depois que Ochsner desligou, Villancourt acariciou o telefone com o polegar, quase ronronando de satisfação. A conversa revelou o pânico crescente que Ochsner sentia por causa da consolidação da sua posição – não sabia direito se o elogiava ou o insultava. Bem, ele tinha razão em sentir medo; hoje, Villancourt iria correndo aos depósitos do Reich cumprir uma tarefa subalterna, mas amanhã começaria sua campanha pela presidência da junta.

No vagão-restaurante do expresso matinal para Basileia, Anna empurrou os ovos mexidos para um canto do prato e contemplou o vale do rio que passava rapidamente do outro lado da janela. *Cuide de seu filho*, dissera-lhe Pierre-Luc. Ela encontrara o rastro da filha de Akimov e, no entanto, não sabia onde o próprio filho se encontrava – em algum ponto de Ticino. Por que Joris não deixara um recado no hotel? Não era característico dele se esquecer. Provavelmente não conseguira encontrar um telefone.

Odiava-se por ignorar Christoph, tanto na escola quanto em casa, e agora chegara ao cúmulo de mandá-lo embora. E por quê? Por causa de um vago medo, da urgência de encontrar Nadya Loeffert. E não sabia sequer se ajudar a União Soviética era sua melhor opção: era a única.

Limpou a boca com o guardanapo. Não conseguira interromper as negociações visando ao cessar-fogo – e, na verdade, com os negociadores seguros dentro da embaixada alemã, aquela não era meramente sua melhor opção.

O russo serviu café, olhando para ela. – E, agora, você me dirá aonde estamos indo?

Ela descansou o garfo. – Como foi que Nadya deixou a estação de Zurique?

– Aí está o problema. Ela não passou pelo posto de verificação, não comprou um bilhete, nem viajou de terceira classe.

– Há apenas uma outra possibilidade: ela tomou um trem alemão.

– Não houve nenhum trem alemão – disse Akimov.

– Não estou falando de trens de passageiros. Vagões fechados alemães viajam pela Suíça em linhas intocáveis por força de tratado, noite e dia, carregando insumos da indústria alemã. Um trem desses passou por Zurique no dia em que Nadya desapareceu e um carro foi acrescentado, um carro chamado Blue Star.

– De passageiros?

Ela assentiu. – Rumo ao norte.

– Acha que ela embarcou nesse Blue Star?

– Tenho certeza.

– E esses trens de carga, os tais vagões fechados alemães, são baseados em Basileia? – indagou Akimov.

– Em um pátio de manobras extraterritorial alemão, onde ficam os depósitos do Reich. Nadya foi para lá.

Anna olhou de novo para a janela. – Reze para que consigamos achar o rastro dela.

Kübler levantou-se quando o russo entrou e murmurou um cumprimento em francês, uma homenagem ao espírito de globalização. O vice-comissário respondeu mais fluentemente, com um sotaque de inegável refinamento, enquanto Kübler sentiu que seu sorriso esfriava. Não importava; em questão de minutos, o homem suplicaria misericórdia.

Ele convidou o russo para sentar e disse: – Posso começar com uma pergunta?

– Certamente, Herr Kübler.

– Quais são as melhores condições que o senhor está autorizado a oferecer?

– Admirável sinceridade! Devemos ter terminado na hora do almoço, se ao menos...

— Onde fica a linha que o senhor não pode cruzar? Qual é o maior sacrifício que pode fazer?
— Sim, posso entender seu argumento, Herr Kübler. O senhor deseja assegurar os maiores benefícios para seu Reich, enquanto eu...
— Nós estamos com sua neta.
— ... desejo... Como?
— Sua neta, Nadya Loeffert, Nadya Akimov. Nós a temos em nosso poder.
— Ela não está — o russo ergueu uma das sobrancelhas — aqui na embaixada, está?
Kübler sacudiu a cabeça. — Ela está em segurança.
— Bem, fico satisfeito em saber disso. Claro que o senhor compreende que nunca a vi pessoalmente. E, ademais, não sou o que se poderia chamar de um "homem de família". Não mandei meu próprio filho para o Gulag?

Ele deu uma risada, claramente divertido com a tentativa de Kübler de controlá-lo. — Agora, a menos que o senhor tenha alguma observação acerca de uma prima de terceiro grau minha ou de minha bisavó, podemos continuar?

Kübler sentiu o rosto em fogo. Maldito Villancourt, fazendo com que ele passasse por tolo. Ainda assim, ele era um homem que cumpria seu dever até o último suspiro. — Não falamos mais nada sobre a garota, então. Se nada significa para o senhor, não temos uso para ela. Mandaremos liquidá-la. Agora, quanto ao nosso primeiro pedido de negócios...

— Mesmo assim — interrompeu o vice-comissário, não mais divertido com os acontecimentos —, eu não gostaria de vê-la machucada.

Kübler sentiu-se triunfante e disse ao russo: — O senhor não verá coisa alguma.

Pela primeira vez, o olhar do vice-comissário vacilou. — O que o senhor quer de mim?

— Sua neta permanecerá ilesa até que, no seu retorno a Moscou, o senhor recomende que nosso acordo seja ratificado.
— Preciso de provas... provas de que vocês estão com ela.

– Ouça seu coração e saberá que a menina está conosco. Agora comece, vice-comissário: quais são os melhores condições que o senhor tem a oferecer?

O russo comprimiu a ponte do nariz. – *Nyet.*

– Não?

– Não concordo com nada. O senhor precisa de mim tanto quanto eu do senhor.

– Tudo o que posso perder é uma promoção.

– E uma guerra – disse o russo. – Quero Nadya, e o senhor quer boas condições para o pacto. Temos, portanto, um impasse. Mate-a e o senhor perde. Não tanto quanto eu, talvez, mas, ainda assim, uma perda. Solte a menina, que negociaremos com seriedade.

Kübler tomou um gole de água. O russo era da NKVD, é claro que não cederia tão facilmente quanto um civil, ainda assim sua posição era insustentável e facilmente passível de ser alterada. Apertou o botão e disse: – Permita-me apresentar-lhe um homem que o senhor deve conhecer, vice-comissário.

Pongratz entrou e varreu o aposento com seu olhar indiferente. Até mesmo sua polidez silenciosa era, de certa forma, ameaçadora.

– Existem atos dos quais a maioria de nós recuaria – explicou Kübler. – Mas não ele. Pois é ele quem mandarei tratar de Nadya.

– Se ele a matar, as negociações morrerão também.

– Eu falei "matar"? Não, sua ameaça é uma coisa resolvida de uma só vez, enquanto a minha se estende por um número infindável de níveis. Manteremos sua neta viva por semanas. Se o senhor não cooperar agora, neste momento, então sairemos por caminhos separados, e em três horas lhe perguntarei de novo. Ela ainda estará viva... embora não exatamente no mesmo estado de antes.

– O senhor não pode...

– E três horas depois, e mais três horas. O senhor trabalha para Beria, já viu o que acontece a moças em mãos ávidas.

– Isso não pode...

– Imagine sua neta no lugar deles.

Alguma coisa morreu nos olhos do russo. – Preciso vê-la. Antes de lhe dizer qualquer coisa, terei de falar com ela.

Kübler deixou que ele sofresse por um minuto e depois aquiesceu.
– Iremos a Basileia, mostrar-lhe que ela ainda se encontra viva, e depois falaremos sobre as condições do pacto.

Na estação ferroviária da cidade de Basileia, Grant observou Anna deslizar entre uma horda de homens de negócios e passar pelo guichê onde eram vendidos os bilhetes.

Quanto mais corriam atrás dessas negociações de cessar-fogo, mais se afastavam da linha de chegada. Matar o vice-comissário ele podia entender, não haveria melhor maneira de atrapalhar as negociações, mas agora... o quê? Encontrar a filha de Akimov e esperar que ela soubesse algo a respeito da negociata das barracas que os russos pudessem usar contra os alemães? Quer dizer, então, que ele, Grant, agora estava trabalhando para Stalin, o "tio Joe"? Ele sacudiu os ombros interiormente. Bem, desde que trabalhasse contra Hitler – confiava que Anna o conduzisse na direção certa.

Ele a observou distraidamente na fila para comprar bilhetes depois de uma olhada no mapa da cidade preso na parede e assobiou. – A Alemanha é logo aqui do lado. Olhe só, nem dois quilômetros de distância.

– Sim – confirmou Akimov. Estamos em Basileia.

– Eu não sabia que a cidade ficava em cima da fronteira.

– Perto demais para o seu gosto?

– A menos que eu estivesse pilotando um bombardeiro.

Anna voltou com os bilhetes e disse: – É uma viagem de dez minutos de bonde até *bahnhof*, a estação alemã.

– É uma estação de carga? – quis saber Grant.

– Há duas seções, a *bahnhof* é para as linhas de passageiros alemães e os depósitos do Reich destinam-se a guardar material e a inspeções. – Ela os conduziu para o bonde. – É lá que encontraremos aquilo que estamos buscando.

– Se restar algum rastro – disse Akimov, sentando-se. – O quanto extraterritorial é esse depósito?

– Oficialmente, não sei. Não é como uma embaixada.

– E extraoficialmente?

– O terminal de passageiros é confortavelmente suíço, mas o terminal de carga... – Ela colocou a bolsa no banco a seu lado. – Bem-vindo à Alemanha.

O bonde saiu da estação, passou ruidosamente por Kirschgarten e Handelsbank e Anna perguntou: – Temos um plano?

– Você conhece a planta baixa do terminal? – perguntou Grant.

– De carga? Não.

– OK. Nadya deixou a casa de Hostettler dirigindo-se para cá, mas na estação de Zurique ela embarcou em um trem alemão, certo? Precisamos saber a que ponto do depósito ela chegou e como saiu.

Dois soldados embarcaram no bonde e eles guardaram silêncio. O bonde passou pela igreja de Santa Elisabeth, atravessou o rio e finalmente foi parar diante do *bahnhof* do Reich, onde eles saltaram para se verem em uma ampla e movimentada estação terminal de passageiros, com corredores largos e relógios pendurados.

– Precisamos de um mapa do depósito – disse Grant. – Ou de um bom ponto de observação.

– Vou arranjar um mapa – disse Anna. – Esperem na banca de jornal.

Ela se afastou caminhando com passo brusco, e Akimov perguntou a Grant: – Como você a conheceu?

– Assisti a seu marido morrer. Devia ter sido eu.

– A morrer ou a ser seu marido?

Em vez de responder, Grant foi comprar cigarros e deu um para Akimov. Fumaram em silêncio, até que Anna reapareceu e os levou para a privacidade da plataforma mais baixa, com piso de concreto e paredes encardidas. A luz do dia infiltrava-se, esmaecida, vinda do nível superior, e roçava nos carros de bagagens e de encomendas, parados nos trilhos dos desvios. Ela espalhou o mapa em cima de um banco com a tinta descascada. – Este espaço em branco aqui é o destinado aos depósitos do Reich.

– Mas o espaço em branco não tem nada – reclamou Grant.

– Se não há acesso ao público, não há um mapa à disposição do público. Este prédio é o da Alfândega, estas aqui são estações de baldea-

ção, suponho. O depósito é aqui. Um armazém enorme. Isto aqui eu não sei o que é.
– Alguma presença do exército suíço?
– Não onde ficam os depósitos do Reich. Sem exército, sem polícia, ninguém que não seja convidado, exceto os agentes alfandegários.
– Cercado?
– Muito. Milhões de francos passam por esse depósito, munição Oerlikon, espoletas e componentes, máquinas operatrizes.
– O trem de Nadya veio por estes trilhos? – Akimov traçou uma linha no mapa. – E ela saiu, não obstante a alfândega?
– Do modo como vejo as coisas, sim.
– Então nós falamos com os agentes alfandegários, mostramos o retrato dela.
– Não podemos abordá-los abertamente – observou Grant. – Não em território que, na prática, é alemão.
– Então vamos fazer o quê? – perguntou Akimov.
– Precisamos imaginar quem possa ter visto Nadya. Talvez achemos um agente alfandegário que possamos seguir fora da estação e aí convencê-lo a colaborar. Vejo duas maneiras...

Uma porta abriu-se na parede e um funcionário dos correios surgiu empurrando um carrinho e seguiu pela plataforma. Os três se entreolharam.

Depois que o carrinho fez a curva e desapareceu, Grant experimentou a maçaneta: trancada.
– Tenho um grampo – sugeriu Anna, abrindo a bolsa.
– Minhas habilidades terminam com os automóveis – disse Grant.
– Não sei forçar uma fechadura.
– Chega para o lado. – Akimov pegou uma faca na sacola e forçou a lâmina no batente da porta, resmungando qualquer coisa ritmada em russo.
– Mais poesia? – perguntou Grant.
– Poesia e arrombamento são mãe e filha. – Um trem gemeu a distância e Akimov finalmente abriu a porta e exclamou: – Pronto!

Eles passaram pela porta e entraram em um pátio pavimentado com meia dúzia de rampas de carga e paredes de tijolos nos três lados.
– Fique aqui – disse Grant a Anna.

– Quanto cavalheirismo! – disse ela.
– Olhe em torno. Quantos vestidos você vê?
– Mas um homem com um só braço e um sujeito com aparência de vagabundo... ninguém vai reparar em vocês.

Anna pegou um bloco de estenografia na bolsa. – Pronto, a partir de agora sou sua secretária.

Não era má ideia, uma secretária tomando ditados dava impressão de normalidade. Seguiram em frente. O pátio estava quente devido à exaustão de motores e era grande o barulho de caminhões e gritos de operários. Descendo um curto lance de escadas, eles atravessaram dois conjuntos de trilhos seguindo por um passadiço delimitado por uma cerca de estacas e passaram por uma estrutura que lembrava uma ponte coberta com três homens dentro, fumando e ouvindo rádio. Grant disse olá e os homens responderam, olhando para Anna quando ela passou.

– Tem uma vista do telhado – disse Grant, verificando a linha do horizonte.

– E do chão também – acrescentou Akimov, indicando com um gesto de cabeça o outro lado do pátio. – Ali no local onde fazem a seleção de detritos por gravidade. Está vendo a torre? Atrás.

A torre era uma estrutura de metal com três andares em frente a um monte de lixo. Foi para lá que seguiram, e quando ninguém gritou Grant segurou o braço de Anna; os saltos dela não a deixavam andar firme no mato ralo, e ajudou-a a subir. Era boa a visão lá de cima. A estação ferroviária do Reich fervilhava com trens de passageiros e de carga, carrinhos, caminhões e homens gritando em todas as direções. No canto nordeste, um terço do pátio era separado da atividade por uma grade alta de pontas de ferro formando um retângulo comprido, com torres e plataformas giratórias, trilhos de desvio, toldos protegendo máquinas e balanças de carga: o depósito de carga, um posto abancado do Rech. O tráfego convergia para dois pontos, um em cada extremidade do depósito: no lado mais afastado, soldados alemães descansavam na plataforma, fumando e jogando cartas; no lado mais próximo, guardas vestindo uniformes verde-acinzentados inspecionavam um trem que acabara de chegar.

– Com uma inspeção desse tipo – comentou Grant –, Nadya não conseguiria passar despercebida.

Anna bateu no seu bloco. – E se ela tentou e foi presa?

– Presa? – Akimov concordou: – Sim, e se ela já estiver presa há quatro dias?

– Não há nada que possamos fazer a respeito – disse Grant, avaliando o depósito do Reich.

Apenas seis passagens na grade: duas para os trens, uma na alfândega para o movimento entre o depósito e o terminal e duas flanqueando um portão que controlava uma estrada asfaltada para o movimento de caminhões. Com o portão propriamente dito, o total atingia seis. Ah, sim, havia uma sétima passagem: a rua de acesso do outro lado do depósito, guardada como se os alemães pensassem que os transeuntes suíços de repente pudessem atacar.

– Uma perda de tempo. – Akimov esfregou os olhos. – Devíamos falar com a polícia.

– Vamos esperar que um agente alfandegário saia e o seguimos – disse Grant.

Anna o agarrou pelo braço. – Não, olhe lá. – Ela apontou para o outro lado do depósito onde se podia ver um carro de passageiros azul-real separado dos vagões de carga, com as palavras BLUE STAR pintadas em tinta prata por cima das janelas fechadas com tábuas. – O Blue Star, um vagão de luxo. Tampado com tábuas por questão de privacidade.

– Um esconderijo? – indagou Grant.

– Ou um ninho de amor. Ela ainda pode estar lá dentro.

Akimov massageou o toco. – Precisamos nos aproximar.

Villancourt descansou a pasta de executivo em cima da mesa do saguão da sua firma, deleitando-se com a impaciência de Rothenbuehler. Era uma pequena satisfação, mas gratificante. O agente da alfândega olhou para a porta da frente, mudou o peso do corpo de um pé para o outro e finalmente disse: – O bonde, Herr Villancourt, fica a dois passos daqui...

– Iremos no carro da companhia.

– Mas a passagem do *bahnhof* do Reich custa apenas quarenta cêntimos.
– O senhor imagina que eu vá andar de bonde, Herr Rothenbuehler?

Villancourt levantou-se antes que o outro pudesse responder, seguiu o motorista até a calçada e deslizou para o banco de trás. Mesmo agora, com o triunfo praticamente nas mãos e as negociações em andamento, ele era forçado a sofrer com a companhia de idiotas.

Poucos momentos depois, Rothenbuehler juntou-se a ele, visivelmente contrafeito. – Uma excursão cansativa – disse, quando o carro saiu. – Peço desculpas por arrastar um homem de sua posição à... à estação.

A rima teria sido uma tentativa de um dito chistoso? Villancourt não se deu ao trabalho de procurar resposta.

– Desembaraço aduaneiro e armazenamento – continuou Rothenbuehler. – Dez anos atrás isso não teria sido necessário. Ainda assim, as exigências atuais têm nobres antecedentes, por assim dizer. Em 1933 o...

– Nobres antecedentes? Aí está um assunto sobre o qual o senhor deve saber muito pouco.

Eles seguiram em silêncio, até que o motorista parou diante da alfândega, depois de passar pelos chafarizes do *bahnhof* do Reich. Villancourt saltou do carro e finalmente se dirigiu ao agente aduaneiro. – Agora, não desperdicemos mais...

Ele se deteve. Além da grade do armazém, um homem cruzou o pátio. Villancourt o reconheceu pela fotografia: o americano, o assassino. Tenente Grant.

CAPÍTULO 39

Na base do monte de sucata, Grant soltou o braço de Anna e fez uma pausa, concentrando-se para ter uma visão geral do pátio ferroviário. Levou um segundo nisso e depois seguiu para um cercado de barris e de paletes.

– O vagão fica para lá – disse Akimov, apontando na outra direção.

– Este ponto é o mais próximo a que conseguiremos chegar – respondeu Grant – sem invadir o depósito.

Passaram por trás de um edifício redondo, onde o sol estava alto e o vento frio carregado do cheiro de brita e óleo. Engates pesados estrondaram quando eles galgaram um lance das escadas de metal exterior. No terminal, um trem de passageiros chegou e outro partiu. Interromperam a subida em um patamar onde Grant fez um espetáculo ao apontar para vários prédios enquanto Anna fingia tomar notas.

– A água está ligada – disse ela, de olho no Blue Star. – Aquilo ali não é um cano de água?

– Você pensa que ela ainda se encontra lá dentro? – quis saber Akimov.

– Espero que não – respondeu Grant, olhando para uma torre de vigilância. – Aquele lado é do Reich... olhe só os uniformes. Não vamos nos aproximar mais.

– Não sei. – O rosto rude de Akimov fraquejou. – Talvez ela tenha vindo para cá, talvez ainda esteja aí.

– As negociações começam hoje? – indagou Anna.

– Informalmente, elas têm início hoje de manhã.
– Oficialmente?
– De tarde, conversas preliminares, sem efeito vinculante. Traçaremos uma linha a oeste do Volga. Se perdermos a cidade de Stalin, o prejuízo será...
– Se houver um cessar-fogo a leste – disse Anna –, os nazistas atacarão o Ocidente.

Akimov gesticulou com o toco de braço. – Três milhões de russos mortos não bastam para o Ocidente? Para vocês, os combates na frente russa matam dois coelhos com a mesma cajadada. – Ele levantou o olhar, passando por cima do terminal e dos armazéns e seguindo além da cidade e das montanhas. – Há um garoto em Stalingrado, um padioleiro, que rasteja pelas ruínas e entra na terra de ninguém, onde segue os gemidos, entendem? Tem uma audição tão boa que nós o chamamos de Raposa...

Passos foram ouvidos na escada de metal mais abaixo do ponto em que se encontravam – um homem disse qualquer coisa sobre migração por via férrea e falhas na expansão, e outro homem respondeu. Grant gesticulou para Anna e Akimov, indicando a parte de cima do edifício, que era abobadada, examinou o lixo que o vento deixara na base de uma porta de metal: um jornal amarrotado, folhas molhadas e uma chave inglesa enferrujada.

Os passos se interromperam e um dos homens gritou: – Ei! *Schafseckel!* Aqui em cima!

Grant deslocou-se para pegar a chave inglesa, mas o homem continuou: – Na próxima vez traga uma camisa de reserva, você não vai querer ir para casa nu!

Chamava um amigo para um jogo de pôquer. O grito de resposta perdeu-se no vento e o diálogo seguiu, terminando com uma rajada de insultos amáveis. Depois o homem disse, mais baixo, para seu companheiro que também estava na escada: – O pobre Thorsten ainda pensa que uma sequência de cinco cartas de naipes variados ganha de uma sequência do mesmo naipe.

Eles continuaram conversando seis metros abaixo, e Anna murmurou: – Isto está se transformando em uma busca inútil.

– Nós sabemos que ela esteve aqui – disse Grant. – Só precisamos encontrar alguém que...

– Olhe. – A atenção de Akimov concentrou-se no vagão de passageiros do trem. – Lá.

No lado de dentro da grade do depósito do Reich, um homem com um macacão típico de guarda penitenciário galgou a última plataforma do Blue Star e parou diante do engate. Ele suspendeu um estojo pesado até o peitoril sombreado de uma janela, abriu um painel e transferiu para dentro do vagão o conteúdo: uma bandeja com pratos e talheres.

– Ela ainda está lá – disse Anna. – Ela está lá dentro.

Akimov virou-se para Grant. – Ajude-me a libertá-la.

– Libertá-la?

– Não se isola um ninho de amor com tábuas. Aquilo é uma prisão, eles a alimentam através de um buraco na parede. Raptaram-na para pressionar meu pai.

– Como iam saber que ela é neta dele? – perguntou Anna. – Você mesmo não sabia até ontem.

– Você sabia.

– Não – disse Anna, pensativa. – Eles a sequestraram, sim, mas não por causa do seu pai.

– Então por quê?

– A fim de pressionar Magda. Você se lembra, Grant: quando Pongratz perseguiu você naquele cemitério em Genebra, ele lhe passou uma mensagem para Magda.

– Disse que tinha em mãos algo que lhe era muito querido.

– Sim, sua filha. Eles sequestraram Nadya para fazer Magda devolver o documento da chantagem, não para influenciar as negociações. Eles não sabiam que ela era neta do comissário.

– Será que seu pai se importaria? – perguntou Grant a Akimov. Um lento sorriso triste. – Sim. Precisamos soltá-la.

– Olhe para aquela grade, olhe para aqueles soldados. Seria preciso um exército.

– Tudo o que tenho é você.

– Você se engana – contrapôs Anna. – Se chamarmos a atenção para ela, eles perceberão o quanto ela é importante. E aí a usarão para pressionar seu pai nas negociações.

– Não subestime meu pai.

Grant olhou para Anna e dirigiu-se para a escada. – Hora de ir.

– Espere – disse Akimov. – Eles a matarão.

O carro oficial da embaixada alemã, uma limusine Horch Pullman de sete lugares, parou diante do portão do depósito do Reich. Uma sentinela exigiu a identificação dos passageiros enquanto outra foi examinar a mala. O vice-comissário manteve-se ao lado de Kübler, o rosto uma máscara de polida indiferença.

– Se ela estiver machucada – disse ele –, eu o matarei.

– Se ela estiver *morta*, o senhor me matará – corrigiu Kübler. – Se estiver apenas ferida, o senhor fará o que eu disser.

– Ela está ilesa – disse Pongratz ao russo. – Por ora.

Um soldado bateu na janela de Kübler. – Um comunicado para o senhor, transmitido pela embaixada.

Kübler pegou o envelope marcado URGENTE. – Quando chegou?

– Neste instante. Disseram-nos que o senhor estava *en route*.

– Enviada por Villancourt – disse Pongratz, lendo a mensagem enquanto a limusine entrava no depósito. – Parece que ele está alarmado... Meu Deus! Aquele homem está aqui no *bahnhof* do Reich, o homem da cabana de caça.

Pongratz abriu a porta. – Onde?

– Do outro lado, perto da Alfândega. Vou expedir um alerta geral.

– Não faça isso. Vai alertá-lo.

– Bem, como se vai pegar o homem? O senhor não pode...

Novos sons se fizeram ouvir acima da confusão do terminal de carga: um gongo acionado repetidamente, um grito de alarme, berros guturais.

Pongratz correu na direção do barulho.

Grant parou na escada de cima.

– Eles a matarão – repetiu o russo. – Se não souberem o que ela pode valer, eles a matarão.

– Se souberem – contrapôs Anna –, eles a usarão.

– Ela é minha filha – disse Akimov, e martelou a porta de metal com a chave inglesa. O barulho repercutiu no pátio e ele gritou: – Guardas! Aqui!

Anna lançou-se sobre ele, tentando lhe arrancar a chave da mão, mas os homens dos cercados de gado já estavam apontando e atirando. Grant arrastou-a para longe de Akimov e desceu a escada até o patamar onde estavam os dois ferroviários, fumando – pôs a mão na cara do que estava mais perto e o empurrou. Ele caiu de costas em cima do amigo e os dois rolaram de costas e foram terminar no meio da escada, embolados. Grant desceu correndo, levantou Anna para passar por cima deles e chegou à base da escada ao mesmo tempo que quatro sujeitos corpulentos apareceram.

Quatro sujeitos, merda, talvez bombeiros ou guarda-chaves, com Akimov gritando acima deles e nada na cabeça de Grant, a não ser silêncio.

– Ele está lá em cima! – Anna apontou para a escada com os olhos arregalados. – Corram, corram! Detenham-no!

CAPÍTULO 40

Quando a porta do carro bateu atrás de Pongratz, Kübler disse ao motorista: – Mudança de planos. Leve-nos à estação central dos guardas.

A limusine virou, e o vice-comissário murmurou: – Quem é o homem da cabana de caça?

– Um animal perigoso, mas será liquidado dentro de muito pouco tempo. Passaremos os próximos minutos fora de perigo.

– Tenho de ver minha neta.

– E verá. – A limusine parou na base da torre central dos guardas. – De uma distância segura.

– Preciso falar com ela.

– Talvez – Kübler abriu a porta para o clangor industrial do depósito –, se o senhor se comportar.

Os ombros do vice-comissário arriaram em sinal de derrota quando eles subiram a fim de ter uma boa visão do pátio. Os soldados que estavam no observatório tomaram posição de sentido com a chegada de Kübler, que vasculhou o pátio lá embaixo de trás da barreira da altura da cintura que cercava a caixa de concreto. Pongratz não podia ser visto em lugar algum, mas o pátio estava movimentado, e o Blue Star, seguro.

* * *

Os pés de Anna latejavam de tanto correr pelo pátio, meio arrastada por Grant, silencioso e determinado. Homens gritavam atrás dele, vozes ásperas sem direção a ecoar entre o aço e o concreto, mas ele não olhava para trás, guiando-a através de um labirinto de vagões fechados, pulando por cima de trilhos cobertos de mato no caminho do prédio da estação.

Terminando em um beco sem saída.

A estação se agigantou na frente deles, que ficaram presos em um U composto por arbustos murchos e paredes de tijolos manchadas pela hera. Grant praguejou e levou-a de volta para os vagões fechados.

– Você está com o mapa aí?

Ela lhe mostrou a mão. – Em vez do mapa, estava segurando a ferramenta enferrujada da ferrovia. – Só com isto aqui.

– Precisamos de uma plataforma, para nos misturarmos com os passageiros.

– E se eles pararem os trens?

– Por causa de alguns invasores e de um russo de olhos arregalados?

– E os operários que você derrubou na escada.

– Não, você resolveu aquela... eles devem ter culpado o Akimov.

Ele agarrou seu braço quando três homens surgiram virando uma esquina a uns dez metros de distância, dois vestindo roupas de trabalho e o terceiro com o uniforme verde-acinzentado da segurança ferroviária.

– São eles – disse um dos operários.

O guarda dispôs-se a sacar a pistola, e Grant lhe disse: – É melhor você não fazer isso.

Ele hesitou. – É melhor virem conosco.

– Será um prazer – disse Grant. – Você...

Outro homem adiantou-se, de terno escuro e chapéu de feltro de copa alta. O vendedor, Pongratz. Anna ficou sem poder respirar, de tanto medo. E Grant gritou, como se estivesse advertindo Pongratz:

– Helmut, corre!

O guarda ferroviário girou na direção de Pongratz, com a mão no coldre, e Grant empurrou Anna para trás do vagão fechado mais próximo. Um grito de espanto soou atrás deles, e Grant arrastou-a para que atravessasse um corredor e passasse por baixo de um engate de metal, puxando-a com força quando ela tropeçou e arranhou o joelho no cascalho. Por fim, Grant pegou-a, ofegante, e a levantou para o interior de um vagão que estava aberto e fedia a couro cru. Depois, ele próprio subiu também e percorreu a extensão do interior lúgubre e sombrio.

Do lado de fora, havia gritos e tiros. Grant ficou tenso, e Anna obrigou-se a respirar fundo. Ela era uma jornalista, era uma cidadã suíça em sua própria terra e o pior que fizera tinha sido invadir uma área proibida... e auxiliar um fugitivo. Talvez fosse culpada de agressão também. Os passos do lado de fora aumentaram de intensidade, a esmagar o cascalho. Grant colocou-se entre ela e a porta aberta do vagão, e Anna pôs a mão em seu ombro para firmar-se – ou a ele – ou mesmo ambos. O barulho de passos esmagando a brita parou, começou de novo e desvaneceu até sumir.

Anna abaixou a mão e os dois esperaram, atentos aos sons que vinham do pátio.

– Você era criança quando conheceu Martin – murmurou Grant.

– Eu tinha dezessete anos.

– Nunca havia saído da Suíça?

– Mal havia saído da minha cidadezinha natal.

Ele esfregou a nuca. – Quinze anos atrás.

– Sim.

– Três dias e duas dúzias de cartas – disse ele.

– Como?

– Era tudo de que eu precisava.

Anna não soube o que dizer. Três dias e duas dúzias de cartas e ela agora sentia algo inteiramente diferente da devoção entusiasmada que tinha por Martin. Seus pés doíam, os joelhos ardiam, e ela sentia frio e medo – mas não estava sozinha. Tinha Grant a seu lado, com suas mãos vigorosas, sorriso fácil e...

Ela levou a mão à boca.

– O quê? – Ele vigiou a porta do vagão, tenso. – Anna?

Ela o amava. Amava o homem que ele pensava ser e o homem que desejava ser, o calor humano que ele demonstrava a mais ninguém. Ela o amava e disse: – Na-nada.

Ele lhe dirigiu um rápido sorriso. – Sua mentirosa! – Não tenho noção do que você está falando. O sorriso de Grant transformou-se no sorriso de um menino. – Mais tarde eu explico.

No escuro do vagão ela se sentiu ruborizar. Começou a falar, mas ele ergueu um dedo, silenciando-a. Passos do lado de fora esmagando o cascalho. Um trem apitou, avisando que ia parar. Ela aguardou, praticamente sem olhar para Grant ou pensar nele.

– Vamos – disse ele, e saltou pela porta aberta.

Mas, em vez de segurar Anna para pô-la no chão, ele se virou de repente, atento e imóvel. Ela deu uma olhada por uma fresta entre os sarrafos que fechavam o vagão e viu, no fim do corredor, Pongratz tão atento em Grant como um gato vigiando o buraco de um rato.

– Por que dizer que se chama Cy Young? – O alemão removeu o chapéu e adiantou-se silenciosamente. – Ninguém perdeu mais jogos que ele.

– Ou ganhou mais.

Um sorriso glacial surgiu por um instante no rosto de Pongratz quando Grant recuou. – Não corra. Se correr, vou ter de me satisfazer com Anna Fay.

Ela sentia medo de se mexer no escuro, sua respiração era irregular e superficial. Pongratz ia passar pela porta aberta do vagão em que estava, apavorantemente perto; comprimiu-se de encontro à parede do vagão, pôs a mão na bolsa e sentiu a chave inglesa enferrujada. Podia correr, podia saltar em pânico do vagão e continuar correndo.

– O melhor lançador do mundo. – Pongratz pendurou o chapéu num engate do vagão. – Mas você... você está longe de ser igual a ele.

Anna sacou a chave inglesa de dentro da bolsa, pesada e do tamanho do seu antebraço. O homem estava a poucos centímetros de distância e o ar, pesado demais para respirar. *Bater primeiro, bater com força, continuar batendo.* Se errasse, a mãe de Martin teria de criar Christoph. *Bater com força, bater primeiro.* O vagão ficou ainda mais escuro quando

Pongratz passou pela porta e ela mordeu os lábios para impedir que os dentes batessem.

Grant moveu-se de lado para trás, afastando o sujeito de Anna e fazendo o que dissera a Akimov que nunca funcionava: adiando o inevitável. Não era sua especialidade, claro, mas ele gostaria de ver Pongratz pilotando um caça. Do que ele precisava era de um bastão de beisebol, ou do seu revólver de serviço. Não ia fugir, só queria machucar o cara o suficiente para manter Anna em segurança.

Pongratz aproximou-se mais, e Anna assomou na porta do vagão atrás dele; Grant não pôde deixar de olhar para ela. Um meio sorriso cruzou o rosto do alemão – que pensou que Grant estivesse tentando enganá-lo – e ela pulou, brandindo a chave inglesa. Acertou Pongratz meio de lado com um golpe rápido na têmpora, cortando-lhe a orelha e lhe esmagando a clavícula.

Grant saltou para a frente, e Pongratz girou – a orelha rasgada, um braço pendurado. Anna atacou de novo, os olhos fechados com força. Dessa vez, abriu uma fenda no rosto dele, sua cabeça foi lançada para trás com um estalo e um jato de sangue jorrou em cima dela. Pongratz oscilou, caiu de joelhos e, com os olhos ainda fechados, Anna o golpeou de novo com a chave inglesa, só que errou e se desequilibrou, e Grant chutou Pongratz na barriga.

O alemão gemeu, Anna abriu os olhos e, chorando convulsivamente, girou o braço e o acertou com força na parte de trás da cabeça.

CAPÍTULO 41

Na sala atrás do escritório da segurança, o guarda de cabelos grisalhos algemou Akimov à grade. – Herr Kübler, é o que o senhor diz?

– Na embaixada alemã em Berna – esclareceu Akimov.

– Ele irá garantir pela sua pessoa?

– Sim, por favor, chame-o.

– E seus cúmplices? – O guarda voltou-se para a janela quadrada de onde era possível ver o pátio ferroviário. – Eles também são russos?

– Eles não são meus cúmplices.

Um toco de borracha mantinha aberta a porta para o escritório da segurança, e Akimov deslizou as algemas ao longo do corrimão para dar uma olhada, na esperança de chamar a atenção do outro guarda. Arquivos de documentos entupiam a outra sala, onde também havia um cabide para casacos, um rádio cujo gabinete lembrava uma lápide, e três guardas sentados em pesados bancos de madeira – todos o ignoraram.

– Chame Kübler – disse ele. – Diga que preciso falar com ele. Kübler está numa reunião na...

– Sim, sim, eu sei. Ouvi da primeira vez que o senhor falou.

– Por favor. – O único modo de conservar Nadya viva era ter certeza de que os alemães sabiam quem ela era. – Basta ligar para ele.

– O senhor acha que vou telefonar para o Ministério das Relações Exteriores baseado na palavra de um sujeito que invadiu uma área proibida?

Akimov mudou de posição, agitando as algemas. – Você viu meus documentos – disse ao guarda. – Sou da comissão comercial, por que estaria invadindo?

– Bolcheviques. Por que vocês fazem alguma coisa? Tem certeza de que esse tal Herr Kübler está na embaixada?

– Sim, e tudo o que peço é...

O guarda riu, debochando de Akimov. – Isso mostra que o senhor não sabe de nada. Herr Kübler não está na embaixada e sim aqui. – Ele fez um gesto na direção da janela. – Do outro lado.

– Kübler está no depósito?

– Neste exato momento – afirmou o guarda. – Agora, vejamos... que outras mentiras o senhor gostaria de me contar?

Seguindo a sombra de um carro de carvão que rolava pelos trilhos, esperando que os guardas gritassem um alarme, Grant arrastou Anna para um prédio sem janelas com códigos pintados nas laterais. Ele a puxou para um nicho fundo ao longo de uma parede e limpou o sangue que tinha no rosto. Anna tentou falar, mas ele lhe cobriu a boca com a mão.

Ele acariciou seu cabelo. – Você se saiu bem, Anna. Muito bem.

– Como ele nos encontrou? Pongratz, ele... – Ela respirou fundo, quase soluçando. – Akimov dirá a eles que a menina é refém e... e as negociações. Temos de interromper as negociações, é absolutamente necessário.

– Primeiro temos de sair daqui.

– Precisamos de um plano. O que nós sabemos? Temos de pensar. – Ela usava as palavras para se firmar, para acalmar o choque. – Precisamos saber o que está acontecendo. Precisamos parar com isso. Como paramos com isso?

– Não paramos, Anna. Esperamos um trem de passageiros e vamos embora. Pegar a câmera, fazer aquilo de que somos capazes.

– Então nós perdemos?

– Isto acontece quando a gente combate.

Ela se virou para observar um trem de passageiros avançar ruidosamente na direção do terminal, e, mesmo pálida e trêmula, era linda. Ele lhe segurou a mão e juntos saíram do nicho, andando em frente, reto e devagar atrás do trem que chegava, até que pudessem subir na plataforma e se misturar aos passageiros. De volta à segurança das multidões que circulavam pelas estações.

– Graças a Deus! – disse ela, e começou a tremer.

Ele a levou até a estação terminal de passageiros e subiram um lance de escadas, parando no patamar em frente a uma parede de janelas. A luz do sol incendiou o cabelo de Anna e, quando ela começou a falar, Grant abraçou-a. Ela ficou imóvel, de rosto colado ao dele, a face voltada para o sol. Ela cheirava a salva ou alecrim, alguma erva comum de um jardim selvagem, mais valiosa que mil rosas de haste longa.

Até que ela o empurrou. – Aquele é um carro oficial nazista, um carro usado por diplomatas.

Ele seguiu o olhar dela até a limusine estacionada sob uma torre de guarda bem no fundo do depósito. – Quê?

– Lá, na torre. Olhe!

– Não consigo distinguir nada. – Ele se calou, tendo visto uma cabeleira branca. – O pai de Akimov?

– Quem mais? Mas por que está aqui? E por que numa torre de guarda?

– Não faço a menor ideia.

– Um carro oficial, o emissário russo... – A voz dela falhou. – Eu estava enganada. Eles sabem que Nadya é neta do vice-comissário. Trouxeram-no aqui para provar a ele que a mantêm presa. Ela é refém dessas negociações.

– Você nao tem certeza disso.

– Eles estão aqui, Nadya está aqui, as negociações começam hoje.

– Sim, mas...

– Se eles assinarem outro pacto de não agressão, ninguém poderá deter os nazistas. Precisamos terminar com isso agora. – Ela pôs a mão no braço dele. – Temos apenas uma bala.

– Matar o russo? – Grant olhou para o guarda da torre. – Longe demais para mim, não sou bom com um rifle.

– Você consegue se aproximar o bastante para usar uma pistola?
– O homem está numa torre de segurança, Anna.
Ela ficou em silêncio, mas depois reagiu: – Nadya não está lá. Ela se encontra sozinha naquele vagão.
– Tirá-la de lá? Não pode ser feito, o lugar é uma prisão.
– Você seria capaz de chegar perto dela?
– Mesmo que pudesse, não seria capaz de libertá-la.
– Eu sei – disse ela, a voz apertada.
Por um momento ele não entendeu, e aí sentiu um nó no estômago.
– O que você está me pedindo para fazer?
– Impedir este armistício.
– Matando a menina?
Ela levou a mão trêmula ao peito. – Se isso não impedir o prosseguimento dessas negociações, nada mais impedirá.

Na torre de vigilância, um soldado louro virou-se do telefone e disse a Kübler: – Encontraram um corpo no lado alemão da grade.
Kübler soprou uma nuvem de fumaça. – Chega de tenente Grant. Identificaram o corpo?
– Eles sabem o nome, senhor. "Pongratz."
Kübler endireitou-se apoiado no parapeito. O concreto era frio e áspero na palma de sua mão, e o barulho do depósito foi desaparecendo até silenciar de repente. O americano matou Pongratz? Impossível. Ele sentiu que se voltava para o soldado e ouviu a própria voz ao dizer: – Fechem os portões. Parem os trens. Vasculhem o pátio.

– É o único jeito. – Anna viu uma luz se apagar no semblante de Grant. Não há nada mais importante para o comissário que sua neta, e... você precisa fazer isso.
– Havia uma garota na China – disse ele – que se encontrava no local errado na hora errada.
Ela pôs a mão no rosto dele. – Como Nadya.
– Você disse já ter visto muito sangue inocente.

– E agora estou lhe dizendo para derramar mais. Sinto muito, Grant... sinto muito.

O olhar dele se perdeu na janela. – Esse não é o homem que desejo ser.

– Você fará isso porque alguém tem de fazer, e ninguém mais pode. Esse é o homem que você é.

Após um longo momento, ele assentiu, e a decisão tornou mais fundos os vincos do seu semblante.

– Você consegue entrar no depósito? – perguntou ela ansiosa.

– Passando pela alfândega, talvez seja possível.

– Eles o verão e os guardas estão apenas a seis metros de distância.

– Preciso de cobertura, alguém que os guardas reconheçam. Vou agarrar o primeiro homem de negócios que pisar do lado de fora.

– Seu olhar avaliou a distância entre a alfândega e o terminal de passageiros. – É um tiro no escuro.

– E se você entrar?

– Aí fica fácil.

– Grant, eu...

Ele puxou uma mecha do cabelo dela para trás de sua orelha. – Eu sei.

– Eu sempre quis... que tudo fosse diferente.

– "Mate os cães que puxam seu trenó." Para nós, não há outra escolha.

Ela encarou os olhos cálidos e feridos dele.

– Só vou dar um pulo aí fora – disse ele, como o explorador polar que desapareceu em meio a uma nevasca. – Pode ser que demore um pouco.

CAPÍTULO 42

Villancourt bateu com as juntas dos dedos na mesa do escritório vazio do agente aduaneiro Rothenbuehler, tendo chegado a uma súbita decisão. Telefonara à embaixada alemã e agora simplesmente esperava que o americano fosse preso, mas aquilo era mais que um negócio usual. Tratava-se de uma questão de família. Só ele sabia que roupa o americano estava usando, só ele sabia exatamente onde ele tinha sido localizado. Villancourt deixou a alfândega e entrou no estacionamento, os olhos semicerrados, atentos para...

Um braço foi passado em torno de seu pescoço e ele foi arrastado para detrás de uma van.

Ele abanou os braços e seu cotovelo bateu na van. – Por favor, não!

– Você vai fazer com que eu passe pela alfândega – disse um homem no seu ouvido.

– Eu não...

O braço apertou com mais força seu pescoço.

– Primeiro, vamos passar pelos guardas, depois, entrar no depósito do Reich.

O pânico de Villancourt diminuiu ao transformar-se em uma descoberta súbita: aquele era o tenente Grant, entregue diretamente às suas mãos.

– Se você me denunciar – disse Grant –, serei o segundo a morrer, está entendendo?

– Por favor! – gemeu ele. – Por favor!

– Através da alfândega até o depósito. Sim ou não?
– Sim.
Seus joelhos batiam e apenas o braço do homem o mantinha na vertical. Verdadeiramente assustado, sim, mas ainda calculando custos e benefícios. Não revelaria nada, exceto medo, até o momento final, e então aproveitaria sua chance.
Grant deu-lhe um soco no ombro. – Mexa-se!
– E os guardas?
– Comece a falar, somos velhos amigos. Uma palavra errada e eu quebro seu pescoço.
Villancourt colou um sorriso no rosto quando se aproximaram da guarita da sentinela e ele ouviu um soldado lá dentro perguntando:
– Fechar os portões?
– Todos – respondeu outro soldado. – Parem o tráfego...
– Fechar os portões? – interrompeu Villancourt, aparecendo diante dos soldados. – Impossível. A esta hora? Escreva o que vou dizer, expedirei uma queixa oficial.
– Economize sua saliva – retrucou o guarda.
– Seus superiores ouvirão uma coisinha ou duas.
– Vá andando – disse o guarda. – Nós o liberamos vinte minutos atrás.
Resmungando ameaçadoramente, Villancourt escoltou Grant na passagem pela guarita e na entrada do prédio. A porta fechou-se atrás dele e o corredor onde estavam era abafado e claustrofóbico. O americano se mantinha muito perto do suíço: mesmo que Villancourt visasse os guardas, ele estaria na linha de fogo. Não, precisava tranquilizar o homem, esperar o momento certo...
Três metros adiante, o segundo conjunto de sentinelas estava alerta, vigiando. Villancourt deu um soco no balcão da guarda e exigiu:
– Onde está Herr Rothenbuehler? Ele me manteve esperando de forma ultrajante.
– Como? – indagou um guarda. – Herr Rothenbuehler, ele...
– Esperaremos na sala dele por dez minutos. Diga-lhe isso, está entendendo? Dez minutos e nem um segundo a mais!
Duas barreiras ultrapassadas, faltava uma: o escritório principal de segurança adjacente à porta do depósito. Aqueles guardas não se-

riam tão facilmente enganados, eles não tinham mandado Villancourt passar uma única vez naquele dia – precisava se concentrar, lembrar do rosto arruinado de Hugo e da mágoa de sua irmã.

Ao contornar a esquina seguinte, ouviram uns poucos guardas tagarelando, juntamente com o murmúrio de um rádio na sala de segurança. Um estava de pé junto à porta, um tipo dentuço de uniforme verde-acinzentado, que disse: – Sinto muito, o depósito do Reich está fechado.

– Impossível – disse Grant, meio passo atrás de Villancourt. – A esta hora?

O dentuço dirigiu-lhe um olhar desconfiado. – Talvez o senhor prefira esperar do lado de dentro.

– Tudo bem – concordou Grant, e conduziu Villancourt para dentro da sala cheia de mesas e arquivos de documentos, dois guardas sentados e um terceiro na porta de uma sala nos fundos.

– Seus documentos, por favor – disse o guarda dentuço.

– Não tenho nenhum documento – disse Grant.

Os guardas sentados trocaram olhares e se levantaram. – Nada de movimentos bruscos – disse um deles, de cabelos grisalhos. – Levante as mãos!

– Ele se ajusta à descrição? – perguntou outro.

– O que é isto? – Grant deslocou-se de lado, abrindo as mãos de encontro a um arquivo. – Não quero encrenca.

Finalmente, sua chance! Villancourt abriu a boca para avisá-los; dos fundos da sala, um homem gritou: – É ele! Detenham-no!

Akimov estava junto da janela, ignorando o murmúrio dos guardas na sala de fora, até que ouviu uma voz familiar. Gastou alguns segundos sem acreditar no que ouvira, e seu coração se transformou numa pedra de gelo.

O americano queria matar sua filha. Era a única maneira de impedir o pacto.

Akimov deslizou as algemas pela grade e viu Grant na outra sala, cercado de guardas, mãos abertas em cima de um armário. Gritou uma advertência, e Grant manipulou o fecho da gaveta com o polegar, arrancou o pesado cubo de metal e atirou-o no guarda mais próximo, abrindo-lhe a cabeça com a quina aguda. Antes de ele cair, Grant pegou a gaveta com ambas as mãos e arremeteu contra o rosto do segundo guarda, quebrando-lhe o nariz e talvez alguns dentes. Nessa hora, o terceiro soldado virou-se selvagemente contra ele. O americano levantou a gaveta e com o movimento pegou o queixo do guarda, sua cabeça sendo lançada para trás. Grant largou, então, a gaveta, socou o homem no pescoço e virou-se para o último guarda, que ficara parado no meio da sala, querendo sacar a arma presa no coldre. Grant agarrou-o pelos cabelos brancos e o jogou de encontro ao gabinete do rádio, batendo sua cabeça até que o sangue manchou a madeira lustrosa.

Ele atravessou a sala quando viu o pálido homem de negócios rastejando na direção da arma de um dos guardas, agarrou o telefone de cima da mesa e martelou a cabeça do homem, e o barulho da campainha fez lembrar um brinquedo de criança. Quando ele parou de se mexer, Grant endireitou-se e chutou o segundo guarda, que estava se lamuriando no chão com o rosto arruinado entre as mãos, até que houve silêncio na sala.

Por um momento, tudo ficou quieto. Grant então se endireitou, tirou do cabide o quepe e o capote de um dos guardas, reuniu três armas Whalter P38, viu se estavam carregadas e verificou o funcionamento. Chegou a olhar um coldre, mas acabou enfiando duas armas no cinto como um pirata e puxou outro casaco para esconder a terceira P38 que empunhava na mão direita. Virou-se para Akimov e os dois ficaram se encarando.

– Não faça isso – pediu Akimov. – Por favor!
– Você mesmo disse. Tudo é construído em cima de túmulos.
– Estou lhe suplicando.

Um dos guardas gemeu, e Grant saiu.

Akimov conseguiu levar a algema até perto da janela. As torres de concreto eram escuras de encontro ao céu sem nuvens, os guardas percorriam os trilhos da estação do Reich, passando por galpões e armazéns, mas o depósito estava quieto – eles não esperavam problemas do lado de dentro dos portões. Grant surgiu caminhando vagarosamente e percorreu uns vinte metros antes que três guardas virassem uma esquina cinco metros à frente dele. Um começou a falar, e o casaco em cima do braço de Grant caiu, e soaram tiros. O guarda caiu e os outros dois pararam. Grant firmou a arma com a mão esquerda e disparou até ficar sozinho.

Pela janela, Akimov ouviu uma sirene tocar quando os tiros foram disparados e um alto-falante, cheio de estática, começou a transmitir comandos. O motor de um Kubelwagen foi ligado, e os soldados nas torres deram o sinal: o atacante se encontrava dentro do depósito do Reich, e não do outro lado da grade.

Grant largou o casaco, contornou um guindaste e desapareceu. Nenhum movimento por trinta segundos. Atrás de Akimov, um guarda gemeu: o que estava com o rosto arruinado, rastejando às cegas pela sala, um chaveiro retinindo no quadril.

Akimov olhou para as chaves e decidiu-se. Sentou-se no banco murmurando frases de encorajamento, colocando a voz grave como a do pai: – Venha, venha para cá. Vou ajudar você. Siga minha voz. Tudo vai dar certo, basta vir para cá...

O guarda rastejou a extensão da sala dos fundos soluçando e chegou até o banco, mas, ainda assim, Akimov não conseguiu alcançar o chaveiro, não com a mão presa no corrimão. *Esforçando-se para ser o mais persuasivo possível*, ele continuou, *mandando que o outro se levantasse e prometendo que providenciaria socorro e o ajudaria.* Quando o homem, por fim, conseguiu, trêmulo, ficar de pé, ele se lançou para a frente e pegou o chaveiro com os dentes.

Um minuto depois, após muitas dificuldades, abriu as algemas e ouviu um tiro pela janela. Um trem passou lá embaixo ruidosamente, homens gritaram, e uma metralhadora foi disparada. Dando uma olhada no pátio, Akimov concluiu que tudo terminara, Grant estava morto. A metralhadora devia...

Lá. Perto do Blue Star, um guarda solitário atravessava trotando uma plataforma giratória, sem grande pressa e concentrado: Grant.

Se ele entrasse no Blue Ray, não seria apenas um armistício que iria morrer.

Dê-me amargos anos de dor,
Roube meus filhos e meu dom misterioso...
Isto eu suplico, após dias extenuantes.
E, em troca, faça com que as nuvens de tempestade que cobrem
  a Rússia
Transformem-se em uma coroa de sol.

Ele sacudiu a cabeça. – Não! Nada mais de anos amargos de dor e ninguém ia roubar a filha de Akimov. Examinou o chaveiro, encontrou uma chave marcada com as palavras FORD EIFEL e depois, em outra ala, puxou um dos guardas inconscientes.

A princípio Nadya pensou que os tiros fossem salvas de rolhas de champanhe, mas depois percebeu a verdade e se afastou de sua refeição, dizendo uma prece rápida. Talvez, em meio àquele caos, eles pudessem fugir. De qualquer maneira, não havia nada a fazer senão ter paciência e orar. As lições de...

Um tiro pegou diretamente do lado de fora, perto de onde estava, e ela correu para a porta. O homem de olhar frio entraria? Outro tiro e a porta foi escancarada. Um homem subiu aos saltos os degraus. Era um estranho, de olhos gentis e com uma arma. – Srta. Loeffert?

– Sim.

– Sua mãe me mandou buscá-la para levá-la para casa.

Ela quase riu. – Estou surpresa de ela não ter vindo em pessoa.

– Ela lhe envia seu amor – disse ele, suavemente. – Está pronta para ir?

– Claro.

O motor de uma locomotiva estrondou do lado de fora, e o homem indicou a porta com um gesto de cabeça. – Estou logo atrás de você. Não precisa ter medo de nada.

– Eu não tenho medo – afirmou ela. – Eu tenho fé.

– Então você está bem.

Ela olhou na direção do banheiro. – Deixa só eu dizer...

***

A garota se virou, não na direção da porta, mas sim do estreito corredor. Um tiro e depois Grant apareceu do lado de fora no meio do tiroteio, rápido e objetivo. Ele levantou a pistola, ouvindo o troar do sangue nos seus ouvidos – aquilo deveria interromper o armistício entre nazistas e soviéticos e salvaria o Ocidente. Seu dedo começou a comprimir o gatilho, o coração batia impossivelmente devagar e...

– Senhor? – a voz de Christoph. – É o senhor! Eu sabia que viria!

Christoph? Aqui? Tudo mudava, como cair de uma nuvem para descobrir que ia bater de nariz numa montanha, sem tempo para pânico ou confusão, só o toque leve de sua mão no bastão de comando.

Christoph aproximou-se e abraçou Grant. – Eu falei que ele vinha – disse ele para a garota. – Não falei?

– Este é o tenente Grant? – perguntou ela.

– Christoph, o que você está... – Interrompeu-se, não havia tempo para Grant fazer indagações. Os alemães não podiam atirar através das paredes do vagão, com medo de acertar a garota, mas podiam correr para a porta. – Precisamos de outro caminho para fugir.

– Não podemos usar a frente? – perguntou ela.

– Não mais – respondeu ele.

– A grade no compartimento do engraxate está solta. Estive mexendo nos parafusos com...

Ele passou por ela, encontrou o compartimento – na parede oposta à da porta da frente – e perguntou: – Onde fica a grade? – Da entrada, a menina apontou para um armário junto ao chão. – Ali.

A grade de madeira estava presa por um único parafuso. – Recuem – disse ele, e disparou um tiro no parafuso, o que ensurdeceu a todos.

Mais dois tiros e algo quebrou, estalando.

Grant passou pelas patrulhas como um fantasma – vestido como operário da via férrea, desafiando as metralhadoras a atirarem. Tarde demais, Kübler arrancou o binóculo das mãos de um soldado e examinou o pátio. Tarde demais, percebeu que devia ter mandado os homens se defenderem ao invés de atacarem. Tarde demais, descobriu quem era o alvo do americano.

– A garota – disse ele. – O americano está atrás da garota. O russo o afastou com uma cotovelada. – Minha neta? Se ela... – Diga a eles para suspenderem fogo – gritou Kübler ao telefone. – Não atirem no carro de passageiros!

Ele se lançou para o poço da escada e desceu correndo, seguido pelo russo, e logo estavam pisando no asfalto quente do pátio, atrás dos soldados que convergiam sobre o carro Blue Star. Os homens se reuniam diante do vagão com os rifles levantados.

Tarde demais, de dentro do Blue Star veio o barulho de um tiro. E mais dois e depois silêncio.

Kübler olhou para a porta do trem. Estaria morta a garota? Poderia ele ainda fazer alguma coisa?

Precisava da menina viva, senão o avô tornaria impossíveis "as condições suficientemente favoráveis". O que devia fazer? Mandar seus homens entrarem no trem com ordens para matar o americano e fingir que a neta dele ainda vivia? Sim, e não deixar que o avô a visse. O vice-comissário, em condições normais, não acreditaria num esquema tão tosco, mas homens desesperados acreditam em qualquer coisa a fim de manter viva a esperança.

Virou-se e percebeu que o russo não estava olhando para o Blue Star, mantinha o olhar fixo em uma van operacional que estava parando nas proximidades. O motorista retornou seu olhar e depois desviou a atenção para uma fileira de tambores de óleo, onde três vultos se esgueiraram na direção da van e pararam, incapazes de se aproximar mais sem se revelarem.

O americano e a garota. O alívio repentino quase dobrou os joelhos de Kübler, e ele respirou fundo para gritar a ordem.

O motor reclamou do manuseio inábil de Akimov, que desviou o olhar de Grant e da sua filha – sua filha – para ver seu pai, a cabeleira branca reluzindo como um farol. O velho encontrou o olhar de Akimov e depois seguiu a indicação dele na direção da fileira de barris... e Nadya.

Jovem, vigorosa, linda e irradiando calma, até mesmo numa hora daquelas.

Os olhos de seu pai brilharam cheios de energia quando ele sinalizou seu entendimento, sua intenção – sua redenção. Faria qualquer sacrifício para salvar sua neta. Quinze metros de distância e nunca estiveram mais próximos.

Em silêncio, Akimov formou a palavra: – *Otets*.
Pai.

Grant observou Akimov, tenso. O russo viera salvar a filha, eles estavam todos juntos naquilo agora, mas não havia como se aproximar da van sem que mais de dez soldados os vissem. Ergueu a mão, num gesto que dizia a Christoph e à garota que ficassem atrás dele. Ainda não... Ainda não. Pelo menos ainda não tinham sido vistos e...

E o alemão da cabine de caça olhou diretamente para Grant.

Antes que ele pudesse se mover, o pai de Akimov levantou o braço, empunhando uma Walther, e atirou no rosto do alemão. A cabeça do homem foi lançada para trás, em meio a uma névoa de sangue, e Grant endireitou-se, murmurando: – Venham agora... devagar.

Caos em frente ao vagão do trem: gritos esparsos, tiros dados em pânico, um berro de medo enfurecido, os soldados estavam sendo atacados por um inimigo invisível.

Uma rajada acertou o Blue Star, Grant abriu a porta de trás da van e empurrou a garota e Christoph para dentro. Através do para-brisa ele viu o pai de Akimov mirar e se aproximar de um tanque branco montado sobre um vagão-plataforma – um tanque de propano. A maneira perfeita de desviar a atenção do inimigo, embora o comissário estivesse tão próximo que seria apanhado pela explosão. Ele disparou assim mesmo, e a centelha levantada por sua terceira bala fez o tanque explodir em uma coluna de chamas, ofuscante e quente.

Um clarão branco banhou o mundo e diminuiu quando Akimov contornou uma esquina com a van, já voltado para o portão.

Que estava trancado.

– Avance – disse Grant a ele. – Talvez eles abram o portão antes de se darem conta do que aconteceu.

Akimov encostou a frente da van numa pilha de paletes. – Não vai demorar muito, de um jeito ou de outro. – Ele se voltou e viu mais uma vez o fogo que representava a salvação de sua filha e que era a pira funerária de seu pai.

Grant se virou para Nadya e Christoph, encolhidos na parte de trás da van. – Fique aí – disse para a garota. – Se eu mandar, tire o garoto pela porta de trás. Vá para Berna, para onde está a mãe dele. Está entendendo?

– Providenciarei para que ele fique em segurança – prometeu ela.

– E você – ele se dirigiu agora a Christoph –, tome conta dela, soldado.

– Sim, senhor.

Na frente da viatura, Akimov passou para o banco do carona, desviando os olhos de Nadya num evidente esforço de vontade. – Assim, o cessar-fogo morre com meu pai – murmurou ele. – E a carnificina continua.

Grant deslizou para trás do volante. – Você vai voltar para a frente de combate?

– Se sairmos daqui com vida? Sim, de volta para Stalingrado. – O russo levantou a cabeça com o barulho de sirenes vindo da rua. – Uma pena que você não possa se juntar a mim, eu teria tarefas importantes para um homem como você.

– Seria uma honra servir sob seu comando.

– E você? – indagou Akimov. – De volta para a Inglaterra?

O portão foi aberto para um caminhão de bombeiros, e Grant pisou no acelerador. – Depois que eu fizer uma última coisa.

Encontrar o local onde o Mosquito caíra e levar a câmera para a embaixada. E pedir Anna em casamento. Bastante fácil.

CAPÍTULO 43

O presidente Ochsner acariciou o lustroso tampo da escrivaninha de nogueira da melhor qualidade com um rebordo entalhado à mão. Qualidade e elegância. Cantarolou uma cançoneta alegre e assinou o documento. Virou a página, assinou de novo e mais duas vezes. Com quatro assinaturas, o futuro da firma estava assegurado – da firma, do país e da esplêndida herança de neutralidade.

Ele girou a cadeira para a janela com vista para o lago, a água clara e agitada acenando louvor e congratulações. O esforço era recompensado, simples assim, o risco recompensado. Desde que a pessoa fosse esperta. Pobre Herr Villancourt! O presidente tinha pena dele, é claro – espancado de maneira literalmente insensata pelo piloto americano fugitivo –, mas pelo menos encontrara um leito no mesmo asilo que sua esposa. Havia algo de romântico naquilo, duas almas ligadas para sempre e todas essas bobagens.

E o legado dele resistiria, os créditos a serem compensados que as suas assinaturas acabaram de garantir estabeleciam os alicerces para a expansão da indústria suíça independentemente do lado que ganhasse aquela guerra tão lucrativa. É preciso ser esperto.

EPÍLOGO

Apesar do sol brilhante do fim de março, uma leve camada de neve cobria a encosta da montanha, descendo em redemoinhos e ficando presa nas agulhas dos pinheiros. Anna arrancou a luva com os dentes e consultou o mapa de novo.

– Maman! – exclamou Christoph, correndo aos pulos na direção dela ao longo da trilha. – Aqui!

O rosto dele estava corado e os olhos brilhantes. Ela sorriu. – Calma, Christoph, senão você acaba caindo da montanha.

– Eu achei! Eu achei! Venha, venha!

Ela passou o cesto para a outra mão e seguiu o filho em torno da orla de uma campina. Vinte metros adiante, o avião acidentado se estendia sobre um montículo debaixo de uma crosta de neve, como uma ave morta há muito tempo, decompondo-se e transformando-se em um esqueleto.

– Como foi que ele *sobreviveu*? – indagou Christoph.

– Pela mão firme, e com a graça de Deus.

Mas é claro que seu navegador não tinha sobrevivido – não por longo tempo. E Joris, pobre Joris, assassinado no seu tão amado jardim! Ela contemplou com expressão sombria o avião acidentado, Christoph sentiu seu estado de espírito e ficou em silêncio ao lado dela. Ficaram juntos por algum tempo, depois ela abriu caminho cuidadosamente até a cabine e examinou o banco do piloto.

– Ele é um piloto de combate agora – disse Christoph. – Dá para imaginar?

– Tudo bem.
– Ele voltará, não se preocupe, maman.
– Ele prometeu?
– Não. Ele disse: "Não fique ansioso, garoto."
– E isto convenceu você?
Christoph balançou a cabeça afirmativamente. – Posso ir lá dentro?
– Lá dentro?
– Sabe o que o tenente Grant diria?
– O quê?
Ele sorriu. – Diria: "Pode, claro."
– Ele também diria que não sabe muitas coisas sobre meninos – retrucou ela, tentando não sorrir.
– Horst não me aborrece mais.
– Christoph! Não há por que se sentir orgulhoso disso.
Ele abaixou a cabeça fingindo remorso e ela deu a volta, procurando o maior pinheiro na orla da campina.
– Foi lá que ele escondeu a câmera? – perguntou Christoph.
Ela assentiu, e ele saiu correndo para explorar entre as raízes.
A câmera em si havia desaparecido há muito tempo, Grant estivera ali em outubro. Depois que ela localizou o local da queda, ele desenterrou a câmera e levou para sua embaixada. Os americanos se recusaram até a reconhecer que tinham revelado o filme, mas, ainda assim, foi uma pequena vitória.

Ela deixou o cesto no chão. Vitória. As negociações do cessar-fogo morreram no pátio ferroviário juntamente com o pai de Akimov – qualquer relação de boa vontade entre soviéticos e nazistas foi destruída com a explosão. Pobre major Akimov, seu coração transbordava de amor pela filha, mas o dever exigiu que voltasse para a frente de combate. Talvez voltasse um dia; nesse meio-tempo, Anna funcionava como mãe substituta de Nadya. Fora mesmo dama de honra no casamento de Rosine e Lorenz.

Vitória. Anna descobrira o nome do financista suíço – Villancourt – tarde demais para mudar qualquer coisa. Mandado ao hospital por Grant, o homem não era mais cúmplice no apoio prestado pela Suíça ao Terceiro Reich. No entanto, ela sabia que outro suíço ocupara o lugar dele. E embora ainda não tivesse encontrado prova – nem dos empréstimos sem lastro à Alemanha, nem da negociata das barracas destinada a lavar dinheiro para custear uma rede de inteligência nazista –, ela nunca deixava de procurar.

    Ela balançou a cabeça, mais determinada que nunca. Em Stalingrado, um mês depois da explosão no pátio ferroviário de Basileia, o ataque nazista dividira as defesas russas no Volga. Por alguns dias, o Reich vacilou à beira da vitória, mas o gelo era cada vez mais grosso no rio; o Exército Vermelho concentrou-se a leste e, depois de ter perdido meio milhão de soldados em Stalingrado, esmagou a máquina de guerra nazista. Isso foi a vitória – não uma coisa que tivesse sido realizada, mas algo que foi evitado. Um pacto não assinado, um cerco rompido. Meio milhão de homens mortos... mas os nazistas foram derrotados.

    A rajada de vento fez com que Anna levantasse a cabeça para sentir o perfume da primavera que vinha do leste. Neve derretida e pinheiros das montanhas, como uma promessa. Um dia, seu país tomaria uma posição firme contra o mal. Um dia, Grant retornaria. Um dia, aquela guerra iria terminar.

NOTA DO AUTOR

A aeronave que Grant e Racket viram na fronteira alemã foi um protótipo do V3, que voou pela primeira vez em julho de 1942, construído para ser o primeiro caça operacional do mundo. Embora o Me 262 fosse 150 milhas por hora mais veloz do que qualquer aeronave do lado dos Aliados, a produção teve seu ritmo reduzido por uma exigência pessoal de Hitler, que queria que a nova aeronave funcionasse ao mesmo tempo como caça e bombardeiro... e possivelmente pela reação aliada às fotos obtidas por Racket.

Como país neutro, a Suíça era legalmente obrigada a impedir que os aliados internos fugissem. No entanto, campos de punição como o Straflager Wauwilermoos violavam tanto a lei suíça quanto a internacional: os militares ali internados não tinham direito a tribunais militares, recebiam sentenças mais longas que as autorizadas pela lei, eram alojados juntamente com criminosos violentos e espancados e colocados em confinamento solitário. O comandante de Wauwilermoos, capitão Andre Beguin, um elemento da frente nazista conhecido por assinar sua correspondência com "Heil Hitler", foi à corte marcial depois da guerra e sentenciado a diversos anos de prisão.

Durante a guerra, 80% dos pagamentos alemães à Suíça eram feitos através do sistema de "compensação de crédito", que permitia que as transações comerciais se fizessem sem troca de moeda circulante. Isso era fundamental para a Alemanha, não apenas porque ao Reich faltava moeda forte estrangeira, mas porque requeria produtos suíços.

Estes, conforme o memorando "Clodius", que Anna procurou tanto (na verdade foi redigido em 3 de junho de 1943, após os eventos narrados neste livro), "eram equipamentos técnicos especiais cuja falta, especialmente nos próximos meses, afetaria seriamente, entre outras coisas, os programas alemães de tanques e de controle remoto...".

O governo suíço concedeu à Alemanha 150 milhões de francos suíços em adiantamento de créditos em 1940. Esses créditos, livres de juros, foram aumentados um ano mais tarde em 850 milhões de francos e novamente em 1943 a mais de um bilhão de francos. Como os militares alemães usavam os créditos para comprar máquinas suíças, produtos agrícolas e – principalmente – material bélico, os empréstimos quase certamente infringiram a lei da neutralidade.

Finalmente, um depoimento secreto recentemente tornado público revelou que uma "venda de barracas" em 1941, na qual barracas construídas na Suíça foram vendidas à Alemanha para uso no campo de concentração de Dachau, destinava-se, na verdade, a proporcionar à inteligência nazista acesso a contatos e fundos suíços. Um agente do ministro da Fazenda do Reich recebeu ordem das Waffen-SS e do Escritório Principal Econômico-Administrativo das SS para iniciar o negócio, assinando em pouco tempo um contrato de treze milhões de francos e organizando uma corporação suíça para servir como frente para a inteligência alemã.

AGRADECIMENTOS

Agradecimentos especiais a Yan Mann e Ray Wells. Muitos agradecimentos também a Kurt Bamert, Danny Baror, Phyllis Grann, Jennifer Lultschik, Henry Morrison e Anatol Schenker.

Este livro foi impresso na Editora JPA Ltda.,
Av. Brasil, 10.600 – Rio de Janeiro – RJ,
para a Editora Rocco Ltda.